Katrin Koppold arbeitete nach ihrer Schulzeit als Journalistin, Fitnesstrainerin, TV-Darstellerin und Pferdepflegerin auf einem Gestüt in Irland, bevor sie sich dazu entschloss, sesshaft zu werden. Heute wohnt sie mit ihrer Familie und ihren zwei Katzen bei München. Als E-Book-Autorin hat sie sich bereits in die Herzen vieler Leserinnen geschrieben. Zu ihrer erfolgreichen Sternschnuppen-Reihe gehören außerdem die Romane «Aussicht auf Sternschnuppen», «Zeit für Eisblumen» und «Hoffnung auf Kirschblüten».

Im Internet: www.katrinkoppold.de

Katrin Koppold

Sehnsucht nach
Zimtsternen

Roman

Rowohlt Taschenbuch Verlag

«Sehnsucht nach Zimtsternen» ist 2014
zuerst als E-Book erschienen. Für die gedruckte Ausgabe
wurde der Roman redaktionell überarbeitet.

Originalausgabe
Veröffentlicht im Rowohlt Taschenbuch Verlag,
Reinbek bei Hamburg, Dezember 2015
Copyright © 2015 by Rowohlt Verlag GmbH,
Reinbek bei Hamburg
Redaktion Anne Fröhlich
Umschlaggestaltung any.way, Barbara Hanke/Cordula Schmidt
Umschlagabbildungen thinkstockphotos.de;
iStockphoto.com; shutterstock.com
Satz aus der DTL Dorian, InDesign
Gesamtherstellung CPI books GmbH, Leck, Germany
ISBN 978 3 499 26987 5

Für Lilly

Alles beginnt mit der Sehnsucht

(Nelly Sachs)

Kapitel 1

Zum Geburtstag hatte mir meine Zwillingsschwester Mia einen Ratgeber geschenkt mit dem Titel *Gute Mädchen kommen in den Himmel, böse überall hin. Warum uns Bravsein nicht weiterbringt.* Natürlich war das Buch weder in hübsches Papier gewickelt, noch hatte Mia das Preisschild entfernt. Das tat sie nie. Warum auch.

«Ich packe doch nichts ein, nur damit es ein anderer wieder auspackt», meinte sie immer. «Und die Leute sollen ruhig sehen, was sie mir wert sind.»

In meinem Fall bezifferte sich ihre Wertschätzung auf exakt 6,99 Euro.

Obwohl sich meine Begeisterung über dieses Geschenk anfangs in Grenzen hielt (ein Liebesroman hätte es in meinen Augen auch getan), musste ich doch zugeben, dass es recht passend war. Denn:

1. Ich war ein braves Mädchen,

und

2. besonders viel herumgekommen war ich in der Welt noch nicht.

Während meiner Kindheit hatte mein Vater darauf bestanden, unsere Familienurlaube jedes Jahr in Übersee zu verbringen. Ein Reiseziel, bei dem nur der Name exotisch ist, denn der Ort liegt am Chiemsee, nur knapp eine Autostunde von unserem Wohnort entfernt. *Dahoam is dahoam*, wie man in Bayern so schön sagt.

* 9 *

Mein Mann Torsten war bei der Urlaubsgestaltung ebenso wenig experimentierfreudig. «Da weiß man, was man hat» war seine Meinung, und so buchte er uns sommers wie winters in das Bio-und-Wellness-Hotel Stanglwirt in Kitzbühel ein. Fünf-Sterne-Luxus, phantastisches Essen, Saunagänge mit der kompletten Mannschaft des FC Bayern München – ich konnte mich wirklich nicht beklagen, dass dort zu wenig geboten würde. Aber ich hatte mir schon als Kind nichts sehnlicher gewünscht, als um die Welt zu reisen und fremde Kulturen kennenzulernen. Und als «jüngstes Paar in der Geschichte des Stanglwirts» (O-Ton des Hotelmanagers) die Goldene Gästenadel für langjährige Treue verliehen zu bekommen, sah ich auch nicht als besondere Ehre an. Aber ich sollte nicht undankbar sein, denn mit Auszeichnungen bin ich bisher nun wirklich nicht überhäuft worden. Genau genommen war das meine erste. Nicht einmal bei den Bundesjugendspielen hat es jemals auch nur für eine Siegerurkunde gereicht.

Gerade jetzt, wo ich aus Zeitgründen auf den Aufzug verzichtet hatte und die Treppe zu Torstens und meiner Wohnung hinaufrannte, verfluchte ich mich wieder einmal dafür, dass ich so ein Sportmuffel war. Denn die Befürchtung, einen Infarkt zu erleiden, war leider nicht vollkommen abwegig. Als ich endlich im obersten Stock angekommen war, fühlte ich mich wie ein zu fest ausgewrungener Waschlappen. Der Schweiß lief mir in Strömen an Stirn und Hals herunter, und mein Mund war so trocken wie Knäckebrot. Ich schloss die Tür auf, taumelte durch den Flur in Richtung der großen Wohnküche – und schnappte nach Luft. Dieses Mal jedoch weniger aus Atemnot als vor Entsetzen. Ach du Scheiße!

Jakob, unser Untermieter, stand vor dem Küchentisch. Eine junge Frau saß mit gespreizten Beinen vor ihm. Ihr kurzer Rock war weit nach oben gerutscht, und Jakob fuhr ihr mit beiden

Händen durch die langen blonden Haare. Sie hatte den Kopf leicht nach hinten gebogen, und seine Lippen wanderten ihren Hals hinunter bis zum Ansatz ihrer Brüste. Er schob den Träger ihres Tops über ihre Schulter, sodass ich die Spitzen des BHs sehen konnte. Die Frau stöhnte auf, als Jakobs Finger über den Stoff glitten … und ihn nach unten zogen. Hilfe! Ich musste weg! Schnell weg! Aber meine Beine weigerten sich, ihren Standort zu verlassen, meine Augen saugten sich an der leidenschaftlichen Szene fest, die sich kaum drei Meter von mir entfernt abspielte. Ich verspürte Scham. Unglaubliche Scham! Und … auch ein wenig Erregung. Ach du heiliger Strohsack! Nichts wie raus! Unter Aktivierung all meiner Willenskraft hob ich meinen Fuß an, ließ den anderen folgen und schlich Zentimeter für Zentimeter rückwärts. Ich hatte es schon fast geschafft, um die Ecke zu biegen, da öffnete die blonde Schönheit auf einmal die Augen. «Oh, Jakob!», rief sie. Unsere Blicke trafen sich. Einen Moment lang starrte sie mich an, dann fing sie an zu kreischen: «Jakob, da ist jemand!» Sie sprang hektisch vom Tisch und zog gleichzeitig den Rock herunter und den Träger ihres Tops hoch.

«Wollte nicht stören. Nur kurz was holen», stammelte ich.

Jakob drehte sich mit geöffneter Hose zu mir um. Oh nein! Ich wollte das nicht sehen … Hastig wandte ich den Kopf ab, konnte aber nicht umhin, noch einen klitzekleinen Blick zu riskieren. Zum Glück! Alles war dort, wo es hingehörte.

«Wolltet ihr nicht erst heute Nacht nach Hause kommen?», fragte er bemerkenswert ungerührt. Seine Haare waren ganz zerzaust, und er sah noch unrasierter aus als sonst.

«Bin gleich weg.» Ich flüchtete ins Schlafzimmer. Meine Augen schirmte ich mit einer Hand ab.

Nachdem ich die Tür hinter mir zugeschlagen hatte, atmete ich erst einmal tief ein und aus. Ärger stieg in mir auf. Warum entschuldigte ICH mich eigentlich bei Jakob!? Schließlich war es mein Küchentisch und nicht seiner, den er für seinen kleinen Quickie missbraucht hatte. Nicht MIR sollte also die ganze Sache peinlich sein, sondern IHM. Diesem Lustmolch!

Doch ich ärgerte mich nicht nur über ihn, denn von ihm hatte ich genau genommen nichts anderes erwartet, sondern vor allem über mich selbst. Frustriert überlegte ich, wie meine Zwillingsschwester mit einer solchen Situation umgegangen wäre. Bestimmt hätte sie auf zwei Fingern gepfiffen, das Time-out-Zeichen gemacht und lässig gesagt: «Gleich könnt ihr weiterknutschen. Ich muss nur kurz was holen.» Ich dagegen war absolut unsouverän gewesen, hatte nur dummes Zeug gestammelt. Und nun saß ich im Schlafzimmer fest und traute mich nicht raus, obwohl ich es eilig hatte: Schließlich musste ich mit einer Rundstricknadel und einem Stemmeisen bewaffnet das Familienvermögen meines Mannes retten! Was für eine missliche Lage! Dabei hätte ich gewappnet sein müssen, denn an diesem Tag war bisher alles schiefgelaufen.

Letztlich gab ich Mias Gute-Mädchen-Böse-Mädchen-Ratgeber die Schuld daran, dass ich ein paar Stunden zuvor, auf dem Rückweg vom Stanglwirt, ein klein wenig die Contenance verloren und Torstens Handy in den schmalen Spalt zwischen Handbremse und Beifahrersitz hatte fallen lassen. Ganz ohne Absicht natürlich. Doch dieses Versehen nahm mir mein Mann leider nicht ab.

«Lilly!», brüllte er und versuchte, das schmale Gerät, das aus vollem Halse *Conquest of Paradise* quäkte, mit seiner Pranke herauszufischen. «Was hast du dir dabei gedacht? Ich bin Geschäftsmann. Was, wenn ein wichtiger Kunde mich erreichen will?»

Betreten schaute ich zu Boden. Ich war über meine Kurzschlusshandlung mindestens genauso erschrocken wie er. Vor allem, da ich sie nicht ungeschehen machen konnte. Denn auch ich schaffte es nicht, das Handy aus seinem Gefängnis zu befreien. Das blöde Ding hatte sich irgendwie verkeilt, und sosehr ich auch zog und zerrte, es bewegte sich keinen Millimeter von der Stelle. Auf der anderen Seite fand ich es aber auch ein wenig unfair, dass Torsten sich derart aufregte. Schließlich war es das erste Mal in unserer Beziehung, dass ich etwas Unartiges getan hatte. Außerdem konnte es mir keiner verdenken, dass mir der Kragen geplatzt war. Ich hatte mich so darauf gefreut, Torsten ein ganzes Wochenende nicht mit dem kleinen schwarzen Störenfried teilen zu müssen. Doch mein Mann schaffte es derzeit im wahrsten Sinne des Wortes nicht abzuschalten. Und so hatte sich das Handy schon auf der Fahrt in unseren Kurzurlaub, während der Mahlzeiten und sogar im Wellnessbereich des Hotels pausenlos zu Wort gemeldet – und war leider stets erhört worden. Jetzt befanden wir uns auf der Rückfahrt, und auch dieses Mal war Torsten bereits auf einen Parkplatz eingebogen, um das Gespräch anzunehmen, bevor mein hinterhältiger Anschlag seinen Plan vereitelt hatte.

«Möchtest du vielleicht mein Handy benutzen?», bot ich schüchtern an.

Doch Torsten ließ mit finsterem Gesicht den Motor an. Für den Rest der Fahrt herrschte ungemütliche Stille im Auto – die allerdings alle paar Minuten von den ersten Takten des Henry-Maske-Einmarsch-Klingeltons unterbrochen wurde. Als wir die Stadtgrenze von München passierten, zählte ich gerade das einundzwanzigste Mal. Und obwohl er sich mittlerweile daran hätte gewöhnt haben sollen, krallte Torsten seine Finger jedes Mal so fest um das Lenkrad, dass die Adern auf seinen Handrücken bläulich hervortraten. Dabei war er normalerweise die Ruhe in Person. In jeglicher Hinsicht. Selbst beim Sex.

Mir brach der Schweiß aus. Was, wenn die Familienfirma

meinetwegen pleiteging? Wir würden auf der Straße sitzen und müssten uns von Tütensuppen und Leitungswasser ernähren. Ich könnte seinen Eltern nicht mehr unter die Augen treten. Vor allem seiner Mutter nicht. Sie war es schließlich, die die Firma in den siebziger Jahren aufgebaut hatte. Doch gerade heute war es mir nicht möglich, ihr aus dem Weg zu gehen, denn ihr neunundvierzigster Geburtstag stand auf dem Programm. Zum siebten Mal, seit ich sie kannte. Das Handy musste her, egal wie. Probeweise stieß ich meine Hand noch einmal beherzt in den Spalt, mit dem Ergebnis, dass ich das Gerät nur noch tiefer hineinstopfte.

«Sollen wir den ADAC anrufen?», fragte ich vorsichtig.

«Warum das?» Torsten runzelte die Stirn.

«Na, damit die dein Handy herausholen.»

«Die kommen nur bei Notfällen.»

«Anscheinend ist das einer.»

Er presste die Lippen zusammen.

«Oder wir fahren zu Hause vorbei und holen den Werkzeugkoffer. Es kann doch nicht so schwer sein, den Sitz auszubauen.»

«Es ist schwer. Und vor allem dauert es.»

«Vielleicht können wir das Handy auch mit einem Stemmeisen heraushebeln. Oder mit einer Rundstricknadel raufholen.» Diese Idee war mir gerade gekommen.

«Mit einer Rundstricknadel.» Torsten löste den Blick von der Windschutzscheibe und wandte mir sein Gesicht zu.

«Ja», sagte ich eifrig. «Ich könnte sie um das Handy herumfädeln und dann daran ziehen. Am besten kombinieren wir diese beiden Methoden. Du das Stemmeisen, ich die Rundstricknadel. Bitte lass es uns versuchen.»

«Na gut! Einen Versuch ist es wert», sagte Torsten schließlich. «Außerdem haben wir noch ein wenig Zeit, bis wir bei meinen

Eltern sein müssen. Rundstricknadel!» Er schüttelte den Kopf, und seine Mundwinkel zuckten.

Erleichtert sank ich in den Sitz. Er schien mir nicht mehr böse zu sein. Jedenfalls nicht zu sehr.

Genervt legte ich mich aufs Bett und starrte an die Decke. Niemals, wirklich niemals, hätte ich mich von meiner ältesten Schwester Helga dazu überreden lassen dürfen, Jakob bei uns aufzunehmen.

«Es ist ja nur für ein paar Wochen. Normalerweise könnte er auch bei uns bleiben, aber seit Mathilda auf der Welt ist, haben Nils und ich kein Gästezimmer mehr. Du bist die Einzige, die ich kenne, die genug Platz für einen Untermieter hat. Und du weißt doch, wie angespannt die Wohnungssituation in München ist», hatte sie mich beschworen. Ich verdrehte die Augen. Irgendwie war ich immer die Einzige in unserer Familie. Die Einzige, die Zeit hatte, Opa Willy zur Fußpflege zu fahren, unserem Vater in seinem Liebeskummer zur Seite zu stehen, an Geburtstagen Kuchen zu backen. Und nun war ich die Einzige, die Nils' Freund Jakob für die Dauer seines aktuellen Projekts Asyl gewähren konnte, bis er im August nach Barcelona zog. Ich hätte darauf bestehen sollen, dass er in ein Hotel oder in eine Pension ging. Schließlich verdiente er garantiert nicht schlecht in seinem Job.

Jakob machte etwas mit Computern. Er war tätowiert, gepierct, trug außer Haus immer eine dieser albernen Mützen, mit denen ihre Träger wohl besondere Coolness demonstrieren wollten, und war abgesehen davon, dass die längste Beziehung in seinem Leben nur knappe zehn Wochen gedauert hatte, ein ganz lieber Kerl. Das behauptete jedenfalls meine Schwester Helga. Ja, das hatte ich gesehen: Ganz herzallerliebst war er gewesen. Zumindest zu dieser Blondine. Mich ignorierte er die

meiste Zeit. Vermutlich passten kleine, rothaarige und pumm-
lige Frauen nicht in sein Beuteschema. Oder er hatte Respekt
vor meinem Status als verheiratete Frau. Ich vermutete allerdings ...

«Lilly!», rief Torsten. «Wo bist du?»

«Im Schlafzimmer.» Sollte er nicht im Auto auf mich warten?
Schließlich stand es im Halteverbot.

Er öffnete die Tür. «Warum liegst du auf dem Bett?», fragte
er. «Du wolltest doch ...»

«Jakob», stieß ich hervor.

«Der ist mir gerade auf dem Flur entgegengekommen.»

«Hast du auch die Blondine gesehen, die er dabeihatte? Ihr
nackter Hintern hat bis vor drei Minuten auf unserem Esstisch
gesessen. Und ich habe die beiden dabei erwischt.»

«Echt?» Torsten wirkte eher amüsiert als schockiert.

«Ich kann daran nichts komisch finden. Er wohnt erst seit
zwei Wochen hier und hat schon jetzt keine Hemmungen, eine
Frau in unserer Küche zu vernaschen. Wo soll das hinführen?»

Heiliger Strohsack, ich hörte mich total spießig an. Dabei
war ich nicht spießig. Gut, vielleicht ein bisschen. Zumindest
in dieser Hinsicht. Zwar bestand ich nicht darauf, im Bett das
Licht auszumachen und die Decke über den Kopf zu ziehen,
aber es war auch nicht so, dass ich Torsten nach einem langen
Arbeitstag mit roter Spitzenunterwäsche empfing, ihn ans Bett
fesselte und Kerzenwachs auf seinen Oberkörper träufelte.
Wobei man sagen musste, dass sich Torsten beim Thema Sex
ebenso wenig flexibel zeigte wie bei der Wahl seines Urlaubs-
ortes. Das, was er machte, machte er wirklich gut. Aber es war
eben immer das Gleiche.

«Bald sind wir ihn wieder los», sagte er tröstend.

Sofort bekam ich ein schlechtes Gewissen wegen meiner
fiesen Gedanken.

«Ich weiß.» Ich lehnte mich gegen seine breite Brust. Das Schöne an einem großen Mann ist definitiv, dass man sich in seiner Anwesenheit so wunderbar schutzbedürftig und behütet fühlt. Nur widerstrebend löste ich mich von ihm. «Was machst du eigentlich hier oben?», fragte ich.

Er hielt mir seine verkratzte Hand vor die Nase. «Ich habe das Handy herausbekommen. Das Stemmeisen und deine Stricknadel brauchen wir nicht mehr.»

Ich sah ihn erstaunt an. Das hätte ich nicht gedacht. Der Spalt war winzig gewesen. Aber wo ein Wille war, befand sich bekanntlich immer auch ein Weg.

«Bekomme ich noch ein wenig Rotkraut?», fragte Inga.

«Selbstverständlich, mein Kleines.» Meine Schwiegermutter Angelika reichte eine schwere Schüssel aus Meißner Porzellan herüber.

Ich senkte den Blick und verbarg mein breites Grinsen hinter einer Stoffserviette. An das Wort *Kleines* in Verbindung mit meiner fast eins neunzig großen, burschikosen Schwägerin konnte ich mich einfach nicht gewöhnen.

«Es schmeckt zu köstlich.» Inga leckte sich die Lippen.

«Das ist ganz lieb von dir, Schätzchen.» Wohlwollend betrachtete Angelika ihre Tochter. Dann wurde ihr Ton um eine Nuance distanzierter. «Möchtest du auch noch etwas, Liliane?»

«Danke, aber ich bin satt.» Ich verdrehte die Augen. Es war zwecklos, meine Schwiegermutter an meinen richtigen Namen zu erinnern. Wenigstens nannte sie mich nicht mehr Elisabeth, so wie in den ersten fünf Jahren.

«Das Essen ist dir ganz ausgezeichnet gelungen, meine Liebe.» Manfred, mein Schwiegervater, rieb sich den Bauch.

«Findet ihr nicht, dass der Braten ein wenig zu trocken ist?» Angelika senkte bescheiden die Augen.

«Dein Braten ist wie immer genau richtig, Mutter.» Torsten saß kerzengerade am Tisch, die Ellbogen eng am Körper.

Angestrengt betrachtete ich das verschnörkelte Muster am Griff meiner schweren Silbergabel, um nicht laut loszuprusten. Zugleich merkte ich, wie meine Lustkurve in ungeahnte Höhen stieg. Wie immer, wenn wir bei Torstens Eltern zu Besuch waren. Natürlich fand ich das alles albern. Diese übertriebene Höflichkeit. Das ganze Bitte und Danke. Kleines hier, Schätzchen da. Mutter!!! Aber die Vorstellung, Torsten den Anzug vom Leib zu reißen, seinen Seitenscheitel zu verwuscheln und schmutzige Worte aus seinem wohlerzogenen Mund zu hören, übte jedes Mal aufs Neue einen ganz eigenen Reiz auf mich aus.

Stopp! Böse, unanständige Lilly! Energisch rief ich mich zur Räson. Du sitzt gerade bei deinen Schwiegereltern am Tisch und isst dein Essen von einem Teller mit Goldrand. Mit dem Ausleben deiner erotischen Phantasien musst du dich noch gedulden.

Unauffällig blickte ich auf meine Armbanduhr. Erst 21:34 Uhr. Vor elf würde Torsten mit Sicherheit nicht nach Hause gehen wollen. Nicht am Geburtstag seiner Mutter. Hatte mich jemand etwas gefragt? Anscheinend.

«Ja!?» Verwirrt blickte ich mich um.

«Inga wollte wissen, wann du wieder anfängst zu arbeiten.» Angelika presste konsterniert die Lippen zusammen.

«Im Moment ist der Stellenmarkt völlig überlaufen.» Ich betrachtete eingehend meine Fingernägel. Das helle Apricot, in dem ich sie lackiert hatte, war wirklich hübsch.

«Ich könnte mit meinem Chef sprechen.» Inga wischte sich mit der Serviette sorgfältig den Mund ab. «Seine Frau ist in der Marketing-Abteilung der Münchner Bank beschäftigt. Vielleicht kann sie etwas für dich arrangieren.»

«Das wäre lieb von dir.» Hilfesuchend schwenkte mein Blick zu Torsten.

«Gern geschehen.» Inga lächelte mich an. «Es kann dich unmöglich ausfüllen, den ganzen Tag über zu Hause herumzusitzen und Däumchen zu drehen.»

Ja, es war entsetzlich! Morgens ausschlafen, auf nervige Kollegen und unfreundliche Kunden verzichten – wer wollte das schon?

«Die Zeit will und will nicht vergehen.» Ich nickte.

«Du Arme.» Inga tätschelte meine Hand. «Gleich morgen früh werde ich Martina anrufen. Und ich bin mir sicher, in null Komma nichts hast du wieder eine Stelle.»

«Du bist ein Engel.» Ich schämte mich dafür, dass sie sich die Arbeit vollkommen umsonst machen würde. Obwohl ich ein bisschen Angst vor ihr hatte, mochte ich Inga. Schließlich gab es nicht allzu viele Frauen, neben denen ich wie ein zierliches Ballerina-Püppchen aussah.

Zum Glück richtete Inga ihre Aufmerksamkeit jedoch nie lange auf ihre Mitmenschen, sondern kam nach kurzer Zeit stets zuverlässig auf ihr Lieblingsthema zu sprechen: sich selbst. Fasziniert beobachtete ich, wie die drei Borsten, die aus Ingas Muttermal am Kinn sprossen, beim Reden vibrierten. Was mochte meine Schwägerin wohl dazu bewegen, diese Gemeinheit der Natur einfach kampflos zu akzeptieren? Oder hatte der Ärmsten vielleicht nie jemand erklärt, wozu es Pinzetten gab? Torstens Mutter legte weitaus mehr Wert auf ihr Äußeres als ihre Tochter. Sie fuhr mehrmals im Jahr zu einer Kur an den Bodensee, und mittlerweile spannte sich ihre Haut von all diesen Behandlungen schon so stark über den Wangenknochen, dass ich es vermied, sie zur Begrüßung oder zum Abschied zu küssen. Ich hatte Angst, dass eine Naht aufplatzte.

Bevor meine Gedanken noch gemeiner wurden (Mias Geschenk schien nicht ganz umsonst gewesen zu sein!), richtete ich meine Aufmerksamkeit auf die Männer an unserem Tisch.

«Hast du die Eigentümer aus der Kartei angeschrieben?», drang die ölige Stimme von Torstens Vater an mein Ohr.

«Von denen will niemand verkaufen.» Torsten zupfte sich am Ohr. Ein untrügliches Zeichen dafür, dass er nervös war.

«Und unsere Kontakte bei den Banken … Kennen die kein altes Mütterchen, das froh ist, wenn es sein Haus los ist und ins Pflegeheim ziehen kann?» Sein Vater lachte dröhnend.

«Ich habe alle angerufen. Fehlanzeige.»

«Aber es muss doch irgendwo in dieser Stadt ein passendes Objekt geben.»

«Ich kann auch nichts herzaubern. Und schon gar nicht im Innenstadtbereich.» Torstens Handy vibrierte, und er griff danach.

Ich verdrehte die Augen.

«Nicht beim Essen.» Der strafende Blick seiner Mutter ließ meinen Mann die Hand zurückziehen.

«Für den Münchner Norden habe ich diese Woche ein Angebot bekommen», fuhr er fort. «Ein Tausend-Quadratmeter-Grundstück in Moosach, auf dem ein abbruchreifes Haus steht. Dort hätte man auch keine Probleme, die Mieter herauszubekommen. Aber Goldmann will ja unbedingt was im Zentrum.»

«Kann man es ihm verdenken?» Manfred schlug mit der Hand auf den Tisch. «Interessenten für solche Immobilien wollen in Haidhausen wohnen, in der Altstadt oder in Schwabing. Ein Haus oder eine Eigentumswohnung in dieser Lage sind Gold wert!»

«Apropos Haidhausen. Wie gefällt es Ingrid eigentlich in ihrer neuen Wohnung?» Über Angelikas Gesicht huschte ein verzücktes Lächeln.

«Ingrid?» Torsten fuhr zusammen, und das Rotkraut, das er gerade auf seine Gabel gehäuft hatte, fiel auf das weiße Damasttischtuch.

«Du hattest ihr doch vor ein paar Wochen eine Wohnung vermittelt. Hat sie sich schon eingelebt?» Sie wandte sich an mich. «Ingrid ist die Tochter einer guten Freundin von mir. Ein nettes Mädchen.» Sie senkte bedeutungsvoll die Stimme. «Und Cheflektorin bei einem großen Verlag.»

Die sitzt nicht den ganzen Tag zu Hause herum wie du, Liliane! Ich lächelte so angestrengt, dass meine Mundpartie zitterte. «Interessant. Ich lese auch sehr gerne.»

Torsten stand auf. «Entschuldigt mich bitte.» Er ließ das Handy in die Tasche seiner Anzughose gleiten und verschwand in Richtung Toilette.

Erneut warf ich einen sehnsüchtigen Blick auf meine Armbanduhr. Erst 21:39 Uhr. Heiliger Strohsack! Meißner Porzellan und Schwiegereltern hin oder her. Nur die Flucht in meine verdorbenen Phantasien würde diesen Abend erträglich machen. Wo war ich vorhin stehengeblieben? Torsten kommt auf mich zu, ich verwuschele seinen Seitenscheitel, reiße ihm den Anzug vom Leib …

Es war noch warm, als Torsten und ich das Haus seiner Eltern verließen, und in der Luft lag dieser unvergleichliche Duft, den ich in München um diese Jahreszeit so liebte, lebendig, süß und vermischt mit einem Hauch von Abgasen. Wir schlenderten über die belebte Leopoldstraße den kurzen Weg nach Hause zurück.

Torsten war ungewohnt still.

«Über was denkst du nach?», fragte ich ihn. «Sorgen in der Firma?»

Er legte die Stirn in Falten. «Wir hätten die Gelegenheit,

einen riesigen Auftrag an Land zu ziehen. Einer unserer Kunden, Goldmann, ist auf der Suche nach einem Haus, das er zu Luxusappartements umbauen möchte. Aber der Markt für solche Immobilien ist wie leergefegt.»

«Und wenn ihr den Auftrag nicht bekommt? Müssen wir uns dann von trockenen Nudeln ernähren?»

Torsten lachte gequält. «Der Kunde ist bereit, fünf Millionen zu bezahlen. Die Höhe unserer Provision kannst du dir also ausrechnen.»

Ich nahm seine Hand. «Sei froh, dass du nicht Fee geheiratet hast. Im Gegensatz zu meiner Schwester bin ich nämlich ein sehr genügsamer Mensch. Ich würde dich auch lieben, wenn du arm wie eine Küchenmaus wärst.»

«Kirchenmaus.»

Ich zog die Augenbrauen hoch.

«Es heißt *arm wie eine Kirchenmaus*. In einer Küche gibt es schließlich genug zu essen. Du und deine Redewendungen.»

«Du weißt, was ich meine. Gefühle zählen.» Ich drückte ihn stürmisch an mich. «Worte sind lediglich …», ich hob den Kopf und blickte fragend zu Torsten auf, «… Schall und Rauch!?»

Anscheinend hatte ich die korrekte Formulierung gefunden, denn der oft so oberlehrerhafte Gesichtsausdruck meines Mannes blieb aus.

«Ich weiß.» Er hörte sich traurig an.

Ein paar Minuten standen wir eng umschlungen da und schauten ein paar alten Männern zu, die im gedämpften Licht der Straßenlaternen Schach spielten. Dann löste Torsten sich von mir und zog mich vorbei an der futuristisch anmutenden U-Bahn-Station Münchner Freiheit in das belebte Viertel, das die Leopoldstraße vom Englischen Garten trennt.

Hier schmiegten sich urige Kneipen an vornehme Restaurants, alternative Strickgeschäfte behaupteten sich selbstbewusst gegenüber noblen Boutiquen, und Studenten in Armeejacken und Doc Martens feierten Schulter an Schulter mit Unternehmensberatern in Feinzwirn. Obwohl es schon nach elf Uhr war, fand das Leben immer noch auf den Straßen statt, und es herrschte eine ausgelassene Stimmung unter den Nachtschwärmern. Doch sobald Torsten und ich die Haimhauser Straße verließen, wurden der Autolärm, die Stimmen und die Musik vom Rauschen des Schwabinger Baches übertönt. Die überwiegend grauen Häuserfassaden mussten eleganten, mit Säulen verzierten Villen in Pastelltönen weichen.

Das Mehrparteienhaus, in dem Torsten und ich wohnten, lag in einer Seitenstraße. Kein Mensch hielt sich draußen auf, kein Geräusch war zu hören, außer unseren Atemzügen – und den pathetischen Klängen von *Conquest of Paradise*.

«Das muss dieser Goldmann sein. Er wollte mich noch mal anrufen.» Torsten kickte einen Kieselstein gegen die gläserne Eingangsfront unseres Hauseingangs.

«So spät?» Ich runzelte die Stirn.

«Er will das Projekt mit den Luxusappartements noch diesen Sommer starten.»

Ich beschloss, großzügig zu sein. «Und worauf wartest du dann noch?» Ich zeigte auf Torstens vibrierende Gesäßtasche.

Aber der schüttelte den Kopf. «Ich rufe ihn morgen zurück. Irgendwann möchte auch ich Feierabend haben.» Entschlossen zog er das Handy heraus und drückte den Anruf weg. Dabei zitterte seine Hand leicht. Ihm schien wirklich viel an diesem Auftrag zu liegen!

Obwohl Torsten und ich nicht lange weg gewesen waren, stieg sofort ein Gefühl von Stolz in mir auf, als ich unsere Wohnung betrat. Gut, der Sichtbeton im Eingangsbereich hätte meiner Meinung nach nicht unbedingt sein müssen. Ich empfand ihn als kalt und ungemütlich. So als ob Torsten und ich immer noch nicht dazu gekommen wären, den Flur verputzen zu lassen. «Der letzte Schrei!», hatte dagegen Angelika bei unserer ersten Besichtigung vor zwei Jahren ausgerufen, und Torsten hatte ihre Begeisterung für das puristische Design geteilt. Inmitten von Stahl und Glas und Bang-&-Olufsen-Geräten befand er sich in seinem Element. Und auch ich sollte mich nicht beschweren, denn die Wohnung war wundervoll. Großzügig geschnitten, hohe Fenster und mit einer Dachterrasse, die sich die gesamte Front entlangzog. Das besondere Sahnehäubchen aber war der Ausblick! Wie ein pulsierender Teppich aus Millionen Lichtern lag die Stadt am späten Abend zu meinen Füßen. Am Tag konnte ich bei gutem Wetter auf dem Sofa sitzen und über die Baumwipfel des Englischen Gartens hinweg bis zu den Alpen hinüberschauen.

«Wir sind zu Hause!», rief ich, nachdem ich mir bereits übertrieben laut am Türschloss zu schaffen gemacht hatte. Doch es schien niemand da zu sein. Zumindest brannte kein Licht.

«Was soll das?» Mein Mann sah mich verständnislos an.

«Jakob», flüsterte ich. «Ich habe keine Lust, ihn noch einmal in flagranti zu ertappen.»

Leise ging ich durch den dunklen Wohn- und Essbereich zum Zimmer unseres Untermieters und legte das Ohr an die Tür. Stille. Ich schlich zur Dachterrasse. Ebenfalls alles leer.

«Meinst du nicht, dass du übertreibst?» Torsten trat hinter mich.

«Nein!» Mein Blick fiel auf den Küchentisch. Nie wieder würde ich dort essen können, ohne Jakobs kleinen Freund über meinem Teller herumbaumeln zu sehen. «Warum habe ich diesem Kerl nur Asyl gewährt? Ich sollte nicht immer so lieb und nett sein. Wobei …» Meine anregenden Phantasien während des Essens kamen mir in den Sinn. Vielleicht konnte ich das

negative Erlebnis von vorhin einfach durch ein positives über-
lagern und dadurch wieder ein gesundes Verhältnis zu meinem
Küchentisch aufbauen. Ich versuchte mich an einem koketten
Augenaufschlag. «… Gerade jetzt fühle ich mich alles andere
als lieb und nett.»

«Nein!?» Solche Töne war Torsten nicht von mir gewohnt.

«Nein.» Ich lächelte. «Denn mir gehen gerade ein paar sehr,
sehr unzüchtige Gedanken durch den Kopf.» Die vier Gläser
Wein, die ich getrunken hatte, um den Abend erträglich zu ge-
stalten, machten mich mutig.

«Welche denn?» Erwartungsvoll schaute er mich an.

Wunderbar! Torsten schien interessiert. Wenigstens ein bisschen. Zu müde, den Kopf nicht frei von der Arbeit, Jakob im
Zimmer nebenan: Die Liste seiner Ausflüchte war in letzter Zeit
endlos gewesen. Selbst im Urlaub hatten wir nur ein Mal in der
Missionarsstellung miteinander geschlafen.

«Unser Mitbewohner ist nicht da, der Küchentisch frei. Mir
würde einiges einfallen.» Vielsagend schaute ich zu besagtem
Möbelstück hinüber und bemühte mich dabei um einen ver-
ruchten Gesichtsausdruck.

«Ich bin gespannt.» Torsten trat nah an mich heran.

Oh ja! Er war definitiv interessiert.

Ich zog sein Gesicht mit beiden Händen zu mir herunter
und hauchte ihm einen Kuss auf die Lippen. «Das kannst du
sein», flüsterte ich. «Aber ich erwarte eine Gegenleistung von
dir.»

«Und welche?»

«Wenn wir gleich übereinander herfallen, möchte ich, dass
du wahnsinnig höflich bist und immer Bitte und Danke sagst. So
wie bei deinen Eltern vorhin.»

«Das hat dir gefallen?» Er lächelte.

«Es hat auf jeden Fall meine Phantasie angeregt.» Im nächsten

Moment schnappte ich nach Luft, denn Torsten umfasste mit beiden Händen meinen Po und hob mich mit einem Ruck hoch.

«Ich werde sehr höflich sein», sagte er mit rauer Stimme und sah mir tief in die Augen. «Zumindest am Anfang.»

Küchentische werden völlig überbewertet. Genauso wie Hotelpools, Strände und Badewannen. Hatte ich vorher noch gedacht, vor Lust gleich zu explodieren, war der ganze Akt in der Realität leider eine recht unbequeme Angelegenheit, die mir mehrere blaue Flecken im Lendenwirbelsäulenbereich und eine Überdehnung meiner Oberschenkelmuskulatur einbrachte. Ach, schade! Und die Vorstellung, von Jakob beim Sex überrascht zu werden, hatte sich auch nur in meiner Phantasie reizvoll gestaltet. Es wäre sowieso nur eine äußerst primitive, wenig kreative Retourkutsche gewesen.

Ich blickte auf Torsten, der mit leicht geöffnetem Mund neben mir im Bett lag und bereits in einen komatösen Schlaf gefallen war. Der Glückliche! In neunundneunzig Prozent der Fälle schlief er ein, sobald sein Kopf das Kissen berührt hatte. Ich selbst war in dieser Hinsicht weniger begünstigt.

Aus meiner Kommode zog ich eine Schachtel Vivinox hervor. Nur noch wenige Tabletten waren in der Packung. Ich wog sie in meiner Hand. Nehmen oder nicht? Das war hier die Frage, die letztendlich mein Wunsch nach Ruhe beantwortete. Ich hatte heute zum siebten Mal in Folge den neunundvierzigsten Geburtstag meiner Schwiegermutter ertragen, für eine weitere schlaflose Nacht fehlte mir schlichtweg die Kraft. Es würde eine Ausnahme bleiben. Zufrieden kuschelte ich mich an Torstens Rücken. Vom Schlaf war er ganz warm, wie eine überdimensional große Wärmflasche. Ich rückte noch ein Stück näher und vergrub meine Nase in der Kuhle seines Halses. Zwanzig Minuten später war ich eingeschlafen.

✳ 26 ✳

Die Sonne schien auf die leere Bettseite neben mir, als ich am nächsten Morgen erwachte. Schon nach zehn, sagte mir ein Blick auf die Uhr. Herrlich! Hatte ich lange geschlafen! Schlaftrunken stand ich auf und tappte durch die Wohnung, um Torsten zu suchen. Ich fand ihn auf der Dachterrasse, wo er auf der gemütlichen Lounge-Couch saß und gedankenverloren in einer Tasse Kaffee rührte.

«Guten Morgen, Bärchen», begrüßte ich ihn.

Torsten zuckte zusammen. Fast wäre der Kaffee übergeschwappt. Ich ließ mich neben ihn sinken und schmiegte mich eng an ihn. Doch er reagierte nicht auf meine Berührung, sondern blieb regungslos sitzen.

«Ist etwas?» Irritiert löste ich mich von ihm.

«Nein. Ja. Ach, Scheiße!» Er blickte mich an «Lilly! Ich kann das alles nicht mehr.»

Kapitel 2

«Du kannst *was* nicht mehr?»

«Na, das alles hier.» Torsten machte eine ausladende Armbewegung.

«Ich verstehe nicht, was du meinst», sagte ich, doch mein Herz hatte bei Torstens Satz einen ängstlichen Hüpfer gemacht.

«Ich liebe dich.»

«Das weiß ich», sagte ich langsam, obwohl ich mir dessen auf einmal keineswegs mehr sicher war. «Und weiter?»

«Aber ich kann nicht mehr mit dir zusammen sein», sagte Torsten so hastig, als hätte er Angst, die Worte zu verschlucken, wenn er sie nicht schnell genug aussprach.

Bitte?! Ich musste mich verhört haben.

«Ich kann nicht mehr mit dir verheiratet sein», wiederholte Torsten.

Ich atmete scharf aus. Ich hatte mich nicht verhört! Torsten verbarg das Gesicht in seinen Händen. Oh nein! Er würde mir jetzt nicht ausweichen. Ich rüttelte ihn an den Schultern, damit er mich ansehen musste.

«Wenn das ein Scherz ist, dann finde ich ihn nicht besonders lustig.»

«Es ist kein Scherz.»

«Aber du hast mir doch gerade gesagt, dass du mich liebst.» Bestimmt schlief ich und steckte in einem besonders fiesen Albtraum fest. Die Schlaftabletten! Es mussten die Schlaftabletten sein, die dafür sorgten, dass die Grenze zwischen Fiktion und Realität verschwamm. Mein Hausarzt hatte recht gehabt, diese Dinger waren ein Teufelszeug.

«Ich liebe dich ja auch noch», sagte Torsten gequält. «Aber ich bin … ich bin nicht mehr in dich verliebt. Ich liebe dich eher wie … meine Schwester.»

Wie seine Schwester? Phantastisch! Inga war fast zwei Meter groß, hatte Hände in der Größe von Bratpfannen und rasierte sich nicht unter den Achseln.

«Aber wir haben gestern noch den Geburtstag deiner Mutter gefeiert. Wir hatten Sex auf dem Küchentisch. – Und wir waren beim Stanglwirt und haben dort die Goldene Gästenadel verliehen bekommen», fügte ich absurderweise hinzu, als wäre diese Nadel ein Band, das uns für immer zusammenschweißte. «Wann genau in den vergangenen vierundzwanzig Stunden ist dir aufgefallen, dass du nicht mehr in mich verliebt bist?» Bei den letzten Worten war meine Stimme schrill geworden.

«Du musst doch gemerkt haben, dass es nicht mehr so gut zwischen uns läuft.»

«Tut mir leid. Im Gegensatz zu dir habe ich nichts bemerkt», entgegnete ich zynisch.

«Ich habe die ganze Zeit gehofft, dass alles wieder so wird wie früher.»

Das war nicht sein Ernst?!

«Denkst du denn, mir ist es egal, dass sich meine Gefühle für dich geändert haben?»

Wollte er etwa bemitleidet werden?

«Gut, du bist nicht mehr in mich verliebt, und du möchtest auch nicht mehr mit mir verheiratet sein», fasste ich zusammen. «Und jetzt?» Ich schüttelte benommen den Kopf. An meinem rechten Daumennagel blätterte die Farbe ab. Ich würde ihn neu lackieren müssen.

«Du kannst natürlich erst einmal hier wohnen bleiben, und natürlich werde ich dich finanziell unterstützen. Zumindest bis du wieder eine eigene Wohnung und eine Arbeit gefunden hast.»

Erst einmal in der Wohnung bleiben. Mich weiter finanziell unterstützen. Vorerst. Ich schreckte hoch. Das hörte sich an, als hätte er diesen Vortrag schon hundertmal geprobt. Mir wurde schlecht. Und ich wollte nicht mit solchen Dingen konfrontiert werden. Nicht jetzt, wo mein ganzes Leben wie eine kaputte Luftmatratze vor mir lag. Dabei war doch vor zehn Minuten noch alles in Ordnung gewesen!

«Warum?», fragte ich leise. «Warum tust du das? Ich möchte es so gern verstehen.»

«Glaub mir, ich wollte das alles nicht», antwortete Torsten hilflos.

«Ist es wegen …?»

Er schüttelte den Kopf. «Es war mir nie so wichtig wie dir.»

«Gibt es eine andere?»

Er wand sich unter meinem Blick. Doch ich sah ihn fest an, stocksteif und mit angehaltenem Atem.

«Gibt es eine andere?», wiederholte ich, obwohl ich die Antwort nicht hören wollte.

«Ja.» Torsten sackte in sich zusammen.

Mein Herz raste mittlerweile in meiner Brust, als wolle es einen Hundert-Meter-Lauf gewinnen. In meinen Ohren rauschte es. «Kenne ich sie?» Meine Stimme kippte. Heiliger Strohsack! Dieses Gespräch drohte vollends zu einem Klischee zu verkommen.

Torsten schüttelte langsam den Kopf.

«Wie lange läuft das schon zwischen euch?» Warum tat ich mir das an? Drei Bände *Shades of Grey* hintereinander waren zu viel gewesen. Ich entwickelte masochistische Züge. Eigentlich sollte ich überhaupt nichts mehr sagen, sondern Torsten den

Aschenbecher, der auf dem Tisch stand, über den Kopf ziehen und ihn mit seiner blutenden Platzwunde fortjagen.

«Ich habe Ingrid eine Wohnung verkauft.»

Ingrid! In meinem Kopf ging ein Alarmsignal los.

«Ingrid! Ist das zufällig *die* Ingrid, von der deine Mutter gestern erzählt hat? Die Tochter von Freunden? Das nette Mädchen, das als Cheflektorin bei einem großen Verlag arbeitet?»

«Ja … Aber da war nichts. Zumindest nicht am Anfang. Erst vor ein paar Wochen …»

Stopp! Mehr wollte ich nicht hören. Ich machte eine abwehrende Bewegung und drehte den Kopf weg, damit er nicht sehen konnte, dass mir Tränen in die Augen geschossen waren.

«Es tut mir leid.»

«Und mir erst», murmelte ich tonlos.

«Wir müssen noch ein paar Dinge klären.»

«Nicht jetzt.» Ich wedelte mit der Hand vor seinem Gesicht herum. «Ich will, dass du gehst.»

Es tat nicht weh, als ich mir heiße Kaffeebrühe über den Handrücken kippte. Auch von dem kalten Wasser, das ich anschließend darüberlaufen ließ, spürte ich nichts. Ich spürte gar nichts. Nur Leere. Mein Herz, das kurz zuvor noch wie ein verängstigter Vogel herumgeflattert war, lag wie ein starrer, eisiger Klumpen in meinem Brustkorb. Wahrscheinlich war das eine Art Schutzreaktion des Körpers, überlegte ich und wunderte mich darüber, dass ich in dieser Situation überhaupt noch zu solch analytischen Gedanken fähig war. Sie flogen nicht wie eine Schar aufgescheuchter Krähen durcheinander, wie man hätte meinen können, sondern standen relativ ordentlich nebeneinander. Die Szenerie, die sich vorhin auf der Dachterrasse abgespielt hatte, konnte unmöglich real gewesen sein. So etwas passierte in Filmen, so etwas passierte Frauen mit dem IQ eines

Toastbrotes, die die Augen vor dem Offensichtlichen verschlossen. Aber so etwas … passierte doch nicht mir! Torsten und ich hatten doch erst vor einem knappen Dreivierteljahr geheiratet! Ein Schluchzen drang aus meiner Kehle, und ich wartete darauf, dass ich anfangen würde zu weinen. Doch der erlösende Tränenstrom blieb aus.

Ich sank auf einen Stuhl und blickte mich in der Wohnung um. An der Garderobe hing seine Jacke, seine Schuhe standen in der Ecke, auf dem Küchentisch lag neben meiner Abo-Ausgabe von *Home and Garden* Torstens *Das Immobilienmagazin*. Überall Spuren von ihm. Doch er war nicht mehr da! Hatte eine Tasche gepackt und war verschwunden. Wohin auch immer. Zu seinen Eltern? Ins Hotel? Zu Ingrid?

Ingrid! Ich lachte auf. Das war typisch. Andere Frauen wurden wegen einer Michelle verlassen, wegen einer Amelie, manchmal sogar wegen einer Estefania. Aber bei mir musste es natürlich eine Ingrid sein.

Ein Geräusch an der Wohnungstür ließ mich aufhorchen. Kam Torsten zurück? Tat ihm unser Gespräch von vorhin etwa schon leid? Doch es war nur Jakob, der mit einem Motorradhelm unter dem Arm in die Küche trat.

«Was ist mit dir?», fragte er.

«Nichts.» Ich drehte enttäuscht den Kopf weg.

«Wegen gestern Abend: Es tut mir leid. Wenn ich gewusst hätte, dass ihr …»

«Schon vergessen.»

«Wenn du möchtest, dass ich ausziehe …» Er kratzte sich am Kopf, und wie er so verlegen vor mir stand, konnte ich fast ein wenig verstehen, warum die Frauen so verrückt nach ihm waren. Er sah schon gut aus. Irgendwie. Auf eine nachlässige Art und Weise. Ach, Quatsch! Was fiel mir da ein? Er war ein ausgemachter Mistkerl.

Trotzdem antwortete ich: «Nein. Bleib ruhig hier wohnen. Es sind ja nur ein paar Wochen.» Die Vorstellung, von morgens bis abends allein in der Wohnung herumzuhängen, deprimierte mich letztendlich noch mehr als seine Gegenwart.

«Torsten hat auch nichts dagegen?»

«Torsten wohnt nicht mehr hier.»

Jakobs Augen weiteten sich. «Seit wann?»

«Seit etwa einer Stunde.»

Er betrachtete angestrengt die Spitzen seiner gelben Chucks. «Das tut mir leid.»

Ich zuckte die Schultern.

«Hast du ihn rausgeschmissen oder ist … er gegangen?»

«Letzteres», erwiderte ich resigniert. «Wegen einer Ingrid.» Da es mir absolut egal war, was er über mich dachte, konnte ich ruhig bei der Wahrheit bleiben. Im nächsten Augenblick jedoch biss ich mir auf die Unterlippe. Wie tief war ich gesunken, dass ich gerade diesem Weiberhelden mein Leid klagte. Die Reihe der gebrochenen Herzen, die seinen Weg säumten, reichte wahrscheinlich von München bis zu den Alpen. Scheiße! Ich musste hier raus.

Ich griff nach dem Haustürschlüssel. Nach dem Schlüssel, der bald schon nicht mehr meiner sein würde. Genauso wenig wie der Tisch, an dem ich saß, das Sofa, die Dachterrasse. Panik überkam mich. Gehörte außer meinen Kleidern und dem Handy überhaupt etwas mir? Was sollte ich nur tun? Ohne ein Wort der Erklärung stand ich auf, schlüpfte in meine Sandalen und verließ die Wohnung. Im Hausflur kam mir meine Nachbarin mit einer kleinen Kiste im Arm entgegen.

«Wie siehst du denn aus?», fragte Sandra statt einer Begrüßung.

«Was meinst du?» Sah man mir mein Unglück so deutlich an?

«So offenherzig kenne ich dich gar nicht.»

Ich schaute an mir herunter und merkte, dass ich rot wurde, denn ich trug nur ein etwas längeres Top mit Hello-Kitty-Aufdruck. Hatte ich mich so mit Jakob unterhalten?!

«Ich wollte … nur kurz nach der Post schauen», stotterte ich.

Doch zum Glück ging Sandra nicht weiter auf meinen freizügigen Aufzug ein.

«Letzte Fuhre, und dann haben wir es geschafft», sagte sie stolz.

Ich sah sie traurig an.

«Ach, jetzt guck doch nicht so.» Sandra zog mich mit dem freien Arm an sich und drückte mich gegen ihren runden Bauch. «Maik und ich sind doch nicht aus der Welt. Und das Baby musst du natürlich auch bewundern, wenn es da ist.»

«Aber mit wem werde ich in Zukunft zusammen frühstücken?»

«Ach!», erwiderte Sandra wegwerfend. «Unser Nachmieter ist ein würdiger Ersatz für uns.»

«Ist die Vermittlung der Wohnung nicht über ein Immobilienbüro abgewickelt worden?»

«Unser Vermieter hat mir den Namen genannt, und ich habe ihn bei Facebook gestalkt. Günther Janssen heißt er. Und wenn seine Fotos nicht unglaublich stark bearbeitet sind, sieht er sehr, sehr gut aus. Ein bisschen schüchtern, aber trotzdem eine echte Sahneschnitte.» Sie lächelte verschmitzt.

«Wir bleiben in Kontakt, ja? Und du musst mir unbedingt Bescheid sagen, wenn der Kleine da ist.» Ich tätschelte ihren Bauch und spürte dabei eine kleine Erhebung unter meinen Fingern. Mir lief ein Schauder über den Rücken. Ich drückte Sandra noch einmal kurz an mich und ging zurück in die Wohnung.

Jakob saß immer noch in der Küche. Unwillkürlich zog ich das Nachthemd mit beiden Händen herunter.

«Ist alles in Ordnung mit dir?» Ich bildete mir tatsächlich ein, einen Hauch von Besorgnis in seiner Stimme zu hören. «Also, wenn du jemanden brauchst, mit dem du darüber reden willst …»

«Keine Sorge. Mir geht es gut.» Ich drehte mich um und ging so würdevoll, wie es mein halb entblößter Hintern zuließ, ins Schlafzimmer. Für einen Moment überlegte ich, die letzten drei Schlaftabletten, die sich noch in der Packung befanden, auf einmal zu nehmen. Natürlich nicht um mich umzubringen, sondern eher um wie Dornröschen in einen tiefen Schlaf zu fallen und erst hundert Jahre später wieder aufzuwachen. Ein schöner Prinz wäre in diesem Zusammenhang auch nicht zu verachten gewesen. Obwohl … ich sollte künftig die Finger von diesen Kerlen lassen, dachte ich. Der letzte hatte schließlich auch nichts getaugt.

Als ich klein war, hatte meine Mutter meinen Schwestern und mir abends immer Märchen vorgelesen. Eng aneinandergekuschelt lagen wir auf unserer abgewetzten Couch, ein Knäuel aus zehn Armen und zehn Beinen unterschiedlicher Länge, reisten in ferne Länder, kämpften gegen finstere Kreaturen und verliebten uns in gutaussehende Prinzen.

Zumindest wenn es uns gelang, uns auf eine Geschichte zu einigen.

Helga, meine älteste Schwester, mochte sozialkritische Märchen wie die von Hans Christian Andersen am liebsten. Bereits als Kind hatte sie sich geweigert, sich mit Dingen zu beschäftigen, die der reinen Unterhaltung dienten. Fee, die Hübscheste von uns vieren, liebte *Schneewittchen*, und meine Zwillingsschwester Mia war ein großer Fan der Hexe in *Hänsel und Gretel*. Ich selbst konnte mich mit dem armen *Aschenputtel* am stärksten identifizieren. Wahrscheinlich weil ich mich, inmitten außergewöhnlicher Menschen, schon immer als das Mauerblümchen der Familie gefühlt hatte.

Und so hatte ich schon als kleines Mädchen auf einen Prinzen gewartet, der erkannte, dass auch ich etwas ganz Besonderes war. Der auf einem weißen Pferd daherritt, mich aus meinem Gefängnis befreite und mit auf sein Schloss nahm.

Meine Geduld war belohnt worden.

Torsten besaß zwar kein weißes Pferd, sondern nur einen Audi TT, und das Gefängnis, das er stürmte, war kein fensterloser Turm oder etwas ähnlich Dramatisches, sondern die Freisinger Sparkasse, und er lebte auch nicht in einem Schloss, sondern lediglich in einer Wohnung. Aber da Prinzen heutzutage rar sind, hatte ich über solche Kleinigkeiten hinweggesehen. Torsten war erfolgreich, attraktiv, gut im Bett. Letztendlich war er aber trotzdem nichts weiter als ein Frosch!

Die ersten drei Tage nach Torstens Auszug verbrachte ich damit, im Bett zu liegen und auf das Fenster zu starren. Es regnete dauerhaft, und die herabrinnenden Regentropfen malten interessante Muster an die Scheibe. Als mir diese Beschäftigung zu langweilig wurde, sah ich fern. *Scarlett*, die Fortsetzung von *Vom Winde verweht*. Wenn ich sie zu Ende geschaut hatte, fing ich von vorne an. Immer wieder. Die Botschaft des Films machte mir Hoffnung: Obwohl zwischen Scarlett und Rhett so vieles falsch gelaufen war, siegte ihre Liebe am Ende doch. Vielleicht würde es mir und Torsten genauso gehen? Er würde zurückkommen, und ich würde ihm verzeihen.

Zu meiner Überraschung schien mein Zustand mütterliche Gefühle in Jakob zu wecken, denn er klopfte hin und wieder an meine Zimmertür und fragte mich, ob ich etwas essen wollte. Nichts Besonderes. Doseneintopf, Tütensuppe, manchmal eine Fertigpizza oder ein belegtes Brot. Aber ich stopfte alles bereitwillig in mich hinein. Leider hatte mir mein Kummer nicht den Appetit verdorben.

Als der Regen aufhörte und ich ganze Passagen von *Scarlett* mitsprechen konnte, stand ich auf und fing an zu backen. Dutzende von Muffins, Cupcakes und sogar eine Schwarzwälder Kirschtorte. Der süße Duft, der dabei durch die Wohnung zog, hatte etwas Tröstendes, und ich fühlte mich in meine Kindheit zurückversetzt, als ich in der Adventszeit neben meiner Mutter in der Küche gestanden und Zimtsterne ausgestochen hatte. Und ich aß, nur sporadisch unterstützt von meinem Mitbewohner, der irgendwann Angst um seine Figur bekam, alles auf. Ich hatte regelrechte Heißhungerattacken, und so konnte ich mich noch nicht einmal damit trösten, dass ich am Ende meiner Trauerzeit als ätherisches, filigranes Wesen phönixgleich aus der Asche emporsteigen würde. Ganz im Gegenteil! Ich würde moppeliger sein denn je!

Am Morgen des fünften Tages wachte ich auf und merkte, dass es mir ein wenig besserging. Torsten fehlte mir zwar nach wie vor, aber die alles verschlingende, bodenlose Verzweiflung, die mich während der letzten Tage erfasst hatte, war seltsamerweise fort. Mein Leben erschien mir zwar immer noch grau, aber zumindest lag es nicht mehr tiefschwarz vor mir. Außerdem war ich am Abend zuvor von *Scarlett* zu *Während du schliefst*, *French Kiss* und *E-Mail für dich* übergegangen. Und in keinem dieser drei Filme wurde eine alte Liebe aufgewärmt.

Heilten gebrochene Herzen tatsächlich so schnell? Wohl kaum. Bestimmt war die leichte Verbesserung meiner Gemütslage nur die sprichwörtliche Ruhe vor dem Sturm, damit der Liebeskummer in einem unbeachteten Augenblick mit der Gewalt eines Tsunamis erneut über mich hinwegfegen und mich endgültig außer Gefecht setzen konnte. Aber im Moment war mir das egal. Mir war nicht mehr danach, mich von der Dachterrasse zu stürzen, und das reichte vorerst.

Die letzten Tage hatte ich sowohl die Türklingel als auch das Telefon komplett ignoriert und auch Jakob die strenge Anweisung gegeben, niemanden zu mir zu lassen. Ein Auftrag, den er zugegebenermaßen sehr gewissenhaft ausführte. Doch als mein Handy klingelte und ich sah, dass meine Schwester Helga versuchte, mich zu erreichen, fühlte ich mich dazu bereit, mein selbstgewähltes Exil zu verlassen.

«Ich habe es getan. Nun gibt es kein Zurück mehr», sagte Helga dramatisch, ohne sich groß mit einer Begrüßungsformel aufzuhalten.

«Geht es dir gut!?»

«Natürlich. Was denkst du?» Helga klang empört. «Ich freue mich lediglich darüber, dass unsere Hochzeitseinladungen abgeschickt worden sind. Am 17. August ist es so weit. Sind Jakobs und eure Karten schon angekommen?»

«Hochzeitseinladungen?! Ich wusste gar nicht, dass ihr noch in diesem Jahr kirchlich heiraten wolltet.»

«Wir sind halt sehr spontan.» Helga lachte. «Nein, du hast recht. Eigentlich wollten Nils und ich warten, bis unser Herzchen ein wenig älter ist, aber im Hotel Berghof in Starnberg ist kurzfristig noch etwas frei geworden.» Meine Schwester senkte die Stimme. «Ein Brautpaar hat abgesagt. Trennung kurz vor der Hochzeit. Ist das nicht schlimm?»

Besser als danach! Aber damit wollte ich Helga momentan nicht belästigen. Nicht, dass ich nicht das Bedürfnis gehabt hätte, mich auszuweinen, nachdem der erste Schock verdaut war. Aber das Scheitern meiner Beziehung vor jemandem zuzugeben, der kurz davorstand, den Bund der Ehe einzugehen und sich sichtlich darauf freute, erschien mir … egoistisch. Es war sowieso ein Wunder, dass Helga sich traute. Der Satz *Bis dass der Tod euch scheidet* wurde in meiner Familie nämlich leider nicht besonders ernst genommen. Opa Willy hatte sich von meiner Oma getrennt, als mein Vater noch ganz klein gewesen war. Anschließend hatte er noch vier weitere Male geheiratet. Und bei meinen Eltern war es vermutlich auch nur eine Frage der Zeit, bis sie ihre Trennung amtlich machten. Elf von tausend Ehen werden durchschnittlich in Deutschland geschieden, hatte ich gegoogelt. In meiner Familie ging die Tendenz zu drei von drei.

«Starnberg! Das ist ja phantastisch!», rief ich und sah mich vor meinem geistigen Auge teewurstgleich in einem viel zu engen Kleid einsam auf einer Terrasse mit Seeblick stehen. Schade, dass das Leben keine Rückspultaste hatte.

«Nicht wahr? Im Moment weiß ich vor lauter Arbeit allerdings nicht, wo mir der Kopf steht. Meine To-do-Liste ist sechs DIN-A4-Seiten lang.»

«Hat Nils' Mutter euch nicht eine Hochzeitsplanerin spendiert?»

«Aufgezwungen trifft es besser. Ich hätte gut ohne sie auskommen können.» Ich konnte förmlich vor mir sehen, wie Helga die Augen verdrehte. «Sie hat uns vorgeschlagen, *Schwäne* zu mieten und sie als lebende Dekoration durch den Park laufen zu lassen. Und sie wollte einen Eiskünstler engagieren, der eine Skulptur von Nils und mir schnitzt. Dieser Frau muss ich permanent auf die Finger schauen, damit unsere Hochzeit am Ende nicht vor Kitsch trieft.»

«Du Arme!»

«Ich weiß», sagte Helga, ohne die leise Ironie in meiner Stimme zu bemerken. «Mir hätte auch ein Mittagessen im Kreis der Familie gereicht. Ist es nicht absurd, dass gerade ich in eine Schauspielerfamilie einheirate? Ich hatte jahrelang nicht mal einen Fernseher.»

Ich verzog das Gesicht. Eine bedauerliche Verschwendung von Ressourcen, dass gerade Helga sich Nils geangelt hatte. Nicht nur dass Nils wahnsinnig gut aussah, er war auch wahnsinnig prominent und wahnsinnig nett. Alle weiblichen Mitglieder meiner Familie, mich selbst eingeschlossen, waren ein wenig in ihn verliebt. Sogar mein Vater fand ihn attraktiv. Und schöne Kinder konnte er zeugen … Meine sechs Monate alte Nichte Mathilda war ein echtes Zuckerpüppchen. Nein, ich würde jetzt nicht neidisch auf Helga werden. Sie hatte selbst jahrelang genug Pech mit den Kerlen gehabt.

«Weißt du schon, wer alles kommt?», fragte ich neugierig. Gegen ein paar alleinstehende Männer aus der Film- und Fernsehbranche als Gäste hatte ich ganz und gar nichts einzuwenden.

«Etwa achtzig Personen. Die Hälfte davon kenne ich gar nicht. Meinst du, ich kann es wagen, unsere Eltern nebeneinanderzusetzen?»

«Natürlich.»

«Aber sie reden nicht mehr miteinander.»

«Für diesen besonderen Anlass werden sie sich zusammennehmen.»

«Und was ist, wenn Milla ihren neuen Freund mitbringt? Diesen Ian. Wo soll ich mit dem hin? Ich kann ihn doch schlecht an den Familientisch setzen.»

«Das würde sie nicht wagen.» Alarmiert richtete ich mich auf.

«Ich traue unserer Mutter momentan alles zu.»

«Wenn sie ihn mitbringt, bringe ich ihn um», sagte ich schnell, um Helga, aber auch mich an weiteren Grübeleien zu hindern.

«Das darfst du mir nicht antun!»

«Warum nicht?»

«Dann kommst du ins Gefängnis, und ich hätte drei Gäste weniger. Da müsste ich mit meiner Planung noch einmal von vorne anfangen.»

«Warum drei?»

«Milla würde nicht mit uns feiern, wenn eine ihrer Töchter ihren Freund um die Ecke gebracht hätte.»

«Uns fällt bestimmt noch eine legalere Methode ein, wenn Milla diesen Kerl wirklich mitbringen sollte.»

«Du hast recht. Wo würdest du den Pfarrer hinsetzen? Und Opa Willy? Nils hat eine verwitwete Großtante.»

«Hervorragend. Das wird ihm gefallen, dem alten Schwerenöter.»

«Und wie plane ich Jakob und Mia ein? Sie könnten in Begleitung erscheinen, oder sie könnten alleine kommen. Jakob würde ich sogar zwei Frauen auf einmal zutrauen! Außerdem hat Nils einen reichen Onkel, den niemand leiden kann.» Helga seufzte. «Ach, die Sitzordnung in unserer Familie ist aber auch kompliziert! Dabei habe ich in der *Love and Marriage* gelesen, dass eine Hochzeit mit der Tischordnung steht und fällt. Aber gut ... Diese Herausforderung werde ich auch noch bewältigen. Ich hoffe nur, dass am Ende niemand mehr absagt.»

Augenblicklich bekam ich ein schlechtes Gewissen. Denn es würde definitiv jemand absagen. Ich sollte Helga meine Trennung beichten. Irgendwann musste ich sowieso mit der Wahrheit herausrücken. Warum nicht jetzt? Aber ich konnte es nicht. Auch auf die Gefahr hin, dass ich Helgas Tischordnung und der gesamten Hochzeit durch das Verschweigen meines neuen Beziehungsstatus einen irreparablen Schaden zufügen würde.

«Bevor ich es vergesse», riss Helga mich aus meinen Gedanken, «ich habe dich als Zeremonienmeisterin eingeteilt.»

«Und was macht man als Zeremonienmeisterin?»

«Da wir die Hochzeitsplanerin haben, nicht viel. Du bist eigentlich nur für die Organisation der Vorträge und Hochzeitsspiele zuständig.»

«Du hasst Hochzeitsspiele!»

«Aber Nils findet so etwas toll. Seit ich das weiß, habe ich Angst, dass es noch mehr dunkle Geheimnisse gibt, die er bisher vor mir verborgen hat. Bitte versprich mir, dass du unter allen Umständen verhinderst, dass er mich mit verbundenen Augen mit Torte füttert oder dass ich ihn in einem Pulk von Männern an seinen Waden erkennen muss.»

«Ich versuche es.»

«Und ich möchte nicht, dass Kinderfotos von mir gezeigt werden. Niemand braucht zu wissen, dass ich mit fünfzehn so hässlich war, dass die Tanzlehrerin mir für den Abschlussball einen Tänzer zuweisen musste, weil sich partout kein Freiwilliger finden wollte. Und der Mireille-Matthieu-Haarschnitt muss unter allen Umständen ein Familiengeheimnis bleiben.»

«Keine Torte, keine Männerwaden, auf gar keinen Fall Kinderbilder.»

«Am besten gar nichts. Kannst du das anregen?»

«Es würde meine Position vermutlich ein wenig ad absurdum führen», gab ich zu bedenken. «Und du sagst doch, dass Nils sich so sehr darauf freut. Aber vielleicht meldet sich ja auch niemand. – Was müssen Fee und Mia machen?» Ich konnte den Verdacht nicht abschütteln, dass die unangenehmste Aufgabe wieder einmal mir zugefallen war.

«Fee ist bereits Trauzeugin, und Mia … Ehrlich gesagt wäre es mir am liebsten, wenn sie sich bei der Hochzeit so unauffällig wie möglich verhalten würde.»

«Du möchtest also nicht, dass sie Jacky-Cola-Trinkspiele mit dem männlichen Trauzeugen veranstaltet und am Ende des Abends wild knutschend mit dem Alleinunterhalter auf der Bühne liegt, so wie sie es auf meiner Hochzeit getan hat?»

«Lass mich kurz überlegen … Nein! Apropos Trauzeuge … Fast hätte ich vergessen, es dir zu erzählen. Du glaubst nicht, wer Nils' Trauzeuge ist!»

«Joschua Zimmermann?» Der Nachrichtensprecher war der beste Freund meines Schwagers.

«Joschua reist zurzeit durch Australien und Neuseeland. Nein! Ich gebe dir einen kleinen Tipp: Ihr kennt euch von früher.» Helga kicherte, und mein Magen begann, ungut zu flattern.

«Noch einen Tipp?!»

«Er ist mit Mia und dir in eine Klasse gegangen.»

«Nein!»

«Doch.»

«Wer ist es?»

«Anton Schäfer. Er freut sich schon drauf, dich wiederzusehen, und wird dich bei der Organisation des Abendprogramms unterstützen.»

Anton Schäfer!

Mir wurde schlecht.

Kapitel 3

«Halloooohoooo!!», flötete es mir freundlich aus der Gegen-sprechanlage entgegen. Und als ich nicht gleich reagierte: «Poohoost!»

«Ist es für mich?» Jakob stand hinter mir und verschränkte die Arme vor der gepiercten Brust.

«Nein. Der Postbote.» Ich warf ihm einen bösen Blick zu. Konnte sich dieser Mensch nicht etwas anziehen? Wenigstens untenherum?

Anfangs hatte mir sein hüllenloser Anblick fast die Sprache verschlagen, denn sein Körper war wirklich nicht zu verachten. Da ich dieses Bild aber täglich mehrere Male zu sehen bekam, hatte sich meine Faszination ziemlich schnell gelegt. Der Sau-na-Effekt, wie ich ihn nannte. Zu viel nacktes Fleisch ließ einen auf Dauer abstumpfen. «Musst du nicht arbeiten?», fragte ich.

«Es ist Samstag.»

Stimmt! Anscheinend war mir in den letzten Tagen jegliches Zeitgefühl abhandengekommen.

Es klingelte erneut. Dieses Mal nachdrücklicher.

«Warum machst du nicht auf?», fragte Jakob.

«Ich bin im Morgenmantel. Kannst du nicht öffnen?»

Jakob sah an seinem nackten Oberkörper herunter, und ich verdrehte die Augen gen Himmel. Genervt schlurfte ich zur Wohnungstür und öffnete sie mit einem beherzten Griff.

«Einen wunderschönen guten Morgen.» Siggi, unser Postbote, strahlte mich an. Seine wenigen Haare standen ihm wie immer zerzaust vom Kopf ab, sein rundes Gesicht glänzte. «Ist das nicht ein wundervoller Tag heute? Die Sonne scheint. Die Vöglein zwitschern. Und …», er machte eine kunstvolle Pause, «… ich habe ein Päckchen für Sie!» Mit ausgestreckten Armen hielt er es mir entgegen. «Allerdings ist es nur ein ganz, ganz kleines.» Er zog seinen elektronischen Schreibblock heraus, und ich kritzelte meinen Namen darauf.

«So eine schwungvolle Unterschrift! Und das trotz dieses klobigen Stifts. Die meisten beschweren sich darüber. Haben Sie für das Wochenende schon etwas geplant? Ich werde …» Der kleine Mann fuhr zurück und starrte auf einen Punkt hinter meiner rechten Schulter. Jakob hatte sich uns genähert.

«Ich … äh … habe Ihnen auch … äh … Ihre restliche Post mitgebracht.» Er drückte mir einen Stapel Briefe in die Hand. Dabei reckte er den Hals, um einen Blick in die Wohnung zu erhaschen. Dachte er etwa, ich hätte noch mehr von Jakobs Sorte hier drinnen versteckt?

«Vielen Dank, ganz lieb von Ihnen», sagte ich. «Wenn Sie mich jetzt entschuldigen würden. Ich habe Besuch.» Im selben Moment merkte ich, dass diese Worte den zügellosen, unmoralischen Eindruck, den der Postbote von mir gewonnen hatte, mit ziemlicher Sicherheit noch verstärkten, und ich spürte, dass ich rot wurde.

«Oh! Natürlich. Dann will ich nicht länger stören. Einen schönen Tag wünsche ich Ihnen beiden noch.» Er hob entschuldigend die Hände, bewegte sich aber keinen Millimeter. Hinter seinem Rücken konnte ich meine Nachbarin Sandra und ihren Freund Maik sehen.

«Guten Morgen», rief Sandra mir fröhlich zu. «Wir treffen uns gleich mit dem Vermieter zur Wohnungsabnahme. Ich melde mich bei dir, wenn ich wieder einigermaßen Land sehe.»

Siggi drehte sich abrupt um. «Ach, ist es schon so weit? Wollen Sie uns wirklich verlassen?»

Ich nutzte die Chance und schlug die Tür zu.

«Ist der scharf auf dich?», fragte Jakob.

«Er ist zu jedem so freundlich», antwortete ich abwesend. Ich ging in die Küche zurück und schaute die Post durch.

Ein Päckchen von Amazon, eine Rechnung von meinem Zahnarzt, eine Mitteilung von Torstens Rentenversicherung, Werbung von Kabel 1. Und zwei cremefarbene Umschläge aus schwerem Papier. Das mussten sie sein. Mein Herz fing unwillkürlich an, schneller zu schlagen.

«Hier, für dich.» Ich reichte Jakob, der mir gefolgt war, eins der Kuverts.

Er sah es misstrauisch an.

«Die Hochzeitseinladung von Helga und Nils», erklärte ich. «Keine Angst, sie ist nicht ansteckend», versuchte ich einen Witz zu machen. Doch das Lachen blieb mir im Halse stecken. Jakob fand das augenscheinlich genauso wenig lustig. Er musterte mich irritiert und verzog sich wortlos in sein Zimmer.

Ich sah mir den Umschlag etwas genauer an. Mein Name und der von Torsten waren mit Schönschriftfüller daraufgeschrieben. Ein kleines bordeauxrotes Herz auf der Rückseite diente als Siegel. Ich würde die Einladung nicht öffnen. Auf gar keinen Fall. Entschlossen legte ich sie in die Schublade mit den Süßigkeiten – ich hatte sowieso beschlossen, das Zeug künftig nicht mehr anzurühren – und nahm eine Tafel Nuss-Nougat-Schokolade heraus. Mit zitternden Fingern schlug ich das verheißungsvoll knisternde Goldpapier zurück, brach einen Riegel der braunen Köstlichkeit ab und steckte sie in den Mund. Verbissen kaute ich auf der Schokolade herum und versuchte, meinen Blick nicht immer und immer wieder zu besagter Schublade schwenken zu lassen. So musste sich eine Motte angesichts einer

✳ 46 ✳

Zimmerlampe fühlen. Das Verderben vor Augen, aber machtlos, sich gegen seinen Sog zu wehren. Diese blöde Karte! Wäre sie nicht von Helga und Nils, hätte ich sie schon längst verbrannt und die Asche in die Toilette rieseln lassen. Aber so musste ich mich irgendwie mit ihr arrangieren.

Wütend ließ ich das Handrührgerät durch die cremige Masse wirbeln. Muffins mit einer Schokoladenfüllung sollten es werden. Beim Backen konnte ich einfach am besten entspannen. Und beim Essen. Ich steckte mir ein weiteres Stück Nuss-Nougat-Schokolade in den Mund. Mein Blick fiel erneut auf die Schublade zu meiner Rechten, und ich riss sie auf. Hektisch steckte ich ein Messer durch das edle Papier des Umschlags, ritzte ihn auf und zerrte die schlichte cremefarbene Karte mit dem eingravierten *Ja* heraus.

«Das wunderbarste Märchen ist das Leben selbst.»
(Hans Christian Andersen)

Zu unserer Hochzeitsfeier laden wir herzlich ein.

Am 17. August 2013 um 14 Uhr setzen wir mit dem Schiff vom Anlegesteg Starnberg zur Kirche St. Michael in Seeshaupt über, wo die kirchliche Trauung stattfindet.

Gefeiert wird ab 16.00 Uhr
im Hotel Berghof, Seeblick 20
46286 Starnberg.

Wir freuen uns sehr darauf, diesen Tag
gemeinsam mit euch verbringen zu dürfen.

Helga & Nils

Um Zu- und Absagen bitten wir bis zum 15. Juli.

Wenn ihr etwas zur Gestaltung dieses besonderen Tages beitragen wollt, wendet euch bitte an unsere Zeremonienmeister

Lilly Rosenthal (0179/5 643 953)
und Anton Schäfer (0160/7 768 112)

Da hatte ich es. Schwarz auf creme. Heiliger Strohsack! Unsere Namen standen sogar direkt untereinander. Meine Hand zitterte heftig, und ich schaffte es kaum, die Karte festzuhalten.

Anton Schäfer! Warum musste er gerade jetzt wieder in meinem Leben auftauchen? Die letzten Jahre hatte ich es erfolgreich geschafft, jeden Gedanken an unsere gemeinsame Zeit, so gut es ging, zu verdrängen. Hatte die Erinnerungen an ihn in ein Päckchen gepackt, es fest verschnürt und in einem der hintersten Winkel meines Gehirns abgelegt. Doch nun sprangen sie wie Kai aus der Kiste wieder daraus hervor! Plötzlich befand ich mich wieder auf unserer Wiese. Ich spürte den Wind in meinen Haaren, die warmen Sonnenstrahlen, die von einem wolkenlosen Himmel auf mein Gesicht schienen, und neben mir lag Anton, und wir hielten uns an den Händen. Damals war mir die Welt so unglaublich weit erschienen. Erst später hatte ich festgestellt, dass überall Zäune standen.

Ich schluchzte auf. Vermutlich war Anton verheiratet. Hatte eine bildschöne Frau und vier entzückende Kinder. Wie oft hatte ich mir in den letzten Jahren vorgestellt, ihn wiederzutreffen! Mein Mann, mein Haus, mein Auto, wollte ich sagen, Fotos von Torsten, der Dachgeschosswohnung und dem Cabrio lässig auf den Tisch werfen und dabei mit dem Diamantring von Tiffany an meiner Hand herumwedeln. Minuten des Triumphs, die ich immer wieder erlebte. Und nun! Ich zog meinen Ehering vom

48

Finger und pfefferte ihn zwischen die Backzutaten, die ich achtlos über der Arbeitsplatte verstreut hatte. Ich würde Anton und seiner attraktiven Familie als alleinstehendes, arbeitsloses Moppelchen gegenübertreten.

Aber vielleicht war Anton ebenfalls Single. Mein Herz fing bei dieser Vorstellung an, laut gegen meine Rippen zu pochen. Ich blickte auf Jakobs Zimmertür. Seine Mutter hatte jahrelang als Haushälterin bei Nils' Eltern gearbeitet. Die beiden waren wie Brüder miteinander aufgewachsen. Ich klopfte an.

«Was ist?», tönte es aus dem Zimmer. Ich trat ein. Jakob lag auf dem Bett und spielte auf seinem Handy herum.

«Duuuu.»

Er schaute mich misstrauisch an. Seit er bei mir wohnte, hatte ich keinen Fuß mehr in diesen Raum gesetzt, und jetzt merkte ich, dass ich gut daran getan hatte. Abgesehen von einer Kleiderstange, ein paar Umzugskisten, einem Tisch und einer Matratze war das Zimmer leer. Kein Wunder, dass er unseren Küchentisch diesem trostlosen Ort vorgezogen hatte!

«Kennst du einen Anton Schäfer?» Ich bemühte mich um einen neutralen Ton.

«Ist Nils' Trauzeuge», antwortete er, ohne den Blick vom Display seines Handys zu lösen.

«Das ist mir klar», erwiderte ich ungeduldig. «Hast du ihn schon einmal gesehen?»

Jakob gab einen grunzenden Ton von sich, den ich als Ja interpretierte.

«Weißt du, ob er verheiratet ist?»

Er hob den Kopf. «Warum willst du das wissen?»

Verlegen wich ich seinem Blick aus und schaute zu Boden. Böser Fehler! Denn meine Augen blieben sofort an seinen enganliegenden Boxershorts hängen. So ein Mist! Dabei bemühte ich mich doch so sehr, gerade dort nicht hinzuschauen! Es war

※ 49 ※

das gleiche Phänomen, das ich bei mir beobachtete, wenn Menschen irgendein Gebrechen hatten, ihnen zum Beispiel ein Arm oder ein Bein fehlte. Nur dass es hier an nichts mangelte. Ganz im Gegenteil. Rasch wandte ich mich ab.

«Lilly, Lilly.» Er zog gespielt schockiert die Augenbrauen hoch. «Was soll ich von dieser Frage halten?»

«Du bist ein Idiot.»

«Was bekomme ich, wenn ich dir eine Auskunft gebe?»

«Du darfst hier wohnen. Das müsste reichen.»

«Wir könnten ein Strip-Quiz spielen.»

Ein lautes Husten wies auf das Ankommen einer Kurznachricht hin, doch Jakob schenkte ihr keine Beachtung, seine Aufmerksamkeit war voll und ganz auf mich gerichtet. «Für jede Antwort, die du von mir bekommst, ziehst du ein Kleidungsstück aus. Wenn du mich etwas fragst, was ich nicht weiß, bin ich an der Reihe.» Jakob lächelte unschuldig.

«Auf gar keinen Fall», sagte ich und verschränkte die Arme vor meiner Brust, um ein deutliches Signal zu setzen, dass hier alles an Ort und Stelle bleiben würde. «Ich bin schließlich frisch getrennt.»

«Ich auch.»

«Kommt bei dir aber öfter vor als bei mir.»

Jakob feixte. «Gut gekontert. Und ich kann dich beruhigen: Mein Vorschlag war nicht ernst gemeint. Ich wollte nur sehen, wie viel dir eine Information über Anton wert ist.»

Fast war ich ein wenig enttäuscht. Nicht, dass ich mich auf dieses Strip-Quiz eingelassen hätte, aber in meiner momentanen Situation war natürlich jede noch so kleine Aufmerksamkeit des anderen Geschlechts Balsam für die geschundene Seele. Außerdem trug ich Slip, BH, Hausschuhe und Morgenmantel und hätte mich somit bei diesem Spiel im Vergleich zu Jakob definitiv in der besseren Ausgangssituation befunden. Mensch!

Dass ich überhaupt darüber nachdachte. Ich war wirklich eine bemitleidenswerte Kreatur.

«Nun, jetzt weißt du es. Nicht viel.» Ich sah ihn fest an. «Anton und ich sind ehemalige Klassenkameraden. Es wäre schön zu wissen, was aus ihm geworden ist. Aber ich habe keine Lust auf deine pubertären Spielchen.» Ich drehte mich um und wollte das Zimmer verlassen, doch Jakob hielt mich zurück.

«Es tut mir leid.» Zerknirscht sah er mich an und fuhr sich durch die Haare, sodass sie nach allen Seiten abstanden. Schrecklich, dieser Hundeblick. Und darauf fielen andere Frauen herein! Doch tatsächlich fühlte ich mich ein klein wenig besänftigt. «Und ich würde dir deine Frage wirklich gerne beantworten», fuhr er fort, «aber ich habe keine Ahnung, ob und mit wem Anton verheiratet ist. Ist nicht das Hauptthema bei uns Männern. Schau bei Facebook nach.»

«Bei Facebook?»

«Er ist dort angemeldet.»

«Ich aber nicht.» Enttäuscht ließ ich die Schultern hängen.

«Warum nicht?»

«Weil …» Ich geriet ins Stocken.

«Weil was?»

«Weil dieser ganze Social-Media-Kram nichts für mich ist.» Ich versuchte mich an einem hilflosen Augenaufschlag. «Würdest du dich für mich einloggen? Nur ganz kurz.»

Jakob zückte sein Handy.

An der Tür klingelte es. Warum gerade jetzt? Genervt ging ich zur Gegensprechanlage.

«Ja bitte!»

«Guten Morgen!», ertönte eine helle Frauenstimme. «Hier ist die Vroni.»

«Ist für mich.» Jakob drängte mich zur Seite. «Servus Vroni! Ich komm runter.»

«Ach! Dieses Mal so zurückhaltend. Möchtest du Vroni nicht hereinbitten?», fragte ich spöttisch.

Doch Jakob ignorierte mein Gestichel und ging zurück in sein Zimmer.

«Und was ist mit Facebook?», rief ich ihm nach.

«Später.»

«Aber du hast es versprochen.» Vorwurfsvoll stemmte ich die Hände in die Seiten.

«Ich zeige dir deinen Freund, wenn ich zurück bin.»

«Er ist nicht mein Freund.»

Jakob kam aus seinem Zimmer. Er trug Jeans und zog sich gerade ein weißes Rippshirt über. Vollständig bekleidet war er ein ganz ungewohnter Anblick.

«Vielleicht war er es ja mal.» Er sah mich anzüglich an.

«Und diese Frau, die vor der Tür auf dich wartet. Ist das deine Freundin?»

«Eine Kollegin.» Er stieg in seine Turnschuhe, nahm den Motorradhelm von der Kommode und war auch schon verschwunden.

Ich lief auf die Dachterrasse und hängte mich über die Brüstung, um einen Blick auf diese Vroni zu werfen. Es dauerte ein bisschen, bis Jakob mit seiner Begleitung Hand in Hand aus dem Haus kam. Viel konnte ich nicht sehen, aber das, was ich sah, reichte, um zu erkennen, dass Vroni nicht dieselbe Frau war wie die, die es sich vor kurzem auf unserem Küchentisch bequem gemacht hatte. Es sei denn, sie wäre in den letzten Tagen beim Friseur gewesen und hätte sich die Haare gefärbt. Eine Kollegin! Das war ja zum Totlachen. Wenn es in der IT-Branche überhaupt Frauen gab, dann bestimmt keine mit hüftlanger Shakira-Mähne. Und warum sollte er mit einer Kollegin Händchen halten? So ein Mist! Warum musste diese Vroni gerade jetzt auftauchen? Vielleicht sollte ich entgegen meinen Prinzipien doch einmal darüber nachdenken, mich bei diesem Facebook anzumelden. Aber ich hatte keine Ahnung, ob es dabei etwas zu beachten gab. Was das Internet anging, war ich immer noch relativ jungfräulich. Ich konnte gerade mal meine E-Mails abrufen und eine Google-Suche starten. Und Google hatte ich natürlich schon Hunderte von Malen nach meiner Jugendliebe durchforstet. Ohne Erfolg! Es gab Juristen, Chirurgen, Webdesigner, Schmuckverkäufer und sogar einen ehemaligen Kanu-Olympioniken mit dem Namen Anton Schäfer. Aber den Anton Schäfer, der mit mir zur Schule gegangen war, hatte ich natürlich nicht gefunden. Ob ich Helga noch einmal anrufen sollte? Nein. Auf ihre blöden Fragen konnte ich gut verzichten.

Hektisch rannte ich in der Wohnung auf und ab. Wie viel Pech konnte ein einziger Mensch haben? Helga hatte ihren Exfreund Olli das erste Mal nach ihrer Trennung vor einer Umkleidekabine in einem Kaufhaus wiedergesehen. Sie hatte einen Berg Unterwäsche in XXL im Arm gehabt, er eine Frau mit Modelmaßen und taillenlangen schwarzen Haaren. Keine schöne Situation, beileibe nicht. Aber der ehemaligen großen Liebe frisch getrennt am Traualtar der Schwester gegenüberzutreten zu müssen, toppte dieses Szenario meiner Meinung nach. Helgas Wiedersehen mit Olli war kurz und heftig gewesen. Ein paar Minuten unerträgliche Qualen, aber schnell wieder vorbei. Ich würde einen ganzen Tag mit Anton verbringen müssen. Und eventuell auch mit seiner Familie. Natürlich konnte ich mich auf diesen Moment vorbereiten. Ich konnte mir ein sündhaft teures Kleid kaufen, ich konnte zum Friseur gehen und mir die Haare glätten lassen, ich konnte mir einen prestigeträchtigen Job und einen netten Mann suchen, zehn Kilo abnehmen, besser fünfzehn. Aber doch nicht alles innerhalb von sechs Wochen! Ich musste Helga dazu überreden, die Hochzeit zu verschieben. Zwei bis drei Jahre wären gut. Ach was! Ich würde einfach mit dem Nächstliegenden anfangen. «Niemals an die ganze Straße denken, sondern immer nur an den nächsten Schritt», sagte Beppo Straßenkehrer in *Momo*, einem meiner Lieblingsbücher. Und diese Maxime würde ich beherzigen. Das Kleid und die Frisur hatten Zeit, Mann und Job ließen sich nicht herzaubern, aber es gab eine Baustelle, an der ich arbeiten konnte: meine Figur. Ich würde abnehmen. Und zwar sofort!

Entschlossen tauschte ich Rock und Rüschentop gegen eine knielange Bermuda und ein T-Shirt aus. Nicht das optimale Outfit, aber da ich das letzte Mal zu Schulzeiten Sport getrieben hatte, musste es vorläufig genügen. Ein Problem zeigte sich allerdings bei der Wahl meines Gehwerkzeugs. Da ich als Zwerg von 1,65 penibel darauf achtete, mich nie unter einer Mindestabsatzhöhe von fünf Zentimetern auf der Straße sehen zu lassen, waren meine Hausschuhe die einzig flachen Exemplare, die ich besaß. Zum Glück fiel mir ein, dass ich aus nostalgischen Gründen ein paar alte Chucks aufgehoben hatte. Ich hatte sie seit bestimmt zehn Jahren nicht mehr getragen, doch zu meiner großen Freude passten sie immer noch wie angegossen. Kein Wunder, dass ich so verrückt nach Schuhen war. Die hielten mir auch noch Jahre später die Treue, während meine Hosen und Röcke jedes Jahr im Schnitt um eine Nummer eingingen.

Die ersten Meter klappten super. Warum hatte ich eigentlich nicht viel früher mit Joggen angefangen? Motiviert trabte ich die Seestraße hinunter. Vor dem Geländer der schmalen Brücke, die zum Englischen Garten führte, posierte ein Brautpaar für einen Fotografen. Da das Standesamt nur wenige Meter entfernt lag, war die Brücke ein beliebtes Motiv für Hochzeitsfotos. Ein Blick in die glücklichen Gesichter des Brautpaares ließ mich meine Schritte noch einen Tick beschleunigen. Meine Umgebung begann vorbeizufliegen. Büsche, Bäume und Spaziergänger verschmolzen vor meinen Augen zu einem fließenden Film.

Ich schaute weder nach vorne noch nach hinten, dachte weder an die Vergangenheit noch an die Zukunft. Nichts zählte mehr außer dem nächsten Schritt, dem nächsten Atemzug. Ein phantastisches Gefühl!

Allerdings hielt es nicht lange an. Bereits als ich auf den Weg zum Kleinhesseloher See einbog, war meine anfängliche Euphorie unter der brennenden Sonne verdampft, und ich spürte einen schmerzhaften Stich in der Seite. Ich versuchte, ihn zu ignorieren, doch er wurde von Minute zu Minute stärker. *Bleib stehen!*, schrie meine Lunge. *Wir können nicht mehr*, beschwerten sich meine Füße. Doch ich kämpfte mich weiter vorwärts. Welche Qual! Welch unglaubliche Qual! Zwei Frauen überholten mich in perfekt sitzender Funktionskleidung und mit schicken Kopfhörern auf den Ohren. Eine ältere Frau mit einem Yorkshire Terrier an der Leine walkte zu meiner Rechten an mir vorbei. Mitleidig blickte sie mich an. Oje! Ich wurde von einer Oma überholt. Und dann dieser Durst … Gegen meinen Mund musste die Wüste Gobi wie ein Feuchtgebiet anmuten. Warum hatte ich keine Wasserflasche mitgenommen?

Nachdem ich den See erreicht hatte, schrie jeder einzelne meiner Muskeln nach einer Pause, und ich spürte meine Füße kaum noch. Als ich mich fünf Minuten später zum Biergarten am Seehaus, dem Wendepunkt meiner Laufstrecke, schleppte, hatte sich mein Geist längst von meinem Körper gelöst. Mitleidig beobachtete er die armselige Gestalt in der unpassenden Kleidung, die unter der glühenden Sonne vor sich hin trottete. Ich kroch zum Getränkeausschank, bestellte mir einen halben Liter Radler und ließ mich schwer atmend und mit pumpendem Herzen auf einer Bierbank nieder. Ich kippte das Bier in zwei Zügen herunter. Danach stand ich auf und orderte eine weitere Halbe. Den Blick starr auf den Krug gerichtet, versuchte ich die vielen Pärchen, die die Bänke neben mir und die Tretboote auf dem See bevölkerten, nicht zu beachten. Es war so, wie ich befürchtet hatte: Die Besserung meines Zustands war tatsächlich nur die Ruhe vor dem Sturm gewesen. Hier, im Biergarten am Seehaus, brach der letzte Damm meiner mühsam aufgebauten Selbstbeherrschung, und ich drohte vom Selbstmitleid mitgerissen zu werden.

Ich hatte alles verloren. Ich war dick, unsportlich, und meine Haare waren so kraus, dass ein winziges Spängchen ausreichte, um sie hochzustecken. Der Mann, mit dem ich die zehn schönsten Jahre meines Lebens verbracht hatte, wollte sich von mir scheiden lassen, und den Audi konnte ich höchstwahrscheinlich auch nicht behalten. Oh nein, das Auto! Daran hatte ich noch gar nicht gedacht. Ich liebte es. Es war wie ein Haustier für mich. Wenn ich darin saß, fühlte ich mich mindestens fünf Kilo schlanker. Bei offenem Verdeck sogar zehn. Alles weg. Nur dieser doofe Jakob würde mir erhalten bleiben. Zumindest für die nächsten sechs Wochen.

Torsten hatte nicht nur gute Seiten. Beileibe nicht. Aber gerade im Moment fielen mir nur gute ein. Dass er immer den Wocheneinkauf für mich übernommen hatte, weil ich das Einkaufen von Lebensmitteln und Getränken so hasste. Dass er letztes Jahr an Silvester, als wir getrennt gefeiert hatten, sechs Kilometer zu Fuß gegangen war, weil er um Mitternacht auf einmal solche Sehnsucht nach mir bekommen hatte und kein Taxi mehr frei war. Und dass er mir zuliebe die größten Schnulzen im Kino und im Fernsehen ansah. Jemanden wie ihn würde ich doch nie wieder finden!

Halt! Stopp! Diese Selbstmitleidstour musste ein Ende haben. Und auf jemanden wie ihn konnte ich in Zukunft gut verzichten. Weil er nämlich ein Arschloch war. Ein Arschloch, das zugegebenermaßen seine Vorzüge gehabt hatte, aber bei der geringsten Belastungsprobe sofort Reißaus nahm. Ein Arschloch, das krumme Dinger mit Immobilien drehte und das in spätestens fünf Jahren, ebenso wie sein Vater, eine Vollglatze haben würde. Er war wie eine dieser Erdbeeren, von denen ich mich im Sommer auf dem Erdbeerfeld immer wieder täuschen ließ. Rot und glänzend lagen sie auf dem Boden und sie schrien: *Hey, nimm mich mit, ich schmecke saftig und süß!*, doch wenn man sie aufhob, entdeckte man schnell, dass sie auf der anderen Seite schon ganz verfault und matschig waren. Der schöne Schein trog. Enttäuschend!

Fast hatte ich meine Emotionen halbwegs im Griff. Doch dann fiel mir ein, dass Torsten und alle mit der Trennung verbundenen Unannehmlichkeiten nicht mein einziges Problem waren. Es gab auch noch Anton. Ich brauchte noch etwas zu trinken. Dieses Mal würde ich gleich eine ganze Radler-Maß nehmen.

«Na endlich. Ich dachte schon, du wachst überhaupt nicht mehr auf», drang eine Stimme an mein Ohr.

Ich versuchte, den Kopf zu heben, doch ein stechender Schmerz hinderte mich daran. Stöhnend sank ich zurück auf das Kissen. Mir war schlecht. Und mein Mund fühlte sich an, als hätte ich einen alten Waschlappen im Mund. Igitt! Ich öffnete die Augen. War das hell! Jakob saß mit nacktem Oberkörper neben mir. Und ich lag unter einer Wolldecke auf der Couch. Heiliger Strohsack! Was war geschehen? Schnell hob ich die Decke ein wenig an. Zum Glück! Ich war vollständig bekleidet.

«Bisschen viel getrunken, oder?», fragte er und klopfte mir auf die Schulter. «Ich weiß ja nicht, wie viel in der Wodkaflasche noch drin war, aber jetzt ist sie so gut wie leer.»

«Lass mich in Ruhe!» Ich vergrub den Kopf im Kissen. Meine Zunge wollte sich noch nicht so recht bewegen lassen.

«Du solltest mir dankbar sein. Ich hätte dich gestern auch mit dem Kopf auf der Kloschüssel liegen lassen können.»

Kloschüssel! Diese Information verstärkte meine Schmerzen um ein Vielfaches.

«Warum durfte ich dich nicht ins Schlafzimmer bringen?»

«Durftest du das nicht?», nuschelte ich.

«Nein. Du hast um dich geschlagen und gesagt, dass du dort nie wieder reinwillst und dass du alle Männer hasst.»

Ich vergrub meinen Kopf tiefer in dem Kissen. Mit ein wenig Glück würde ich ersticken.

«Und mich hasst du am allermeisten, hast du gesagt.»

Das ist nicht wahr! Dich *habe* ich am meisten gehasst. Jetzt hat Torsten dir den Rang abgelaufen, dachte ich. Huch! War ich heute melodramatisch. Außerdem stimmte das nicht. Jakob ging mir auf die Nerven, aber ich hasste ihn nicht. Wenn er nicht gerade eine Frau auf meinem Küchentisch vernaschte oder die Toilette blockierte, war er mir weitestgehend egal.

«Du musst ganz schön einen gebechert haben.» Jakob lachte.

«Ich will nicht daran erinnert werden.» Ohne das Gesicht vom Kissen zu heben, wedelte ich mit der Hand herum, um ihn zu vertreiben.

Es klingelte an der Tür. «Ich bin nicht da. Egal, wer es ist.» Ich zog mir die Decke über den Kopf, auch wenn ich wusste, wie kindisch mein Getue war.

Jakob seufzte. «Ich weiß. Das warst du die letzten Tage auch nicht.» Er stand auf, und ich hörte, wie er die Gegensprechanlage betätigte.

«Ja?»

«Hier ist Mia», schallte es heraus.

«Lilly ist nicht da.»

«Torsten, bist du es?»

«Nein, ich. Jakob.»

«Wo ist Lilly?» Die Stimme meiner Schwester wurde um eine Nuance eisiger.

«Sie meldet sich nicht bei mir ab, wenn sie geht.»

«Haha. Mach gefälligst auf. Ich warte auf sie.»

«Nein.»

«Wie, nein?» Sie klang ungläubig.

«Ich habe Besuch.»

«Ja und? Das ist mir doch egal.»

«Aber mir nicht.»

«Blödmann», sagte Mia verächtlich. «Ich werde Lilly sagen, dass sie dich rausschmeißen soll.»

Jakob kam zurück ins Wohnzimmer. «Wenn du diese Phase überwunden hast, bestehe ich darauf, dass du mir einen Kasten Bier ausgibst.»

Mein Handy, das auf dem Wohnzimmertisch lag, vibrierte zornig. Mia versuchte es nun also auf diesem Weg.

Ich schob Jakob beiseite und schleppte mich ins Schlafzimmer. Hatte ich Kopfschmerzen! Ich musste dringend eine Tablette nehmen. Nachdem ich sie mit einem großen Schluck Wasser heruntergespült hatte, legte ich mich aufs Bett. Ich wollte schlafen, einfach nur schlafen. Und alles vergessen. Doch leider war ich überhaupt nicht müde.

Um mich abzulenken, nahm ich das Märchenbuch in die Hand, das neben meinem Bett auf dem Nachtschränkchen lag. Ich hatte es zu meinem fünften Geburtstag geschenkt bekommen. Es war total zerlesen, der Einband zerrissen. Das Cover und mehrere Seiten wurden mit Tesafilm zusammengehalten. Und trotzdem war es für mich das schönste Buch der Welt. Ich liebte Märchen. Denn egal, welche Widrigkeiten das Schicksal für die Hauptfigur bereithielt, am Ende ging immer alles gut aus. Nicht so wie im wirklichen Leben.

Frustriert blätterte ich durch die Seiten, bis ich beim *Frosch-*

könig hängenblieb. Diese Geschichte hatte mir als einzige überhaupt nicht gefallen. Besonders vor den Stellen, an denen der grüne Kerl sich ins Bett der Prinzessin schleichen will, hatte es mir gegraust. Es erschien mir unrealistisch, dass sich unter einer derart ekelhaften Gestalt ein wunderschöner Prinz versteckte. Auf der anderen Seite war es bei mir genau andersherum gewesen. Unter Torstens attraktivem Äußeren verbarg sich eine gemeine, herzlose Seele, einer, der sich nicht davor scheute, noch einmal mit mir in den Urlaub zu fahren und mich auf dem Küchentisch zu verführen, bevor er in sein neues Leben mit Ingrid aufbrach. Vielleicht sollte ich tatsächlich einmal den anderen Weg gehen. Ich dachte an die Liebesfilme, die ich in den letzten Tagen angeschaut hatte, an *E-Mail für dich*, *French Kiss* und *Während du schliefst*. Keine der Heldinnen hatte am Ende den Kerl genommen, den sie anfangs gewollt hatte. Nein! Fast alle hatten letztendlich festgestellt, dass der Frosch der eigentliche Prinz war.

An der Haustür klingelte jemand Sturm.

«Deine Schwester gibt nicht auf.» Jakob steckte seinen Kopf durch die Tür.

Ich verzog das Gesicht. «Im Gegensatz zu mir hatte Mia schon immer ein ausgeprägtes Durchhaltevermögen.»

«Rede halt mit ihr.»

Stur schüttelte ich den Kopf. «Ignoriere ihr Klingeln einfach. Sie kann dich sowieso nicht leiden.»

«Echt? Ich finde sie ganz niedlich.» Jakob drehte sich um. Anscheinend hatte ich mit meiner Aussage seinen Jagdinstinkt geweckt. Er öffnete die Wohnungstür. «Ich hab dir doch gesagt, dass Lilly nicht da ist. Und ob du es glaubst oder nicht, sie ist in den letzten zwei Minuten nicht über die Außenfassade in die Wohnung geklettert»,

«Und ich habe gesagt, dass ich auf sie warten werde», zeterte

Mia. Im nächsten Moment hörte ich Gepolter und unterdrückte Schmerzensschreie.

Als ich die Tür öffnete, erwartete mich ein höchst groteskes Bild. Jakob hopste durch die Wohnung und hielt sich den Fuß. Meine Schwester dagegen stand, wie immer ganz in Schwarz gewandet, daneben und machte ein zufriedenes Gesicht.

«Ich hatte dich gewarnt», sagte sie. Doch dann fiel ihr Blick auf mich, und ihr Gesichtsausdruck verfinsterte sich augenblicklich wieder.

«Sag mal, spinnst du! Ich habe in den letzten Tagen bestimmt hundertmal versucht, dich zu erreichen. Warum lässt du diesen Arsch für dich lügen? Und wie siehst du überhaupt aus?»

Beschämt schaute ich an mir herunter. Ich trug noch immer die Kleider, in denen ich gestern durch den Englischen Garten gejoggt war. Ein großer Schokoladenfleck prangte mittlerweile auf meinem Shirt, und meine Haare hingen mir fettig ins Gesicht.

«Du bist wirklich eine Oberzicke. Hat dir das schon mal jemand gesagt?» Jakob sah Mia finster an, doch sie beachtete ihn nicht. Er schnaubte verächtlich und humpelte in sein Zimmer.

«Ich war krank. Schlimme Sommergrippe.» Unbehaglich trat ich von einem Fuß auf den anderen.

«Das glaub ich dir nicht.»

«Ist aber so.» Ich senkte den Blick.

Mia trat einen Schritt näher an mich heran und hob mein Kinn an, um mich zu zwingen, sie anzusehen. «Lilly Rosenthal, du bist wie Pinocchio. Man sieht dir an, wenn du lügst. Außerdem hast du eine Fahne.» Sie verzog angewidert das Gesicht. «Was ist los mit dir? Ich habe mir Sorgen gemacht, als du dich nicht bei mir gemeldet hast!», fügte sie ein wenig sanfter hinzu.

Mir stiegen die Tränen in die Augen. Mit Mitleid kam ich

nicht klar. Dann fühlte ich mich noch ärmer und vom Schicksal benachteiligter als sowieso schon.

«Was ist los?» Dieses Mal fragte sie mit mehr Nachdruck.

Wortlos zog ich sie ins Schlafzimmer, und ich ließ mich aufs Bett fallen.

«Ich bleibe lieber stehen», sagte Mia mit einem entsetzten Blick auf das schmuddelige Laken und die fleckige Bettdecke.

«Torsten will sich von mir scheiden lassen», sagte ich und fing an zu weinen. Mia setzte sich doch.

«Was?»

Ich nickte stumm und verbarg mein Gesicht im Kopfkissen. Es müffelte.

«Aber warum?»

«Er hat eine andere.»

Mia schürzte die Lippen und stemmte die Fäuste in die Seiten. «Wo ist er?»

«Bei ihr?!» Ich blickte sie argwöhnisch an. «Wieso willst du das wissen?»

«Sollen wir ihm etwas antun?»

Bei jedem anderen hätte ich diese Frage als rein rhetorisch aufgefasst. Bei Mia war ich mir dagegen sicher, dass sie durchaus meinte, was sie sagte.

«Was schwebt dir denn so vor?» Eventuell würde ich mich mit ihrer Idee arrangieren können.

«Wir könnten eine Drahtschnur vor seiner Wohnungstür spannen. Vielleicht stolpert er drüber und bricht sich das Genick.»

«Zu riskant.» Bedauernd schüttelte ich den Kopf. «Stell dir vor, es kommt raus und wir müssen ins Gefängnis. Das ist dieser Arsch nicht wert.»

«Sollen wir in der Zeitung eine Anzeige mit der Überschrift *Putze nackt für Sie!* schalten und seine Telefonnummer angeben?»

«Schon eher.» Bei der Vorstellung, wer sich dann alles bei Torsten melden würde, musste ich kichern.

«Oder wir könnten Sexartikel bestellen und sie zu ihm ins Büro schicken lassen.»

«Wo nimmst du nur diese kriminelle Energie her?», fragte ich bewundernd.

«Ich brauche etwas, was mich ablenkt. Mein Vermieter nervt.» Mia machte ein finsteres Gesicht.

«Der von deiner Wohnung?»

«Der vom Laden.»

Zu meiner großen Verwunderung hatte Mia, die bisher beruflich mehr als wankelmütig gewesen war, Anfang des Jahres das *froh und bunter* am Sebastiansplatz eröffnet, einen Laden, in dem Kunden selbst Keramik bemalen konnten.

«Und warum nervt er?»

«Ach!» Mia machte eine wegwerfende Handbewegung. «Er will, dass ich ausziehe.»

«Du hast den Laden doch erst vor fünf Monaten eröffnet?!»

«Er hat mir sogar eine großzügige Abfindung angeboten. Jemand will das ganze Haus kaufen und zu Wohnungen umbauen. Nicht mit mir.» Sie presste die Lippen zusammen. «Ich habe keine Lust, noch einmal von vorne anzufangen. Aber um noch einmal auf Torsten zurückzukommen. Hat er seine Sachen schon aus der Wohnung geräumt?»

«Nur ein paar.»

«Wundervoll.» Ihre Augen leuchteten. «Wir packen alles zusammen und fahren damit zur Caritas.»

«Ich glaube wirklich, dass mir für solche Racheaktionen die Energie fehlt.»

«Vielleicht kommt das ja noch», tröstete Mia mich. «Jetzt gehst du erst einmal unter die Dusche. Du siehst aus wie eine Obdachlose.»

«Das bin ich auch bald. Die Wohnung gehört schließlich Torsten und nicht mir.» Nein, nicht darüber nachdenken. Morgen war auch noch ein Tag. «Und ich mag nicht duschen.»

Doch Mia schubste mich ins Bad und drückte mich auf den Toilettensitz. Dorthin, wo Jakob mich gestern in volltrunkenem Zustand gefunden hatte. Ich musste dringend etwas ändern.

Meine Schwester behandelte mich wie ein kleines Kind. Mit spitzen Fingern zog sie mir das schmuddelige Top über den Kopf und half mir aus meinen Bermudas. Sie setzte mich in die Badewanne und spritzte meinen Körper mit warmem Wasser ab. Dann wusch sie mir die Haare mit einem Anti-Kraushaar-Shampoo, kämmte mir eine Anti-Kraushaar-Spülung hinein und sprühte am Ende noch eine Anti-Kraushaar-Flüssigkeit darauf. In meinem Badezimmerschrank gab es eine große Auswahl an diesen Produkten, da ich trotz jahrelanger Recherche das erhoffte Wundermittel für mein Haarproblem noch immer nicht gefunden hatte. Nach dieser Säuberungsaktion ging Mia ins Schlafzimmer und holte Unterwäsche, einen langen Rock und ein Shirt aus dem Schrank. Es war schön, so von ihr umsorgt zu werden, und wie eine übergroße Puppe ließ ich alles über mich ergehen. Aber ich war auch ein bisschen misstrauisch, denn eine solch ausgeprägte mütterliche Ader hatte ich bisher noch nie an Mia feststellen können.

Mein Misstrauen war berechtigt. Denn kaum stand ich angezogen und frisiert vor ihr, sagte sie: «So, jetzt, wo du wieder zivilisiert aussiehst, kannst du Helga, Fee und mich nach Traun begleiten. Wir werden Dad einen Besuch abstatten.»

Aha! Das war also der Grund für Mias ungewohnte Fürsorglichkeit. «Ach nö, könnt ihr nicht alleine hinfahren?» Ich verdrehte die Augen. «Die Situation zu Hause deprimiert mich. Und ich befinde mich momentan in Trauer. Willst du, dass ich mich vor eine U-Bahn schmeiße?»

«Stell dich nicht so an. Wir müssen nach ihm sehen. Opa hat bei uns angerufen. Ebenso wie bei dir übrigens», fügte sie spitz hinzu. «Er macht sich Sorgen um ihn. Dad hackt seit drei Tagen ununterbrochen Holz. Mittlerweile sind alle Hauswände und ein Großteil des Gartens vollgestellt mit geschichteten Scheiten, aber er hört trotzdem nicht auf. Wir müssen nachschauen, was mit ihm los ist.»

«Na gut.» Mürrisch verzog ich den Mund. Ich blickte in den Spiegel und sah Mias schmales Gesicht mit den hohen Wangenknochen eng neben meinem. Leute, die uns nicht kannten, würden uns niemals für Zwillinge halten. Wahrscheinlich bezweifelten sie generell, dass ich mit irgendjemand aus meiner Familie verwandt war. Unsere Familienmitglieder ließen sich nämlich in zwei Kategorien einteilen. Es gab die blonde, schlanke Fraktion, zu der meine Mutter, mein Vater, Mia, Fee und Helga gehörten. Und es gab mich. Ich wandte den Blick ab.

«Mia! Findest du Torsten eigentlich gut aussehend?»

Meine Schwester zuckte mit den Schultern. «Hässlich ist er nicht. Aber seinen miesen Charakter macht das nicht wett», beeilte sie sich hinzuzufügen.

«Genau das meine ich. Denkst du, dass es vielleicht einen Zusammenhang zwischen einem miesen Charakter und einem hübschen Aussehen geben könnte?»

Mia grinste. «Nein, denn ich sehe hervorragend aus, und ich bin unglaublich nett.»

Ich konnte mir ein Grinsen nicht verkneifen. «Ich meine bei Männern.»

«Nils und Sam sehen auch ganz passabel aus, und ich denke nicht, dass Helga und Fee besonders unglücklich mit ihnen sind.»

Das ließ ich nicht gelten. «Sam hat Fee mit dieser Fernseh-Tussi betrogen. Auch wenn Fee mit ihm glücklich ist, können wir ihn nicht in die Kategorie *strahlender Ritter* stecken. Und Nils, der ist Schauspieler. Die *müssen* gut aussehen. Von Berufs wegen. Er ist eine Ausnahme.»

«Wenn du es sagst.» Ich sah Mia an, dass sie sich langweilte. «Können wir jetzt fahren?»

«Nein, ich bin noch nicht fertig. Ich habe nämlich eine Theorie aufgestellt. Die Frosch-Theorie. Pass auf! Torsten sieht aus wie ein Prinz …»

«So schön ist er nun auch wieder nicht.»

Ich ignorierte ihren Einwurf. «… aber bei näherem Hinsehen hat er sich als ziemliche Niete entpuppt. Vielleicht ist es besser, den umgekehrten Weg zu gehen, sich also einen Frosch zu suchen und dann den Prinzen in ihm zu entdecken. Was meinst du?»

«Das ist mir alles zu kompliziert.» Mia drehte sich um. «Und jetzt komm mit.»

Ich nahm meine Handtasche und folgte meiner Schwester in den Aufzug. «Kennst du *Der Mann, der's wert ist* von Eva Heller?»

«So einen Schnulzkram lese ich nicht.»

Doch ich gab nicht auf. «Jedenfalls lernt die Hauptfigur darin nach der Trennung von ihrem erfolgreichen und gutaussehenden Freund jemand kennen, der Rufus heißt. Dieser Rufus arbeitet in einem schäbigen Hotel, hat zusammengewachsene Augenbrauen und trägt immer so scheußliche braune Hemden. Aber die Frau erkennt, was für ein netter Mensch sich unter seinem unansehnlichen Äußeren verbirgt, und am Ende sieht er wirklich gut aus und ist sogar noch einigermaßen reich. Ja, ich denke, so werde ich es machen. Jemandem eine Chance geben, der eigentlich ziemlich abwegig wirkt. Prinzen adieu, willkommen Frösche!»

Motiviert stürzte ich mich aus dem Aufzug.

«Achtung!», hörte ich einen erschrockenen Ausruf.

«Stopp!», schrie Mia.

Im nächsten Moment schlug mir etwas Stacheliges ins Gesicht, ich hörte einen Aufschrei, und dann polterte ich auch schon die Stufen zur Eingangstür hinunter.

Kapitel 4

Benommen öffnete ich die Augen. Ich hatte Erde im Mund und einen Kratzer an der Wange. Aber zumindest war meine Landung einigermaßen sanft gewesen. Das Stachelige, das mein Gesicht gestreift hatte, identifizierte ich als die Zweige eines Drachenbaums, das weiche Polster, auf dem ich lag, als einen Mann mit Brille, die ihm nun schief auf der Nase hing.

«Das tut mir leid», stotterte ich. «Ich habe Sie nicht gesehen.»

Er öffnete die Augen und blinzelte mich verwirrt an. Unsere Gesichter waren nur wenige Zentimeter voneinander entfernt.

«Was machst du denn für Sachen?» Mia war die Stufen heruntergeeilt und half mir auf die Beine. Dann kniete sie sich neben den Mann. «Ist Ihnen etwas passiert?»

Er reagierte nicht.

«Das wollte ich wirklich nicht», jammerte ich. Doch niemand beachtete mich.

Mia rüttelte an seinen Schultern. «Hören Sie mich?»

Der Mann nickte verwirrt.

Mia rückte ihm die Brille gerade. «Sehen Sie mich jetzt?»

Er nickte erneut und richtete sich langsam auf.

«Alles in Ordnung.» Sein Blick wanderte zu mir, und er blinzelte mich kurzsichtig an. Er sah gut aus. Unglaublich gut. Blonde Haare, blaue Augen, ein nettes Lächeln. Sogar die riesige dunkle Nerd-Brille und der Pullunder, den er über seinem T-Shirt trug, gefielen mir. An ihm sah es irgendwie stylisch aus.

*   68   *

«Das ist mir ja so unangenehm», setzte ich noch einmal zu einer Entschuldigung an.

Der Mann lächelte schief. Er hatte schöne Zähne. Ganz ebenmäßig und weiß, und bestimmt hatte er für dieses Ergebnis nicht wie ich zwei Jahre lang mit einer Außenspange herumlaufen müssen, sondern war von der Natur freiwillig damit beschenkt worden.

«Das macht nichts. Mir ist ja nichts passiert. Ich bin Günther.» Er hielt mir die Hand hin. Eine hübsche Hand. Gepflegt und trotzdem männlich.

«Lilly.» Verlegen erwiderte ich seinen Händedruck. «Und das ist meine Schwester Mia.» Ich vermied es, Zwillingsschwester zu sagen, denn ich wusste aus Erfahrung, dass eine solche Bemerkung stets mit einem ungläubigen Gesichtsausdruck quittiert wurde. Die zierliche Blondine und die dralle Rothaarige – Zwillinge? Unmöglich.

Günther sah mich aufmerksam an. Verlegen senkte ich den Blick.

«Wohnt ihr beide auch hier?»

«Ich nicht, aber Lilly. Im obersten Stock», antwortete Mia, als ich nicht reagierte.

Auch hier? Hatte er *auch* gesagt? Dann musste er der attraktive Nachmieter sein, von dem Sandra gesprochen hatte. In meinem Magen öffnete ein Schmetterling sacht seine Flügel. Und tatsächlich.

«Dann sind wir bald Nachbarn.» Günthers Gesicht erhellte sich. «Momentan bin ich noch auf Urlaub hier. Aber in ein paar Wochen ziehe ich richtig ein. Auch ins oberste Stockwerk.» Wieder dieser intensive Blick aus strahlend blauen Terence-Hill-Augen. «Ich bin Bühnenbildner und werde ab September am Deutschen Theater arbeiten.»

«Und wo wohnst du zurzeit?», fragte Mia.

«In Berlin.» Günther ließ aufs Neue seine tadellosen Beißerchen aufblitzen. «Ich muss jetzt leider los. In einer Stunde habe ich einen Termin. Bis bald!» Er hob noch einmal die Hand, drehte sich um und verschwand im Aufzug.

Verzückt starrte ich ihm nach.

«Das ist aber kein Frosch», bemerkte Mia trocken.

«Nicht? Aber er trägt eine Brille.»

«Trotzdem nicht.»

«Er heißt Günther.»

Mia grinste. «Das ist natürlich ein Argument. Günther spricht sich nämlich wahnsinnig schlecht beim Sex. Oh Günther. Günther, du Tier!», stöhnte sie und rollte mit den Augen. «Nein! Das klingt einfach nicht.»

«Du bist blöd.» Ich gab ihr einen Stups.

«Vorhin habe ich dich wirklich ein wenig bemitleidet. So schlecht kann es dir jedoch nicht gehen, wenn du dazu in der Lage bist, irgendwelche abstrusen Theorien aufzustellen und schon wieder ein Auge auf andere Männer zu werfen.»

«Mir geht es furchtbar», protestierte ich. «Und ich möchte nicht weiter darüber sprechen. Lass uns lieber nachschauen, ob Torsten mir eines seiner Autos dagelassen hat oder ob wir uns zu viert in Fees Mini quetschen müssen.»

Ich folgte Mia in die Tiefgarage. Natürlich hatte Torsten das Cabrio mitgenommen, bestimmt um mit Ingrid abends mit offenem Verdeck durch die Innenstadt zu flitzen, aber sein Audi Quattro parkte noch dort. Mit Mias Hilfe schaffte ich es, das riesige Schiff aus dem winzigen Stellplatz herauszumanövrieren, und wir fuhren in die Stadt, um Fee und Helga abzuholen. Während der Fahrt schweiften meine Gedanken immer wieder zu meinem neuen Nachbarn ab. Ob er am 17. August schon etwas vorhatte? Es wäre mir nämlich eine große Ehre, ihn als Begleitperson auf Helgas Hochzeit an meiner Seite zu haben. Rein platonisch natürlich und nur um ihm den Start in einer fremden Stadt zu erleichtern. Für ein paar wohlige Sekunden gab ich mich ganz meinen Tagträumen hin: Ich posiere malerisch am Bug des Hochzeitdampfers. Der Fahrtwind streicht sanft mein Haar zurück, und Günther steht hinter mir und hält mich fest. Günther und ich sitzen in der Kirche zusammen in der ersten Reihe. Als Helga und Nils sich ewige Treue schwören, muss ich weinen, und er tupft mir mit seinem Taschentuch die Tränen von den Wangen. Anton kann seine Augen nicht von mir lösen, denn schlagartig wird ihm klar, was er sich vor so vielen Jahren hat entgehen lassen. Er fleht mich an, ihm noch eine Chance zu geben. Doch ich weise ihn mit einer einzigen Handbewegung ab. «Nein, es ist gut so, wie alles gekommen ist. Denn sonst hätte ich die Liebe meines Lebens nicht kennengelernt.» Den Namen Günther würde ich in diesem Zusammenhang nicht nennen. Hach! Was für eine wundervolle Vorstellung. Absolut unrealistisch, aber man wird doch wohl noch träumen dürfen!

«Ich musste sie mitbringen. Nils ist nicht da», sagte meine älteste Schwester entschuldigend, als sie mit dem krebsroten, aus vollem Halse schreienden Baby ins Auto stieg und die Babyschale auf dem Rücksitz befestigte. «Beim Fahren schläft sie meistens sofort ein.»

Fee und Mia sahen sich in ungewohntem Einvernehmen genervt an. Mir war Mathildas Gekreische aber ganz recht, denn ich wusste nicht, wie ich das mit meinem neuen Beziehungsstatus am geschicktesten ansprechen sollte. Doch Mia nahm mir die Entscheidung ab.

«Torsten hat Lilly wegen einer anderen Frau verlassen», verkündete sie ohne jede Einleitung, kaum dass unsere Nichte eingeschlafen war. «Aber bevor ihr sie jetzt mordsmäßig bedauert: Es scheint ihr nicht so schlechtzugehen. Zumindest hat sie schon wieder Interesse an anderen Männern», fasste sie meinen angeblichen seelischen Zustand in wenigen Worten zusammen.

«Hast du etwas getrunken, Mia?», fragte Fee und beugte sich nach vorne.

«Eigentlich wollte ich ihnen das Ende meiner Ehe selbst verkünden», sagte ich scharf und warf meiner Zwillingsschwester einen bösen Blick zu.

«Torsten hat sich wirklich von dir getrennt?» Helga klang fassungslos.

«Ja», antwortete ich mit dünner Stimme. «Schon vor ein paar Tagen.»

«Schon vor ein paar Tagen. Aber warum hast du uns nichts gesagt?», fragte Fee vorwurfsvoll.

«Es hat sich keine Gelegenheit dazu ergeben. Schließlich haben wir uns nicht getroffen. Oder hätte ich eine Nachricht per WhatsApp herumschicken sollen?»

«Keine Gelegenheit.» Helga keuchte. «Wusstest du es etwa schon, als wir wegen der Hochzeit miteinander telefoniert haben?»

«Ja», gab ich widerstrebend zu. «Aber ich wollte dich nicht damit belasten. Du warst so aufgeregt wegen der Einladungskarten. Und was hätte ich schon sagen können? Schön, dass du dich darauf freust, Nils zu heiraten, meine eigene Ehe hat leider nicht gehalten?»

«Warum nicht? Ich hätte dir zugehört.» Auf einmal verdüsterte sich ihr Gesicht. «Oh nein! Jetzt muss ich meine Sitzordnung ändern.»

«Unter anderem habe ich dir genau deswegen nichts davon erzählt», entgegnete ich spitz. War das denn zu fassen? Meine Ehe lag in Trümmern, und einer ihrer ersten Gedanken galt dieser bescheuerten Sitzordnung.

«Und wegen wem hat Torsten dich verlassen? Kennen wir sie?», erkundigte sich Fee.

Ich schüttelte den Kopf. «Sie heißt Ingrid. Er hat ihr eine Wohnung verkauft. Ihre Eltern sind mit Torstens Eltern befreundet.»

«Dieser Arsch. Ich habe es dir ja schon immer gesagt …»

«Ich weiß, dass du ihn nicht mochtest.»

«Ich konnte ihn auch nicht leiden», warf Mia ein.

«Das ist mir ebenfalls bekannt. Und das ist auch ein Grund, warum ich euch nicht sofort davon erzählt habe.»

«Ich fand ihn nett.» Helga wirkte immer noch ein wenig beleidigt, weil ich ihr meinen Kummer nicht anvertraut hatte. «Mir hättest du also davon erzählen können.»

«Aber du kennst doch Lilly. Die frisst immer alles in sich hinein», sagte Fee.

«Kannst du bitte aufhören, über mich zu sprechen, als ob ich nicht da wäre?», fuhr ich sie an. «Überhaupt, was wollt ihr alle von mir? Mein Mann hat sich von mir getrennt, und euch fällt nichts Besseres ein, als mir Vorhaltungen zu machen, dass ich euch nicht sofort darüber informiert habe!»

«Du hast recht. Es tut mir leid.» Helga streichelte meine Schulter. «Ich bin nur so geschockt. Torsten und du … du hast gar nicht erzählt, dass ihr Probleme hattet. Vielleicht braucht ihr beide auch nur eine Pause. Würdest du zu ihm zurückkehren, wenn er dich darum bitten würde?»

Ich schnaubte. Eine Pause! Ich glaubte nicht, dass eine Pause ausreichte, um alles zu vergessen, was zwischen Torsten und mir vorgefallen war. Dazu hatte er mich zu tief verletzt. Und selbst wenn ich es schaffen würde, meinen Stolz zu überwinden, wäre es zwischen uns nie wieder so wie vorher. Unsere Beziehung wäre ein Flickwerk mit lauter Sollbruchstellen, und bei der kleinsten Erschütterung würde ich erneut vor einem Scherbenhaufen stehen.

«Ich weiß es nicht», sagte ich schließlich. «Es ist so vieles zwischen uns schiefgelaufen.»

«Diese Ingrid?»

«Unter anderem.» In meinem Kopf begann es zu pochen. «Wie hast du es nur geschafft, Sam damals den Ausrutscher mit Monika zu verzeihen?», wandte ich mich an Fee, bevor meine Schwester nach weiteren Trennungsgründen fragen konnte.

«Ich war auch kein Unschuldslamm», erklärte sie pragmatisch.

Ich überlegte kurz, ob ich mich Torsten gegenüber in einigen Situationen vielleicht auch nicht immer richtig verhalten hatte, aber mir fiel nichts ein. Im Gegenteil. Wenn er von der Arbeit nach Hause kam, warteten eine saubere Wohnung und ein leckeres Abendessen auf ihn. Ich war zwar keine Nymphomanin, aber ein Sexmuffel war ich auch nicht. Schlechte Laune hatte ich nur einmal im Monat, und ich hatte ihm nie irgendwelche Vorschriften gemacht. Was fehlte mir, das diese Ingrid hatte?

«Und was meint Mia damit, dass du schon wieder Interesse an anderen Männern hast?», wollte Helga wissen.

Ich zog eine Grimasse. «Mia spinnt.»

«Tu ich nicht», verteidigte sie sich. «Lilly hat nicht nur ein Auge, sondern gleich ihren gesamten Körper auf ihren neuen Nachbarn geworfen.» Sie prustete los. «Er heißt Günther und arbeitet am Deutschen Theater.»

«Ich verstehe nicht, was du meinst», sagte Helga verwirrt.

«Das musst du auch nicht», entgegnete ich scharf. «Lasst uns lieber über Papa sprechen. Ihm geht es nicht gut. Was können wir tun, um ihm zu helfen?»

«Was sollen wir schon groß tun können?» Fee zog eine Grimasse. «Er ist ein erwachsener Mann. Soll ich jeden Abend nach Traun fahren und mich an sein Bett setzen, bis er eingeschlafen ist? Tut mir leid. Dazu fehlt mir die Zeit.»

«Die du ansonsten sinnvoll in deine Maniküre investieren könntest», warf Mia mit einem Blick auf Fees lackierte Fingernägel ein.

«Friede!» Helga ließ ein Papiertaschentuch zwischen Mia und Fee hin- und herschwingen. «Ich finde Lillys Idee hervorragend. Wir sollten uns mehr um ihn kümmern. Es müssen ja keine großartigen Aktionen sein. Nur hin und wieder nach ihm sehen. Mit ihm ins Kino gehen oder einen Ausflug machen. Damit er nicht so oft allein ist. Am nächsten Wochenende kann er zum Beispiel mit uns zum Starnberger See fahren. Nils und ich wollen dort im Hotel noch ein paar Details wegen der Hochzeit besprechen.»

«Und mir kann er im *froh und bunter* helfen», sagte Mia.

«Das ist aber nicht besonders selbstlos.» Helga warf meiner Zwillingsschwester einen mahnenden Blick zu.

«Er darf auch kostenlos ein paar Tassen anmalen.»

«Du bist so gütig», sagte ich sarkastisch. «So! Wir sind da.» Schwungvoll bog ich in die Sackgasse ein, in der unsere Eltern wohnten, und bremste scharf vor ein paar Kindern ab, die auf der Straße Fußball spielten. Wir stiegen aus.

«Wohnen die denn immer noch hier?», fragte Fee, der der Ball vor die Füße gerollt war und die sich auf einmal von der ganzen Schar umringt sah. «Fasst mich bloß nicht an. Das Kleid, das ich trage, soll weiß bleiben.» Hektisch kickte sie den Ball mit ihren hochhackigen Pumps fort, um sich von der Meute zu befreien.

«Du hast unseren Ball unter das Auto gesossen», lispelte ein kleines Mädchen mit langen Zöpfen und stemmte die Arme in die Seiten. «Jetzt musst du ihn wieder rausholen. Den hab is zum Geburtstag bekommen.» Ihre Geschwister hatten sich drohend hinter ihr aufgestellt. Selbst der fette Familienhund knurrte Fee an.

«Das mache ich ganz bestimmt nicht.» Fee wedelte mit der Hand vor dem Gesicht der Kleinen herum, als wollte sie eine lästige Fliege verscheuchen.

«Das ist aber nist nett von dir.» Das Mädchen trat Fee gegen das Schienbein und rannte mit ihren Geschwistern davon. Der Hund pinkelte in aller Seelenruhe an den Vorderreifen des Audis und hoppelte seinen Besitzern hinterher.

«Diese Kinder sind die Pest», erklärte Fee finster und rieb sich das Bein.

Obwohl ich Kinder normalerweise über alles liebte, musste ich Fee leider recht geben. Diese Gören waren wirklich missraten. Außerdem gab es zu viele von ihnen. Es waren mindestens sieben, und das war nur geschätzt. Es genauer festzustellen war nicht möglich, dazu sahen sie sich zu ähnlich. Sie lungerten den ganzen Tag draußen herum, randalierten, fluchten und spuckten auf die Straße. Ihre Eltern – «die schrecklichen Aibls», wie meine Mutter sie immer genannt hatte – bekam dagegen kaum jemand jemals zu Gesicht. Der Vater war Lkw-Fahrer, brach morgens um fünf Uhr auf und kam abends nicht vor acht nach Hause. Und die Mutter lag den ganzen Tag im Bett, weil sie es mit den Nerven hatte. Zumindest hatte das Milla behauptet. Ja, die Aibl-Kinder waren eine ziemliche Plage. Trotzdem fühlte ich mich irgendwie solidarisch mit ihnen. Vielleicht weil Anton aus einer ähnlichen Familie stammte.

«Ich bin froh, dass ihr da seid», wisperte unser Opa, als wir kurz darauf vor der Eingangstür unseres Elternhauses standen. Er drückte uns eine nach der anderen fest an sich und streichelte Mathilda, die weiterhin selig in ihrer Babyschale schlummerte, über die dicken Backen.

«Hackt Papa immer noch Holz?», erkundigte sich Mia.

«Zum Glück nicht. Er hatte gerade angefangen, mein Zimmerfenster zuzustellen. Jetzt steht er in der Küche und wurstet.»

«Was macht er?» Fee runzelte die Stirn.

«Er wurstet», wiederholte Opa Willy. «Heute Morgen hat er auf einmal beschlossen, dass er in Zukunft unsere Wurst selbst macht.»

«Oje.» Mia wiegte sorgenvoll den Kopf. «Und ich hatte mich gerade damit abgefunden, dass er Marmelade und Kompott einkocht …»

«Und einen schrecklichen Sauberkeitsfimmel hat er, seit eure Mutter nicht mehr da ist. Ständig putzt er mir hinterher. Aber schaut ihn euch selbst an.»

Opa Willy öffnete die Tür zur Küche. Mein Vater stand an der Arbeitsplatte und versuchte mit hochkonzentriertem Gesicht, eine bräunlich beige Masse in einen engen durchsichtigen Schlauch zu füllen. Er trug Plastikhandschuhe und … eine Schürze! Als wir eintraten, hellte sich seine Miene auf.

«Ich wusste gar nicht, dass ihr kommen wolltet», sagte er.

Ich ging auf ihn zu und drückte ihn an mich. Dünn war er geworden. Dünn und sehnig. «Wir haben uns ganz spontan dazu entschlossen.»

«Habt ihr Hunger? Die Leberwurst ist noch nicht fertig, aber ich kann euch ein Brot mit selbstgemachter Marmelade anbieten, und ich habe einen Käsekuchen gebacken.» Er zeigte auf eine abgedeckte Kuchenform, von der ein verheißungsvoller Duft ausströmte. Dann zog er seine Plastikhandschuhe aus und nahm ein Messer aus der Schublade. «Deckt ihr doch schon mal den Tisch. Ich schneide den Kuchen an und koche Kaffee. Möchtest du auch etwas essen?» Er wandte sich an seinen Vater.

«Seht ihr, was ich meine!?» Opa Willy presste entrüstet die Lippen zusammen, nachdem wir an dem runden Esstisch Platz genommen hatten. «Alles blitzblank.»

Tatsächlich! Ich ließ meinen Blick umherschweifen. Es hatte sich einiges geändert, seit Milla weg war. Unser früher so gemütlich vollgestelltes Haus glich nun dem Ausstellungsraum eines Möbelgeschäfts. Bei meinem letzten Besuch vor vier Wochen war unser Vater gerade in der Einkochphase gewesen, aber da hatten zumindest noch ein paar Zeitschriften und Fernbedienungen herumgelegen. Aber jetzt? Außer einer mit Obst gefüllten Schale auf dem Wohnzimmertisch und einer Vase mit Blumen auf dem Sideboard war alles leer. Eigentlich hätte ich froh sein können. Es war schön, dass unser Vater eine neue Aufgabe gefunden hatte und so in der Hausarbeit aufging. Besser jedenfalls, als wenn sich überall Geschirr- und Müllberge türmen würden. Aber trotzdem lösten die sterilen Zimmer und der Geruch von Chlor und Putzmitteln, der in der Luft lag, ein unbehagliches Gefühl in mir aus.

«Lasst es euch schmecken!» Er stellte die Kanne mit dem Kaffee und den Käsekuchen in die Mitte des Tisches. Dann runzelte er die Stirn. «Warum habt ihr denn Papierservietten gedeckt? Es sind doch auch welche aus Stoff im Schrank.»

Mia stöhnte auf. «Dad, es ist nicht Weihnachten, und es heiratet auch niemand. Mach dich mal locker.»

Einen Augenblick sah er sie verdutzt an, doch dann hatte er sich wieder im Griff. «Apropos Hochzeit. Wie geht es mit den Vorbereitungen, Helga?»

«Ganz gut ...», antwortete meine Schwester, und das Gespräch kam erneut ins Stocken.

Unser Großvater stand abrupt auf und schob seinen Stuhl zurück. «Mir ist es hier zu langweilig. Ich gehe noch ein bisschen spazieren.» Er wackelte von dannen.

«Opa sieht gut aus», bemerkte Fee, nachdem er gegangen war. «Was hast du mit ihm gemacht? Wickelst du ihn nachts in Frischhaltefolie ein und stellst ihn in den Kühlschrank?»

Unser Vater lächelte. Nur ein kleines Lächeln. Aber immerhin. «Die Frauen halten ihn jung.»

«Ist Opa noch mit dieser Sieglinde zusammen?», fragte ich.

Er schüttelte den Kopf. «Momentan trifft er sich mit einer Hannelore. Sie war sogar schon einmal hier.»

«Bringt er sie mit auf die Hochzeit?», wollte Helga wissen. «Das müsste ich wissen, damit ich sie bei der Tischordnung einplanen kann.»

Papa zuckte nur mit den Schultern. «Hat sich eure Mutter wegen der Hochzeit schon bei euch gemeldet?»

«Bei mir hat sie angerufen.» Helga nahm Mathilda, die gerade aufgewacht war, aus ihrer Babyschale und setzte sie sich auf den Schoß.

«Sie kommt also zur Hochzeit.»

«Ja.»

«Allein?» Er versuchte, ein unbeteiligtes Gesicht zu machen, doch jeder Zentimeter seines Körpers wirkte angespannt.

«Sie hat nichts gesagt. Und ich dachte, dass ich sie besser nicht auf dumme Gedanken bringe. Soll ich sie fragen?»

«Nein, nein. Ich wollte es nur wissen …» Er steckte sich ein großes Stück Käsekuchen in den Mund und kaute. Dann schaute er auf die Uhr. «Gleich halb fünf. Zeit für einen Zehn-Kilometer-Lauf.»

«Wir wollen sowieso gleich fahren. Ich wasche mir nur schnell die Hände, dann können wir los.» Fee stand auf und verschwand in der Gästetoilette.

Einer plötzlichen Eingebung folgend lief ich ihr nach und ging die Treppe hinunter in den Keller, wo meine Mutter sich ein kleines Behandlungszimmer eingerichtet hatte. Erst ein paar Monate vor der Trennung von meinem Vater hatte sie sich zur Energietherapeutin ausbilden lassen.

Ich mochte diesen Raum. Die Engelbilder an den Wänden, die Bernsteinlampe und der Zimmerbrunnen, der Geruch von Massageöl, der immer noch in der Luft lag, all das ließ mich für ein paar Sekunden vergessen, dass mein Leben derzeit eine einzige Baustelle war. Ich nahm einen der herumliegenden Flyer in die Hand und öffnete ihn. Ein Schwarzweißfoto meiner Mutter strahlte mich an. Obwohl sie fast sechzig war, sah sie immer noch unglaublich gut aus. Wie Fee. Die beiden hätten Schwestern sein können, so sehr ähnelten sie sich. Nicht nur äußerlich, sondern auch charakterlich, was immer wieder zu Reibereien zwischen ihnen führte. Fee war immer mehr das Kind unseres Vaters gewesen, genauso wie Mia, während Helga und ich uns mehr Milla zugewandt hatten. Traurig starrte ich auf das Bild. Ich vermisste sie so sehr. Ich griff nach dem Stapel Engelkarten und mischte sie. Dann zog ich eine Karte. *Loslassen* stand darauf und:

Nach dem spirituellen Gesetz kannst du alles bekommen, was dein Herz begehrt. Doch wenn dein Glück, dein Gefühl der Sicherheit oder dein Machtgefühl von einem ganz bestimmten Menschen oder Gegenstand in deinem Leben abhängt, dann bist du an diese Person oder Sache gefesselt.

Ich lächelte wehmütig. Das passte. Wie so oft hatten die Engel recht. Im Gegensatz zu meinen Schwestern tat ich die Existenz höherer Wesen nämlich nicht kategorisch als Humbug ab.

«Lilly!» Mia stand in der Tür. Ihr Gesicht war blass. «Ich muss dir etwas zeigen.»

Kapitel 5

«Vielleicht stehen die leeren Schnapsflaschen schon ewig im Vorratskeller herum», sagte ich nachdenklich zu Mia, nachdem ich erst Fee und dann Helga und Mathilda zu Hause abgesetzt hatte.

«Zwanzig Stück?!» Mia sah mich mitleidig an. «Das glaubst du doch wohl selbst nicht. Milla hätte sie längst zum Wertstoffhof gebracht!»

«Dort hätte Papa sie doch auch hinbringen können. Was gibt es für einen Grund, sie im Keller zu verstecken?»

«Weil es ihm peinlich ist, mit so vielen leeren Flaschen Hochprozentigem gesehen zu werden. Was sonst? Traun ist ein Kaff. Die Männer vom Wertstoffhof kennen ihn.»

«Aber wenn er nicht wollte, dass jemand etwas von ihrer Existenz erfährt, dann hätte er sich doch ein viel besseres Versteck überlegt. Opa Willy hätte sie jederzeit finden können.»

«Der geht mit seinem Hinkebein doch nicht freiwillig in den Keller.»

«Vielleicht hat Papa auch eine Party gegeben oder einen Schafkopfabend veranstaltet.»

«Du hast gehört, was Opa gesagt hat: Seit Milla in Irland ist, lebt Dad wie ein Einsiedler. Verlässt das Haus nur, um einkaufen zu gehen oder Sport zu treiben. Wach endlich auf, Lilly! Unser Vater hat in der letzten Zeit zwanzig Flaschen Schnaps getrunken. Das ist doch nicht normal!»

«Ich weiß nicht», meinte ich zweifelnd. «Milla ist seit fünf Monaten weg. In jeder Flasche befindet sich ein Dreiviertel- bis ganzer Liter. Auf den Tag gerechnet ist das doch gar nicht so viel. Vielleicht hat er Magenprobleme und trinkt nach dem Essen gerne einen. Was hast du überhaupt im Vorratskeller gemacht?»

«Du willst es nicht sehen, oder?» Mia lehnte sich zurück und verschränkte die Arme vor der Brust. «So, wie du dich nie mit unangenehmen Dingen auseinandersetzen willst.»

«Das stimmt überhaupt nicht!», entgegnete ich bockig. Mia war unfair.

«Natürlich stimmt es», beharrte sie. «Das war schon immer so bei dir.»

«Mia», sagte ich, nur mühsam beherrscht, und umklammerte das Lenkrad noch ein bisschen fester. «Mein Mann hat mir erst vor wenigen Tagen eröffnet, dass er sich von mir scheiden lassen will. Meinst du, es ist der richtige Zeitpunkt, um mir eins reinzuwürgen?»

«Das ist genau das, was ich meine. Du hast mir erzählt, dass du fast in Ohnmacht gefallen bist, als Torsten Schluss gemacht hat. Aber du musst doch irgendetwas gemerkt haben. Er hat mit einer anderen gevögelt, also wird er sich auch mit ihr getroffen haben. Willst du mir erzählen, dass er niemals später von der Arbeit nach Hause gekommen oder über Nacht weggeblieben ist? Er wird seine Neue schließlich nicht nur am helllichten Tag auf seinem Schreibtisch im Büro oder auf dem Kopierer flachgelegt haben.»

«Hör auf! Ich will das nicht hören!» Wenn ich nicht gefahren wäre, hätte ich mir die Ohren zugehalten. Diese blöde Kuh! Mir ging es schlecht, und ihr fiel nichts Besseres ein, als das Messer in der Wunde noch einmal umzudrehen. «Ja, Torsten ist in den letzten Wochen öfter später aus dem Büro gekommen», fauchte ich sie an. «Das ist aber normal in seinem Beruf. Kunden machen oft nach Dienstschluss noch Termine aus, um den Verkauf ihrer Immobilie mit ihm abzusprechen, genauso wie mögliche Käufer. Und ja, er ist auch ein paar Male auf Geschäftsreise gewesen, aber auch das ist in seinem Job nichts Ungewöhnliches. Was bildest du dir eigentlich ein?»

«Schon gut.» Mia hob beschwichtigend die Hände. «Es war nur so 'ne Vermutung.»

«Wo soll ich dich absetzen?», fragte ich in eisigem Ton. Auf ein Versöhnungsangebot würde ich nicht eingehen.

«In deinem Zustand kann ich dich auf gar keinen Fall allein lassen. Ich komme mit zu dir, wir setzen uns auf deine Dachterrasse und mixen uns einen Cocktail.»

«Nein, ganz bestimmt nicht. Mir ist immer noch schlecht von gestern. Außerdem hat es dich noch nie groß gekümmert, wie es mir geht.»

«Jetzt tust du mir unrecht», schmollte Mia. «So ein gefühlskalter Klotz bin ich nun auch wieder nicht.»

Doch, das war sie. Und ich wusste auch, warum sie so scharf darauf war, mich zu begleiten. Sie hatte keine Lust, bei dem schönen Wetter allein in ihrer düsteren, stickigen Einzimmerwohnung zu sitzen. Sollte sie doch dort versauern. Auf der anderen Seite … Mir kam ein Gedanke.

«Bist du eigentlich bei Facebook angemeldet?»

«Ja, so wie neunundneunzig Prozent der Weltbevölkerung auch.»

«Würdest du dich für mich einloggen?»

«Erstell dir doch selbst einen Account. Jetzt kannst du so etwas bestimmt gut gebrauchen.»

«Wie meinst du das?»

«Auf Facebook wimmelt es nur so von paarungswilligen Singles. Ich zumindest werde ständig von irgendwelchen Männern angeschrieben. Ist aber nie was Tolles dabei. Obwohl …» Sie kicherte. «Das kann dir ja egal sein. Du wolltest dich ja in Zukunft sowieso auf die inneren Werte bei Männern konzentrieren.»

Ich verdrehte die Augen. «Ganz bestimmt melde ich mich nicht an.»

«Und warum nicht?»

«Weil …» Ich geriet ins Stocken.

«Weil was?», bohrte Mia nach.

«Weil dann am Anfang dort stehen würde, dass ich null Freunde habe. So, jetzt weißt du es.»

Mia prustete los.

«Ich finde das nicht witzig», entgegnete ich hoheitsvoll. «Ich habe halt den Anschluss verpasst. Jetzt ist es zu spät, um noch einzusteigen. Wie viele Freunde hast du denn?»

«Achthundertfünfzehn.»

So viele! Holy Moly. Ich zählte nach. Mia, Helga, Fee, Helen, meine ehemalige Arbeitskollegin bei der Sparkasse, Sandra. Abgesehen davon fiel mir beim besten Willen niemand ein, der die Bezeichnung *Freund* auch nur ansatzweise verdient hätte. Und das waren erst sechs.

«Aber diese Freunde kennst du nicht alle persönlich, oder?» Wenn ich alle Menschen auflistete, mit denen ich jemals ein Wort gewechselt hatte, kam ich bestimmt auf kaum eine höhere Zahl als tausend. Und es war unwahrscheinlich, dass all diese Leute bei Facebook registriert waren, geschweige denn, dass ich mich an alle erinnerte.

«Natürlich nicht», entgegnete Mia ungeduldig. «Das muss man auch gar nicht. Freunde auf Facebook sind eher Sammlerstücke. Oder Statussymbole. Je mehr du davon hast, als desto beliebter giltst du. Facebook-Freunde sind quasi die neuen BMWs.»

Die neuen BMWs … Entgeistert starrte ich meine Zwillingsschwester an. In diesem Fall reichte es bei mir maximal für ein Laufrad.

«Siehst du, ich kann mich unmöglich anmelden. Ich möchte mich nur kurz umschauen.»

«Warum?»

«Weil ich jemanden suche.»

«Und wen?»

Für einen winzigen Moment überlegte ich mir, sie einfach anzulügen. Doch dann rang ich mich doch dazu durch, die Wahrheit zu sagen. «Anton. Ich wüsste gerne, ob Anton Schäfer dort registriert ist.»

«Anton.» Mia starrte mich an. «Das wirst du schön bleibenlassen, meine Liebe.»

«Wie du willst.» Ich hielt ihrem Blick stand. «Dann fahre ich dich jetzt nach Hause.»

«Na gut.» Mia sank in ihrem Sitz zurück. «Ich logge mich für dich ein. Aber sag später nicht, ich hätte dich nicht gewarnt.»

«Hey! Ich wusste gar nicht, dass Milla auch bei Facebook angemeldet ist.» Irritiert starrte ich auf das strahlende Gesicht unserer Mutter.

«Opa Willy auch.» Mia klickte mit dem Zeigefinger auf die Maus, und ein Bild unseres Opas mit Hut und Wanderstock erschien.

Opa Willy! Einer seiner Lieblingssprüche war *Gehe mit der Zeit, sonst gehst du mit der Zeit.* Nun wusste ich, was er mit diesem Spruch gemeint hatte.

«Und was ist mit Anton? Gib Antons Namen in die Suchmaske ein.»

Mia seufzte, führte meinen Befehl jedoch widerspruchslos aus. Ich blickte ihr aufgeregt über die Schulter.

«Vier Ergebnisse. Nicht viel. Leider hat einer davon kein Pro-

filbild. Und der», sie zeigte auf einen älteren Herrn mit Halbglatze, «der ist viel zu alt. Und die anderen beiden ... der Kerl
mit den Dreadlocks oder der BWLer mit der roten Krawatte ...
Was meinst du?»

Ich schüttelte angespannt den Kopf. Zwar hatte ich Anton
schon über fünfzehn Jahre nicht mehr gesehen, aber ich konnte
bei keinem der drei Männer eine Ähnlichkeit mit dem sommer-
sprossigen, lockigen Jungen von damals erkennen.

«Gib Jakobs Namen ein», wies ich Mia an. «Er ist mit ihm befreundet. Jakob Shaw.»

«So heißt er?» Sie runzelte die Stirn.

«So steht es zumindest in seinem Mietvertrag. Seine Eltern
sind Amerikaner, hat Helga erzählt.»

Mia tippte auf der Tastatur herum, und Sekunden später erschien das Foto von einem Motorrad auf dem Bildschirm.

«Das müsste er sein», sagte sie.

«Dann schau nach, ob du Anton auf seiner Freundesliste findest.»

«Er hat sie gesperrt. Nur Freunde von ihm können sie ein-
sehen.»

«Bestimmt weil es dort von Frauen nur so wimmelt», entgegnete ich verächtlich. «Und nun?»

«Melde dich an und stell ihm eine Freundschaftsanfrage.
Dann hast du Zugriff.»

«Kannst du das nicht für mich machen?», jammerte ich.

«Ganz bestimmt nicht. Es gibt für alles Grenzen.» Mia lehnte
sich im Stuhl zurück und verschränkte die Arme vor der Brust.

«Was hast du eigentlich gegen ihn?», fragte ich. «So schlimm,
wie du immer tust, ist er nun wirklich nicht.»

«Ich habe meine Gründe» Mia presste die Lippen zusammen,
ein untrügliches Zeichen, das nicht mehr aus ihr herauszubekommen war. «Genau wie du. Wobei ich beim besten Willen

nicht verstehe, warum du dich gerade jetzt auf die Suche nach Anton machst. Ist es wegen Torsten?»

«Nein, natürlich nicht. Aber ich will vorbereitet sein, wenn ich ihn auf der Hochzeit sehe.»

«Auf welcher Hochzeit?»

«Auf der von Helga!», entgegnete ich unwirsch. «Er ist schließlich Nils' Trauzeuge.»

«Nein!» Mia riss die Augen auf. «Da brat mir doch einer 'nen Storch.»

«Es hat auf der Einladungskarte gestanden.»

«Warum hätte ich die lesen sollen? Helga hat mir gesagt, wann die Hochzeit stattfindet.»

Ich sah sie fassungslos an. Weil man das im Allgemeinen mit Einladungskarten so machte?! Aus Gründen des Respekts. Aber mit solchen Argumenten brauchte ich Mia nicht zu kommen.

«Ach, Kleines!» Sie sah mich überraschend mitleidig an und legte den Arm um mich. «Dir bleibt zurzeit aber auch nichts erspart.»

«Ich wüsste so gerne, warum er es getan hat.» Ich ließ mich gegen sie sinken und vergrub meine Nase im Stoff ihres schwarzen T-Shirts. Sie roch so gut und so vertraut. Und endlich spürte ich, wie sich in meinem Inneren etwas löste.

Ich weinte um Torsten, der jetzt vermutlich in den Armen einer Ingrid lag. Ich weinte um meine Mutter, die ich so sehr vermisste. Und ein bisschen weinte ich auch um die fünfzehnjährige Lilly, die neben dem Telefon saß und auf einen Anruf wartete, der nie erfolgen sollte.

Als der Tränenstrom endlich versiegt war, fühlte ich mich angenehm leer und, obwohl sich überhaupt nichts geändert hatte, auch erleichtert.

«Weißt du was? Ich melde mich jetzt doch bei Facebook an.

Null Freunde hin oder her. – Lass uns am besten gleich damit anfangen», forderte ich Mia auf, bevor ich mein Vorhaben gleich wieder verwerfen konnte. Fast war ich ein wenig aufgeregt. Ich wurde Mitglied bei Facebook! Für jemand anderen mochte das keine große Sache sein. Ich aber hatte erst vor wenigen Tagen mitgeteilt bekommen, dass mein Mann sich scheiden lassen wollte. Es war Zeit für einen dramatischen Einschnitt in meinem Leben. Und für mehr als zehn Freunde.

Das Problem begann bereits bei der Eingabe meines Namens. Den Namen Rosenthal würde ich bald abgeben müssen, Baum wollte ich nicht heißen.

«Überleg dir halt ein Pseudonym. Das haben viele Leute, weil sie nicht von jedem gefunden werden wollen», schlug Mia vor.

«Ich will aber gefunden werden! Wie soll ich sonst jemals zu irgendwelchen Freunden kommen?»

Ich entschied mich dafür, zunächst einmal Rosenthal anzugeben. Momentan hieß ich schließlich so, und Baum war definitiv keine Alternative. Außerdem würde es Torsten nie erfahren. Er war ein absoluter Datenschutzjunkie und lehnte sämtliche Social-Media-Plattformen kategorisch ab. Nachdem ich erste persönliche Daten eingegeben hatte, forderte Facebook mich dazu auf, meine E-Mail-Kontakte einzuladen. Außer den Adressen verschiedener Versandhäuser hatte ich jedoch kaum etwas zu bieten. Tatsächlich gehörte ich zu den altmodischen Menschen, die meist zum Telefonhörer griffen, wenn sie ein Anliegen hatten. Unsicher blickte ich Mia an.

«Das kannst du später ausfüllen.»

Ich klickte auf *Überspringen*. Ein neues Fenster poppte auf:

Nutzer, die diesen Schritt durchführen, finden normalerweise bis zu zwanzig Freunde. Facebook macht mit Freunden viel mehr Spaß. Bist du dir sicher, dass du diesen Schritt überspringen möchtest?

«Bis zu zwanzig Freunde» klang zwar verlockend, und ich war auch überzeugt davon, dass Facebook mit Freunden mehr Spaß machte. Da ich mir aber ebenfalls sicher war, dass weder die Mitarbeiter des Otto-Online-Shops noch die von H&M mit mir befreundet sein wollten, drückte ich auf *Ja.*

Als Nächstes wurde ich dazu aufgefordert, meine Profilinformationen einzugeben. *Schule, Hochschule, Arbeitsplatz, Wohnort,* und ich wurde mahnend daran erinnert, dass ich mich auch hier um die Möglichkeit, Freunde zu gewinnen, bringen konnte, wenn ich mit der Preisgabe dieser Informationen knickrig umging. Da ich bei *Hochschule* aber schlecht *Habe nicht studiert, weil ich bei meinen Eltern wohnen bleiben wollte,* eingeben konnte und bei Arbeitgeber *Bin derzeit arbeitslos, weil es mir genügte, meinem Exmann in spe den Haushalt zu führen,* überging ich diese beiden Felder. Bei *Schule* gab ich aber brav Karl-Meichelbeck-Realschule an, und bei *Wohnort* nannte ich München.

Anschließend musste ich mein Profilbild hochladen.

«Es gibt einfach kein repräsentatives Foto von mir», murrte ich, nachdem ich mich durch bestimmt zweihundert Fotos geklickt hatte, auf denen ich wahlweise dick oder bekifft aussah, das Gesicht verzog, die Augen geschlossen hatte oder meine Nase unvorteilhaft betont wurde. Die Liste war endlos. Nur auf meinen Hochzeitsfotos sah ich gut aus. Strahlend, perfekt geschminkt, sogar meine Haare kringelten sich in weichen Wellen über meinen Schultern. Aber wollte ich mich auf Facebook meinen *Freunden* wirklich als glückliche Braut präsentieren, wenn mein Ehemann eventuell längst mit einer anderen zusammenwohnte?

«Kann ich das Profilbild nicht ebenfalls überspringen und später einstellen?», fragte ich hoffnungsvoll.

«Ach, Quatsch. Nimm dieses Foto hier, und gut is'.» Mia nahm mir die Maus aus der Hand und lud es hoch.

Ich rümpfte die Nase. Das Bild war im Urlaub auf Sardinien aufgenommen worden. Ich stand in einem weiten Rock bis zu den Waden im Meer und sah tatsächlich glücklich aus. Aber leider streckte ich meinen Bauch darauf heraus und hatte ein Doppelkinn.

«Nein, das möchte ich nicht. Sieh nur, wie ich darauf ausschaue. Fett wie eine Flunder.» Frustriert presste ich die Lippen zusammen.

Auf Mias Gesicht breitete sich ein Grinsen aus, das bis zu ihren Ohrläppchen reichte. «Fett wie eine Flunder!», kicherte sie vergnügt. «Ich dachte schon, dein Satz *Das ist auch nicht das Wahre vom Ei* wäre nicht mehr zu toppen. Aber *fett wie eine Flunder* ist echt der Oberhammer!»

«Warum?», fragte ich misstrauisch.

«Weil es heißt *platt wie eine Flunder. Fett wie ein Kugelfisch* wäre passend gewesen oder *fett wie ein Wal*. Meinetwegen auch *fett wie ein Goldfisch*. Aber eine Flunder …» Sie prustete los. «Das sind die schmalsten Fische, die es gibt.»

Stimmt! Ich wusste, wie ein solcher Fisch aussah. Warum konnte ich mir Redewendungen einfach nicht merken? Verärgert runzelte ich die Stirn und starrte auf das unvorteilhafte Bild von mir. Flunder oder Kugelfisch hin oder her – ich würde es löschen, sobald Mia gegangen war.

Nun musste ich nur noch ein paar winzige Angaben machen. Ich konnte zum Beispiel meine Familie hinzufügen, was ich sofort tat, auch Nils stellte ich eine Anfrage. Was mein Lieblingszitat war, wollte Facebook wissen. Ich hatte aber keins. Doch ich würde darüber nachdenken. Als Nächstes sollte ich etwas über mich sagen. Auch damit würde ich mich später befassen. Anschließend kam die härteste Nuss: Ich wurde nach meinem Beziehungsstatus gefragt. Hier hatte ich die Wahl zwischen *Single, in einer Beziehung, verlobt, verheiratet, getrennt,* geschieden, *verwitwet, es ist kompliziert* und ... *in einer offenen Beziehung.* Wer um Himmels willen gab öffentlich zu, dass er in einer offenen Beziehung steckte? Wobei ich *getrennt, geschieden, es ist kompliziert* und *Single* als genauso diskriminierend empfand. Und zumindest drei der vier Dinge trafen definitiv auf mich zu. Bei dem Punkt *geschieden* war es auch nur noch eine Frage der Zeit ... Also ließ ich auch diesen Teil zunächst offen.

Eine rote Eins erschien in der Menüleiste. Ich sah Mia fragend an.

«Du hast eine Benachrichtigung bekommen», erklärte sie.

Ich fuhr mit der Maus zu der Zahl und klickte sie an. Nils hatte mich als Freundin bestätigt. Aufgeregt ging ich auf sein Profil und öffnete seine Freundeliste. Er hatte weit über tausend. Zum Glück gab es eine Suchmaske. Hektisch gab ich den Namen Anton Schäfer ein. Ein Ergebnis. Meine Hand zitterte, als ich das angezeigte Bild anklickte, um es zu vergrößern und besser erkennen zu können.

Benommen starrte ich auf den Monitor. Auch Mia war verdächtig still geworden. Der Mann auf dem Foto trug zwar keine wirren Locken mehr, sondern hatte die Haare kurz geschnitten, doch Zahnlücke und Sommersprossen waren dieselben geblieben. Ja, da war er. So viele Emotionen überströmten mich, dass mir schwindelig wurde. Denn, egal was zwischen uns alles vorgefallen war, ich hatte Anton Schäfer geliebt. Mit jeder Faser meines fünfzehnjährigen Herzens. Und auch jetzt begann mein Herz bei seinem Anblick wie wild zu rasen. Ich schloss sein Profil und blickte auf meine eigene Facebook-Seite. Dort befand sich – außer einem Bild von mir mit Doppelkinn und dickem Bauch und den Angaben zu meinem Wohnort und meiner früheren Schule – nichts. Ich hatte lediglich einen Freund, keinen Beruf und keinen Beziehungsstatus. Ich hatte weder ein Lieblingszitat, noch gab es irgendetwas über mich selbst zu sagen.

Jedenfalls nichts, was ich der Welt mitteilen wollte. Auf dieser Seite herrschte gähnende Leere. Wie in meinem Leben.

Wut stieg in mir auf. Auf Anton, mit dem der ganze Schlamassel begonnen hatte, aber auch auf mich selbst. Doch mit der Wut kam auch Entschlossenheit. Ich würde Anton im August nicht als arbeitsloses, alleinstehendes Moppelchen gegenübertreten. Ganz bestimmt nicht!

Es dämmerte bereits, als ich den Kleinhesseloher See umrundet hatte und mich auf dem Rückweg befand. Bereits nach wenigen Metern hatte ich meine Laufbemühungen einstellen und mich auf ein schnelles Gehen beschränken müssen, weil meine Füße immer noch höllisch weh taten und meine Brüste bei jedem Schritt unangenehm auf und ab hüpften. Ich brauchte dringend ein professionelleres Outfit, wenn ich mir diese Tortur in Zukunft öfter antun wollte. Gleich halb neun. Nun musste ich mich beeilen, um noch vor Einbruch der Dunkelheit nach Hause zu kommen. Ein kleiner blonder Hund mit langem Fell humpelte mir auf drei Beinen entgegen. Das vierte hielt er angewinkelt in die Höhe.

«Was ist denn mit dir passiert, du Armer?», fragte ich und machte einen Schritt auf das Hündchen zu. Erschrocken wich es zurück und stieß drohende Knurrlaute aus.

«Schsch! Ich tue dir doch nichts.» Ich begab mich in die Hocke und hielt ihm die Hand hin.

Es wedelte zaghaft mit dem Schwanz.

«Komm mal her!» Ich klopfte auffordernd auf meine Oberschenkel, und das Hündchen hoppelte langsam auf mich zu. Mit seiner feuchten Nase schnüffelte es an meiner Hand und ließ seine rosa Zunge darübergleiten.

«Na siehst du!» Vorsichtig tätschelte ich ihm den kleinen Kopf. «Jetzt sind wir Freunde. Darf ich mal deine Pfote sehen?»

Der Hund zuckte zurück und winselte leise, ließ es aber anstandslos zu, dass ich ihn untersuchte. Der Grund für sein Humpeln war schnell gefunden. Ein fieser schwarzer Dorn steckte in dem weichen Ballen. Probeweise versuchte ich ihn mit den Fingernägeln zu ergreifen und herauszuziehen, doch obwohl der Hund sich bei meinen Erste-Hilfe-Versuchen bewundernswert ruhig verhielt, blieb ich erfolglos.

«Oje! Ich bekomme ihn nicht heraus», sagte ich. «Was mache ich nur mit dir?» Ich blickte mich suchend um. «Irgendwo muss doch dein Herrchen sein? Oder bist du ausgebüxt?»

Außer einer jungen Frau mit Walkingstöcken war weit und breit niemand zu sehen.

«Ist das Ihr Hund?»

Sie schüttelte den Kopf.

«Na gut! Ich nehme dich mit und fahre dich zu einem Tierarzt», seufzte ich und klemmte mir den Hund unter den Arm. Doch als ob er mich verstanden hätte, fing der kleine Kerl auf einmal an, sich so heftig zu winden, dass ich ihn auf den Boden setzen musste. So schnell es ihm auf seinen drei gesunden Beinen möglich war, bog er auf einen Seitenweg ein und verschwand hinter ein paar Büschen.

«Hey! Warum rennst du denn weg? Ich will dir doch nur helfen.» Ohne groß darüber nachzudenken, folgte ich dem Hund. Mittlerweile war es noch dunkler geworden, und ein mulmiges Gefühl stieg in mir auf, als ich mich durch das dichte Gestrüpp kämpfte. Aber ich konnte den armen Wurm doch unmöglich seinem Schicksal überlassen!

Nach einigen Metern tauchte ein kleines Haus vor mir auf, das ich noch nie zuvor gesehen hatte. Mit seinen ockerfarbenen Natursteinen und den dunkelroten Fensterläden erinnerte es mich ein wenig an das Knusperhäuschen aus *Hänsel und Gretel*. Beim Näherkommen konnte ich hinter einem der hell erleuchteten Fenster einen älteren Mann sehen, der am Klavier saß und spielte. Ich erkannte die *Ballade pour Adeline* von Clayderman. Ich betrachtete ihn versonnen. Sein Gesichtsausdruck war so hingebungsvoll, so versunken. Ich überlegte, wann ich zuletzt eine solche Zufriedenheit bei meinem Tun gefühlt hatte, wie er sie ausstrahlte. Hatte ich sie überhaupt jemals verspürt?

Obwohl ich wusste, dass es sich nicht gehörte, auf den Grundstücken anderer Leute herumzuschleichen, öffnete ich das hölzerne Gartentor und schlich dem davonhumpelnden Hund über einen schmalen Weg mit unebenen Platten in den hinteren Bereich des Gartens nach. Etwas an diesem Haus zog mich magisch an. Vielleicht weil ich von einer ähnlichen Szenerie schon oft geträumt hatte: Durch die Dunkelheit ging ich auf ein beleuchtetes Haus aus Natursteinen zu. Es fühlte sich jedes Mal wie ein Nachhausekommen an.

Auch jetzt überkam mich ein solches Gefühl. Als ich um die Hausecke bog, sah ich eine alte Frau im Rollstuhl, die in einem efeubewachsenen Pavillon saß und in einer Schuhschachtel wühlte. Um sie herum flackerten Windlichter. Vor ihr stand ein Glas Rotwein. Das Hündchen lag hechelnd zu ihren Füßen. Die Alte richtete ihren Blick auf mich.

«Ach, du bist es», sagte sie völlig selbstverständlich und so, als ob sie mich erwartet hätte. «Setz dich neben mich und leiste mir ein wenig Gesellschaft.» Sie klopfte auf einen verschnörkelten Metallstuhl.

Zögernd folgte ich ihrer Aufforderung.

«Schau mal, was ich gefunden habe!» Sie hielt mir eine ausgeblichene Eintrittskarte unter die Nase. «Schwanensee. So viel Dramatik, so viel Gefühl. Hast du das Ballett gesehen?»

Ich schüttelte den Kopf.

«Schade!» Sie summte eine Melodie vor sich hin, die mir vage bekannt vorkam. «Oder hier!» Die alte Frau reichte mir einen schwarzen Lappen. «Aus meinem Lieblingskleid. Es war von Chanel, und ich habe es unzählige Male ändern lassen. Aber irgendwann war es zerschlissen. Dieses Stück Stoff habe ich aufgehoben. Als Erinnerung. So, wie ich alle diese Dinge aufgehoben habe.» Sie ließ ihre Hand über die Kiste gleiten. «Das ist mein Schatzkästchen.» Sie lächelte. «Solange ich es besitze, kann nichts verloren gehen.»

«Cäcilia, mit wem sprichst du?», hörte ich eine Stimme aus dem Inneren des Hauses. Das Klavierspiel hatte aufgehört.

«Svenja ist hier.»

«Svenja?» Der Mann, den ich vom Fenster aus beobachtet hatte, trat aus der weit geöffneten Terrassentür. Er blickte mich verblüfft an. Der Hund erhob sich und humpelte auf ihn zu.

«Was machen Sie hier?», fragte er mit einer für sein Alter überraschend festen Stimme.

«Sei doch nicht so unhöflich, Eduard», kicherte die alte Frau. «Svenja ist doch nur auf einen Sprung vorbeigekommen, um uns zu besuchen. Möchtest du ein Glas Wein, Liebes?»

«Nein, ich möchte wirklich nichts.» Ich wandte mich dem älteren Herrn zu. «Ihr Hund hat sich an der Pfote verletzt. Ein Dorn steckt in seinem Ballen.»

«Was machst du denn für Sachen, Loki?» Der Mann bückte sich und hob das Hündchen hoch. «Bist du schon wieder einem Hasen nachgerannt, du Schlingel?»

«Loki? Wie die Frau des ehemaligen Bundeskanzlers?», fragte ich.

Der Mann lachte. «Nein. Wie der listige Gehilfe von Thor, dem mächtigen Donnergott. Loki ist ein Rüde.» Vorsichtig strich er mit den Fingern das wuschelige Fell beiseite und untersuchte die Pfote. «Ich sehe ihn schon, den Übeltäter. – Warten Sie!» Mit dem Hund auf dem Arm verschwand er im Haus. Die alte Frau hatte sich erneut ihrer Schachtel zugewandt. Unbehaglich fragte ich mich, was ich mit ihr reden sollte, doch sie war ganz vertieft dabei, einen Stapel Briefe durchzusehen. Einen nach dem anderen nahm sie aus dem Umschlag, drehte ihn in den Händen hin und her und steckte ihn wieder hinein, bevor sie den nächsten öffnete. Nur wenige Minuten später kam der Mann zurück. Lokis Pfote war mit einem dicken weißen Verband umwickelt.

«Können Sie mir sagen, wie ich zur Mendelstraße komme?», fragte ich und streichelte dem Hund über das seidige Fell.

«Ich begleite Sie ein Stück.» Er drehte sich zu seiner Frau um. «Cäcilia, fahr schon einmal ins Haus. Es wird langsam frisch.» Seine Stimme klang weich. «Sie müssen meine Frau entschuldigen», erklärte er mir, während er mich auf den Hauptweg des Englischen Gartens zurückbrachte. «Cäcilia hält Sie für die Enkelin meines verstorbenen Bruders. Svenja ist zum Studium nach Hamburg gezogen und kommt nur noch selten zu Besuch, aber meine Frau hatte immer engen Kontakt zu ihr.»

«Das macht doch nichts. Vielen Dank, dass Sie mich auf den Weg zurückgeführt haben. Und entschuldigen Sie bitte, dass ich Sie gestört habe.»

«Ich habe dafür zu danken, dass Sie sich um Loki gekümmert haben.» Der Mann drückte mir die Hand.

Wir verabschiedeten uns, und ich versuchte, so schnell wie möglich den inzwischen stockdunklen Park hinter mich zu bringen. Überall wisperte und knisterte es. Und außer ein paar Glühwürmchen, die durch das Gras huschten, war weit und breit niemand zu sehen.

Jakob war zu Hause und ich konnte aus seinem Zimmer gedämpftes Gemurmel hören. Zum Glück keine anderen, eindeutigeren Geräusche! Vielleicht telefonierte er auch nur. Mit einem Glas Wasser in der Hand begab ich mich auf die Dachterrasse, die direkt an die von Günther grenzte. In seiner Wohnung war jedoch alles dunkel. Ich machte den Heizpilz an, trug den Laptop nach draußen und fuhr ihn hoch. Es interessierte mich, was sich auf meinem Facebook-Profil in den letzten Tagen getan hatte. Nicht viel. Doch ich hatte eine neue Freundschaftsanfrage. Aufgeregt öffnete ich sie.

Kapitel 6

Günther hatte sie mir gestellt. Mein Herz tat einen aufgeregten Hüpfer, und mein zittriger Zeigefinger klickte auf *Annehmen*. Unglaublich! Er musste nach mir gesucht haben. Doch bereits im nächsten Augenblick bedauerte ich meine spontane Reaktion. Was hatte ich getan? Nicht genug damit, dass Günther bereits mit meinem Doppelkinn-Bild konfrontiert worden war. Nein! Bald würde er auch wissen, dass ich lediglich zwei Freunde hatte. Das musste unter allen Umständen verhindert werden. Hektisch rannte ich zu Jakobs Zimmer und klopfte an die Tür.

«Was ist?» Er öffnete sie nur einen Spalt, sodass ich nur seine Nasenspitze und den dunklen Haarschopf sehen konnte.

«Ich brauche mehr Freunde.»

Jakob sah mich verdutzt an.

«Auf Facebook, meine ich. Nicht im echten Leben. Weißt du, wie das geht?», stieß ich hervor.

«Ich dachte, du bist nicht angemeldet.»

«Jetzt schon. Auf deine Unterstützung konnte ich mich leider nicht verlassen.»

«Stimmt! Da war noch etwas.» Zumindest wirkte er angemessen schuldbewusst.

«Ich gebe dir die Möglichkeit, dein Versäumnis wiedergutzumachen. Du bist doch IT-Experte. Kannst du mir helfen, die Anzahl meiner Facebook-Freunde zu manipulieren? So um die fünfhundert Stück bräuchte ich.»

✳ 98 ✳

«Warum kaufst du dir nicht welche?»

«Das geht?» Ich riss die Augen auf. «Und wie viel kostet das?»

Jakob zuckte die Schultern. «Das musst du googeln.»

«Kannst du rauskommen und mir dabei helfen?»

«Ich wollte gerade unter die Dusche.»

«Es geht auch ganz schnell.»

«Ich bin nackt.»

«Erzähl mir was Neues.» Auf solche Kleinigkeiten konnte ich jetzt keine Rücksicht nehmen. Die Angelegenheit hatte Dringlichkeitsstufe zehn. Jede Sekunde konnte Günther mein Profil öffnen.

Jakob verzog das Gesicht. «Du kannst eine richtige Nervensäge sein.»

«Du auch.» Ich hob herausfordernd das Kinn. Jakob grinste, und auch meine Mundwinkel zuckten. Für einen Moment schauten wir uns ins Gesicht. Komisch! Mir war vorher noch nie aufgefallen, wie warm und dunkel seine Augen waren. Wie flüssige Zartbitterschokolade.

«Na gut. Ich zieh mir nur schnell etwas an – oder soll ich so rauskommen, wie ich bin?», riss Jakob mich aus meinen absonderlichen Gedanken, und ich merkte, dass ich rot wurde.

«Nein, nein.» Abwehrend hob ich eine Hand. «So eilig ist es auch wieder nicht.»

Verwirrt ging ich zurück auf die Dachterrasse und setzte mich vor den Laptop. Über den beiden Sprechblasen am linken Rand der Seite befand sich eine kleine Eins. Ich klickte sie an. Mist! Zu spät! Günther hatte mir eine Nachricht geschrieben.

«Liebe Lilly, vielen Dank für die Freundschaftsannahme. Auf eine gute Nachbarschaft! Ich finde es sehr schön, dich kennengelernt zu haben. Dein Günther»

Ich lächelte versonnen. Das klang alles ein bisschen altmodisch. Aber irgendwie auch … süß.

«So. Jetzt kann ich dir helfen.» Jakob erschien mit einem Handtuch um die Hüften. «Lass mich mal an den Rechner!»

«Das hat sich erledigt. Sorry, dass ich dich gerufen habe.»

«Du brauchst also keine fünfhundert Freunde mehr?!»

Ich schüttelte den Kopf. Plötzlich war mir die geringe Anzahl meiner Freunde vollkommen egal.

Am nächsten Morgen stand ich schon früh auf. Jakob hatte sich gerade mit einer Tasse Kaffee zu mir gesetzt, als es an der Tür klingelte.

«Du machst auf», sagte ich.

«Ich erwarte niemanden.» Der Blick meines Mitbewohners blieb starr auf das Display seines Handys gerichtet.

Ich verdrehte die Augen. «Es wird die Post sein.»

Jakob schaute genervt auf und nahm einen Schluck von seinem Kaffee. «Ich frage mich, warum dieser Kerl ständig klingeln muss. Kann er nicht wie jeder andere Postbote die Briefe in den Briefkasten werfen? Außerdem ist es erst halb acht.»

«Er hält halt gern ein Schwätzchen.»

«Mit mir nicht.»

«Noch ein Grund mehr, dass du die Tür öffnest. Mir hat er nämlich immer viel zu erzählen.» Ich zerrte ihn nach oben.

Widerwillig stand Jakob auf und öffnete die Tür.

«Einen wunderschönen guten Morgen», flötete Siggi. «Ich hätte hier ein paar Briefchen für Sie.»

«Sonst noch etwas?», fragte Jakob, da der Postbote keine Anstalten machte, sich zu verabschieden.

«Ich hätte hier auch noch ein Päckchen für Ihren neuen Nachbarn, einen Günther Janssen. Er macht nicht auf. Wären Sie so freundlich, es anzunehmen?»

Ein Quietschen ertönte. Anscheinend war Jakob gerade dabei, unserem Postboten wortlos die Tür vor der Nase zuzuschlagen.

«Stopp!», schrie ich und stürmte, ungeachtet der Tatsache, dass ich noch meinen Schäfchen-Pyjama trug, durch den Flur. «Natürlich nehmen wir es an.» Ich drängte Jakob beiseite, setzte ein strahlendes Lächeln auf und unterschrieb auf dem elektronischen Block, den Siggi mir verblüfft hinhielt.

«Sagen Sie Herrn Janssen, dass Sie sein Päckchen angenommen haben, oder soll ich ihm einen Zettel in den Briefkasten werfen?», fragte er.

«Ich sag ihm Bescheid.»

Jakob sah mich seltsam an. Die Wohnungstür gegenüber öffnete sich, und Günther trat heraus. «Hatten Sie geklingelt?», fragte er den Postboten.

«Ja, hier ist ein Päckchen für Sie», sagte dieser beflissen. «Frau Rosenthal war so nett, es anzunehmen.»

Günthers veilchenblaue Augen richteten sich auf mich, und ich zog die Tür rasch ein wenig mehr zu, damit er Jakob nicht zu Gesicht bekam.

«Danke. Hast du meine Nachricht bekommen?»

Für mehr als ein heiseres *Jaaa* reichte meine Eloquenz leider nicht.

«Hast du in den nächsten Tagen schon etwas vor? Du könntest mir die Stadt zeigen.»

Hilfe! Er wollte sich mit mir verabreden. Schnell, Lilly! Sag etwas Intelligentes, Witziges!

«Ähm», krächzte ich.

Günther sah mich aufmerksam an.

«Bin nicht sicher … muss noch Termine checken … meld mich», stieß ich hervor.

Gut, intelligent und witzig ging anders, aber zumindest hatte ich irgendetwas gesagt.

«Toll!» Er lächelte. «Sag mir Bescheid, wenn du Zeit hast.»

Ich nickte ihm so huldvoll wie möglich zu, trat einen Schritt zurück und schloss die Tür hinter mir. Er wollte sich mit mir treffen! Er wollte sich mit mir treffen!!! War das denn zu fassen! Vielleicht bestand tatsächlich die klitzekleine Chance, meinen Tagtraum wahr zu machen und an seinem Arm auf Helgas und Nils' Hochzeit heranzuschweben. Ich hob die Faust zum Siegeszeichen, drehte mich schwungvoll um und blickte in Jakobs Gesicht. Ups!

«Was ist?», fragte ich unwillig.

«Es scheint dir besserzugehen», stellte er fest.

«Der Schein trügt.» Ich schaute ihn grimmig an. Nicht einmal ungestört Triumphe feiern konnte man in diesem Haus! «Musst du nicht zur Arbeit?»

«Ich habe zwei Tage frei.»

«Willst du nicht wegfahren? Der Chiemsee ist ein sehr schönes Reiseziel.»

«Würde ich wirklich gerne. Aber die Miete für mein Zimmer ist so hoch, dass ich mir einen Urlaub zurzeit nicht leisten kann.» Er grinste mich herausfordernd an.

Die zweihundertfünfzig Euro, die ich ihm für das Zimmer abnahm? Klar. Ich schnaubte abfällig, ging ins Bad und stellte mich unter die Dusche. Das heiße Wasser löste die Verspannungen in meiner Schulterpartie, nicht aber das wirre Knäuel meiner Gedanken. Jakobs Satz ließ mich nicht kalt, denn ich kapierte selbst nicht, warum ich nicht mehr um Torsten trauerte. Warum zog mir die Trennung von ihm nicht den Boden unter den Füßen weg? Schließlich hatte ich ihm erst vor wenigen Monaten ewige Treue geschworen und den Satz *Bis dass der Tod euch scheidet* nicht als leere Floskel verstanden. Ich war froh, nach all den Irrungen und Wirrungen endlich irgendwo angekommen zu sein.

Die erste Liebe vergisst man nicht, heißt es. Und ich hatte Anton nicht vergessen, egal, wie sehr ich es versuchte. Die heimlichen Treffen auf der Waldlichtung, die ersten unbeholfenen Küsse, seine Haut auf meiner, Herzschlag an Herzschlag. Ein Zauber hatte über diesen Sommerferien gelegen.

Als Torsten in die Freisinger Sparkasse, meine ehemalige Arbeitsstelle, gestürzt war, um nach dem Weg zu einer Immobilie zu fragen, war es nicht so, dass mich die Liebe zu ihm wie ein Blitzschlag getroffen hätte. Aber er behauptete, ihm sei es so ergangen. Und das genügte mir. Zumindest hatte ich das lange Zeit geglaubt.

Loslassen hatte auf der Engelskarte gestanden. Dieses Wort ging mir nicht aus dem Kopf. Hing ich wirklich noch so in der Vergangenheit fest, dass die Zukunft überhaupt keine Chance hatte? Ja! Und um das zu erkennen, brauchte ich noch nicht einmal eine Therapeutin.

Therapeutin! Ich zuckte zusammen. Heiliger Strohsack! Ich hatte ja heute Nachmittag einen Termin bei meiner Psychotherapeutin Frau Dr. Vogelpohl. Warum hatte ich mich nur von meinem Hausarzt überreden lassen, zu ihr zu gehen? Alles, was ich gewollt hatte, war ein Rezept für ein Schlafmittel gewesen.

«Schlaftabletten bekämpfen aber nur die Symptome, nicht die Ursache Ihres Problems», hatte er damals zu bedenken gegeben und dabei die Stirn gerunzelt.

Als ob ich das nicht wüsste. Ich presste die Lippen zusammen. Außerdem hatte ich kein Problem – ich konnte schlicht und einfach nicht schlafen. So etwas kam vor. Dass diese Ärzte aus allem gleich solch ein Drama machten. Letztendlich musste ich allerdings nachgeben. Keine Therapie, keine Tabletten. Mein Hausarzt war hart geblieben. Und da ich leider weder Fee noch Mia war, die ihm empfohlen hätten, sich sein Rezept sonst wohin zu stecken und zu einem Kollegen von ihm gegangen wären, saß ich von diesem Zeitpunkt an alle vierzehn Tage in Frau Dr. Vogelpohls kleiner Praxis am Rosenheimer Platz. Wir sprachen über ihren Exmann, der sie mit einer Zwanzigjährigen betrogen hatte – so ein Arschloch, ich sage es Ihnen! –, über ihre ehemaligen Kollegen im Krankenhaus – alles Psychos! – und über ihre schwere Kindheit in der ehemaligen DDR. Worüber wir nicht sprachen, waren meine Schlafstörungen. Unglaublich, nicht wahr! Ich würde den Termin absagen. Angesichts meines eigenen Leids sah ich mich außerstande, mich mit ihrem auseinanderzusetzen. Auf der anderen Seite … Sie bekam hundert Euro in der Stunde. Sie musste mir zuhören. Schließlich wurde sie dafür bezahlt. Dieses Mal würde ich energisch darauf bestehen, selbst Hauptthema unserer Sitzung zu sein.

«Wie ist es Ihnen in den vergangenen zwei Wochen ergangen?», begrüßte mich Frau Dr. Vogelpohl.

«Schlecht.»

«Schlecht?», wiederholte sie und zog verwundert die Augenbrauen zusammen. Die letzten Male hatte ich stets mit *gut* geantwortet. «Was ist passiert?»

«Mein Mann hat sich von mir getrennt.» Was sollte ich um den heißen Brei herumreden?

Für einen Moment sah sie mich entzückt an. Eine Leidensgenossin! Doch dann hatte sie ihre Gesichtszüge wieder im Griff. «Das ist schlimm. Wie fühlen Sie sich dabei?», fragte sie ernst.

Ich runzelte die Stirn. Wie sollte ich mich dabei wohl fühlen? Euphorisch, ekstatisch, himmelhoch jauchzend?

«Sie sind bestimmt wütend», hakte die Therapeutin nach, als ich nicht gleich antwortete.

«Ich bin nicht wütend. Eher traurig.» Meine Antwort überraschte mich selbst.

«Als mein Mann mich verlassen hat, war ich sehr wütend», betonte Frau Dr. Vogelpohl.

«Vielleicht bin ich noch nicht in diesem Stadium angekommen», beeilte ich mich zu sagen, «und ich stecke derzeit noch in der Trauerphase fest.»

«Das kann sein. Aber die Wut wird kommen», meinte sie bedeutungsvoll. «Im Moment sind Sie verzweifelt. Sie fragen sich, warum das alles geschehen ist, warum er Sie verlassen hat.»

«Nun ja, ich weiß, warum er sich von mir getrennt hat. Der Grund ist eine andere Frau», warf ich ein, aber Frau Dr. Vogelpohl stand auf und ging zum Fenster.

«Sie denken, dass Sie ohne ihn nicht leben können», sinnierte sie und blickte in die Ferne.

«So schlimm ist es nicht.»

«Mir müssen Sie nichts vormachen, meine Liebe.» Sie drehte sich zu mir um. «Ich weiß, wie man sich in so einer Situation fühlt. Und ganz wichtig ist es, dass Sie Ihre Verzweiflung und Ihre Wut nicht in sich hineinfressen, sondern sie herauslassen.» Sie schlug mit der Faust auf die Fensterbank und machte ein finsteres Gesicht.

«Aber ich bin nicht verzweifelt. Und wütend bin ich auch nicht», beharrte ich. Wobei ... Vielleicht war ich mittlerweile doch ein bisschen wütend. Doch weniger auf Torsten als auf Frau Dr. Vogelpohl. «Sie können mir doch nicht vorschreiben, wie ich mich zu fühlen habe», fuhr ich sie heftiger als beabsichtigt an. Es tat tatsächlich gut, nicht immer alles in sich hineinzufressen.

Frau Dr. Vogelpohl sah mich irritiert an, kommentierte meinen Ausbruch aber nicht. «Wollen Sie über die Trennung reden?» Sie setzte sich wieder.

Ich verschränkte meine Arme fest vor meinem Körper und schüttelte den Kopf.

«Nein?»

«Nein! Er liebt eine andere. Das muss ich akzeptieren.»

Frau Dr. Vogelpohl schwieg. Meine rigorose Antwort schien sie zu überraschen.

«Ich möchte aber über etwas anderes mit Ihnen sprechen. Während der Schulzeit war ich mit einem Jungen zusammen. Er hieß Anton. Vielleicht ist es albern, aber ich glaube, dass er der Schlüssel zu meinen Problemen ist. Der Dominostein, der alle anderen zu Fall gebracht hat.» Ich war sehr beeindruckt von meinem bildhaften Vergleich. Frau Dr. Vogelpohl jedoch nicht.

«Haben Sie ihn wiedergesehen und Ihren Mann mit ihm betrogen?», fragte sie knapp.

«Natürlich nicht. Ich habe ihn seit über fünfzehn Jahren nicht mehr gesehen.»

«Dann lassen Sie uns dieses Thema für eine andere Sitzung aufheben.» Sie schlug die Beine übereinander. «Es ist besser, eine Baustelle nach der anderen anzugehen. Sonst verzetteln wir uns unnötig. – Sie geben an, dass eine andere Frau der Grund für Ihre Trennung ist», kam sie auf unser ursprüngliches Thema zurück. «Aber ein Seitensprung ist häufig nur der Auslöser. Die eigentlichen Ursachen für eine Trennung liegen in den meisten Fällen tiefer.»

«Das mag für andere Paare gelten. Bis Ingrid kam, war bei Torsten und mir alles in bester Ordnung.»

Doch Frau Dr. Vogelpohl ging nicht auf meine Äußerung ein. «Fehlende Kommunikation kann zu Eheproblemen führen, aber auch eine unterschiedliche Auffassung über die Aufgabenverteilung im Haushalt oder die Kindererziehung. Es wäre gut, wenn wir die Gründe, die zu Ihrer Trennung geführt haben, einmal genauer betrachten. Schon allein im Hinblick auf eine neue Beziehung.»

«Zwischen Torsten und mir gab es keine Kommunikations-probleme. Was die Haushaltsführung anging, waren wir uns einig, und Kinder haben wir auch nicht.»

Frau Dr. Vogelpohl verdrehte theatralisch die Augen. «Seien Sie froh, dass dieser Kelch bisher an Ihnen vorübergegangen ist. Meine zwei sind derzeit die reinste Heimsuchung.»

«Ich bin aber nicht froh darüber!»

«Hatten Sie und Ihr Mann Familienpläne?», fragte sie.

«Ja. Hat aber leider nicht geklappt», sagte ich so unbeteiligt wie möglich.

«Was ist passiert?»

«Ich hatte eine Fehlgeburt. So wie tausend andere Frauen auch. Nicht so schlimm.»

«Möchten Sie darüber sprechen?»

«Nein.»

«Nein? Darüber auch nicht? Aber meine Liebe … bitte ver-zeihen Sie meine offenen Worte: Wenn Sie mit mir über nichts sprechen möchten, warum sind Sie dann hier?»

«Weil mein Hausarzt meint, dass ich gemeinsam mit Ihnen den Grund für meine Schlaflosigkeit herausfinden soll.»

«Sie haben Schlafprobleme.» Frau Dr. Vogelpohl kramte verwirrt in ihren Unterlagen. «Das haben Sie noch gar nicht erwähnt.»

«Doch, das habe ich. Mehrmals. Und ich habe Ihnen auch ge-sagt, worüber ich sprechen möchte, aber Sie gehen ja nicht dar-auf ein.» Ich war wirklich ein geduldiger Mensch. Aber irgend-wann war selbst bei mir einmal Schicht im Schacht.

«Weil ich denke, dass es dringender ist, über Ihre aktuellen Probleme zu reden als über eine alte Jugendliebe», sagte sie ver-unsichert und warf einen Blick auf die Digitaluhr, die neben mir stand. «Oh! Unsere Zeit ist schon wieder vorbei.» Sie erhob sich. «Beim nächsten Mal werden wir uns intensiv Ihren Schlafproblemen widmen. Oder möchten Sie darüber ebenfalls nicht sprechen?»

«Doch.» Ich seufzte. «Nichts lieber als das.»

Nicht zu fassen! Waren Therapeuten nicht dazu da, dass man sich besser fühlte? Ich jedenfalls fühlte mich keineswegs besser. Im Gegenteil. Nach meinem Besuch bei Frau Dr. Vogelpohl war ich nervöser und angespannter denn je. Ihre Therapiemethoden konnten unmöglich normal sein. Es hätte mich gleich stutzig machen müssen, dass ich bei ihr innerhalb von wenigen Tagen einen Termin bekommen hatte, während alle anderen Therapeuten in München auf Monate ausgebucht waren.

Um mich abzulenken, fuhr ich in die Stadt. Bei *Sport-Schuster* am Marienplatz wollte ich mir vernünftige Sportkleidung kaufen. Zwar taten mir von meinen letzten Laufeinheiten immer noch Beine, Arme und sogar der Rücken weh, aber meinem Kopf hatte die ganze Schinderei überraschend gutgetan. Denn wenn man verzweifelt damit beschäftigt war, ein- und auszuatmen und einen Fuß vor den anderen zu setzen, konnte man nicht über andere Sachen nachdenken. Ich jedenfalls nicht. Und das war gut so. Leider hatte ich bei meiner sportlichen Aktivität jedoch auch resigniert feststellen müssen, dass meine wogenden Brüste jegliche Fortbewegung mit einer Geschwindigkeit von mehr als einem Stundenkilometer unmöglich machten und dass sie dringend von einem fest sitzenden Stück Stoff in Schach gehalten werden mussten. Auch wenn das hässliche schwarze Ding mit den breiten Trägern, das ich in der Hand hielt, fünfundsechzig Euro kosten sollte. Drei weitere Hunderter gab ich für eine Laufhose, ein Kompressionsshirt, eine Funktionsjacke und neue Turnschuhe aus. Eine Menge Geld für Kleidung, die mir nicht einmal sonderlich gefiel. Doch ich hoffte, dass ein professionelles Outfit meine mangelnde körperliche Fitness zu-

108

mindest teilweise kompensieren würde. Außerdem war diese Laufkleidung so eng geschnitten, dass allein mein Spiegelbild dafür sorgen würde, dass mir für mehrere Stunden der Appetit verging.

Auf dem Rückweg beschloss ich, eine Station früher auszusteigen und das letzte Stück zur Wohnung durch den Englischen Garten zu spazieren. Ich wollte mir das Haus, das gestern Abend einen so großen Eindruck auf mich gemacht hatte, noch einmal bei Tageslicht anschauen.

Die Sonne hatte die dunklen Wolken vom Vormittag vertrieben und lachte vom Himmel, als ich die U-Bahn-Station Giselastraße verließ und in den Englischen Garten einbog. Es dauerte ein wenig, bis ich das Haus der Wischnewskis – mit diesem Namen hatte sich der alte Herr mir gestern vorgestellt – wiederfand. Es lag hinter ein paar Büschen am Ende eines Seitenweges versteckt. Kein Wunder, dass es mir noch nie aufgefallen war. Zu meiner großen Überraschung stellte ich jetzt fest, dass ein Teil des Hauses als Café genutzt wurde. Drei weiße Plastiktische standen vor einer gläsernen Front, zwei davon waren besetzt, und über der Eingangstür hing schief ein Schild: *Bei Cäcilia*. Als ich näher trat, kam mir Loki schwanzwedelnd entgegen und sprang an mir hoch. Seiner Pfote ging es anscheinend besser.

«Wo sind denn deine Herrchen?», fragte ich ihn und streichelte über seinen wuscheligen Kopf. Im Inneren des Cafés sah ich lediglich ein mageres Mädchen mit Schürze, das mit abwesendem Gesicht Gläser polierte. Als hätte der Hund mich verstanden, stand er auf und lief in den hinteren Bereich des Hauses. Auch der Garten wirkte längst nicht so verwunschen und geheimnisvoll wie am Abend zuvor. Im hellen Licht des Tages konnte ich erkennen, dass das Wasser des Goldfischteiches von Algen bedeckt war. Fische lebten sicher schon seit längerem nicht mehr darin. Der Springbrunnen war halb verfallen. Unkraut bildete einen Flechtenteppich über den Pfad hinweg bis zum Haus und überwucherte die Beete, sodass von den Blumenrabatten kaum noch etwas zu sehen war. Von den Metallstreben des Pavillons, in dem gestern die alte Frau gesessen hatte, blätterte die Farbe ab, ebenso wie von Tisch und Stühlen. Cäcilia und Eduard Wischnewski fand ich im hinteren Teil des Gartens in einer Art Loggia, deren Dach aus wilden Weinranken bestand. Eine Kanne Kaffee, eine Schale mit Erdbeeren und ein Teller mit Kuchen standen vor ihnen. Herr Wischnewski schaute bei meinem Anblick auf.

«Waren Sie nicht gestern Abend schon einmal hier?»,

Ich nickte. «Es tut mir leid, dass ich Sie noch einmal störe, aber Ihr Haus ging mir nicht aus dem Kopf. Ich wollte es unbedingt noch einmal bei Tageslicht sehen.»

«Es ist ein wenig heruntergekommen», sagte der alte Herr entschuldigend. «Dabei war der Garten früher der ganze Stolz meiner Frau. Aber seit ihrem Schlaganfall sitzt sie im Rollstuhl. Und ich bin auch etwas wackeliger auf den Beinen als früher.» Er lächelte.

«Wer ist diese Frau?», fragte Cäcilia.

«Sie war gestern Abend schon einmal hier. Erinnerst du dich nicht?»

Bekümmert schüttelte sie den Kopf.

«Es war nur ganz kurz», sagte ich und machte eine wegwerfende Handbewegung, um ihr etwas von ihrem Unbehagen zu nehmen.

«Möchten Sie auch ein Stück Kuchen?», fragte sie.

«Gern.» Ich setze mich auf den freien Stuhl, den ihr Mann für mich bereitstellte. «Aber nur ein kleines. Ich habe gerade gegessen.» Das stimmte zwar nicht, aber die Kriegsgeneration, der Herr und Frau Wischnewski zweifellos entstammten, würde kaum Verständnis für meine Wohlstands-Figurprobleme aufbringen.

Appetitlos biss ich in den Marmorkuchen, den Herr Wischnewski mir auf einem Teller reichte. Er war staubtrocken.

«Stammt der aus dem Café?»

Herr Wischnewski nickte. «Könnte ein bisschen luftiger sein, nicht wahr?»

«Woher haben Sie ihn?»

«Von der Bäckerei in der Königinstraße. Sie liefern jeden Tag zwei Sorten an. Eine Torte und einen Sandkuchen.»

«Dieser Kuchen ist niemals hausgemacht.» Ich spülte die letzten Krümel mit einem Schluck Wasser herunter. «Die Bäckerei verwendet Fertigbackmischungen.»

«Meine Frau hat sich bis vor zwei Jahren um das Café gekümmert und den Kuchen jeden Tag selbst gebacken. Aber Sie sehen ja …» Er zeigte mit dem Kopf auf Cäcilia, die ein paar Erdbeeren auf ihrem Teller in immer neuen Mustern anordnete. «Wir wollten das Café schon schließen, aber es gibt ein paar ältere Leute, die fast jeden Tag hierherkommen. Diese Stammgäste möchten wir nicht enttäuschen.»

«Warum stellen Sie kein Schild auf dem Hauptweg auf?», fragte ich. «Ich wohne schon seit ein paar Jahren in München, aber ich wusste überhaupt nichts von dem Café und bin nur wegen des Hundes auf Sie gestoßen.»

«Früher stand vorne an der Abzweigung ein Schild, aber wir haben es nach dem Schlaganfall meiner Frau entfernen lassen, um die Laufkundschaft nicht auf uns aufmerksam zu machen. Uns reicht die Stammkundschaft. Selbst für sie mussten wir zwei Studentinnen als Aushilfen einstellen. Die eine ist ständig krank oder hat Prüfungen. Die andere, Eileen, ist recht zuverlässig. Aber sie kann wegen ihres Studiums nur drei Tage in der Woche arbeiten.»

«Schade. Das Café hat so eine schöne Lage. Und der Garten ist wundervoll.» Ich schaute mich um und stellte mir vor, wie er früher ausgesehen haben musste, als das Unkraut noch nicht die Vorherrschaft übernommen hatte und sich im Teich noch Fische tummelten.

«Wissen Sie was?» Ich wandte mich an Eduard. «Wenn Sie möchten, dann helfe ich Ihnen, ihn wieder in Schuss zu bringen. Im Moment habe ich sowieso nichts zu tun.»

«Lilly», tönte die helle Stimme meiner ehemaligen Schwägerin von meinem Anrufbeantworter. «Bist du da-ha?»

Ich verzog das Gesicht. Warum hatte ich diese blöde Maschine nicht abgestellt?

«Torsten hat mir gestern erzählt, dass ihr euch getrennt habt», fuhr Inga weinerlich fort.

Dass er sich getrennt hat! Empört strich ich mir eine Haarsträhne aus dem Gesicht. Der Mistkerl hatte vor seiner Familie doch nicht etwa mir den Schwarzen Peter zugeschoben!

«Es tut mir sooo leid. Wenn du mit jemand reden möchtest, du hast ja meine Nummer. Hast du eigentlich meine Nachricht bekommen? Ich hatte dir geschrieben, dass die Frau meines Chefs in einer Bankfiliale in Dachau eine Stelle frei hat. Melde dich deswegen doch mal. Oder auch nur wenn du reden willst.» Sie legte auf.

Ich ließ mich auf einen Stuhl sinken. Das Jobangebot. Daran hatte ich gar nicht mehr gedacht. Inga hatte mir deswegen eine SMS geschrieben. Einen Tag nachdem Torsten ausgezogen war. Zu diesem Zeitpunkt hatte ich definitiv andere Probleme gehabt. Ich schloss die Augen. Genau genommen hatte ich die immer noch. Aber wenn ich mein Leben wieder auf die Reihe kriegen wollte, würde ich meine Jobsuche nicht ewig aufschieben können. Ingas Angebot war eine Chance.

«Wenn du denkst, es geht nicht mehr, kommt von irgendwo ein Lichtlein her», hatte meine Oma immer gesagt. Ich lachte humorlos auf. Musste dieses Lichtlein gerade in Form einer Stelle in Dachau daherkommen? Dachau lag so weit draußen. Mit der S-Bahn würde ich für einen Weg bestimmt fünfundvierzig Minuten brauchen. Und wenn ich schon wieder zwischen die Mühlräder einer Bank geraten musste, dann doch bitte ein bisschen zentraler.

Eine Woche. Nur eine Woche. Wenn mir bis dahin keine andere Lösung eingefallen war, würde ich aufs Arbeitsamt gehen oder Ingas Angebot annehmen.

«Was hältst du zum Beispiel von dem?», fragte Mia.

«Der! Niemals!» Skeptisch betrachtete ich den bleichen rothaarigen Mann, der es nach fünf Minuten immer noch nicht geschafft hatte, sich weiter als bis zum Bauchnabel in den Feringasee hineinzuwagen. «Ein männliches Pendant zu mir kann ich nicht brauchen.»

«Und was ist mit dem?» Sie wies auf einen blonden Kerl, der zwei Handtücher weiter lag und ungeachtet seines krebsroten Rückens weiterhin in der prallen Sonne vor sich hin brutzelte.

«Der ist garantiert Engländer und nur auf Urlaub hier», lehnte ich ab. «Außerdem möchte ich keinen Mann, der mit Mitte fünfzig an Hautkrebs stirbt.»

«Ich sehe schon, mit hellhäutigen Fröschen brauche ich dir nicht zu kommen. Wir brauchen ein dunkleres Modell.» Mia blickte sich um. «Ha! Jetzt habe ich einen passenden Kandidaten. Was hältst du von dem Rettungsschwimmer? Braune Haare, braune Haut …»

«Er trägt einen Vollbart!»

«Na und!» Mia schnipste eine Spinne fort, die über ihren Handrücken krabbelte.

113

«Der kratzt beim Küssen.» Ich verzog das Gesicht. «Außerdem sieht der so alt aus. Der ist doch mindestens fünfundvierzig.»

«Na und!» Meine Schwester verdrehte die Augen. «Hast du nicht gesagt, dass du von gutaussehenden Kerlen in Zukunft die Finger lassen willst?»

Ja, das hatte ich. Unbehaglich musterte ich meine Fingernägel. Wie so oft klafften auch hier Theorie und Praxis leider stark auseinander.

«Ich habe eine Idee», sagte Mia und zückte ihr Handy. Sie scrollte rauf und runter und fand schließlich, was sie gesucht hatte. «Hier!» Sie reichte mir ihr Handy.

«Ein Single-Treff im Dunklen?» Ich runzelte die Stirn. «Was soll ich da?»

«Männer kennenlernen und dich dabei ganz auf deren innere Werte konzentrieren.»

«Kommst du mit?»

«Natürlich nicht.» Herablassend sah Mia mich an. «Bei mir isst das Auge mit.»

«Diese Treffen finden im Nymphenburger Schloss statt.» Interessiert scrollte ich runter. «Dort wird auch ein dreigängiges *Dinner in the Dark* angeboten.»

«Allein kannst du dort aber nicht hingehen.»

Nein. Aber mit Partner. Ein hervorragender Einfall schoss mir durch den Kopf. Günther hatte mich darum gebeten, ihm München zu zeigen. Und was würde sich besser dazu eignen, einen ersten Eindruck von der bayerischen Metropole zu gewinnen, als das Nymphenburger Schloss mit seinen weitläufigen Parkanlagen? Das *Dinner in the Dark* könnte der krönende Abschluss unseres gemeinsamen Tages sein. Eine ausgezeichnete Idee. Zufrieden drehte ich mich auf den Rücken und ließ mir die letzten Sonnenstrahlen ins Gesicht scheinen. Bei völliger Dunkelheit und mit mindestens einer Flasche Wein intus würde es mir garantiert keine Probleme bereiten, mehr als *Ja*, *Nein* oder *Ähm* herauszubringen und Günther zu fragen, ob er mich auf Helgas und Nils' Hochzeit begleiten wollte. Ich meine, es war ja nicht irgendeine Hochzeit. Es war DIE Hochzeit, und die gesamte Münchner Fernsehprominenz würde anwesend sein. Das konnte doch selbst einen Mann unmöglich kaltlassen. Außerdem hätte dieses Essen den Vorteil, dass ich Günther in aller Ruhe von meinen inneren Werten überzeugen konnte, ohne dass optische Defizite wie krause Haare, kurze Beine und ein dicker Po ihn beeinflussten.

«Hallihallo!», begrüßte ich Günther mit dem sonnigsten Lächeln, das ich aufbringen konnte.

Er fuhr aus seinem Liegestuhl hoch, schob seine Sonnenbrille nach oben und sah mich verwirrt an. Meine Dachterrasse grenzte, nur durch ein Geländer und ein paar Topfpflanzen getrennt, genau an seine.

«Habe ich dich geweckt?», fragte ich schuldbewusst. Als ich nach Hause gekommen war und Günther nur wenige Meter entfernt von mir – quasi auf dem Präsentierteller – entdeckt hatte, war meine Begeisterung wohl ein wenig mit mir durchgegangen.

«Ich … Ich bin nur kurz eingenickt», stammelte Günther. Ohne seine dunkle Nerd-Brille sah er irgendwie nackt aus. Was wahrscheinlich daran lag, dass er so helle Wimpern hatte. Ein klein wenig wie ein Ferkel! Sofort schämte ich mich für meinen wenig charmanten Vergleich. Trotzdem war er eindeutig ein Mann, der durch eine Brille an Attraktivität gewann. Sollte ich ihn dazu überreden können, mein Hochzeitsbegleiter zu sein, bestand Kontaktlinsenverbot. Alternativ konnte er auch zum Friseur gehen und sich die Wimpern färben lassen. Aber meine

Gedanken schweiften ab. Das musste an den zwei Williams liegen, mit denen ich mir noch schnell Mut angetrunken hatte.

«Nächsten Freitag hätte ich Zeit für eine kleine Stadtführung», kam ich auf mein Anliegen zu sprechen. Bis dahin war fast noch eine Woche Zeit, und natürlich war ich nicht so beschäftigt, dass ich ihm keinen früheren Termin hätte anbieten können. Aber willste was gelten, mach dich selten. Nicht wahr? Außerdem schaffte ich es bis dahin vielleicht, noch ein paar Kilo abzunehmen. «Wenn du also Zeit hast … Ich würde dir das Nymphenburger Schloss zeigen, wenn du es noch nicht kennst, und anschließend könnten wir dort noch etwas essen gehen.»

Günther lächelte. «Schön, dass du Zeit hast. Nach der nächsten Woche ist mein Urlaub vorbei, und ich muss noch einmal für einige Zeit nach Berlin.»

«Für wie lange denn?» Diese Berlin-Sache würde mir doch nicht etwa einen Strich durch meine Hochzeitspläne machen?

«Für vier Wochen. Danach komme ich mit dem Möbeltransporter zurück und ziehe endgültig hier ein.»

Glück gehabt! Die Hochzeit würde erst eine Woche später stattfinden.

«Ich bin am Freitag am Deutschen Theater und spreche mit dem Intendanten des neuen Stücks», fuhr Günther fort. «Gegen drei müsste ich zurück sein.»

«Schön. Dann bis nächsten Freitag», sagte ich und zog meinen Kopf, den ich zwischen zwei Hibiskussträuchern durchgesteckt hatte, zurück.

Kapitel 7

Das bevorstehende Treffen mit Günther erwies sich als hervorragender Motivator für meine tägliche Laufeinheit. Jeden Morgen zog ich meine Sportschuhe an und machte mich auf in den Englischen Garten. Zwar kam ich immer noch nur im Schneckentempo voran, aber bereits nach zwei Tagen schaffte ich es, die Strecke ohne Pause zurückzulegen. Leider nahm ich trotz allem kein einziges Gramm ab, was eventuell an den Kuchen, Muffins und Cupcakes lag, die ich jeden Tag backte. Da Jakob bereits am zweiten Tag meiner Bäckerkarriere meine süßen Köstlichkeiten verschmähte und behauptete, er sei eher der Typ für Deftiges, aß ich alles allein auf. Denk an die armen Kinder in Afrika! Diesen Satz hatten mir meine Eltern von Kindesbeinen an eingetrichtert. Er hatte sich dermaßen in meinem Gehirn festgesetzt, dass ich es bis heute nicht ertragen konnte, etwas auf meinem Teller liegen zu lassen, und die Reste selbst dann noch in mich hineinstopfte, wenn mir schon längst schlecht war. Laufen und backen – das waren die Aktivitäten, bei denen ich derzeit am besten abschalten konnte. Sehr bedauerlich, dass diese beiden Hobbys so schlecht miteinander harmonierten. Wahrscheinlich hätte ich bereits nach kürzester Zeit wie ein Mops ausgesehen, wäre mir nicht der staubtrockene Marmorkuchen des älteren Ehepaars wieder eingefallen. Und so schleppte ich kurzerhand das ganze Gebäck zum Café Cäcilia und verschwand anschließend, wie ich es den Wischnewskis versprochen hatte, im dahinterliegenden Garten, um dem Verfall den Kampf anzusagen. Tagelang kroch ich auf allen vieren durch den Schmutz und jätete Unkraut, das ich eimerweise auf den Komposthaufen im hinteren Teil des Grundstücks trug. Als ich damit fertig war, machte ich mich daran, den Goldfischteich in seinen ursprünglichen Zustand zurückzuversetzen. Ich watete in Gummistiefeln darin herum, schöpfte die Algen von der Oberfläche, schnitt Wasserpflanzen zurück und tauschte die alte, vermoderte Erde des Teiches gegen eine Schubkarre Kies aus. Ich reparierte den Springbrunnen notdürftig mit Mörtel, und am Ende schliff ich an Pavillon und Stühlen sogar die Lackreste herunter und verpasste allem einen frischen Anstrich mit weißer Farbe. Nach fünf Tagen war ich mit den groben Arbeiten fertig und fuhr mit Mia zu einem Gartencenter außerhalb von München, um ein paar Dinge einzukaufen, die ich brauchte, um an den letzten Details zu feilen.

«Ich frage mich, wie man so doof sein kann, sich diese Plackerei freiwillig anzutun», sagte meine Zwillingsschwester.

«Mir tun die beiden alten Leute leid. Außerdem sammele ich Karmapunkte für mein nächstes Leben.»

Mia hob die Augenbrauen.

«Du hast recht», gab ich zu. «Eigentlich will ich bloß das Abnehmen durch die Gartenarbeit beschleunigen.»

«Wirkt sich die Schufterei wenigstens auf deinen Schlaf aus?»

«Schön wär's.» Ich seufzte. «Das Einschlafen klappt besser, weil ich so kaputt bin, aber dafür wache ich jetzt jede Nacht um Punkt zwei Uhr auf und bin dann zwei oder drei Stunden wach. Es ist zum Mäusemelken! Und ich kann doch nicht jeden Tag eine Schlaftablette nehmen.»

«Und was ist mit der Tante, zu der du alle zwei Wochen gehst? Hat sie dir nicht helfen können?»

«Wir sind noch nicht bis zu meinen Schlafstörungen vorge-
drungen. Erst haben wir ihre ganzen Probleme durchgekaut …»

«Im Ernst?»

Ich nickte resigniert. «Ihr Mann hat sie wegen einer Zwanzigjährigen verlassen, und von ihren Kollegen wird sie gemobbt.»

«Gehst du zu ihr in Therapie oder sie zu dir?»

«Vielleicht gehört es zu ihrer Behandlungsmethode. Den
Patienten mit den eigenen Problemen vollquasseln und ihn so
die eigenen Sorgen vergessen lassen.»

«Was für ein Blödsinn!» Mia sah mich verächtlich an. «Such
dir eine andere Therapeutin.»

«Das bringe ich nicht übers Herz. Ich glaube, ich bin ihre einzige Patientin.»

«Du bist einfach zu nett.»

«Deshalb hast du mir ja auch diesen Gute-Mädchen-Böse-
Mädchen-Ratgeber geschenkt», versuchte ich zu scherzen.

«Er scheint nichts zu nutzen», sagte sie düster.

Ich verzog das Gesicht. Meine Schwester hatte recht. Ich
konnte die Brave-Mädchen-Rolle einfach nicht abschütteln.
Und um den Grund dafür herauszufinden, musste man wahrscheinlich kein Psychologiestudium absolviert haben. Einmal in
meinem Leben war ich nicht lieb und nett gewesen. Und damit
hatte der ganze Ärger angefangen.

«Worüber denkst du nach?», fragte Mia.

«Darüber, was ich alles im Baumarkt kaufen muss», log ich.
«Den Phosphatbinder für den Teich, Seerosen, Wasserpflanzen,
Stauden für die Beete, ein paar Forsythien-Büsche könnten nett
aussehen. Und ich würde gerne als Überraschung ein paar Goldfische mitbringen. – Wie läuft es mit deinem Vermieter?», wechselte ich das Thema. «Will er immer noch, dass du ausziehst?»

«Natürlich. Aber darauf kann er lange warten. Dazu zwingen
kann er mich schließlich nicht.»

«Aber er könnte den Verkauf seines Hauses vortäuschen, um Eigenbedarf geltend zu machen», gab ich zu bedenken. «Torsten hat mir erzählt, dass einige seiner Kunden zu diesem Trick greifen.»

«Noch ist es ja nicht so weit», entgegnete Mia bockig. «Hat sich Torsten mittlerweile bei dir gemeldet?»

«Nein, immer noch Funkstille. Seine Sachen hat er auch noch nicht abgeholt.»

«Er war sowieso ein Idiot.»

«Mit dieser Meinung hast du nie hinter dem Berg gehalten.» Der Wagen vor mir stoppte so abrupt, dass ich heftig auf die Bremse treten musste.

«Stimmt doch. Der Kerl war ein Tyrann. Er hat dir verboten, arbeiten zu gehen, nur damit die Wohnung aufgeräumt ist und das Essen auf dem Tisch steht, wenn er abends nach Hause kommt.» Mia griff an mir vorbei und drückte auf die Hupe. «Jetzt fahr schon, du Idiot!»

«Lass das!» Ich gab ihr einen Klaps auf die Finger. «Außerdem habe ich meinen Beruf freiwillig aufgegeben. Torsten hat mich nur dabei unterstützt.»

«Wenn du meinst», entgegnete sie gelangweilt. «Du hast es schon immer hervorragend verstanden, alles, was dir unangenehm ist, zu verdrängen.»

«Eine Taktik, die du anscheinend ebenso gern anwendest wie ich, wenn es um deinen Laden geht», entgegnete ich spitz.

Einen Tag später war es endlich so weit: Mein Treffen mit Günther stand auf dem Programm. Morgens absolvierte ich eine extralange Joggingrunde, danach ging ich zur Kosmetikerin, und um Viertel vor eins hatte ich einen Friseurtermin, bei dem ich mir die Haare glätten ließ. Anschließend ging ich noch schnell in die Fußgängerzone, um mir noch etwas Passendes

120

zum Anziehen zu kaufen. Denn obwohl mein Kleiderschrank aus allen Nähten platzte, erschien mir schlichtweg nichts, aber auch gar nichts, dazu geeignet zu sein, Günther angemessen zu beeindrucken. Natürlich war es Unsinn, dass ich mich so ins Zeug legte, schließlich würde ein Großteil unseres Treffens im Dunkeln stattfinden. Aber ich dachte, dass das Bild von mir, das Günther in seinem Kopf mit ins Restaurant nahm, garantiert entscheidend für den weiteren Verlauf des Abends sein würde.

Ich wählte ein maigrünes, ärmelloses Kleid, das mir bis zu den Waden reichte, und Keilabsatzsandalen mit Lederriemchen. Zufrieden drehte ich mich vor dem Spiegel im Eingangsbereich der Boutique hin und her. Ich war zwar weit davon entfernt, eine Giselle Bündchen zu sein, aber ich konnte mit Fug und Recht behaupten, das Optimale aus meinem Erscheinungsbild herausgeholt zu haben. Zumindest wenn man Jakobs Reaktion Glauben schenken konnte. Er kam gerade von der Arbeit nach Hause. Bei meinem Anblick blieb er wie angewurzelt stehen und starrte mich an.

Ich runzelte die Stirn. «Was ist?»

«Du gehst aus?», fragte er.

Ich klimperte mit meinen getuschten Wimpern. «Warum willst du das wissen?»

«Will ich gar nicht», erwiderte er mit einem Achselzucken und verschränkte die Arme vor dem ausgeblichenen Universitätslogo seines T-Shirts.

Einen Augenblick überlegte ich mir, ihn einfach stehenzulassen. Doch dann konnte ich es nicht lassen. «Es geht dich zwar nichts an, aber ich habe eine Verabredung. Im Nymphenburger Schloss.»

Er verzog geringschätzig den Mund. «Mit dem Schönling von gegenüber?»

«Es gibt eben Leute, denen ihr Aussehen nicht vollkommen egal ist.» Provozierend musterte ich Jakob von seiner grauen Mütze über das verwaschene T-Shirt und die löcherigen Jeans bis hinunter zu seinen ausgetretenen gelben Chucks. «Warte nicht auf mich! Es kann spät werden.» Ich zwinkerte ihm zu und verließ Handtasche schwingend die Wohnung.

«Unglaublich!» Günther ließ seinen Blick fasziniert über die langgestreckte hufeisenförmige Fassade gleiten. Die Seitenflügel des Schlosses rahmten einen kleinen See ein, auf dem Schwäne schwammen und dessen Mitte eine hoch aufspritzende Fontäne zierte. Ein überraschendes Bild inmitten von Wohnhäusern und Geschäftsgebäuden.

Zufrieden nickte ich. Das Nymphenburger Schloss galt nicht umsonst als eine der Hauptsehenswürdigkeiten von München. «Hast du Lust auf einen Spaziergang durch den Park? Wir haben noch eine Stunde Zeit, bevor unser Essen beginnt.» Mit seinen romantischen Parkburgen, den kunstvoll angelegten Blumenrabatten und der Großen Kaskade an seinem Ende erschien mir der Schlosspark als optimaler Einstieg in unseren gemeinsamen Abend.

Doch Günther war vor einer Schautafel stehen geblieben. «Hier finden auch Führungen durch das Schloss statt», sagte er interessiert. «Die nächste beginnt in fünf Minuten. Hast du Lust, daran teilzunehmen?»

«Aber klar doch! Super Idee von dir!» Nur mit großer Anstrengung schaffte ich es, nicht mit den Augen zu rollen. Bei strahlendem Sonnenschein und einem blauen Himmel voller Wattewölkchen durch eine miefige Schlossanlage zu laufen – was konnte es Schöneres geben? Leider hatte ich Günther gleich zu Beginn unseres Treffens von meiner ausgeprägten Leidenschaft für Kunst erzählt. Er war so begeistert über unsere

Gemeinsamkeit gewesen, dass ich es nicht schaffte, ihn zu enttäuschen.

Zu meinem Leidwesen war die Führung nicht ausgebucht. Es hatten sich – welche Überraschung! – lediglich zwei Personen dafür angemeldet. Sie trug trotz der hohen Temperaturen ein Kaschmir-Twinset, er einen braunen Cordanzug. Bestimmt handelte es sich um ein Professorenehepaar im Ruhestand. Im Vergleich zu unserem Führer, der tief gebeugt über seinem Stock hing, wirkten die beiden aber immer noch taufrisch. Er musste mindestens hundert sein und sprach so leise, dass ich wahrscheinlich nach einem Hörrohr gefragt hätte, wäre die Führung auch nur ein Quäntchen interessant gewesen. Günther jedoch war entzückt. Versunken betrachtete er die Deckenmalereien, Porträts, Wandteppiche und Stuckornamente. Immerhin konnte ich ihn so in aller Ruhe ansehen. In seinen hellen Canvashosen, dem weißen kurzärmeligen Hemd und den Espandrillos sah er wieder einmal phantastisch aus.

«Es ist schön, in einer neuen Stadt jemanden kennenzulernen, mit dem man seine Interessen teilt», sagte er lächelnd, als wir nebeneinander in der sogenannten Schönheitsgalerie standen. Ich nickte und versuchte krampfhaft, begeistert auszusehen. Von unserem Führer hatte ich gerade erfahren, dass diese Galerie die bekannteste Attraktion im südlichen Schlosspavillon war. König Ludwig der I. hatte seinem Hofmaler Joseph Karl Stieler den Auftrag gegeben, sechsunddreißig «schöne» Damen aus allen Gesellschaftsschichten zu porträtieren. Die Schuhmacherstochter Helene Sedlmayr, die wirklich sehr hübsch aussah, gehörte ebenso zu dieser illustren Gesellschaft wie die Skandaltänzerin Lola Montez, mit der der König eine leidenschaftliche Affäre genossen hatte. Dieser Teil der Schlossführung interessierte mich tatsächlich, aber ich konnte Günther gegenüber wohl kaum zugeben, dass ich mir mehr Gedanken über die Hakennase besagter Tänzerin machte als über den raffinierten Pinselstrich, mit dem der Künstler ihr Porträt angefertigt hatte.

«Wenn ich aus Berlin zurück bin, könnten wir doch gemeinsam in die Pinakothek und ins Lenbachhaus gehen.»

«Unbedingt.» Ich nickte abwesend. Also diese Nase …

«Außerdem soll es mitten in einer Häuserfassade in der Sendlingerstraße eine barocke Kirche geben.»

«Die Asamkirche. Ich weiß.» Sofort kam ich mir unheimlich gebildet vor, denn diese Kirche kannte ich tatsächlich. Gezwungenermaßen hatte ich sie mit sechzehn Jahren während eines Schulausflugs besichtigt. Sie war mir in lebhafter Erinnerung geblieben, weil es in ihrem Inneren so düster wie in einer okkulten Grabstätte war. Überall Totenköpfe und Skelette. Außerdem war in einer Seitenwand der Kirche ein rundes Guckloch eingelassen, durch das deren Erbauer, die Gebrüder Asam, von ihrem angrenzenden Wohnhaus stets hineinschauen konnten. Bei dem Ausflug war Anton dabei gewesen. Wie gemein, dass er sich gerade jetzt in meine Gedanken stahl.

Ich blickte auf die Uhr, und mein Puls beschleunigte sich. Schon fast halb sieben. Unser Essen würde gleich beginnen.

Außer Günther und mir waren nur Pärchen anwesend, stellte ich fest, als wir wenig später mit einem Aperitif in der Hand etwas verloren im Empfangsraum des Restaurants standen und darauf warteten, in die Dunkelheit entführt zu werden. Eine affektierte Blondine mit Verona-Pooth-Stimme stand neben uns und hing schmachtend am Hals ihres Begleiters, einem stiernackigen Mann Mitte vierzig, der einen teuren Maßanzug trug und sie kaum eines Blickes würdigte. Hoffentlich mussten wir nicht neben den beiden sitzen. Denn das Essen, so erklärte uns unser Kellner, würden wir nicht an intimen Zweiertischen, sondern an einer großen Tafel einnehmen. Wir bildeten eine Polonaise, und so brachte er uns in Vierergruppen nacheinander ins Restaurant. Ich kam mir ziemlich albern vor, wie ich, durch zwei Samtvorhänge hindurch, mit den Händen auf seinen Schultern hinter Günther her stolperte. Um sich in der Dunkelheit zurechtfinden zu können, trug unser Kellner ein Nachtsichtgerät auf dem Kopf, das mich bedrohlich an den Film *Das Schweigen der Lämmer* erinnerte. Als ich endlich neben Günther Platz genommen hatte und nach meiner Wasserflasche tastete, fragte ich mich, ob dieses Essen tatsächlich eine so gute Idee war, wie ich anfangs gedacht hatte. Aneinandergedrängt wie Streichhölzer in der Schachtel, schien es schier unmöglich, dass hier so etwas wie eine kuschlige Atmosphäre aufkommen würde. Zumindest nicht zwischen Günther und mir. Außerdem war es kühl im Saal und, abgesehen von gelegentlichem Flüstern und Kichern, totenstill. Nicht einmal Musik dudelte im Hintergrund. Frustriert nahm ich einen großen Schluck von dem Weißwein, der in einem Glas vor mir auf dem Tisch stand. Erfreulicherweise schmeckte er ganz hervorragend.

Den Auftakt zu unserem Menü bildete ein Salat, der Linsen enthielt und irgendeine Creme. Das wusste ich schon vorher, da ich auf der Suche nach meinem Besteck hineingetatscht hatte. Leider fand ich meine Serviette nicht. Unbeholfen leckte ich mir die Finger ab und war froh, dass mich niemand sehen konnte. Außerdem bedurfte es einer gewissen Übung, die einzelnen Salatblätter mit der Gabel aufzuspießen und sie dann auch noch unfallfrei in den Mund zu befördern. Gut, dass es dunkel war. Von Günther war kein Ton zu hören. Wahrscheinlich hatte er genauso mit der Vorspeise zu kämpfen wie ich.

Als der Kellner verkündete, dass als nächster Gang eine kalte Suppe gereicht werden würde, trat mir Schweiß auf die Stirn. Es war schon schwierig gewesen, den Salat zu essen, und nach der Suppe würde ich garantiert aussehen, als hätte ich darin gebadet. Doch zum Glück reichte man sie in einem hohen Glas und mit Strohhalm. Sie schmeckte köstlich. Nach Tomate, Tabasco und irgendetwas anderem. Zu meiner Linken hörte ich einen unterdrückten Schmerzensschrei.

«Alles in Ordnung?» Besorgt wandte ich mich meinem gesichtslosen Nachbarn zu.

«Ich hab mir den Strohhalm ins Auge gestochen», stöhnte eine männliche Stimme.

«Dann pass halt besser auf», fauchte seine Begleitung. «Mein Gott, du stellst dich an wie der letzte Mensch.»

Oha! Dass im Restaurant solche Kühle herrschte, schien nicht nur an den Temperaturen zu liegen. Der unsichtbare Kellner, der um uns herumwuselte, schenkte uns schnell noch ein Glas Wein nach, und die Stimmung lockerte sich allmählich auf. Auch Günther wurde redseliger. Er erzählte von der Scheidung seiner Eltern, dass sein Vater in Stuttgart bei Porsche arbeitete und seine Mutter in Hamburg Lehrerin war, dass er zwei jüngere Geschwister hatte und einen Oldtimer fuhr. Neben der Kunst war das Restaurieren dieser Autos seine große Leidenschaft. Gleich nach seinem endgültigen Umzug nach München wollte er sich auf die Suche nach einer Werkstatt machen, in die er sich einmieten konnte. Die Aussicht auf einen ölverschmierten Günther, der auf einem Rollbrett unter einem Auto lag und dessen hochgerutschtes T-Shirt seinen flachen, gebräunten Bauch entblößte, begeisterte mich dermaßen, dass ich den Wein elegant an meinem Mund vorbeischüttete. Mist! Wo war nur diese blöde Serviette abgeblieben? Bevor dieses Essen zu Ende war und das Licht angeschaltet wurde, musste ich unbedingt auf die Toilette! «Ich liebe Oldtimer», sagte ich, nachdem ich mir mit einem Papiertaschentuch aus meiner Handtasche notdürftig Kinn und Dekolleté abgetrocknet hatte.

«Wirklich?» Günther streifte mit seiner Hand kurz meine, eine Bewegung, die einen Stromstoß durch meinen Körper jagte.

«Natürlich! Ich träume schon seit meinem achtzehnten Geburtstag von einem flaschengrünen VW-Käfer mit cremefarbenen Ledersitzen.» Das tat ich wahrhaftig! Torsten hatte mich an unserer Hochzeit mit einem solchen Auto für die Fahrt zur Kirche überrascht. Eine Tatsache, die ich Günther aber nicht auf die Nase band. Wehmütig dachte ich an diesen besonderen Tag zurück.

«Wir könnten zu einem Oldtimertreffen fahren», schlug Günther vor.

Ein Oldtimertreffen! Heiliger Strohsack! Das war nun doch zu viel des Guten. Autos waren dazu da, einen von A nach B zu bringen. Oder um damit anzugeben. Aber doch nicht zum Anschauen … und schon gar nicht in hundertfacher Ausführung. Ich musste endlich aufhören, Günther etwas vorzumachen, und ihm meine wahren Interessen offenbaren. Leider hatte ich keinerlei Ahnung, welche das waren. Ich kochte und backte gerne, ich arbeitete gerne im Garten, aber abgesehen davon war ich … erschreckend interessenlos. Gut, ich hatte auch gerne Sex! Aber bevor ich dieses Thema anschnitt, sollte ich wohl noch etwas warten und einen Augenblick abpassen, in dem der Kerl zu meiner Linken, der mit der Dunkelheit noch viel weniger klarkam als ich, mehr als einen Zentimeter von mir entfernt saß. Ich hatte ihn dabei erwischt, wie er mit seiner Gabel in meinem Salat herumgestochert hatte, und ich vermutete stark, dass er sich an meinem Wein bediente. Zumindest stand das Glas nie an der Stelle, wo ich es vermutete. Nein, in dieser Situation war das Thema Sex wohl mehr als unangebracht. Viel sinnvoller wäre es, das Gespräch auf die anstehende Hochzeit meiner Schwester zu lenken. Überraschenderweise spielte mir das Schicksal in dieser Hinsicht in die Karten. Ich schnappte nämlich einen Gesprächsfetzen von unseren Tischnachbarn auf – natürlich waren es die Blondine und der Geschäftsmann –, mit denen Günther und ich bereits ein paar Worte gewechselt hatten.

«Schade, dass er schwul ist», sagte eine helle Fiepsstimme, und ich spitzte die Ohren.

«Hmhmm», brummte der Mann gelangweilt.

«Wer ist schwul?», schaltete ich mich in das Gespräch ein.

Eine Hand tastete nach meinem Oberschenkel. Ich richtete mich überrascht auf. Günther … So ein forsches Vorgehen hätte ich ihm gar nicht zugetraut. Doch dann fiel mir auf, dass die Hand auf meinem linken Oberschenkel herumtatschte, Günther aber auf der anderen Seite saß. Ich rammte meinem Nachbarn den Ellbogen rüde in die Rippen.

«Jetzt reicht es aber», wisperte ich.

Er zuckte so heftig zusammen, dass er sich das Knie am Tisch stieß. «Das tut mir leid. Ich … Ich dachte, es wäre das Bein meiner Freundin.»

«Ich sitze links von dir», ertönte es biestig. «Und das wüsstest du, wenn du dich mit mir unterhalten würdest.»

«Was ist denn los?», erkundigte sich Günther.

«Nichts.» Ich hatte nicht vor, einen Eklat zu provozieren. «Konzentrieren Sie sich halt ein bisschen mehr», flüsterte ich meinem Nachbarn zu. «Links Ihre Freundin, rechts ich, in der Mitte Sie selbst. Das kann doch nicht so schwer sein.» Ich rückte meinen Stuhl, so weit wie ich konnte, von ihm weg. Mit dem Ergebnis, dass ich Günther nun fast auf dem Schoß saß. Auch nicht schlecht. «Wer ist schwul?», fragte ich noch einmal.

«Matthias Schweighöfer.»

«Matthias Schweighöfer?!» Ich schürzte empört die Lippen.

«Aber das stimmt nicht! Der ist schon seit Jahren mit seiner Freundin zusammen, und die beiden haben sogar ein Kind miteinander.» Als fleißige Leserin der *Gala*, der *Bunten* und so ziemlich jedes anderen Klatschmagazins sowie dank meiner Schwester Fee wusste ich nämlich bestens darüber Bescheid, was sich in den Betten der Promis abspielte. Außerdem war Matthias Schweighöfer einer meiner Lieblingsschauspieler.

«Diese Beziehung ist nur Tarnung», meinte die Blondine.

«Auf keinen Fall. Meine Schwester arbeitet als Redakteurin bei *trend*, und sie ist sich auch ganz sicher, dass der Mann hetero ist», widersprach ich. Obwohl … Fees Quellen waren zuweilen ein wenig unzuverlässig. Vor Jahren hatte sie mir einmal erzählt, dass die Komödiantin Gaby Köster gestorben sei und die Medien dies der Öffentlichkeit nur aus Rücksicht auf ihre Familie verschwiegen. Die Frau lebte immer noch. Außerdem hatte Fee einmal behauptet, die Ehe von Boris Becker und seiner Lilly bestünde nur noch auf dem Papier. Kurz darauf hatten die beiden ein Kind bekommen. Auf der anderen Seite hatte Fee aber auch die Scheidung von Heidi Klum und Seal prophezeit – schon zwei Jahre vor deren Trennung.

«Und die Mitbewohnerin meiner besten Freundin ist Regisseurin und hat schon mehrere Male mit ihm zusammengearbeitet. Sie meint, er ist schwul», sagte die Frau hochnäsig. «Wenn es jemand weiß, dann wohl sie.»

Ha! Da konnte ich gegenhalten. «Und der Freund meiner anderen Schwester ist Nils Schönebeck, und auch der ist zu hundert Prozent davon überzeugt, dass Matthias *nicht* schwul ist.» Das stimmte zwar nicht, aber der Effekt war enorm. Ob es nun daran lag, dass ich den Schauspieler nur beim Vornamen genannt hatte oder vielmehr an der Tatsache, dass Nils Schönebeck der Freund meiner Schwester war.

«Du machst Scherze!», quiekte die Frau.

«Er wird mein Schwager», bekräftigte ich und fühlte mich dabei sehr wichtig. «Die beiden heiraten in sechs Wochen kirchlich.» Triumphierend griff ich nach meinem Weinglas – und stieß es um. Sein Inhalt ergoss sich über das Tischtuch und mein Kleid.

«Nein! Du Glückliche. Du bist zu beneiden.»

«Ja, das bin ich wohl», entgegnete ich und versuchte, mich notdürftig mit dem Tischtuch abzutrocknen. Kurz bevor das Essen vorbei war, würde ich meinem Nachbarn die Serviette klauen. Wahrscheinlich handelte es sich dabei sowieso um meine.

«Wer ist denn alles eingeladen?», fragte die Blondine neugierig.

«Der Sohn von Katharina Schönebeck ist mit deiner Schwester zusammen?», wandte sich nun auch Günther an mich.

Ich nickte, bis mir auffiel, dass wir im Dunkeln saßen. Unglaublich, wie schnell ich mich letztendlich an die Schwärze um mich herum gewöhnt hatte.

«Ja. Sie haben sich auf einer Fahrt nach Italien kennengelernt. Ich habe sogar eine kleine Nichte. Sie heißt Mathilda.»

«Katharina Schönebeck ist meine Lieblingsschauspielerin!», rief Günther begeistert. «In Berlin habe ich vor ein paar Jahren das Bühnenbild für eines ihrer Stücke entworfen, sie aber leider nie persönlich getroffen.»

«Wer ist denn alles eingeladen?», wiederholte die Frau noch einmal, doch ich beachtete sie nicht.

«Wenn das so ist», sagte ich so lässig, wie es mir mit meinem wild klopfenden Herzen möglich war, «dann begleite mich doch auf die Hochzeit. Dann würdest du sogar mit Katharina an einem Tisch sitzen.»

«Gerne», erwiderte Günther verblüfft. «Aber möchtest du nicht lieber mit … deinem Freund dort hingehen?»

«Ich bin zurzeit Single», antwortete ich.

«Ich auch.»

«Dann haben wir ja noch eine Gemeinsamkeit.» Ich lächelte.

Der Mond hing kreisrund über unseren Köpfen, als Günther und ich gegen zehn Uhr mit dem Taxi in der Seestraße ankamen und in die sternklare Nacht hinaustraten. Ich fühlte mich warm, satt und weinbeduselt, und es war mir vollkommen egal, dass sich wahrscheinlich immer noch Reste unseres Essens in meinem Gesicht befanden. Günther zumindest hatte noch einen Klecks von der Schokoladensoße am Mund, die uns zu einer Poulardenbrust mit Kartoffelgratin und Brokkoliröschen gereicht worden war. Hatten wir eben noch gelacht und über die Fiepsstimmen-Blondine und ihren Begleiter gelästert, endeten unsere Gespräche abrupt beim Betreten des Aufzuges und machten einer unbehaglichen Stille Platz. Ich lehnte neben Günther an der Wand und zwirbelte eine Haarsträhne um meinen Zeigefinger. Auch er wirkte angespannt.

«Es war ein sehr schöner Abend», sagte Günther, nachdem wir ausgestiegen waren, und nahm meine Hände ein wenig unbeholfen in seine. Sie waren weich wie Weidenkätzchen. Verdammt! Warum fiel mir in diesem Moment kein männlicherer Vergleich ein?

«Fand ich auch.» Mein Blick wurde von seinen Lippen magisch angezogen. Ob er mich gleich küssen würde?

«Vielen Dank dafür. Vielleicht könnten wir das noch einmal wiederholen, bevor ich nach Berlin zurückmuss.» Er strich mit dem Daumen über meinen Handrücken.

«Vielleicht.» Meine Knie wurden weich.

Schweigend standen wir einander gegenüber, bis Günther sich schließlich vorbeugte. Erwartungsvoll schloss ich die Augen, doch sein Mund berührte nur meine Wange. Ganz zart.

Trotzdem hinterließ seine Berührung ein heftiges Kribbeln auf meiner Haut. Ich öffnete die Augen und schaute zu ihm auf.

«Also dann. Gute Nacht!» Günther lächelte und löste seine Hände von meinen.

«Schlaf gut!», erwiderte ich und schloss die Tür auf, enttäuscht darüber, dass er sich so rasch abgewandt hatte.

Aus der Wohnung schallte mir lautes Gelächter entgegen. Jakob stand mit einer zierlichen Frau im Gang und war gerade dabei, sich eine Jacke überzuziehen.

«Na, wie war dein Date?», fragte er, ohne mich wirklich anzusehen.

«Gut», murmelte ich.

«Wir gehen in den Kunstpark.»

Als ob mich das interessieren würde.

Jakob zog seine Begleitung eng an sich. «Wahrscheinlich komme ich erst morgen Mittag heim», setzte er nach.

Ja, und? War ich seine Mutter? Bei mir musste er sich nicht abmelden. «Gut, Frühstück also nur für eine Person.»

Das Mädchen schoss scharfe Blicke auf mich ab. Was um Himmels willen wollte Jakob mit diesem Kind? Sie sah aus, als ginge sie noch in die Grundschule.

Ich drängte mich an den beiden vorbei in Richtung meines Zimmers. Dort wollte ich mich auf mein Bett legen und von einem Kuss von Günther träumen, der sich alles andere als platonisch anfühlte.

Kapitel 8

«Du hattest recht», wütete Mia am anderen Ende der Leitung.

«Womit?», fragte ich.

Ich saß mit Eduard und Cäcilia bei einer Tasse Kaffee am Teich. Während ich das Handy an mein Ohr hielt, beobachtete ich die zarten goldfarbenen Körper der Fische, die knapp unter der Wasseroberfläche ihre Bahnen zogen.

«Dieser Scheißvermieter ...» Meine Zwillingsschwester putzte sich geräuschvoll die Nase. «Eine polnische Fußball-elf ist heute Morgen hier angerückt und hat angefangen, die Wohnungen um mich herum zu renovieren. Sie haben einen Container direkt vor meinem Schaufenster aufgestellt und vom Fenster des ersten Stocks aus Sachen dort hineingeworfen. Die Kunden konnten nicht einmal mehr in die Nähe des Ladens kommen, ohne befürchten zu müssen, dass ihnen ein Brett oder eine Fliese auf den Kopf fiele. Und als diese Mistkerle fertig waren, haben sie sich das Geschäft neben meinem vorgenommen und dort irgendwelche Wände eingerissen. Dieses Gehämmer ist kaum auszuhalten, und gerade eben ...» Mias Stimme versagte.

Sie weinte doch nicht etwa? Das letzte Mal, als ich meine Zwillingsschwester hatte weinen sehen, hatte ihr Fuß in einem merkwürdigen Winkel von ihrem Bein abgestanden. Sie hatte Fee, Helga und mir unbedingt beweisen wollen, dass man keinen Fallschirm brauchte, um aus dem Fenster im ersten Stock zu springen. Doch Mia blieb nie lange am Boden liegen. «... gerade eben haben sie ein Loch in die Wand geschlagen!», fauchte sie.

«Ein richtiges Loch?», fragte ich verdutzt.

«Ein richtiges Loch. Kein großes, aber es hat gereicht. In die Wand, vor der das Regal mit den Verkaufskeramiken steht. Fast alles kaputt!»

«Oh Gott!», sagte ich geschockt. «Warum haben sie das gemacht?»

«Angeblich sei das unabsichtlich passiert, hat der Arbeiter gemeint, den ich noch am ehesten verstehen konnte. Klar!» Mia lachte auf. «Für wie doof halten die mich? Dieser Arsch von Vermieter hat es ihnen befohlen! Weil er mich rausekeln will!» Vor lauter Wut war ihre Stimme ganz dunkel geworden.

«Was willst du jetzt tun?»

«Was wohl? Ich bring den Kerl um. – Nein!» Sie seufzte, und es hörte sich resigniert an. «Ich werde mir ein anderes Ladenlokal suchen. Da kommt er übrigens, der Scheißkerl. Na, dem werd ich was erzählen.» Sie legte auf und ließ mich ratlos am anderen Ende der Leitung zurück.

«Keine guten Nachrichten, Svenja?», fragte Cäcilia mitleidig.

Das alte Ehepaar hatte ich beinahe vergessen. Cäcilia hielt mich immer noch für die Enkelin ihres Bruders, und ich brachte es nicht übers Herz, sie über ihren Irrtum aufzuklären. Es war ohnehin egal – wahrscheinlich hätte sie meinen richtigen Namen im nächsten Moment sowieso wieder vergessen.

«Gar keine guten Nachrichten. Aber sie betreffen nicht mich, sondern meine Zwillingsschwester. Sie kennen sie. Sie war vor zwei Tagen dabei, als ich die Goldfische vorbeigebracht habe.»

«Tue ich das?» Cäcilia sah ihren Mann hilfesuchend an.

«Vielleicht warst du da gerade im Haus.» Eduard streichelte ihr beschwichtigend den Arm.

«Auf jeden Fall muss Mia aus ihrem Laden heraus. Dabei hat sie das Keramikgeschäft Anfang des Jahres erst eröffnet. Wo soll sie auf die Schnelle einen bezahlbaren Ersatz bekommen?», sagte ich bekümmert. «Mia hat das *froh und bunter* mit so viel Liebe eingerichtet, hat so viel Herzblut in dieses Projekt gesteckt.» Zumindest für ihre Verhältnisse.

Schweigend saßen wir nebeneinander.

Nach einigen Augenblicken räusperte sich Eduard. «Diese Räumlichkeiten für den Laden … Müssten die denn unbedingt im Zentrum liegen?»

Neugierig schaute ich ihn an. «Das wäre natürlich günstig. Auf der anderen Seite hat Mia kaum Laufkundschaft. Warum fragen Sie?»

«Wir hätten hier genügend Platz.» Er zeigte auf das Haus. Beinahe wäre mir der Becher aus der Hand gefallen.

«Sie meinen Ihr Café?»

«Viele Leute verirren sich sowieso nicht hierher. Und wenn wir alles ein bisschen zusammenschieben, müssten die Tassen und Vasen Ihrer Schwester bestimmt noch hineinpassen.»

Ich starrte ihn ungläubig an. «Sie meinen, Sie würden Mia Ihr Café verpachten?»

«Genau. Und vielleicht hätten Sie selbst Lust, sich der *Cäcilia* anzunehmen. Ihr Kuchen scheint bei unseren Gästen jedenfalls besser anzukommen als das staubtrockene Gebäck unseres Lieferanten.» Er lächelte verschmitzt.

«Man müsste selbstverständlich ein bisschen renovieren. Und natürlich müssen Sie sich nicht sofort entscheiden.» Er wandte sich an seine Frau. «Was meinst du, Liebes?»

Cäcilia machte ein ratloses Gesicht.

«Könntest du dir vorstellen, dass Svenja zusammen mit ihrer Freundin unser Café ein bisschen auf Vordermann bringt?», wiederholte Eduard.

«Wäre sie dann jeden Tag bei uns?», fragte sie.

Ihr Mann nickte. Cäcilias Augen begannen zu leuchten, und sie klatschte in die Hände wie ein kleines Kind. Verwirrt ließ ich mich in den Gartenstuhl zurücksinken. Ich hatte in meinem Leben schon alles Mögliche werden wollen. Tierpflegerin, Reitlehrerin, Topmodel, eine berühmte Anwältin wie Ally McBeal … Ein Café zu betreiben, hatte ich nie in Erwägung gezogen. Ich hatte keine Ahnung, was man als Cafébesitzerin so alles tun musste. Bestimmt würde es nicht reichen, jeden Tag ein paar Kuchen zu backen und mit einem freundlichen Lächeln Gäste zu bedienen. Auf der anderen Seite müsste ich nicht über die Stelle in Dachau nachdenken, ich hätte ein wunderschönes Arbeitsumfeld und ausgesprochen nette Arbeitgeber … Was hatte ich also zu verlieren?

Nichts.

Ich hatte nichts zu verlieren.

Entschlossen setzte ich mich auf.

«Meint er das wirklich ernst?», fragte Mia, nachdem ich ihr Eduards Vorschlag unterbreitet hatte.

«Seine Frau und er sind zu alt, um das Café länger selbst zu führen, und ihre Aushilfen sind nicht die zuverlässigsten. Schließen möchten sie es aber auch nicht. Cäcilia hängt sehr daran.» In der einen Hand hielt ich das Handy, mit der anderen versuchte ich den vergnügt um mich herumspringenden Loki zu vertreiben, der mich bereits seit fünf Minuten auf meinem Nachhauseweg durch den Englischen Garten begleitete. Da seine Besitzer nicht mehr so gut zu Fuß waren, verschaffte er sich seinen Auslauf meistens selbst.

«Es ist also wirklich so, wie Oma immer gesagt hat», meinte Mia nachdenklich. «Wenn du denkst, es geht nicht mehr …»

«… kommt von irgendwo ein Lichtlein her», ergänzte ich.

Die Redewendung war doch korrekt, oder? Dieses sanfte Lichtlein gefiel mir auf jeden Fall weit besser als die grellleuchtende Lampe von Stellenangebot, die Inga mir vor die Nase gehalten hatte.

«Ich mach's», stieß Mia aus. «Und du?»

«Wir sollten eigentlich mindestens zwei Nächte darüber schlafen …», gab ich zu bedenken.

«Du schläfst sowieso nie.»

Man konnte über Mia sagen, was man wollte, aber um stichhaltige Argumente war sie nie verlegen. Und sie hatte recht. Ich holte tief Luft. «In Ordnung. Ich kürze die ganze Prozedur auch einfach ab. Wir sind … Partner!»

Wie auf Kommando fingen wir beide an zu kreischen. Loki sprang erschrocken zurück. Aus sicherer Entfernung betrachtete er mich einige Momente vorwurfsvoll. Dann begann er zu bellen und trippelte mit hocherhobener Rute zu seinen Besitzern zurück. Zumindest hoffte ich, dass er das tat.

Bei dem Gedanken an unser gemeinsames Projekt wurde ich ganz aufgeregt. Keine Ahnung, ob das Café genug abwerfen würde, dass ich davon leben konnte. Aber von Zweifeln wollte ich mir mein momentanes Hochgefühl nicht zerstören lassen.

«Wann können wir rein? Mein alter Laden ist ja ab heute leider geschlossen», sagte Mia grimmig. «Gerade fährt hier ein Mini-Bagger vor.»

«Wir werden erst noch gründlich renovieren müssen. Die Räume sind ziemlich heruntergekommen, und die Tapete ist noch aus den Siebzigern.» Mich schauderte es, wenn ich an das psychedelische orange-braune Muster dachte.

«Und der alte Wischnewski will tatsächlich die Kosten dafür übernehmen?»

«Das hat er jedenfalls gesagt. An Geld mangelt es den beiden anscheinend nicht. In der Nachkriegszeit hat Eduard wohl geschickt mit Aktien jongliert. Zumindest musste er seitdem nicht mehr arbeiten.»

«Auf jeden Fall brauchen wir einen wasserdichten Vertrag. Ich bin ein gebranntes Kind. Noch einmal möchte ich nämlich nicht von vorne anfangen.» Dumpfe Schläge im Hintergrund ließen mich vermuten, dass die Fußballelf ihr Zerstörungswerk immer noch nicht beendet hatte. «Mein schöner Laden.» Mias Stimme begann schon wieder verdächtig zu zittern.

«Kommst du vorbei?», versuchte ich sie abzulenken. «Ich hätte noch 'ne Flasche Sekt im Kühlschrank.»

«Gib mir dreißig Minuten.» Sie legte auf.

Auf den letzten Metern zurück nach Hause fühlte ich mich unglaublich beschwingt. Ausgelassen tänzelte ich herum und drehte Pirouetten. Es war mir absolut egal, dass mir einige Passanten sonderbare Blicke zuwarfen. Zum ersten Mal seit langem verspürte ich wieder Neugier. Neugier auf das Leben und darauf, was mir die Zukunft bringen würde.

Ich begegnete Günther, der mit einem Schrubber in der Hand im Eingangsbereich seiner Wohnung herumwischte, als ich laut singend zu meiner Wohnung hüpfte. Wie immer war er tipptopp gestylt. Er trug modische Leder-Flip-Flops, eine enganliegende Jeans, ein leichtes Sommerhemd und … Latexhandschuhe. Jetzt wusste ich, warum seine Hände so weich waren.

«Du siehst heute sehr hübsch aus», begrüßte er mich.

Mein Kichern klang selbst in meinen Ohren dümmlich. «Nur heute?»

Hervorragend, Lilly, sehr souveräner Umgang mit einem Kompliment! Nachdem der gestrige Abend so gut gelaufen war, fiel ich anscheinend bei Tageslicht erneut in meinen anfänglichen Zwei-Wort-Modus zurück. Bei unserer nächsten zufälligen Begegnung würde ich vorgeben, heiser zu sein, die ganze Zeit nur nicken, den Kopf schütteln und ihn einfach nur anschauen. Ich könnte auch behaupten, dass ich aus spirituellen Gründen ein Schweigegelübde abgelegt hätte. Meine Mutter hatte eine Zeitlang jeden Donnerstag einen *Tag der inneren Einkehr* gehalten und einen Zettel um den Hals getragen, auf dem stand: *Ich rede heute nicht.* Sie war überzeugt gewesen, das mache es ihr leichter, mit ihren Engeln oder anderen geistigen Wesen, die um sie herumschwirrten, in Kontakt zu treten. Wir konnten uns an diesem Tag immer nur schriftlich mit ihr austauschen. Im Nachhinein fand ich diese Idee nur noch halb so versponnen wie damals. Diese Art der Kommunikation ermöglichte es einem immerhin, zuerst nachzudenken, bevor man den Mund auftat.

«Du siehst natürlich immer sehr hübsch aus», versicherte Günther eilig und wrang seinen Putzlappen aus.

Das war eindeutig gelogen. Beim, unserer ersten Begegnung hatte ich zerzaust auf ihm gelegen mit einem Drachenbaum im Gesicht, beim zweiten Mal steckte mein Kopf zwischen zwei Hibiskusbüschen. Nur gestern, ja, gestern hatte ich wirklich phantastisch ausgesehen. Allerdings hatte unser Treffen zu zwei Dritteln der Zeit bei völliger Dunkelheit stattgefunden. Ich machte einen langen Hals, um einen möglichst tiefen Einblick in das Innere seiner Wohnung zu erhaschen. Unglaublich! In jedem einzelnen seiner Schuhe, die im Flur standen, steckten Holzschuhspanner, sogar in den Sneakers.

«Aber heute besonders», fügte er hinzu. «So, als hättest du etwas sehr Schönes erlebt.»

Ich lächelte. «Ich habe gerade die Nachricht bekommen, dass ich ein Café im Englischen Garten übernehmen darf. Und meine Zwillingsschwester wird sich darin eine Werkstatt einrichten, in der sie ihre eigenen Stücke verkauft und ihre Kunden Keramikobjekte selbst bemalen können.»

«Das hört sich wunderbar an. Kein Wunder, dass du so strahlst.» Er betrachtete mich mit diesem intensiven Blick, der mir bereits bei unserer ersten Begegnung die Röte auf die Wangen getrieben hatte. Auch dieses Mal kroch die Hitze bereits langsam an meinem Hals hoch und würde bald mein Gesicht erreicht haben. Zeit, dieses Gespräch zu beenden, bevor ich wie ein flambierter Truthahn vor ihm stand.

«Also. Man sieht sich», murmelte ich und kramte betont gründlich in meiner Handtasche nach dem Wohnungsschlüssel. «Warte!» Günther griff mit seiner Latexhand nach meinem Arm. «Hast du Lust, mit mir auf dieses freudige Ereignis anzustoßen? Ich könnte mit einer Flasche Champagner zu dir rüberkommen. Meine eigene Wohnung ist ja leider noch sehr karg.» Irrte ich mich, oder klang er eine Spur nervös?

«Gerne», sagte ich überrascht. «Ich wollte sowieso mit meiner Schwester anstoßen.»

«Passt es dir in einer Stunde?»

Schnell überlegte ich, was in dieser Zeit alles zu tun sein würde. Duschen, Haare waschen, schminken, Wohnung aufräumen, ein paar Häppchen machen, Jakob rausschmeißen. Könnte knapp werden, vor allem Letzteres. Auf der anderen Seite hatte Günther gerade gesagt, er fände, dass ich heute besonders hübsch aussäh. Sicherer wäre es also, überhaupt nichts an mir zu verändern. Es würde genügen, wenn ich mir die Zähne putzte und ein Deo benutzte.

«Das passt wunderbar», sagte ich strahlend.

Natürlich war Jakob da! Ausgerechnet an diesem Abend schien er keine Lust darauf zu haben, sich ins Münchner Nachtleben zu stürzen, sondern saß in Unterhosen auf der Couch und spielte auf Torstens Playstation ein Autorennen. Hatte er nicht vor seinem Einzug beteuert, dass er sich überwiegend in seinem

Zimmer aufhalten würde? Und: War es spießig, ihn an dieses Versprechen zu erinnern?

«Ich bekomme gleich Besuch», sagte ich anstelle einer Begrüßung und warf einen bedeutungsvollen Blick auf seine Zimmertür.

«Das macht nichts», antwortete er, die Augen starr auf den Fernsehbildschirm gerichtet.

«Der Besuch findet es aber eventuell nicht besonders schön, wenn du halbnackt im Wohnzimmer sitzt, während wir essen», entgegnete ich spitz.

«Dein Schönling?», fragte Jakob.

«Ich wüsste nicht, was dich das angeht.»

Er sah mich mit hochgezogenen Brauen an, und mir fiel wieder einmal auf, was für schöne Augen er doch hatte. Für solch dichte Wimpern würden einige Frauen morden. «Welche Laus ist dir denn über die Leber gelaufen?»

«Keine. Im Gegenteil. Ich habe etwas zu feiern.»

Jakobs Interesse an diesem erfreulichen Anlass schien sich in Grenzen zu halten, denn er hakte nicht nach, sondern schaltete die Playstation aus und sah mich fast schon trotzig an. «Ich wollte sowieso gerade gehen.»

«Wunderbar.»

Jakob stand auf und machte Anstalten, das Wohnzimmer zu verlassen, aber einer unverständlichen Eingebung folgend hielt ich ihn zurück.

«Sehe ich heute eigentlich irgendwie anders aus als sonst?»

Er verzog den Mund. «Du hast gestern anders ausgesehen als sonst.»

«Heute nicht?»

Er sah mich skeptisch an. «Hast du deine Tage?»

«Vergiss es!» Ich ging zum Kühlschrank, um nachzuschauen, was ich aus den darin befindlichen Resten noch zaubern konnte.

Viel war es nicht gerade. Lediglich einige Tomaten und ein Bund Frühlingszwiebeln lagen noch im Gemüsefach. Aber es würde reichen.

«Du hast mir gar nicht erzählt, dass wir Gesellschaft haben.» Mia schaute zu Günther hinüber, der auf der Dachterrasse stand und in der Pose eines Großgrundbesitzers über die Dächer von München blickte.

«Spontane Einladung.» Verlegen schob ich sie nach draußen.

«Günther, meine Schwester Mia kennst du ja.» Ich drückte ihm ein Glas Champagner in die Hand.

Wir stießen an.

«Auf den Erfolg», sagte ich feierlich und hob mein Glas. «Und natürlich auf deinen Einzug.» Ich prostete Günther zu.

Mia kippte ihr Glas in einem Zug hinunter und goss sich sofort ein neues ein. «Das tut gut.» Sie rekelte sich wohlig und hielt ihr Gesicht in die untergehende Sonne. «Schon in München eingelebt, Günther?»

«Könnte nicht besser sein. Bei so einer netten Nachbarin.» Er zwinkerte mir zu.

«Aber du hast doch bestimmt eine Menge Freunde in Berlin zurückgelassen», bohrte sie nach.

«Ach, Freunde findet man überall auf der Welt.» Günther zuckte die Achseln. «Außerdem gibt es Telefon und Internet, und mit dem Flugzeug dauert es nur eine knappe Stunde bis nach Berlin. Ich werde an den Wochenenden hin und wieder dort hinfliegen, um meine Freunde zu besuchen.»

«Hast du eigentlich eine Freundin?», fragte Mia beiläufig und griff nach dem Champagner.

«Hat schon jemand Hunger?» Wütend funkelte ich sie an und nahm ihr die Flasche aus der Hand. «Ich habe eine Kleinigkeit vorbereitet.»

«Ihr beiden scheint euch ja gut zu verstehen», stellte Mia fest, als wir nebeneinander in der Küche standen und die Bruschette, die ich rasch zubereitet hatte, auf einer Platte arrangierten. «Warum durfte ich ihn nicht fragen, ob er vergeben ist?»

«Er hat es mir bereits gesagt.»

«Und?»

«Er ist Single.»

«Genau wie du!»

«Ja, wir haben sooo viel gemeinsam.» Vor allem unser Faible für Kunst und alte Autos.

«Kein Wunder, dass du so schnell über Torsten hinweggekommen bist.» Mias Augen blitzten spöttisch auf.

«Ich bin überhaupt nicht schnell über ihn hinweggekommen.»

«Den Eindruck machst du aber.»

«Ich trauere still», erklärte ich hoheitsvoll. «Außerdem bringt es nichts, wenn ich die ganze Zeit herumjammere.»

«Du verdrängst.»

«Und du bist betrunken.»

«Von den zwei Gläsern Schampus?» Mia machte eine wegwerfende Handbewegung.

«Glaub mir, ich bin deprimiert. Ich kaschiere es nur geschickt.» Ich drückte Mia die Platte mit den Tomatenhäppchen in die Hände und schob sie ungeduldig nach draußen. Ich selbst folgte ihr in einigem Abstand mit einer Flasche Weißwein.

Die Dämmerung hatte sich über die Dächer von München gelegt, und die Sonne zeigte sich nur noch als schmaler orangefarbener Streifen am Horizont. Obwohl es noch angenehm warm war, zündete ich den Außenkamin an, und schon bald wurden unsere Gespräche von einem gemütlich prasselnden Feuer untermalt. Nachdem Mia die Hälfte der Tomatenbrote verspeist hatte, ließ die Wirkung des Champagners zum Glück etwas nach, und so blieben mir weitere peinliche Aussprüche von ihrer Seite erspart. Es war ein schöner Abend. Wir lachten viel, und ich wurde Günther gegenüber lockerer. Erst als er erzählte, dass er bis vor ein paar Jahren aktiv Leichtathletik betrieben hatte, verfiel ich wieder in mein altes Verhaltensschema.

«Welche Disziplin?», fragte ich und machte ein neugieriges Gesicht, obwohl mir bewusst war, dass wir auch dieses Interesse nicht teilten.

«Weitsprung», antwortete Günther. Er hatte den Arm um die Lehne meines Stuhls gelegt und ein Bein lässig über das andere geschlagen. Verzückt stellte ich ihn mir in einer winzigen Radlerhose und einem enganliegenden Trikot vor.

«Was war deine beste Zeit?», erkundigte ich mich, obwohl mich dieses Bild zugegebenermaßen etwas ablenkte.

«Du meinst, meine beste Weite», korrigierte mich Günther schmunzelnd, während Mia einen Lachkrampf bekam, sich an ihrem Wein verschluckte und nach Luft rang. «Entschuldigung», keuchte sie, als sie nach einigen Sekunden wieder einigermaßen sprechen konnte. Doch dann schaute sie über meine Schulter hinweg zur Terrassentür. Sie erstarrte förmlich, ihre Augen weiteten sich entsetzt. «Dass du es wagst, hier aufzutauchen», sagte sie tonlos.

Ich folgte ihrem Blick irritiert.

«Torsten!» Mein Herz setzte für einen Taktschlag aus.

«Ich habe geklingelt, aber … es hat niemand aufgemacht», stotterte mein Exmann. Er trug Anzug und Krawatte und kam anscheinend gerade erst aus dem Büro.

«Was machst du hier?» Im selben Moment fiel mir ein, dass ich seine Antwort – zumindest in Günthers Gegenwart – überhaupt nicht hören wollte, und stand auf. «Entschuldigt mich einen Moment.» Ich lächelte verlegen und zog Torsten ins Wohnzimmer.

«Ich wollte nicht stören – nur ein paar Sachen holen», nuschelte Torsten und schob beide Hände in die Hosentaschen, wodurch er aussah wie ein grau gestreifter Kegel. Warum war mir eigentlich nie der unvorteilhafte Schnitt dieses unsäglich teuren Maßanzugs aufgefallen? Ich warf einen kurzen Blick auf die Uhr.

«Um halb zehn Uhr abends?»

«Ich war gerade in der Gegend. Außerdem hast du dich in den letzten zwei Wochen überhaupt nicht bei mir gemeldet.»

Bei dem anklagenden Unterton in seiner Stimme lachte ich unwillkürlich auf. Na, der hatte vielleicht Nerven. «Torsten, wenn ich dich daran erinnern darf: Du hast dich von mir getrennt, nicht umgekehrt. Warum hätte ich mich bei dir melden sollen?»

«Gelangweilt hast du dich anscheinend nicht in dieser Zeit», entgegnete er und klang fast ein wenig beleidigt.

«Was hast du erwartet? Dass ich mich zehn Tage ins Schlafzimmer einsperre und weine?»

«Ich wollte auch noch einmal mit dir reden.»

«Wie du siehst, habe ich Besuch. Ruf mich die Tage mal an, und wir machen einen Termin aus.»

«Wir machen einen Termin aus?», wiederholte Torsten ungläubig. «Ich muss einen Termin ausmachen, um in meine eigene Wohnung zu kommen?»

«Genau so ist es.» Und damit schob ich ihn nach draußen und ließ die Tür hinter ihm ins Schloss fallen.

Einige Augenblicke blieb ich bewegungslos stehen, die Augen geschlossen. Dann öffnete ich sie wieder und atmete tief ein und aus. Geschafft! Und es war gar nicht so schlimm gewesen. Im Gegenteil! Eine leise Genugtuung beschlich mich, als ich mir bewusst machte, in welcher Situation mich Torsten angetroffen hatte. Mit einem Glas Wein in der Hand, neben einem fremden, gutaussehenden Mann sitzend. Ich hätte es wahrlich schlechter treffen können. Mit hocherhobenem Kopf ging ich nach draußen. Meine zitternden Hände hatte ich fest ineinander verschränkt.

«Bin wieder da!», rief ich eine Spur zu laut.

«Ich habe dir noch Wein nachgeschenkt», sagte Günther. Zum Glück ging er nicht auf Torstens Besuch ein. Auch Mia gab überraschenderweise keinen weiteren Kommentar dazu ab.

Weniger schweigsam verhielt sich dagegen mein Handy. Denn kaum hatte ich mich neben Günther niedergelassen, fing es an zu klingeln.

Torsten ließ nicht locker. Ich beschloss, das Gerät auf lautlos zu stellen. Doch ein Blick auf das Display zeigte mir, dass nicht Torsten, sondern Fee versucht hatte, mich zu erreichen. Glück gehabt! Das dachte ich zumindest, bevor ich ihren Anruf entgegennahm.

«Papa ist die Treppe hinuntergestürzt!», stieß sie atemlos hervor. «Der Notarzt hat ihn nach Freising ins Krankenhaus gebracht.»

Kapitel 9

«Warum hat Opa gerade dich angerufen?», fragte ich Fee, als Mia und ich wenig später bei ihr in ihrem Mini saßen und wir über die A 92 in Richtung Freising jagten.

«Keine Ahnung.» Das schöne Gesicht meiner Schwester mit den regelmäßigen Zügen und den blaugrauen Barbie-Augen war zur Maske erstarrt. «Vielleicht weil mein Name als Erstes im Telefon abgespeichert ist. Was weiß ich.»

«Hast du Helga erreicht?», fragte Mia.

«Helga kann nicht weg. Nils ist gestern zum Drehen nach Berlin gefahren, und sie hat niemanden für die Kleine.»

«Ich verstehe nicht, wie das passieren konnte», jammerte ich. «Man fällt doch nicht einfach so die Treppe herunter.»

Fee zuckte mit den Schultern. «Vielleicht hat er nicht aufgepasst und ist ausgerutscht. Im Krankenhaus werden sie uns Genaueres sagen können. Er ist wohl auch wieder zu sich gekommen, als der Notarzt da war.»

«Zum Glück», murmelte ich. Mein Magen schien auf die Größe einer Rosine zusammengeschrumpelt, und mir war trotz der Wärme im Auto eiskalt. Fee warf mir einen kurzen Seitenblick zu.

«Wie geht es dir überhaupt?»

«Geht so», antwortete ich unbehaglich. Selten war mir mein eigenes Befinden so egal gewesen wie in diesem Moment.

«Hat sich dieser Arsch mittlerweile bei dir gemeldet?» Fee

147

verzog den Mund. Das war eine Grimasse, die jedes andere Gesicht verunstaltet hätte, aber sie sah sogar mit diesem Flunsch herzallerliebst aus.

«Torsten ist vorhin kurz vorbeigekommen.»

«Leider war ich so geschockt, dass ich es versäumt habe, ihm meine Handtasche überzuziehen», warf Mia ein.

Fee hob eine Augenbraue. «Ich hoffe, er kam auf Knien und mit einer Rose zwischen den Zähnen?»

Ich grinste unwillkürlich bei dieser mehr als abwegigen, aber durchaus amüsanten Vorstellung.

«Er wollte nur ein paar Sachen abholen.»

«Das war doch ein Vorwand.»

«Vielleicht», sagte ich erschöpft. «Und was gibt es bei dir Neues?»

«Ich habe mir ein Kleid für Helgas Hochzeit gekauft.»

«So aufregend ist dein Leben zurzeit?»

«Was erwartest du? Ich arbeite acht Stunden am Tag, abends kümmere ich mich um Paul und koche. Mein Glamourleben ist vorbei.»

«Du Ärmste», sagte Mia sarkastisch.

«Bedauerst du es?», fragte ich.

Fees Gesicht wurde weich. «Es ist zwar nicht immer einfach, aber es ist gut, wie alles gekommen ist. Ich bin glücklich. Wirklich. Wer hätte das gedacht?»

Hoffentlich konnte ich das auch eines Tages sagen. In einer Zukunft, die nicht Millionen Lichtjahre entfernt lag.

«Nina wohnt übrigens wieder in München. Eine Neuigkeit gibt es also tatsächlich.» Sie lachte.

«Echt?», sagte ich erstaunt. Fees beste Freundin war vor einem Jahr nach Berlin gezogen, um dort zusammen mit einer ehemaligen Visagistin der *Vogue* Modefilme zu drehen. Und soweit ich wusste, war ihre Firma gar nicht schlecht gestartet.

«Offiziell hat Nina in München ein besseres Angebot bekommen, inoffiziell hat sie sich mal wieder in den falschen Mann verliebt. Der Kerl wollte doch tatsächlich nur mit ihr schlafen, wenn sie die Swatch-Uhr, die er ihr geschenkt hatte, am Handgelenk trug. Was ist das denn für ein perverser Fetisch!» Fee erschauderte. «Aber gut, sie wird darüber hinwegkommen und sich mit einer Affäre trösten. Das tut sie immer. Die Liste ihrer Liebhaber ist so lang wie mein Kontoauszug vom letzten Monat.»

«In dieser Hinsicht kann sie sich mit Jakob zusammentun. Die Anzahl seiner Eroberungen bewegt sich bestimmt längst nicht mehr im zweistelligen Bereich.» Ich verdrehte die Augen.

«Mit dem hat Nina auch schon was gehabt.»

Ich starrte sie an. «Wann war das denn?»

«Kurz bevor sie nach Berlin gezogen ist. Helga, Nils, Sam und ich waren mit ihnen im Kino. Wir vier sind anschließend nach Hause gegangen, Jakob und Nina nicht. Muss ich weiter ins Detail gehen?»

Ich schüttelte überrascht den Kopf. Nina war nach Fee die zweitschönste Frau, die ich kannte. Sie war groß und schlank und besaß wundervolle kastanienbraune Locken, die ihr seidig glänzend fast bis zur Taille reichten. Und solch ein zauberhaftes Wesen ließ sich mit meinem prolligen Mitbewohner ein!

Fee zuckte mit den Schultern. «Er sieht schon ziemlich gut aus.»

Ich verzog das Gesicht. «Findest du?»

«Jakob ist groß, dunkelhaarig, muskulös. Mir gefällt er.»

«Nur, dass er noch ein Brustwarzenpiercing und mehrere Tattoos als Sahnehäubchen obendrauf setzt.»

«So intime Einblicke hast du schon bekommen?» Fee grinste.

«Fee! Der Typ rennt den ganzen Tag in Boxershorts herum. Ich müsste schon blind sein, um das zu übersehen.»

«Hast du auch gesehen, was sich unter diesen Boxershorts verbirgt? Laut Nina …»

«Lalalala!» Ich hielt mir die Ohren zu. «Mehr muss ich wirklich nicht wissen.» Ich wandte mich an Mia. «Was ist mit dir los? Du bist so still. Hast du nichts über Nina und meinen Mitbewohner zu sagen?»

Mia zuckte zusammen. «Was? Äh. Nein.» Sie schüttelte sich kurz. «Ich meine: Bei den beiden erübrigt sich jeglicher Kommentar.»

«Wir sind da.» Fee bog auf den Besucherparkplatz des Freisinger Krankenhauses ein.

«Können Sie uns sagen, in welchem Zimmer Karl-Heinz Baum liegt?», fragte ich die Frau am Empfang.

Sie musterte ausdruckslos mein aufgeregtes Gesicht und tippte den Namen unseres Vaters in den Computer ein. «Der Patient befindet sich derzeit noch auf der Intensivstation der Chirurgie. Sind Sie Angehörige?»

«Intensivstation … Aber ich dachte, es geht ihm schon wieder besser?», stammelte ich.

«Wir sind seine Töchter», schaltete sich Fee ein.

«Fahren Sie mit dem Aufzug in den zweiten Stock, dann gehen Sie nach links in den Trakt B.»

Wir rannten los.

Die Schwester, die uns auf der Intensivstation in Empfang nahm, war riesig und hatte ein Kreuz wie ein Ringer. Ich musste zu ihr aufsehen, als ich nach unserem Vater fragte.

«Ich rufe den behandelnden Arzt. Er kann Ihnen Auskunft geben.» Sie drückte uns resolut auf drei wacklige Plastikstühle.

Kurze Zeit später kam sie mit einem hageren jungen Mann zurück. Er hatte abstehende Ohren und stoppeliges Haar.

«Doktor Schröder», sagte er und schüttelte uns die Hand. «Sie sind die Töchter von Herrn Baum?»

Wir nickten ängstlich.

«Herr Baum ist mit zwei geprellten Rippen und einer schweren Gehirnerschütterung bei uns eingeliefert worden. Es geht ihm den Umständen entsprechend gut.»

«Zum Glück», sagte ich erleichtert.

«Können wir zu ihm?», fragte Mia.

«Er schläft. Wir haben ihm ein starkes Schmerzmittel verabreicht. Bevor Sie zu ihm gehen, würde ich jedoch gerne etwas mit Ihnen besprechen.»

Oha. Das hörte sich nicht gut an. Fee, Mia und ich wechselten nervöse Blicke.

Der Arzt räusperte sich. «Ihr Vater hat vermutlich ein Alkoholproblem.»

Fee riss die Augen auf. «Wie kommen Sie denn darauf?»

«Herr Baum wurde mit drei Promille hier eingeliefert, aber für diese große Menge Alkohol im Blut ging es ihm noch ungewöhnlich gut. Das spricht dafür, dass er an übermäßigen Genuss gewöhnt ist.»

«Er ist also die Treppe heruntergefallen, weil er betrunken war?», fragte Fee ungläubig.

Ich schaute betreten zu Boden. «Wissen Sie schon, wann er wieder nach Hause kann?»

«Wir werden morgen noch ein CT machen, um auszuschließen, dass Verletzungen am Schädel oder an der Halswirbelsäule vorliegen. Wenn das nicht der Fall ist, kann er übermorgen entlassen werden. Ihr Vater sollte allerdings in der ersten Zeit nicht allein sein.»

«Das ist schwierig», wandte Fee ein. «Unsere Mutter ist vor einem halben Jahr nach Irland gezogen, und meine Schwestern und ich wohnen alle fast vierzig Kilometer entfernt. Nur unser Opa lebt bei ihm, aber der ist schon weit über achtzig und kann kaum noch gehen.»

«Besprechen Sie, wie Sie es organisieren», sagte der Arzt, ohne auf Fees Einwände einzugehen. «Die Schwester wird Sie nun zu Ihrem Vater bringen.» Er reichte uns die Hand und verschwand in einem der Zimmer.

Unser Vater lag an mehrere Kabel angeschlossen in einem Bett in der Mitte des Raumes. Ein Monitor neben ihm zeichnete seine Herzaktivitäten auf und piepte rhythmisch. Ich schnappte nach Luft und griff nach Mias Arm. Ganz grau sah er aus. Auf seiner Stirn klebte ein Pflaster, und seine Gesichtszüge wirkten schlaff, als hätten sie jede Kontur verloren. Doch er atmete ruhig und gleichmäßig. Fee nahm seine Hand und streichelte sie. Sein Mund zuckte leicht, aber er wachte nicht auf. Als meine Schwester sich zu mir umdrehte, schimmerten Tränen in ihren Augen. Es schmerzte, unseren früher so agilen und vor Energie strotzenden Vater in diesem Zustand zu sehen. Er wirkte so alt und so zerbrechlich.

«Ein Alkoholproblem!», sagte Fee entsetzt, als wir auf dem Rückweg nach München im Auto saßen. «Wie konnte das passieren? Er hat doch nur hin und wieder abends ein Glas Wein oder ein Bier getrunken. Das stimmt doch, Lilly, oder?»

Mia warf mir einen bedeutungsvollen Blick zu. Doch ich nickte beklommen. Die Angst hatte sich wie eine Eisenmanschette um meinen Brustkorb gelegt und erschwerte mir das Atmen. Denn natürlich hatte ich geahnt, dass unser Vater ein Problem hatte. Aber ich hatte die Augen davor verschlossen. Wieder einmal hatte ich jetzt für meine Vogel-Strauß-Taktik eine Quittung erhalten.

«Wir müssen zu Opa fahren», sagte Fee schließlich. «Er macht sich bestimmt Sorgen.»

«Wir sollten auch Helga Bescheid geben. Und Milla», fügte ich nach einigen Augenblicken hinzu.

«Ich schreibe Helga eine SMS. Aber Milla rufen wir heute nicht mehr an. Es ist schon zu spät.»

Das Licht im Zimmer unseres Großvaters brannte noch, als wir um kurz nach elf an unserem Elternhaus ankamen. Opa Willy trug bereits seinen Schlafanzug, als er die Tür öffnete.

«Was ist mit ihm?», fragte er, und seine Stimme zitterte. «Ich wollte mir ein Taxi nehmen und mit ins Krankenhaus fahren. Aber die Sanitäter meinten, ich solle bis morgen warten.»

«Wird schon wieder», brummte Mia und musterte unbehaglich die Spitzen ihrer Bikerboots.

«Papa geht es den Umständen entsprechend gut», wiederholte Fee die Worte der Krankenschwester. Dann sah sie mich hilfesuchend an.

«Er hat zwei geprellte Rippen, eine schwere Gehirnerschütterung – und ein Alkoholproblem», ergänzte ich mit belegter Stimme. Mia schaute überrascht auf.

Doch Opa Willy schien diese Nachricht nicht zu schockieren. «Gerochen wie eine ganze Schnapsfabrik hat er, als ich ihn gefunden habe.»

«Warum hast du uns nichts davon gesagt?», fragte ich ihn.

«Am Telefon?» Er zog seine struppigen Augenbrauen nach oben, was seine Stirn wie eine Ziehharmonika aussehen ließ.

«Hast du gewusst, dass er zu viel trinkt?» Mia verschränkte ihre mageren Arme vor der Brust.

Er schüttelte den Kopf. «Er hat die meisten Abende in seinem Arbeitszimmer am Computer gesessen und ist viel später als ich ins Bett gegangen. Natürlich habe ich hin und wieder etwas gerochen oder Flaschen gefunden. Aber ich dachte nicht, dass es so schlimm ist. Vielleicht wollte ich es auch einfach nicht sehen», sagte er bekümmert. «Hat euer Vater etwas gesagt?»

«Er hat geschlafen, als wir im Krankenhaus waren. Wir sollen morgen wiederkommen. In zwei Tagen kann er wahrscheinlich schon wieder nach Hause», antwortete Fee.

«Schaffst du es, heute Nacht allein hier zu schlafen?», fragte ich meinen Großvater. «Oder soll ich bei dir bleiben?»

Er streichelte mir mit seinen sehnigen Fingern über die Wange. «Mach dir um mich keine Sorgen.»

Im Auto lehnte sich Fee in ihrem Sitz zurück und schloss die Augen. «Und nun?», fragte sie leise.

«Was meinst du?» Ich beugte mich zu ihr hinüber.

«Was sollen wir tun? Du hast gehört, was der Arzt gesagt hat. Wir dürfen ihn in der ersten Zeit nicht alleine lassen. Und wer soll sich um Opa kümmern, wenn Papa sich wegen der Rippen- prellung kaum rühren kann?»

«Vielleicht können wir einen mobilen Pflegedienst für die beiden engagieren.»

«Ich glaube nicht, dass man dort so kurzfristig jemanden be- kommt.»

Fee trommelte mit den Fingernägeln auf dem Lenkrad her- um. «Könntest du nicht eine Zeitlang in Traun wohnen? Nur vorübergehend», fügte sie rasch hinzu, als ich nicht antwortete. «Du könntest es als Urlaub ansehen, um deinen Kopf wieder klar zu bekommen», fuhr sie hoffnungsvoll fort. «Lange Spa- ziergänge an der Isar, Besuche bei Freunden. Wäre das nicht toll?» Sie klang wie eine Reiseverkehrsfrau, die einem Kunden ein Feriendomizil schmackhaft machen will.

«Fee», sagte ich mühsam beherrscht. «Mein Mann hat mich vor ein paar Tagen wegen einer anderen Frau verlassen. Findest du es nicht ein wenig unfair, diesen Vorschlag ausgerechnet mir zu unterbreiten? Soll Mia doch bei ihm bleiben.»

«Ich?!» Der Kopf meiner Zwillingsschwester fuhr nach oben. «Ich glaube nicht, dass ich dazu geeignet bin, ihn zu pflegen.»

❋ 154 ❋

«Mia können wir Papa unmöglich anvertrauen», schlug sich Fee auf ihre Seite. «Selbst die Yuccapalme, die ich ihr vor ein paar Jahren geschenkt habe, ist nach kurzer Zeit eingegangen.»

«Ich werde also dafür bestraft, dass ich meine Pflanzen am Leben lasse.» Ich sah meine Schwester ungläubig an.

«Die nächsten zwei Tage kann ich übernehmen», fuhr Fee fort. «Aber am Montag muss ich wieder arbeiten.»

«Und was ist mit Helga?»

«Die hat Mathilda. Du arbeitest nicht und hast keine Kinder. Du musst zugeben, dass der organisatorische Aufwand für dich wesentlich geringer wäre als für uns.»

Sollte ich schreien oder nur laut mit den Fäusten auf das Armaturenbrett eintrommeln? Nein, nichts von beidem. Dieses Mal würde ich ganz einfach nicht nachgeben.

«Auf keinen Fall», sagte ich beherzt und spielte meinen Trumpf aus. «Mia und ich werden ein Café übernehmen. Die nächsten Tage werden wir einiges zu tun haben. Auch wenn du es nicht gerne hörst, ich habe durchaus auch meine Verpflichtungen.»

«Du gibst das *froh und bunter* auf?», fragte Fee Mia verdutzt. «Für ein Café?»

«Natürlich nicht. Wir verändern nur das Geschäftskonzept und hängen an die Keramikwerkstatt ein Café an. Dazu müssen wir aber umziehen. Wir haben ein Pachtangebot für eine Villa im Englischen Garten erhalten.»

Fee sah uns immer noch an, als hätten wir ihr gerade verkündet, in ein paar Monaten auf der New Yorker Fashion Week die neue Kollektion von Gucci präsentieren zu dürfen. «Wann habt ihr das beschlossen?»

«Erst vor ein paar Stunden. Dein Anruf hat unsere Feier unterbrochen.»

«Tut mir leid.»

«Du siehst also, dass ich gerade jetzt auf gar keinen Fall ein paar Tage in Traun bleiben kann. Wir werden eine andere Lösung finden müssen.»

Fee überlegte einige Sekunden. Dann erhellte sich ihr Gesicht. «Warum lässt du Opa und Papa nicht bei dir wohnen? Platz genug hast du in deinem Palast doch bestimmt.»

Ich verdrehte die Augen. «Weißt du was? Ihr könnt mich alle mal.»

«Du bist noch wach», begrüßte ich Jakob unfreundlich. Er saß auf dem Sofa und spielte, wie bereits am frühen Abend, auf der Playstation.

«Da hat ja jemand blendende Laune. Ist die Verabredung mit deinem neuen Freund nicht so verlaufen, wie du es dir erhofft hast?», spottete er.

«Hattest du nicht bei deinem Einzug gesagt, du würdest dich überwiegend in deinem Zimmer aufhalten?», zischte ich ihn an. «Außerdem ist das Torstens Playstation.» So ein Idiot! Ich sollte ihn an seinem Brustwarzenpiercing packen und von der Couch ziehen. Das tat bestimmt höllisch weh.

«Der braucht sie im Moment offensichtlich nicht.» Jakob hämmerte weiter völlig ungerührt auf der Steuerung herum. «Außerdem hat er mir erlaubt, sie zu benutzen.»

«Dann entziehe ich dir die Erlaubnis wieder.» Ich blickte mich um. «Wie sieht es hier überhaupt aus?» Auf dem Wohnzimmertisch stand die leere Flasche eines isotonischen Sportgetränks und daneben ein Teller, auf dem ein Ketchupfleck prangte. Ich wusste, dass meine Bemerkung mehr als lächerlich war. Doch ich musste irgendwo Dampf ablassen, sonst würde ich platzen. Ich hatte tatsächlich ein schlechtes Gewissen! War das denn zu fassen? Nur weil ich einmal in meinem Leben nicht nach der Pfeife meiner Familie tanzte.

«Mensch, mach dich locker! Ich räume die Sachen gleich weg.»

«Nicht gleich. Jetzt!» Ich stemmte die Arme in die Seiten.

Jakob schaltete kopfschüttelnd die Playstation aus und legte die Steuerung auf den Tisch. «Du bist so eine Spaßbremse.»

«Ich bin also eine Spaßbremse?!» Meine Stimme überschlug sich fast vor Wut. «Weißt du was? Ich habe es satt! Ich habe dich satt! Du tust hier keinen Handschlag. Wann hast du das letzte Mal Staub gesaugt? Wann hast du das letzte Mal die Spülmaschine ein- oder ausgeräumt? Ich kann es dir sagen: Es gab gar kein letztes Mal! Du hast noch nie gesaugt, die Spülmaschine aus- oder eingeräumt oder sonst irgendetwas gemacht. Und warum zum Teufel musst du die ganze Zeit in der Unterhose rumlaufen?»

«Das stimmt nicht.» Jakob reckte sein Kinn wütend nach vorne. «Ich gehe hin und wieder einkaufen.»

«Ja. Bier.»

Jakob ignorierte meinen Zynismus. «Ich räume meine Sachen immer weg. Aber ich wusste nicht, dass du so früh von deinem *Date*» – dieses Wort betonte er anzüglich – «nach Hause kommst. Und wenn es dich stört, dass ich hier in Unterhosen rumrenne, warum hast du nichts gesagt? Du bist wirklich unglaublich verklemmt.» Er sah mich verächtlich an.

«Ich bin überhaupt nicht verklemmt!», fauchte ich.

«Schau dich doch nur an!» Jakob trat auf mich zu. Er stand jetzt so dicht vor mir, dass ich die kleine Narbe an seinem Kinn erkennen konnte, die mir zuvor noch nie aufgefallen war. Irritiert wich ich zurück. Doch Jakob kam jetzt richtig in Fahrt.

«Alles an dir schreit: Rühr mich nicht an! Die ganzen Blümchen und Rüschen, die du trägst, die Haare, die dir immer ins Gesicht fallen, damit man so wenig wie möglich von dir sieht.» Er schnipste mit dem Finger gegen eine meiner Locken. Ich schlug seine Hand weg.

«Du bist so ein Arsch! Aber was erwartet man schon von jemandem, dessen größtes Ziel im Leben es ist, jeden zweiten Tag eine andere Frau flachzulegen.»

«Das aus dem Mund von jemand, dem es lange Zeit genügt hat, den Haushalt zu führen und dafür zu sorgen, dass jeden Abend ein warmes Essen vor dem Gatten auf dem Tisch steht. Schön, dass so jemand wie du mir Ziellosigkeit vorwirft», höhnte Jakob.

«Du weißt wirklich überhaupt nichts von mir!»

«Stimmt», entgegnete er herablassend. «Ich kenne dich nicht besonders gut. Aber ich sehe, dass dein angepasstes und unterwürfiges Verhalten zu nichts geführt hat. Denn Torsten hat dich trotzdem wegen einer anderen sitzenlassen.»

Entsetzt schnappte ich nach Luft. Für einen Augenblick schauten wir uns in die Augen. Jakob schien ebenso geschockt wie ich.

«Es tut mir leid. Wirklich. Ich … ich hätte das nicht sagen sollen», stotterte er.

Ich schluchzte auf und trommelte mit den Fäusten gegen seinen Brustkorb. «Hau ab! Pack deine Sachen und verschwinde! Ich will dich hier nicht mehr sehen!» Tränen schossen mir in die Augen.

Jakob fing meine Hände ab und hielt sie fest.

«Jetzt beruhige dich. Ich habe doch gesagt, dass es mir leidtut», beschwor er mich.

«Lass mich los!»

«Erst wenn du dich abgeregt hast.»

Als Antwort trat ich ihm gegen das Schienbein. Jakob zuckte zusammen, lockerte seinen Griff jedoch nicht.

«Bist du total verrückt geworden?»

Er drehte mich um und presste mich eng an sich. Vergeblich versuchte ich mich aus seinem Arm herauszuwinden, Tränen liefen mir dabei unaufhörlich über die Wangen. «Lass mich los!», schluchzte ich noch einmal.

«Versprich mir erst, dass du aufhörst, um dich zu schlagen!»

Ich wandte den Kopf und sah ihn durch einen Tränenschleier hindurch an. Ich nickte stumm. Vorsichtig löste Jakob seinen Griff, doch seine Hände blieben auf meinen liegen. Fest und warm fühlten sie sich an. Ich konnte seine Brustmuskeln durch den dünnen Stoff meiner Bluse fühlen, und auf einmal wurde mir bewusst, dass sein Oberkörper nackt war.

«Du kannst dich wieder bewegen», sagte er leise. Das sonst so spöttische Funkeln war aus seinen Augen verschwunden.

Ich nickte erneut.

Langsam löste Jakob eine Hand und wischte mir mit dem Daumen einige Tränen fort. «Nicht mehr weinen. Ich habe es nicht so gemeint.» Seine Stimme klang unsicher, und sein Blick blieb an meinem Mund hängen, der sich wie von selbst ein Stück weit öffnete. Plötzlich schlug mein Herz viel schneller, als es das eigentlich tun durfte. Sein Gesicht näherte sich meinem, sein Atem strich über meine Haut. Ich schloss die Augen, reckte mich ihm instinktiv entgegen. Unsere Lippen berührten sich. Unwillkürlich hielt ich den Atem an, zu groß war meine Angst, dass eine unbedachte Bewegung von mir diesen Moment zerstören könnte. Ich war wie in einer Zeitblase gefangen. Es gab keine Vergangenheit, keine Zukunft. Nur die Gegenwart. Und die schmeckte süß und verführerisch. Doch auf einmal spürte ich, dass sich unter dem einzigen Stück Stoff, das Jakob am Körper trug, etwas regte, und ich schlug unsanft in der Realität auf.

Abrupt fuhr ich zurück. Heiliger Strohsack! Was hatte ich getan?

«Du, du …», stammelte ich fassungslos.

«Ja?», fragte Jakob verwirrt.

«Du Lüstling!» Ich ließ meine Hand auf seine Wange klatschen und ging hocherhobenen Hauptes ins Schlafzimmer. Doch meine Beine zitterten dabei so sehr, dass ich mich wunderte, dass sie mich überhaupt noch trugen.

Kapitel 10

Ich zog mein Nachthemd an, legte mich auf mein Bett und wartete darauf, dass das unkontrollierte Zittern nachließ. Die Wärme seiner Lippen konnte ich immer noch auf meinem Mund spüren. Seine Hand, wie sie über meine Wange strich. Mir wurde heiß. Vor Scham. Vor Erregung. Fast bedauerte ich es, nicht noch einen Schritt weitergegangen zu sein. Ach! Was hieß fast. Ich bedauerte es. Ich war Single. Was hätte ich zu verlieren gehabt?

Seufzend drehte ich mich zur Seite und nahm einen Liebesroman von meinem Nachtschränkchen. Doch immer wieder wanderten meine Gedanken zu Jakob und unserem Kuss zurück. Als ich nach elf Seiten merkte, dass ich definitiv keine Ahnung hatte, was ich da überhaupt gelesen hatte, legte ich das Buch weg und stand auf. So leise wie möglich schlich ich zu Jakobs Zimmer. Alles war still, und durch den Türspalt war kein Lichtstrahl zu sehen. Anscheinend schlief er bereits. Typisch, dass er sofort wieder in den Entspannungsmodus schalten konnte. Vermutlich war ein Kuss für ihn so selbstverständlich wie für andere Menschen das Atmen. Während ich – ich musste es leider zugeben – komplett ausgehungert war. Der Sex mit Torsten war schon seit längerem nicht mehr mit atemloser Erregung verbunden gewesen.

Auf einmal ging die Tür auf, und Jakob trat mir entgegen. Vor Schreck sprang ich einen Schritt zurück.

«Was machst du hier?» Fairerweise musste ich zugeben, dass er nicht so aussah, als hätte er mit mir gerechnet. Sein Oberkörper war immer noch nackt.

Ich schluckte. «Ich … ich muss auf die Toilette. Und du?» Meine Handflächen begannen leicht zu schwitzen.

«Ich wollte etwas zu trinken holen», antwortete er zögernd. Wir standen voreinander und schwiegen. «Wegen dem, was ich zu dir gesagt habe …», fing er an.

«Schon gut. Schwamm drauf.»

Jakob sah mich überrascht an. Dann begannen seine Mundwinkel zu zucken. «Da bin ich aber froh, dass du mir deswegen nicht die Nase lang ziehst.»

«Heißt es nicht … die Ohren lang ziehen?»

Sein Grinsen wurde breiter. «Ja. Genauso wie *Schwamm drüber.*»

Oh! «Äh … Stimmt. Ich habe ein … kleines Problem mit Redewendungen.»

«Ist doch nicht schlimm. Ist ja irgendwie ganz süß.»

«Findest du?» Ich merkte, dass ich rot wurde.

Verlegen standen wir voreinander.

«Ja … Äh. Wie auch immer. Ist nicht so schlimm, was du gesagt hast. Ein Körnchen Wahrheit war ja leider dran.»

«Trotzdem … Das geht mich alles überhaupt nichts an. Und wegen dem Kuss …»

«Das hätte niemals passieren dürfen!», unterbrach ich ihn.

«Stimmt.» Jakob nickte. «Wir wohnen zusammen, und du hast dich gerade von Torsten getrennt. Es wäre nicht richtig gewesen.»

«Überhaupt nicht richtig», stimmte ich ihm mit trockenem Mund zu. Ich konnte meinen Blick nicht von seiner nackten Brust wenden, die sich bei jedem seiner Atemzüge leicht hob und senkte. Hatte er schon immer so viele Muskeln gehabt?

162

«Ich weiß gar nicht, was in mich gefahren ist.» Er trat ein Stück näher. Viel zu nah, denn nun konnte ich den Duft seiner warmen Haut wahrnehmen.

«Mir geht es … ähm … ganz genauso», stammelte ich. «Es darf nie wieder vorkommen.»

«Nein. Nie wieder.» Jakob machte einen weiteren Schritt auf mich zu und stand nun so dicht vor mir, dass meine Brüste unter dem zarten Stoff meines Nachthemdes fast seinen Oberkörper berührten. Der letzte Rest meiner sowieso schon mickrigen Gegenwehr schwand dahin.

«Gut, dass wir uns einig sind», brachte ich gerade noch hervor. Im nächsten Moment spürte ich seinen Mund auf meinem, doch dieses Mal nicht so sanft und zart wie der Flügelschlag eines Schmetterlings, sondern hart, fast brutal. Ich stöhnte auf, als sich unsere Zungenspitzen berührten, und krallte meine Fingernägel in seinen Rücken. Die Welt um mich herum verschwand. Ich nahm nichts mehr wahr außer den harten Muskeln unter seiner weichen Haut und außer seinen Lippen, die meine leidenschaftlich verschlangen. Ich presste mich an ihn, und wir lösten uns nur so lange voneinander, wie ich brauchte, um mir das Nachthemd über den Kopf zu ziehen, und Jakob, um sich die engen Boxershorts von den Hüften zu streifen.

«Zu mir oder zu dir?», fragte er heiser.

«Gleich hier.»

Ich zog ihn zu Boden, wo er zwischen meinen Schenkeln zum Liegen kam. Sein Mund wanderte von meinen Lippen hinunter zu meinen Brüsten. Doch ich zerrte ihn wieder nach oben. Entschlossen schlang ich meine Beine um seine Hüften und zog ihn näher an mich heran. Ich brauchte kein Vorspiel. Ich wollte ihn. Jetzt. Hier. Sofort. Und ohne Einschränkungen.

Jakob sah mich verdutzt an. «Sollten wir nicht …? Äh … du weißt schon!» Plötzlich schien er verunsichert.

«Was?», japste ich und brauchte einen Moment, um die Orientierung wiederzuerlangen.

«Nun ja, ich weiß, welchen Eindruck du von mir hast, aber ich trage normalerweise kein Kondom in der Unterhose mit mir herum. Ich müsste also erst eins aus meinem Zimmer holen», antwortete er und erschien auf einmal fast ein wenig verlegen.

Stimmt! Daran hatte ich überhaupt nicht mehr gedacht. «Dann zu dir», sagte ich so souverän wie möglich und zog ihn hinter mir her. Ich hatte Angst, dass er oder ich zu klarem Verstand kommen würden, wenn wir uns erst einmal voneinander gelöst hätten. Und ich wollte ihn. Ich brauchte ihn. Ich wusste, dass ich etwas vollkommen Falsches tat. Aber es war mir egal, denn in diesem Moment fühlte sich paradoxerweise alles absolut richtig an.

In seinem Zimmer nahm ich ihm das Kondom aus der Hand, und als er Sekunden später in mich eindrang, schrie ich leise auf.

Später lagen wir verschwitzt und schwer atmend nebeneinander auf Jakobs Matratze.

«Ich habe dir unrecht getan», sagte er.

«Inwiefern?»

«Du bist nicht verklemmt.»

«Nein?»

«Nein. Das war sogar ziemlich gut», sagte er.

«Ziemlich gut.» Gespielt beleidigt drehte ich mich auf die Seite, damit ich ihn ansehen konnte. «Obwohl du so viel Erfahrung hast, weißt du anscheinend immer noch nicht, was wir Frauen hören wollen. Du musst sagen, dass es unglaublich war, phantastisch, phänomenal.»

«Als Mann darf man es mit den Komplimenten nicht übertreiben.» Er grinste. «Schließlich muss noch Luft nach oben bleiben. Sonst sind die Frauen beim nächsten Mal enttäuscht.»

«Das sind sie nur, wenn es ein nächstes Mal geben wird.» Ich rappelte mich hoch, raffte meine auf dem Boden verstreuten Kleider zusammen und ging in Richtung Tür. «Und das, mein Lieber, wird bei uns beiden definitiv nicht der Fall sein.»

Obwohl ich total erschöpft war, schlief ich in dieser Nacht noch weniger als sonst. Genauer gesagt schlief ich, abgesehen von einer knappen Stunde irgendwann in den frühen Morgenstunden, gar nicht. Der gestrige Tag ging mir nicht aus dem Kopf. Wie konnte es sein, dass sich die Ereignisse, nachdem die letzten Jahre fast nur still vor sich hin geplätschert waren, in den vergangenen Tagen quasi überschlagen hatten? Meine Gefühlspalette reichte von Euphorie über Unsicherheit, Befriedigung und tausend Schattierungen dazwischen bis hin zu Zukunftsangst. Ein Gefühl, das aber gar nicht in mir aufkam, war Reue. Der Sex mit Jakob war äußerst befreiend gewesen.

Gegen acht, als ich die Hoffnung aufgegeben hatte, noch einmal einzuschlafen, stand ich auf. Ich kochte mir einen Kaffee und rief Fee an, um ihr mitzuteilen, dass ich mich ab der kommenden Woche ein paar Tage um unseren Vater und unseren Großvater kümmern würde. Im Gegenzug dazu musste sie das komplette Wochenende übernehmen.

«Und du rufst Milla an!», forderte ich, denn ich hatte keine Lust, mit unserer Mutter zu sprechen.

Helga war erleichtert, dass sie nicht in die Pflicht genommen wurde. «Ich würde es ja machen», sagte sie, «aber Mathilda und die ganzen Hochzeitsvorbereitungen ... Ich komme aber so oft wie möglich bei dir vorbei und helfe dir. Und schließlich ist es ja nur ...»

«... vorübergehend», ergänzte ich. «Natürlich.»

«Weißt du, dass Mia einen Freund hat?», fragte meine Schwester.

«Nein, wer ist es denn?»

«Keine Ahnung. Ich habe ihn noch nicht gesehen, sie hat mir nur von ihm erzählt. Glaubst du, es lohnt sich, diese Info an die Hochzeitsplanerin weiterzugeben? Schließlich ist die Hochzeit ja erst in vier Wochen. Es wäre ein absoluter Rekord für Mia, wenn die Beziehung dann immer noch bestünde.»

«Ich denke, es reicht, wenn du ihr eine Woche vorher Bescheid gibst.»

«Aber die Sitzordnung …»

«Notfalls stellen wir einfach noch einen Stuhl dazu», unterbrach ich sie. Was hatte Helga nur immer mit dieser Sitzordnung? Allmählich ging sie mir damit richtig auf die Nerven. Außerdem war ich ein wenig verstimmt. Obwohl wir uns täglich sahen, hatte mir meine Zwillingsschwester nämlich nichts von ihrer neuen Beziehung erzählt.

«Hat schon jemand einen Vortrag oder ein Spiel bei dir angemeldet?», fragte Helga.

«Warum sollte das jemand tun?», fragte ich verwirrt.

«Lilly», sagte sie mahnend, «weil du für die Organisation des Abendprogramms zuständig bist.»

«Ach, das meinst du. Nein, bisher gab es noch keine Anmeldungen. Vielleicht geht dieser Kelch ja an dir vorüber», sagte ich schnell, obwohl ich mir eingestehen musste, dass ich es gar nicht wusste. In den letzten Tagen hatte ich das Internet ausschließlich dazu genutzt, mich auf Facebook herumzutreiben und potenzielle neue Freunde ausfindig zu machen. Meine E-Mails hatte ich schon eine gefühlte Ewigkeit nicht mehr gecheckt.

«Und Anton? Hast du schon Kontakt zu ihm aufgenommen? Als ehemalige Klassenkameraden habt ihr euch doch bestimmt einiges zu erzählen.»

Anton! Ich stöhnte auf. Den gab es ja auch noch.

«Bisher noch nicht. Aber noch haben wir ja ein paar Wochen Zeit. Woher kennt Nils ihn eigentlich?»

«Er arbeitet auf dem Hasenbergl. Als Sozialarbeiter. Die beiden haben sich bei dem Filmprojekt angefreundet, das Nils produziert hat. *Lichttaler.*»

Bisher hatte ich diesen Film immer gemocht.

Nachdem Helga aufgelegt hatte, checkte ich hektisch mein E-Mail-Postfach. Zehn neue Nachrichten. Die meisten waren Werbe-E-Mails. Lediglich eine war von einem Onkel von Nils – hoffentlich nicht von dem bösen Onkel, den niemand leiden konnte! –, der ein Gedicht auf der Hochzeit aufsagen wollte. Anton hatte sich nicht gemeldet. Ich überlegte, ob ich enttäuscht oder erleichtert sein sollte, letztendlich überwog aber die Erleichterung. Ich würde Anton nicht auf ewig ausweichen können, aber nach noch mehr Komplikationen stand mir derzeit einfach nicht der Sinn. Ich griff zum Hörer, um Mia auf den neuesten Stand zu bringen.

Entgegen meinen Erwartungen erwies sich meine Zwillingsschwester dieses Mal von all meinen Schwestern als die kooperativste.

«Ich habe nachgedacht», sagte sie. «Ganz schön unverschämt von Fee, mir nicht zuzutrauen, mich um Dad zu kümmern. Die Sache mit der Palme liegt mindestens zehn Jahre zurück. Ich werde ihn und Opa am Wochenende bei mir zu Hause pflegen und Fee beweisen, dass sie sich irrt.» Bei der Übersiedlung von unserem Vater und Opa Willy nach München wollte sie mir ebenfalls helfen. Überhaupt wirkte sie überraschend sanft, während ich mit ihr telefonierte. Leider zeigte sie sich in Bezug auf ihren geheimnisvollen Hochzeitsbegleiter wenig mitteilsam.

«Er heißt Ric», sagte sie nur.

«Aber es scheint doch etwas Ernstes zwischen euch zu sein. Sonst planst du nie so lange im Voraus», bohrte ich nach.

«Vielleicht. Wir kennen uns noch nicht so lange», antwortete sie unbehaglich. «Ich mag ihn», fügte sie nach einer Gesprächspause hinzu.

«Wann lerne ich ihn kennen?»

«Es ist noch zu früh.»

Als ich auflegte, kam Jakob aus seinem Zimmer. Er hielt eine Jeans und ein T-Shirt unter dem Arm und trug einen Morgenmantel. Obwohl mir die Erinnerung an die Geschehnisse der letzten Nacht die Schamesröte ins Gesicht trieb, musste ich über dieses ungewohnte Bild so lachen, dass ich mich an meinem Kaffee verschluckte.

«Morgen.» Er verschwand eilig im Bad.

Nachdem er sich geduscht und angezogen hatte, setzte er sich zu mir an den Tisch.

«Möchtest du einen Kaffee?», fragte ich.

Er nickte, und ich schenkte ihm eine Tasse ein.

«Wegen gestern Abend …»,«Was ich dir noch sagen wollte …», begannen wir gleichzeitig.

«Du zuerst», sagte Jakob.

«Nein, nein. Du. Gentlemen first», schob ich ihm den Schwarzen Peter zu. Wer zuerst küsst, redet zuerst. Und dieses Mal hatte ich das Sprichwort mit voller Absicht verdreht. Oder hatte ich etwa die Initiative ergriffen? Ich konnte mich gar nicht mehr so richtig erinnern. Vielleicht wir beide zusammen.

Jakob holte tief Luft. «Ich wollte mich noch einmal bei dir dafür entschuldigen, was ich gestern zu dir gesagt habe.»

«Das hast du gestern schon getan, und ich habe dir bereits vergeben», sagte ich. Aha! Unsere gemeinsame Nacht wollte er also einfach unter den Tisch fallen lassen.

«Echt? Daran kann ich mich gar nicht erinnern.» Jakob drehte die Kaffeetasse in seinen Händen hin und her. «Ich könnte trotzdem verstehen, wenn du möchtest, dass ich ausziehe.»

Ich machte eine wegwerfende Handbewegung. «Das habe ich im Affekt gesagt. Natürlich kannst du hier wohnen bleiben. So lange ist es ja nicht mehr, bis du nach Spanien ziehst.» Auch auf die Gefahr, dass ich es später bereuen würde, ich brachte es nicht übers Herz, ihn rauszuschmeißen. Wo sollte er hin? Außerdem hatte ich mich mittlerweile an ihn gewöhnt. Es war wie mit meinen Sommersprossen. Eigentlich mochte ich sie nicht besonders, aber wenn sie weg wären, würde mir wahrscheinlich etwas fehlen. Irgendwie.

«Über was wolltest du denn dann mit mir reden?», fragte Jakob.

«Ich wollte dir sagen, dass es in den nächsten Tagen etwas enger bei uns wird.» Wenn er das Thema nicht ansprach, ich würde es bestimmt nicht tun.

«Zieht Torsten wieder hier ein? Oder der Kerl von gegenüber?», feixte Jakob, doch die Erleichterung darüber, kein tiefergehendes Gespräch mit mir führen zu müsse, stand ihm deutlich ins Gesicht geschrieben.

«Mein Vater und mein Opa. Mein Vater ist gestern die Treppe runtergefallen und ins Krankenhaus eingeliefert worden.»

«Was Ernstes?»

«Nein. Aber seine Rippen sind stark geprellt.»

«Und dein Opa? Hat dein Vater ihn mit die Treppe heruntergerissen?»

«Haha! Ich kenne wirklich wenige Menschen, die einen derart geschmacklosen Humor haben.»

«Ich kaschiere damit bloß meine Unsicherheit.»

«Dieser Witz ist genauso schlecht wie der von eben.»

«Es stimmt aber.»

Ich sah ihn misstrauisch an. Für einen Augenblick hielten unsere Blicke einander fest, so wie am Abend zuvor. Warum musste dieser Kerl nur so verdammt schöne Augen haben!

«Äh, ja.» Ich schüttelte mich. «Also mein Vater hat meinen Großvater natürlich nicht mit in die Tiefe gerissen. Er hatte vor einem Jahr eine Hüft-OP, und seitdem ist er nicht mehr so gut zu Fuß. Und nachdem seine Freundin ihn rausgeworfen hat …»

«Dein Opa ist von seiner Freundin rausgeworfen worden? Wie alt ist er denn? Sechzig? Diese Frage ist kein Witz.»

«Er ist Mitte achtzig. Aber das hält ihn nicht davon ab, noch immer den Frauen hinterherzuschwänzeln.»

«Ein sympathischer Zug von ihm.»

«Ihr werdet euch bestimmt gut verstehen.»

Es klopfte.

Ich verdrehte die Augen. «Garantiert die Post.»

«Mach halt auf.»

«Frau Rosenthal», erscholl es dumpf von draußen. «Frau Ro-hosenthaaaal! Sind Sie da?»

«Dieser Kerl ist die Pest. Was will er denn schon wieder um diese Uhrzeit hier?» Genervt öffnete ich die Tür.

«Ja?», sagte ich so unfreundlich wie möglich.

«Frau Rosenthal, ich weiß, ich bin diesen Samstag schon etwas früher dran», begann Siggi und trat unbehaglich von einem Fuß auf den anderen.

«Etwas früher ist gut. Es ist erst halb neun», sagte ich mahnend. «Wir hatten doch vereinbart, dass Sie uns am Wochenende einen Zettel in den Briefkasten werfen, wenn Sie ein Päckchen für mich haben.»

«Ich muss heute unbedingt schon bis Mittag fertig werden. Ich fahre nämlich in den Urlaub.»

«Aha.»

«An die Nordsee. Für vierzehn Tage. Und ich wollte mich vorher noch von Ihnen verabschieden. Sie bekommen eine Postkarte von mir.»

«Das ist aber nicht nötig», antwortete ich irritiert. «Kommen Sie einfach gut erholt wieder, das reicht mir völlig.»

«Aber das mache ich doch gerne.» Er drückte mir meine Post in die Hand. «Und bleiben Sie gesund. Ich muss weiter.»

Wohin weiter? Interessiert blieb ich stehen. Und tatsächlich war Günthers Haustür sein nächster Halt. Ich tat so, als würde ich die Post durchschauen.

Mein Nachbar öffnete und nahm seine Briefe entgegen.

«Guten Morgen!», rief er mir zu. «Ich hoffe, es geht deinem Vater besser?»

«Er hat sich bei einem Treppensturz die Rippen geprellt. Ein plötzlicher Schwächeanfall», log ich.

«Hast du Lust, einen Kaffee mit mir zu trinken? Oder musst du ins Krankenhaus?»

«Heute nicht.» Ich lächelte. «Meine Schwestern fahren hin.»

«Schön. Dann können wir uns noch einmal sehen, bevor ich nach Berlin zurückfliege.»

Ich wirbelte wie ein Derwisch zurück in die Wohnung. Jakob saß immer noch am Küchentisch und frühstückte.

«Mir ist eingefallen, wie du die große Schuld, die du gestern durch deine gemeine Bemerkung auf dich geladen hast, begleichen kannst.»

«Wie?», fragte er mit vollem Mund.

«In einer halben Stunde kommt unser Nachbar vorbei und möchte mit mir frühstücken. Ich fände es schöner, wenn uns dabei kein Mitbewohner im Morgenmantel Gesellschaft leisten würde. Könntest du bitte in deinem Zimmer bleiben, solange er da ist? Oder irgendwohin fahren? Vielleicht ein kleiner Ausflug mit dem Motorrad?»

«Es regnet.» Er blickte aus dem Fenster.

Stimmt! Mist! Und dieser Regen war leider kein sachtes Nieseln, sondern ein ausgewachsener Wolkenbruch.

«Besuch einen Freund. Oder eine Kollegin», fügte ich süffisant hinzu.

Jakob stand resigniert auf. «Ich gehe in mein Zimmer und schau mir eine DVD an.»

«Zu laut. Lies ein Buch.»

Jakob hob die Augenbrauen. «Ein Buch?»

«Ja, das ist eine Ansammlung von zusammengehefteten Seiten mit einem Einband drum herum. So etwas.» Ich hielt ihm den Liebesroman vor die Nase, mit dem ich gestern Nacht erfolglos versucht hatte, mich abzulenken.

«Ich besitze aber kein Buch.»

«Du liest also nicht?» Als ob mich das überrascht hätte.

«Doch.» Er zeigte auf sein Tablet. «Nachrichten, Sportberichte.»

«Ich leihe dir gern eines von meinen Büchern.»

«Sind die alle rosa?», fragte er und betrachtete das Buch mit einem angeekelten Gesichtsausdruck.

«Die meisten.»

«Hast du keinen Thriller?»

Ich schüttelte bedauernd den Kopf. «Alles, wo sie am Ende nicht heiraten, ist nichts für mich.»

«Deshalb legst du dich also für diesen Kerl so ins Zeug.»

«Ich lege mich überhaupt nicht für ihn ins Zeug. Ich bin nur höflich. Seine Kaffeemaschine ist kaputt», beeilte ich mich zu versichern. «Außerdem bin ich noch nicht einmal geschieden. Da denke ich bestimmt nicht über eine neue Heirat nach.»

«Aber über ein neues Happy End.»

«Nein», sagte ich ärgerlich. «Auch nicht. Und jetzt verschwinde in dein Zimmer und lies Nachrichten.» Ich drückte ihm das Tablet an die Brust und gab ihm einen Schubs. Ich hätte vorhin doch die Gelegenheit ergreifen und ihn vor die Tür setzen sollen, dachte ich.

Nach einem Blick in den Kleiderschrank griff ich automatisch zu einem langen Rock. Dann fiel mir jedoch ein, was Jakob mir gestern an den Kopf geworfen hatte, und ich nahm eine Jeans heraus. Oje! Mein Hintern sah aus wie der eines Nilpferdes. Ich kaschierte ihn mit einem Shirt mit Fotoaufdruck und turmhohen Plateausandalen. Hm! Ich drehte mich vor dem mannshohen Spiegel des Kleiderschrankes hin und her. Gar nicht mal so schlecht. Allerdings musste ich dringend etwas mit meinen Haaren machen. Sie standen wie immer wirr nach allen Seiten ab. Pah! Mir vorzuwerfen, dass ich mich hinter ihnen verstecken wollte. Entschlossen zwirbelte ich sie ein paarmal um den Zeigefinger und steckte sie mit einer Haarklammer fest. Helga und Fee brauchten für das gleiche Ergebnis wahrscheinlich Unmengen von Nadeln, dachte ich wie so oft neidisch, und verglich im Geiste deren seidig glatte Haare mit meiner wilden Mähne. Prüfend betrachtete ich mein Spiegelbild noch einmal. Besser! Meine größte Problemzone hatte ich mir allerdings noch nicht vorgenommen: die Augenringe. Die waren so tief wie Mondkrater. Hier würde ich zu massiveren Mitteln greifen müssen. Ich eilte ins Badezimmer und nahm die Abdeckcreme aus dem Schrank, die ich mir Anfang des Sommers gekauft hatte, um meinen Sommersprossen den Kampf anzusagen. Dabei stieß ich an einen kleinen Gegenstand, der aussah wie ein Thermometer. Der letzte Schwangerschaftstest, den ich gemacht hatte. Hatte ich ihn tatsächlich aufgehoben? Ich schluckte und strich sanft mit dem Finger über das Display. Zwei rote Streifen zeichneten sich deutlich darauf ab. Schwanger! Ich war mir so sicher gewesen, dass auch ich bald ein kleines, verknautschtes Wesen im Arm halten würde. So wie Fee und Helga. Aber es hatte nicht sein sollen. Entschlossen legte ich den Test zurück und schluckte den tennisballgroßen Kloß, der sich in meiner Kehle gebildet hatte, tapfer hinunter. Dann wandte ich mich meinem Gesicht zu. Bisher war ich stets zu faul gewesen, die Abdeckcreme zu benutzen. Normalerweise schminkte ich mich nämlich kaum. Aber wenn ich Günther nicht das Gefühl geben wollte, mit Edward Cullen ein Käffchen zu trinken, musste ich es versuchen. Entschlossen tupfte ich mir die dickflüssige Mixtur unter die Augen. Es funktionierte vorzüglich. Endlich ein Produkt, das hielt, was die Werbung versprach. Leider verschwand mit den Augenringen auch jegliche Farbe in diesem Bereich meines Gesichts. Ach, ich würde das Zeugs einfach großflächig auftragen und so das Sommersprossenproblem gleich mitbeheben. Dafür war sie schließlich auch gedacht gewesen. Eine Sommersprosse nach der anderen verschwand unter der klebrigen Schicht, die ein bisschen an Spachtelmasse erinnerte. Warum hatte ich das Zeug nicht schon früher benutzt? Vielleicht sah mein Gesicht einen Hauch zu maskenhaft aus, aber wer wie ich von Kindesbeinen an von einem elfenhaften Porzellanteint geträumt hatte, dem konnte dieser Effekt nur recht sein. Zufrieden tuschte ich meine Wimpern, legte einen Klecks Rouge auf und tupfte etwas Gloss auf die Lippen. Jakob stand am Kühlschrank, als ich die Küche betrat.

«Ist dir schlecht?», fragte er und musterte mich skeptisch.

«Nein, warum?»

«Du siehst so blass aus. Noch blasser als sonst.»

«Nicht jeder ist mit einer Bauarbeiterbräune wie deiner gesegnet.»

«Hast du dir Farbe ins Gesicht geschmiert?» Interessiert trat Jakob näher und fuhr mit seinem Finger über meine Wange.

Ich stieß ihn weg. «Ich habe mich geschminkt, wenn du es genau wissen willst. Damit ich nicht mehr so brav aussehe. Mit meinen Blüschen und Rüschen.» Ich äffte seine Stimme nach.

«Du siehst aus wie eine Leiche.»

Eine Leiche?! Entrüstet wendete ich mich ab.

«Jetzt sei nicht beleidigt. Ich meine es nicht böse. Schau …»
Er führte mich zum Garderobenspiegel.

Ich biss mir auf die Lippen. Bei Tageslicht betrachtet war
das Ergebnis tatsächlich ein wenig … matt. Okay, ich sah aus,
als hätte ich mich mit Mehl eingepudert. Hastig rannte ich ins
Badezimmer und wusch mir das Gesicht ab. Das Rouge, die
Wimperntusche und der Gloss ließen sich auch problemlos entfernen. Nicht jedoch die Abdeckcreme.

Es klingelte an der Tür.

«Was soll ich denn jetzt machen?», fragte ich Jakob, der hinter mich getreten war, hysterisch.

«Lass mich mal!» Er griff nach einem Waschlappen und rubbelte an meinem Gesicht herum.

«Aua!» Die Abdeckcreme blieb immer noch an Ort und Stelle. An dem Ergebnis hatte sich also nichts geändert, außer dass
die Haut darüber nun krebsrot war.

«Jetzt sieht es noch schlimmer aus als vorher», jammerte ich.
«So kann ich Günther unmöglich unter die Augen treten.»

«Günther! Der Kerl heißt Günther!» Jakob feixte.

«Idiot!» Ich warf ihm einen vernichtenden Blick zu.

«Vielleicht geht das Zeug nur mit Öl runter. Hast du keine
Abschminkcreme oder was ihr Frauen sonst so benutzt?»

«Ich schminke mich so gut wie nie. Und Wimperntusche geht
auch mit Nivea ab.»

Es klingelte erneut.

«Ganz kleinen Moment noch», flötete ich in Richtung Tür.
Ich war den Tränen nah.

Jakob durchwühlte währenddessen den Inhalt meines Bade-
zimmerschranks. Der Schwangerschaftstest fiel heraus.

Seine Augen weiteten sich und wanderten unweigerlich zu
meiner Körpermitte.

«Bist du …?»

«Nein», unterbrach ich ihn rüde.

Jakob blickte mich verwundert an und wandte sich wieder meinen Kosmetikartikeln zu. «Was hältst du hiervon?» Er hielt mir ein schmales Briefchen unter die Nase.

«Schokoladenmaske», las ich ungläubig.

«Es würde zumindest alles abdecken.»

«Gib her!» Ich riss die Packung auf und schmierte mir schnell die braune Masse ins Gesicht.

«Geh jetzt!», zischte ich Jakob zu. Ich selbst schritt zur Tür.

Günther fuhr bei meinem Anblick zurück.

«Der Samstagmorgen ist meine Maskenzeit. Ich hatte vergessen, es dir zu sagen», entschuldigte ich mich.

«Das macht doch nichts.» Trotzdem betrachtete er mich irritiert, als wir uns einander gegenüber am Küchentisch niederließen.

«Deine Schwestern fahren also heute zu deinem Vater», nahm er das Gespräch von vorhin wieder auf. Er wirkte, als fühle er sich nicht recht wohl in meiner Gegenwart. Ich nickte und lächelte besonders strahlend.

«Versteht ihr euch gut?»

«Meistens schon. Wir sind halt alle sehr verschieden.»

Hinter Günthers Rücken sah ich, wie sich die Klinke von Jakobs Zimmertür langsam senkte. Es war fast wie in einem Horrorfilm, nur dass ich wusste, wer sich auf der anderen Seite der Tür verbarg. Das Gesicht meines Mitbewohners erschien. Ich wedelte mit der Hand herum, um ihn zu vertreiben.

«Ist etwas?», fragte Günther verwundert.

«Heiß hier, oder?», fragte ich scheinheilig.

«Kommt bestimmt von deiner Maske», sagte er grinsend.

Jakob schlich langsam an der Wand entlang. «Klo. Dringend», formten seine Lippen. Zumindest meinte ich, seine Bewegungen so interpretieren zu müssen. Er verschwand lautlos im Badezimmer.

«Lass uns kurz auf die Terrasse rausgehen.»

«Aber es regnet.»

«Wir stellen uns unter.»

Günther sah mich skeptisch an. «Bist du sicher, dass alles in Ordnung mit dir ist? Du wirkst angespannt.»

«Die Sache mit meinem Vater hat mich ziemlich mitgenommen.»

Wir gingen nach draußen.

«Hast du heute gegen Abend schon etwas vor?», erkundigte sich Günther.

«Warum fragst du?»

«Ich suche nach etwas, das mich davon abhält, länger die leeren Wände meiner Wohnung anzustarren.» Er zwinkerte mir zu.

«Worauf hast du Lust?»

«Lass uns ins Museum gehen!»

Hätte ich bloß nicht gefragt!

Kaum hatte Günther die Wohnung verlassen, klopfte ich an Jakobs Zimmertür.

«Du musst zu Karstadt fahren und mir in der Drogerieabteilung eine Abschminklotion kaufen», kam ich ohne Einleitung auf mein Anliegen zu sprechen.

«Warum ich?», fragte Jakob.

«Weil ich nicht möchte, dass harmlose Passanten einen Herzinfarkt bekommen, weil sie mich für ein Gespenst halten, wenn ich durch die Stadt gehe. Außerdem bin ich diejenige, die dir gnädigerweise erlaubt, hier wohnen zu bleiben. Und das obwohl du heimlich in deinem Zimmer rauchst – du brauchst es gar nicht abzustreiten», schnitt ich ihm das Wort ab, als Jakob zu protestieren versuchte. «Obwohl du das Toilettenpapier aufbrauchst und die Rolle danach nicht wegwirfst, obwohl du den Klodeckel nie herunterklappst, obwohl …»

«Schon gut. Ich habe es verstanden.» Er erhob sich lustlos von seinem Bett. «Möchtest du etwas Bestimmtes?»

«Du hast die freie Wahl. Nein, warte!» Die mittlerweile festgewordene Schokoladenkruste bröckelte von meinen Wangen, als ich mich an einem Lächeln versuchte. «Lass dich lieber von einer Verkäuferin beraten. Ich möchte bei meinem Treffen mit Günther schließlich so gut wie möglich aussehen.»

Kapitel 11

Langsam folgte ich Günther in der Pinakothek die breite graue Treppe hinauf ins erste Stockwerk. Die Abschminklotion, die Jakob mir gekauft hatte, wirkte wahre Wunder und hatte alle Spuren meines unglückseligen Verschönerungsversuchs sofort getilgt. Meine Haut fühlte sich von der Crememaske angenehm gepflegt an. Meine Haare waren zu einer adretten Hochsteckfrisur aufgedreht, die ich durch ein paar herausgezupfte Strähnchen aufgelockert hatte. Ich war schick gekleidet, hatte erst gestern Sex gehabt, wenn auch nicht mit dem richtigen Mann. Trotzdem … Ich fühlte mich ausgesprochen wohl.

Prüfend sah ich mich im Museum um. Eigentlich eine Schande, dass ich ein solcher Kunstbanause war. Die verschiedenen Epochen sagten mir genauso wenig wie die Namen der meisten Künstler. Doch dem jahrhundertealten Zauber der Gemälde und der fast andächtigen Stille, die während der frühen Abendstunden im Museum herrschte, konnte selbst ich mich nicht entziehen. Schweigend schlenderten Günther und ich nebeneinander durch die Räume. Hin und wieder berührten sich unsere Hände. Vor einem Bild in der Abteilung der Surrealisten blieb ich stehen. *Die Windsbraut.* Der Künstler Max Ernst hatte es gemalt. Minutenlang betrachtete ich die beiden ineinander verwobenen Pferdekörper und den kreisförmigen Mond dahinter. Das Bild berührte mich. Auch wenn ich nicht genau in Worte fassen konnte, warum.

«Magst du es?», fragte Günther leise. «Es ist das erste Bild, vor dem du stehen bleibst.»

«Sehr.»

«Was gefällt dir daran?»

«Ich frage mich, ob die beiden Tiere miteinander kämpfen oder ob sie tanzen.»

Günther überlegte einen Moment. «Vielleicht beides.» Er griff in seine Tasche und holte sein Handy heraus, um im Internet eine Antwort auf meine Frage zu finden. Es war süß von ihm, sich so für mich ins Zeug zu legen.

«Schade, ich finde nichts darüber. Nur dass Max Ernst mit den Pferden das Verschlingen in der Vereinigung symbolisieren wollte.»

«Das Verschlingen in der Vereinigung …» Ich wiederholte seine Worte langsam. «Ja. So ist es. Wenn wir uns hingeben, werden wir verschlungen.»

Er sah mich verwundert von der Seite an. «Das muss doch nicht sein. Nicht jede Vereinigung ist ein Kampf.»

«Doch, denn kaum jemand ist kampflos dazu bereit, ein Stück von sich selbst aufzugeben.» Niemand außer mir zumindest. «Und somit ist die Vereinigung der Pferde von Anfang an zum Scheitern verurteilt. Eines der beiden Tiere wird das unterlegene sein.»

«Das glaube ich nicht», widersprach er. «Es kommt lediglich darauf an, ob es ein Kampf miteinander oder gegeneinander ist.»

«Miteinander kämpfen – ist das nicht ein Widerspruch?»

Günther schüttelte den Kopf. «Man kämpft miteinander, weil es ein Ohneeinander nicht geben darf. Gegeneinander kämpft man, wenn das Miteinander nur zur Überhöhung des eigenen Selbst dient.»

«Bist du Hobby-Philosoph?» Ich stupste ihm scherzhaft in die Seite.

«Ich bin nur ein unerschütterlicher Optimist. Auch wenn ich die Erfahrung gemacht habe, dass wir immer wieder auf Menschen treffen, die wir zwar lieben, die uns aber auch zu Verlierern machen. Und das wahrscheinlich nicht einmal, weil sie es wollen, sondern weil sie in dieser Verbindung nicht anders können.»

Ich fragte mich, ob Torsten mich zu einer solchen Verliererin gemacht hatte. Ungewollt natürlich. Oder war ich es selbst gewesen? «In einer anderen Verbindung könnten sie es schon?», bohrte ich nach.

«Mit meiner letzten Freundin habe ich mich ständig gestritten.»

«Du? Das kann ich mir beim besten Willen nicht vorstellen.»

«Obwohl ich sie sehr geliebt habe, war ich nach unserer Trennung erleichtert. Die ganzen Hochs und Tiefs, ihre ständigen Stimmungsschwankungen, sind mir mit der Zeit an die Substanz gegangen. Mir hat sie mangelnde Emotionalität vorgeworfen, und mein ruhiges Wesen hat sie als fehlendes Interesse interpretiert. Jetzt ist sie mit dem Besitzer eines Angelshops zusammen und meint, er trägt sie auf Händen.»

«Es hat also nur zwischen euch beiden nicht geklappt, denkst du?»

«Du weißt schon, Wasser löscht Feuer, aber Pflanzen bringt es zum Blühen. In diesem Fall war ich die traurig vor sich hin glimmende Flamme und der Neue die durstige Sonnenblume.» Günther grinste schief. «Du bist nicht zufällig ein Stück trockenes Holz?»

Meine Güte! Fast hätte ich gelacht. Günther war mit seiner pathetischen Ausdrucksweise wirklich ein Relikt aus einer anderen Zeit. Das musste an seinem Namen liegen. Doch gleich darauf wurde ich wieder ernst, denn er griff nach meiner Hand und hielt sie fest. Dabei senkte er den Kopf und näherte sich meinem Gesicht.

Jetzt war es aber wirklich so weit: unser erster Kuss. Mein Körper versteifte sich unwillkürlich. Doch warum gerade jetzt? Warum hatte er es nicht vorgestern Abend getan? Es war nicht so, dass ich es nicht wollte. Natürlich wollte ich es! Aber ich hatte gestern Nacht mit Jakob geschlafen. Zwei Männer innerhalb von vierundzwanzig Stunden zu küssen war doch … unmoralisch.

All meine Überlegungen waren jedoch vollkommen überflüssig, denn Günther streckte nur seinen Zeigefinger aus und richtete ihn auf meinen Haaransatz. «Du hast da immer noch ein bisschen was von deiner Maske.»

«Oh!» Ich rubbelte auf meiner Stirn herum. «Ist es weg?»

Er nickte. «Worüber denkst du nach?», fragte er dann. Ihm war wohl mein grimmiger Gesichtsausdruck aufgefallen.

«Darüber, dass ich mittlerweile einen ziemlichen Hunger habe», antwortete ich. Nun, da er mich schon wieder nicht geküsst hatte, war ich richtig genervt. «Lass uns was essen gehen.» Ich entzog ihm meine Hand und wandte mich in Richtung Ausgang.

Fast tat es mir leid, dass Jakob nicht da war. Aber warum sollte er auch an einem Samstagabend zu Hause bleiben? Halb zwölf. Auch Mia konnte ich nicht anrufen. Sie hatte mir lediglich eine Nachricht geschrieben, um mich zu fragen, was ich davon hielte, den Beginn unserer geschäftlichen Zusammenarbeit am zehnten August mit einem Lampionfest zu feiern. Um meine Einsamkeit zu vertreiben, loggte ich mich, wie so oft abends, bei Facebook ein. Die Anzahl meiner Freunde hatte sich auf stattliche achtundsechzig erhöht. Alle paar Tage kamen neue hinzu. Die wenigsten kannte ich. Aber da ich Mias Ausspruch

Facebook-Freunde sind die neuen BMWs einfach nicht aus dem Kopf bekam, nahm ich alle Anfragen an. Das voyeuristische Herumschnüffeln im Leben anderer Menschen half mir, mich von meinem eigenen abzulenken. Außerdem waren einige dieser Menschen, auch wenn ich sie nicht persönlich kannte, fast so etwas wie gute Bekannte von mir geworden.

Eine gewisse Lena postete besonders oft. Von ihr wusste ich mittlerweile, dass sie derzeit eine Diät machte, ihren Chef hasste und erst letzte Woche aus einem Thailandurlaub zurückgekommen war.

Heute hatte sie geschrieben:

Für meinen Mann, der mir in diesen schweren Stunden zu atmen hilft.

Dahinter standen drei Herzchen.

Diese Aussage hatte neun Menschen gefallen. Was genau sie wohl daran gut fanden? Dass Lena gerade eine schwere Zeit durchmachte? Wenn das der Grund war, konnte ich persönlich auf Freunde wie sie gut verzichten. Oder gefiel ihnen, dass sie dabei einen Mann an ihrer Seite hatte? Ich fand es ein bisschen unfair von Lena, einerseits ihrer Umwelt mitzuteilen, dass ihr etwas Schlimmes passiert war, und andererseits nicht zu verraten, was genau das war. Und anscheinend interessierten sich auch Lenas Freunde dafür, denn in den Kommentaren unter dem Beitrag stand:

Was ist denn los, Süße?

Ach herrje, was ist denn passiert?

Wenn du darüber reden willst, meld dich bei mir.

Ein bisschen tat sie mir ja schon leid, diese Lena. Wobei … Ich rümpfte die Nase. Ich machte derzeit auch eine schwere Zeit durch, aber im Gegensatz zu ihr hatte ich weder einen Mann, der mir das Atmen erleichterte, noch dreihundertelf Facebook-Freunde, die an meinem Leid Anteil nahmen. Und ganz ehrlich … Was um Himmels willen brachte einen Menschen dazu, solch intime Gedanken in die Welt hinauszuposaunen und mit zum Teil vollkommen Fremden zu teilen? Auch wenn ich mich zurzeit gern darin aufhielt, das Facebook-Universum würde mir wohl ein Rätsel bleiben.

Eine weiße Eins tauchte über dem Icon mit den Freundschaftsanfragen auf. Ich öffnete sie. Bestimmt schon wieder ein Kandidat, der mich zur Erhöhung seines gesellschaftlichen Status benutzen wollte. Doch weit gefehlt, denn in der nächsten Sekunde tat mein Herz einen aufgeregten Hopser: Das Bild von Anton poppte auf. Nur die Anfrage stand da. Ohne Nachricht. Ich atmete scharf aus. Der hatte Nerven. Mir nach so langer Zeit die virtuelle Freundschaft anzubieten und sich dann noch nicht einmal in irgendeiner Form zu erklären. Ich würde sie nicht annehmen. Auf keinen Fall. Darauf konnte er warten, bis er schwarz wurde. Auf der anderen Seite … Ich biss mir auf die Unterlippe. Wirkte das nicht ein wenig kindisch? Zeigte ich ihm, indem ich ihn ignorierte, nicht nur, dass er mir noch etwas bedeutete? Ich stützte meine Ellbogen auf dem Tisch auf und verbarg mein Gesicht in den Händen. Ausgerechnet jetzt musste er sich melden. Er, mit dem ich die schönsten Wochen meines Lebens verbracht hatte und der mich nach unserem gemeinsamen Sommer direkt gegen ein Mädchen aus der Parallelklasse ausgetauscht hatte. Nie wieder würde ich mich auf einen Frauenhelden wie ihn einlassen.

Am nächsten Morgen um zehn Uhr kam Günther vorbei, um sich von mir zu verabschieden. Er hatte einen Blumenstrauß in der Hand.

«Von der Tankstelle», erklärte er schüchtern. «Sonntags haben leider keine Blumenläden geöffnet.»

Entzückt nahm ich ihn und versenkte meine Nase in den duftenden Blumen. Der letzte Blumenstrauß, den ich nicht selbst gekauft hatte, war mein Brautstrauß gewesen.

«Ich wollte mich damit für den gestrigen Abend bedanken. Er war sehr schön. Genau wie unser Essen in der Nymphenburger Schlossgaststätte», sagte Günther. «Und er soll dafür sorgen, dass du mich nicht vergisst.» Er zeigte verlegen auf die winzigen Vergissmeinnichtblüten, die sich zwischen Levkojen, Margeriten und Hasenglöckchen tummelten.

Ich schmolz dahin. Förmlichkeit hin oder her – das war wirklich reizend!

«Wann genau kommst du wieder nach München?», wollte ich wissen und ließ meine Finger über den hellblauen Blütenteppich der Vergissmeinnicht gleiten.

«Am zehnten August. Das ist ein Samstag.»

«Perfekt! Das ist der Tag, an dem Mia und ich die Eröffnung unseres Ladens feiern wollen!» Ich strahlte.

Statt einer Antwort zog Günther mich an sich und küsste mich mit einer solch unerwarteten Heftigkeit auf den Mund, dass unsere Zähne unsanft aneinanderschlugen.

«Damit du etwas hast, das dich an mich erinnert, wenn die Blumen schon längst verblüht sind», sagte er mit glühendem Blick. Er hob die Hand zum Gruß und eilte, ohne sich noch einmal umzudrehen, die Treppe hinunter.

Verwirrt und mit klopfendem Herzen blieb ich zurück. Im Moment gab es definitiv einen Männerüberschuss in meinem Leben.

Einen Tag später zogen mein Vater und Opa Willy bei mir ein. Mein Vater verschwand sofort in seinem Zimmer, wo er sich apathisch ins Bett legte und sich kaum mehr rührte. Ein Zustand, den ich zwar als besorgniserregend empfand, der aber auch den Vorteil hatte, dass er kaum Arbeit machte. Denn Arbeit hatte ich mehr als genug, wenn das Café wie geplant in wenigen Wochen eröffnen sollte.

Nachdem Günther sich am Tag zuvor nach Berlin verabschiedet hatte, hatte ich als Erstes einen Finanzierungsplan aufgestellt. Fünfundzwanzigtausend Euro würde die Renovierung kosten. Bei den vielen Nullen am Ende wurde mir schwindelig, was Eduard aber mit einer wegwerfenden Handbewegung abtat.

«Eine warme Hand gibt lieber als eine kalte», sagte er und verzog sein faltiges Gesicht zu einem breiten Lachen.

«Sagen Sie doch so etwas nicht», wies ich den Ausspruch entsetzt zurück.

«In meinem Alter muss man leider mit allem rechnen. In zwei Monaten werde ich achtzig.»

«Mit achtzig ist Opa Willy noch zum Nacktbaden in die Isarauen gefahren und hat seine Freundin mit einer Jüngeren betrogen. Nicht wahr, Opa?»

Opa Willy nickte geschmeichelt. Da seine Hüftprobleme ihm längere Strecken zu Fuß unmöglich machten, hatte ich ihn im Rollstuhl zu den Wischnewskis gekarrt. Ein Unternehmen, das aufgrund der gekiesten Wege im Englischen Garten eine echte Herausforderung war und mich darauf hoffen ließ, innerhalb weniger Tage gigantische Oberarmmuskeln zu bekommen, denn dass mein Opa sich damit begnügen würde, ausschließlich in der Wohnung herumzusitzen, war kaum zu erwarten. Er hatte auch direkt ein neues Betätigungsfeld gefunden. Das Seniorenwohnheim, das nur ein paar Meter von der Seestraße entfernt lag und auf das ich noch nie so recht geachtet hatte.

Opa Willy war ganz aufgeregt geworden angesichts der vielen
älteren Damen, die in dem zur Straße gelegenen Garten unter
gelben Sonnenschirmen saßen und die frühe Morgensonne
genossen. Mit einer von ihnen, sie stand am Zaun und stellte
sich uns als Frau Pfeifer vor, hatte er bereits ein Schwätzchen
gehalten und sich für den Nachmittag zu Kaffee und Kuchen
verabredet.

«Ich habe trotzdem einige Vorkehrungen getroffen», kehrte Eduard zu unserem ursprünglichen Thema zurück. «Als ich
beim Anwalt war, um den Pachtvertrag aufsetzen zu lassen, hat
sein Partner, ein Notar, gleich mein Testament geändert. Da
sich Cäcilias Zustand immer mehr verschlechtert, wird das
Haus nun im Falle meines Todes an eine wohltätige Stiftung
übergehen. Ihnen habe ich Pachtrecht auf Lebenszeit eingeräumt.»

«Das ist lieb von Ihnen», sagte ich gerührt. Doch obwohl
diese Regelung etwas Beruhigendes hatte, wollte ich nicht
weiter darüber nachdenken. Eduard und Cäcilia waren mir in
der kurzen Zeit, in der ich sie kannte, bereits richtig ans Herz
gewachsen. Auch Loki wollte ich nicht mehr missen. Da ich
wusste, wie sehr er sich über Auslauf freute, nahm ich ihn oft
zu meinen Joggingeinheiten mit. Seine Begleitung hatte den un-
schlagbaren Vorteil, dass ich nicht wie sonst gemächlich durch
den Park trabte, sondern einen Gang höherschalten musste, um
mit ihm mitzuhalten. Ich bildete mir auch ein, erste Erfolge an
Oberschenkeln, Bauch und Hüften zu sehen. Wenn ich noch
meine anschwellenden Armmuskeln durch die ständige Her-
umschieberei von Opa Willy dazurechnete, bestand die Hoffnung, dass sich meine Figur bis zum Wiedersehen mit Anton
in einem vorzeigbaren Zustand befand und dass ich meinen
Zeigefinger dann nicht mehr einen Zentimeter tief in meiner
Bauchfalte versenken konnte, sondern nur noch einen halben.

Nachdem ich Opa Willy zur Wohnung zurückgeschoben, ihm ein paar Sandwichs zubereitet und mich vergewissert hatte, dass mein Vater noch immer im Bett lag, fuhr ich mit der U-Bahn in die Stadt. Mia hatte einen Termin bei einem Architekten ausgemacht, der uns beim Umbau des Cafés unterstützen sollte. Nach diesem Treffen erstellten wir eine dreiseitige To-do-Liste, was in den kommenden Wochen alles anstand. Für den morgigen Tag hatte uns Eduard ein paar Handwerker organisiert, die eine Trennwand zwischen dem *froh und bunter* und dem *Cäcilia*, wie ich es künftig nennen wollte, einziehen würden. Ich hätte mir mehr Zeit gelassen, aber Mia war in dieser Hinsicht eher wie Fee. Wenn sie sich etwas vorgenommen hatte, setzte sie es auch sofort in die Tat um.

Am Abend trottete ich gegen halb sieben todmüde nach Hause und hätte mich am liebsten gleich ins Bett fallen lassen, doch Opa empfing mich bereits an der Tür.

«Ich hatte einen wundervollen Tag», begrüßte er mich freudestrahlend. «Nachdem du weg warst, habe ich mich ein Stündchen aufs Ohr gelegt. Dann bin ich zum Seniorenwohnheim spaziert und habe mit den Damen Kaffee getrunken und Käsekuchen gegessen. Diese Frau Pfeifer ist ja wirklich eine ganz Flotte und erst dreiundsiebzig geworden.» Er blinzelte mir fröhlich zu. «Hier ist viel mehr los als in Traun. Außerdem ist deine Schwester gekommen.»

Ich runzelte die Stirn. «Welche?»

«Felicitas.»

«Und wie geht es Papa?»

Er zuckte mit den Schultern. «Zumindest ist er aufgestanden.»

«Hat er etwas von den Sandwichs gegessen?»

«Er meint, er hätte keinen Hunger.»

«Aber er muss essen!»

Entschlossen ging ich ins Wohnzimmer. Fee, in einem knallengen roten Kleid, saß auf der Couch, daneben unser Vater. Zu ihren Füßen spielte Paul, mein Neffe, mit ein paar Matchbox-Autos. Als er mich sah, krähte er fröhlich und reckte die Arme nach mir. Ich hob ihn hoch und setzte ihn mir auf die Hüfte.

«Da bist du ja endlich.» Fee stand auf und umarmte mich. «Zum Glück!», flüsterte sie mir ins Ohr. «Er starrt die ganze Zeit nur die Wand an. Ich hatte schon überlegt, den Fernseher einzuschalten. Aber ich weiß nicht, wo eure Fernbedienung liegt.»

«Und? Wie geht es uns heute?», fragte ich meinen Vater in dem aufmunternden Tonfall einer Krankenschwester.

«Gut.»

«Keine Schmerzen mehr in den Rippen?»

«Nur noch ein bisschen.»

«Möchtest du etwas trinken? Ein Glas Wasser?»

«Ja.»

«Mit Kohlensäure oder still?»

«Mit Kohlensäure.»

Mit Kohlensäure. Wow. Gleich zwei Worte auf einmal!

Fee zwirbelte eine Haarsträhne um ihren Zeigefinger, wie immer, wenn sie nervös war. Sie und unser Vater hatten immer eine ganz besonders enge Beziehung zueinander gehabt. Es schien ihr weh zu tun, dass auch sie nicht mehr an ihn herankam.

«Was möchtest du trinken?», fragte ich Fee.

«Ein stilles Wasser.»

Während ich die Getränke auf den Tisch stellte, zerbrach ich mir den Kopf über ein geeignetes Gesprächsthema, mit dem ich die Stimmung auflockern konnte. Mir fiel beim besten Willen nichts ein. Schließlich war es Fee, die die beklemmende Stille durchbrach.

«Papa, wir müssen mit dir reden!», platzte sie heraus.

Ich zuckte zusammen und hob abwehrend die Hand. Nein,

ich hatte nichts zu sagen! Ich hatte ihn aufgenommen und würde dafür sorgen, dass er in den nächsten Tagen etwas zu essen bekam. Für psychologische Gespräche war ich nicht zuständig. Fee ignorierte meine Abwehr jedoch völlig.

«Wir machen uns Sorgen um dich», sagte sie und betonte dabei auffällig das Wort *wir*.

Mein Vater hob müde den Kopf. «Das brauchst du nicht, Häschen.» Ich sah, wie Fee das Gesicht verzog, als er sie mit ihrem Kosenamen ansprach, doch sie fing sich schnell wieder.

«Lilly und ich haben nach deiner Einlieferung im Krankenhaus mit dem Arzt geredet. Er meinte, dass du vor deinem Sturz getrunken hast», fuhr sie fort.

«Ein, zwei Bier», murmelte er.

«Du hattest über drei Promille im Blut!»

Er verdrehte die Augen. Fast hätte ich gelacht. Papa verhielt sich wie ein pubertierender Teenager und Fee wie eine spießige Mutter.

Doch meine Schwester ließ sich nicht abwimmeln. «Red dich nicht heraus! Wir haben deine Blutwerte gesehen. Hast du ein Alkoholproblem?», fragte Fee unumwunden.

Unser Vater fuhr erschrocken hoch und auch ich, die ich gerade ein Glas Wasser an den Mund führen wollte, erstarrte mitten in der Bewegung. Musste Fee immer so direkt sein? Das Ganze hätte man bestimmt auch ein bisschen vorsichtiger formulieren können.

«Nein», antwortete er überrascht. «Natürlich nicht!»

«Du hast viel durchgemacht in letzter Zeit.» Fees Ton war jetzt etwas milder. Sie sah mich an, und ich nickte schnell. «Aber du musst uns versprechen, dass du uns die Wahrheit sagst. Damit wir dir helfen können, wenn du ein ernsthaftes Problem hast.»

Unser Vater schwieg eine ganze Weile. Dann öffnete er den

Mund ein paarmal, wie ein Fisch auf dem Trockenen, schaffte es aber nicht, die Worte über seine Lippen zu bringen.

«Ich habe kein Problem», stieß er schließlich hervor.

«Großes Indianerehrenwort?», hakte Fee nach.

Er nickte stumm.

Meine Schwester atmete aus. Ich jedoch konnte das mulmige Gefühl in meinem Bauch nicht verdrängen. Wenn er kein Problem hatte, was bedeuteten dann die leeren Schnapsflaschen in seinem Keller?

«Ich koche jetzt», sagte ich unbehaglich. «Es gibt Spaghetti bolognese.» Zumindest hoffte ich das, denn ich war mir nicht sicher, ob ich alle Zutaten dafür im Haus hatte. Wenn nicht, würde ich eben den Pizzaservice anrufen.

«Ich habe keinen Hunger», warf mein Vater ein.

«Das ist mir egal», sagte ich in ungewohnt strengem Ton. «Du wirst jetzt aufstehen, dich duschen und mit Opa und mir gemeinsam essen. Wenn du wegen deiner Rippenprellung Hilfe brauchst, sag Bescheid.»

Zu meiner Überraschung gehorchte er widerspruchslos. Gut! Denn ich hatte keine Lust, irgendwelche Diskussionen zu führen, und je schneller er wieder zu Kräften kam, desto schneller war ich ihn und meinen Opa wieder los. Außerdem hatte ich seine Teilnahmslosigkeit gründlich satt. Nicht einmal die Nachricht, dass Torsten und ich getrennt waren, hatte ihm heute Morgen eine Regung entlockt. Nicht, dass ich kein Verständnis für seine – zugegeben – bescheidene Situation aufbrachte. Aber er war nicht der einzige Mensch auf der Welt, dem das Schicksal übel mitgespielt hatte. Ließ ich mich etwa so hängen?

«Ich muss los.» Fee stand auf. «Paul gehört ins Bett.»

Nachdem ich die beiden zur Tür gebracht hatte und in die Küche zurückkehrte, saß Jakob neben Opa Willy am Tisch.

«Was machst du denn hier?», fragte ich.

«Ich wohne hier.» Jakob verzog keine Miene.

«Gut, dass du mich daran erinnerst. Aber so früh tauchst du normalerweise nie hier auf.»

«Ich hatte keine Lust wegzugehen.»

«Noch nicht mal ins Fitnessstudio? Du wirst alt», entgegnete ich gespielt besorgt.

«Wahrscheinlich.»

Opa Willy beobachtete unser kleines Wortgefecht amüsiert. «Ihr beiden mögt euch.»

«Nicht im Geringsten», erwiderte ich und merkte, dass ich rot wurde.

«Überhaupt nicht», bestätigte Jakob.

«Deck wenigstens den Tisch. Dann darfst du meinetwegen auch mitessen», fuhr ich ihn schroff an.

Da ich sowohl meine extradünnen Lieblingsspaghetti als auch frische Tomaten im Haus hatte, saßen wir eine halbe Stunde später vor dampfenden Tellern. Opa Willy rieb sich den Bauch und haute rein, als hätte er seit Tagen nur von Luft und den koketten Blicken seiner Damenbekanntschaften gelebt. Ich sah ihm mit gemischten Gefühlen zu. Vielleicht hatte er das tatsächlich! Schließlich war Mia das Wochenende über für ihn verantwortlich gewesen.

Mein Vater legte nach einigen Bissen seine Gabel beiseite und stierte schweigend auf seine Hände, die nun flach auf dem Tisch ruhten. Ich verdrehte die Augen. Jakob fing meinen Blick auf und grinste, ehe er sich zum dritten Mal den Teller voll-schaufelte.

«Schmeckt super», sagte er mit vollem Mund. «Du darfst ab sofort jeden Abend kochen.»

«Vergiss es.» Doch ich musste wider Willen lächeln. Trotz des ganzen Chaos, das meine Männer-WG mit sich brachte, war ich auf einmal froh, nicht allein zu sein.

✳ 192 ✳

«Ich brauche ein Glas Wein», sagte ich, als gegen zehn Uhr endlich auch mein Opa in sein Zimmer gegangen war und Jakob und ich die Küche aufgeräumt hatten. Ich schenkte mir einen Schluck ein.

«Möchtest du auch etwas?», fragte ich Jakob, obwohl ich genau wusste, dass er nur Bier trank.

Doch zu meiner Überraschung nahm er mir die Flasche aus der Hand und holte sich ein Glas aus dem Schrank. Dann folgte er mir auf die Dachterrasse.

«Ich bin total verspannt», stöhnte ich und ließ mich in einen der Lounge-Sessel fallen. Ich streckte die Arme, dehnte meine verhärtete Schultermuskulatur und streifte mir die Plateausandalen ab. Zumindest heute, da ich den ganzen Tag auf den Beinen gewesen war, hätte ich meine Eitelkeit zugunsten bequemer Schuhe vernachlässigen sollen.

«Soll ich dich massieren?», fragte Jakob.

«Das war gerade nur so dahergeredet», sagte ich spröde.

«Ich kann das aber sehr gut. Außerdem könnte ich mich so für das Abendessen bedanken.»

«Wenn du dich dann besser fühlst ...» Ich zuckte die Achseln. Die Aussicht auf eine Massage war tatsächlich verlockend. Huldvoll streckte ich ihm meine Füße entgegen. Da ich in Kitzbühel bei der Fußpflege gewesen war, konnten sie sich zum Glück noch sehenlassen. War das erst zwei Wochen her? Mir kam es vor, als wäre es in einem anderen Leben passiert.

Jakob nahm meinen rechten Fuß in die Hand und begann ihn sanft zu kneten. Unwillkürlich schloss ich die Augen. Das machte er gut. Wirklich gut. Wahrscheinlich hatte er eine Menge Übung und mittlerweile schon mehr Frauenfüße massiert als eine Fußpflegerin im Laufe eines zehnjährigen Berufslebens. So war es schließlich bei den meisten Dingen. Man musste sie nur oft genug praktizieren, und schon lief die Sache wie von selbst. Vermutlich war aus genau diesem Grund auch der Sex mit ihm so hervorragend gewesen. Außerdem hatte ich es als höchst befreiend empfunden, mit jemand ins Bett zu gehen, für den ich keine Gefühle hegte, an den ich keine Erwartungen stellte. Fast konnte ich Frauen verstehen, die auf eine feste Beziehung verzichteten und sich ihre körperliche Befriedigung bei One-Night-Stands holten. Völlig ausgeschlossen für mich, mit einem völlig Fremden in die Kiste zu hüpfen. Er könnte ein Massenmörder sein, ein Psychopath oder ein totaler Perversling. Jakob war zwar in Bezug auf Frauen ein ziemlicher Mistkerl, aber wenigstens hatte er nicht von mir verlangt, dass ich ihn beim Sex Anneliese nannte. Schade, dass ich nicht noch mehr Bekannte wie ihn hatte …

«So. Fertig.» Jakob klopfte mir auf den Fuß.

Erschrocken fuhr ich hoch. Ich musste eingedöst sein. Hoffentlich hatte ich nicht mit offenem Mund dagelegen. Oder noch schlimmer: geschnarcht. Im Kino war mir das einmal passiert, aber zum Glück hatte nur Mia neben mir gesessen. Misstrauisch schaute ich ihn an, doch er erwiderte mit ungerührter Miene meinen Blick. Vielleicht hatte er mein Schläfchen gar nicht bemerkt.

«Ich gehe ins Bett. Morgen muss ich früh raus», sagte er und stand auf.

«Ich komme mit.» Gerade wollte ich mich aufrappeln, als mir auffiel, was ich da gesagt hatte und wie Jakob es verstehen könnte. «Ich … ich … äh, meine, ich komme mit rein. Ich muss nämlich auch morgen früh raus.» Wie peinlich!

«Schon gut.» Jakob konnte sich das Lachen nicht verkneifen. Er streckte mir die Hand hin und zog mich hoch. Verlegen stand ich vor ihm, und unzüchtige Bilder von ineinander verschlungenen, verschwitzten Körpern stiegen vor meinem geistigen Auge auf. Ich biss mir auf die Lippen.

«Ja, also ... dann bis morgen», sagte ich und wollte mich abwenden, doch Jakob hielt mich zurück.

«Warte! Du hast da etwas!» Er strich mir langsam eine Haarsträhne aus dem Gesicht.

Ich erschauerte und erkannte das Verlangen, das in seinen
dunklen Augen aufloderte. Wie von selbst wanderten meine
Hände unter sein Shirt. Ertasteten seine warme, glatte Haut.
Nur noch ein Mal! Nur noch ein einziges Mal seine harten Mus-
keln unter meinen Fingern spüren und seinen noch härteren
... Weiter kam ich nicht mit meinen Phantasien, denn sie wur-
den bereits von der sehr viel aufregenderen Realität eingeholt.
Jakob legte eine Hand in meinen Nacken und presste seinen
Mund auf meinen. Ich stöhnte auf und drückte mich enger an
ihn heran. Eine Million Glühwürmchen schienen durch meinen
Magen zu flattern. Jakob schob meinen Rock nach oben, und
seine Hände umfassten meinen Po.

«Nicht hier! Mein Vater, mein Opa!», stieß ich hervor, obwohl
diese Location durchaus ihren Reiz gehabt hätte.

Keuchend löste er sich von mir und zerrte mich hinter sich
her in sein Zimmer.

«Das ist wirklich das allerletzte Mal», sagte ich, als die Tür
hinter uns ins Schloss fiel. Dann zog ich ihm sein Shirt über den
Kopf.

Kapitel 12

Natürlich blieb es nicht bei diesem allerletzten Mal. Und natürlich wusste ich, dass mein Verhalten moralisch absolut nicht vertretbar war. Schon wenn ich den Strauß mit den Vergissmeinnicht sah, der auf dem Küchentisch stand und mein Treiben argwöhnisch beobachtete, trieb es mir die Schamesröte ins Gesicht. Aber mein Fleisch war schwach, ich hatte den ganzen Tag über wahnsinnig viel mit der Planung für die Café-Eröffnung zu tun, und darüber hinaus musste ich mich auch noch um meinen Vater und meinen Opa kümmern. Verständlich, dass ich zumindest nachts für einige Stunden nach Zerstreuung suchte. Der Sex mit Jakob entspannte mich, befriedigte mich, lenkte mich von meinen Sorgen ab und diente letztendlich sogar der Verbesserung meiner Figur. Für Jakob musste ich mich nicht sonderlich ins Zeug legen, das tat er auch nicht für mich. Ich ging zur einen Tür hinaus, zur anderen rein, und nach dem Sex verabschiedete ich mich und ging denselben Weg zurück. Mit Günther war ich nicht zusammen. Ich hatte ihm nichts versprochen. Wenn unsere Beziehung tatsächlich einen Schritt weitergehen sollte, würde er sogar von der Erweiterung meines sexuellen Horizonts profitieren. Was sprach also dagegen?

Außerdem fühlte ich mich geschmeichelt, weil Jakob sich auf einmal kaum noch ins Nachtleben stürzte und für seine Verhältnisse regelrecht häuslich geworden war. Wir redeten nicht groß miteinander. Auch die Nächte verbrachten wir nicht zusammen, das wäre mir zu intim gewesen.

Das wunderbare Wetter trug ein Übriges dazu bei, dass sich meine Laune auf einem Rekordpegel befand. Der Sommer hatte in den vergangenen Tagen noch einen Zahn zugelegt und verwöhnte München mit Dauersonne und Temperaturen, die bis an die Dreißig-Grad-Marke reichten. Mit Kälte kam ich nicht zurecht, aber Hitze liebte ich. Wahrscheinlich war ich in meinem früheren Leben ein Salamander gewesen. Die Zukunft lag in rosigen Farben vor mir: das Lampionfest, die Café-Eröffnung, Günthers Rückkehr, die Vorfreude auf Antons Gesicht, wenn ich ihm meinen Begleiter vorstellte.

Hach! Meinetwegen hätte dieses süße Leben noch ewig genau so weitergehen können. Doch als ich an einem Mittwochmorgen nach einer Laufrunde nach Hause kam, wartete eine Überraschung auf mich.

«Liliane. Schön, dass du da bist», begrüßte mich Torstens Mutter mit gewohnt frostiger Miene. Ich hatte dies stets als ein Zeichen ihrer mangelnden Sympathie mir gegenüber gedeutet, aber vielleicht tat ich ihr unrecht, und ihre fehlende Mimik war nur das Ergebnis ihrer unzähligen «Kurbehandlungen». Mein Vater saß mit unbehaglichem Gesichtsausdruck neben ihr und Opa Willy im Wohnzimmer und rührte in seinem Kaffee. Zum Glück trug er einen Jogginganzug über seinem Schlafanzug.

«Angelika! Wie komme ich zu der Ehre?», fragte ich rebellisch. Wie schon so oft wunderte ich mich darüber, dass Torsten gerade in diese Familie hineingeboren worden war. Seine Mutter war über 1,80 groß und streichholzdünn, sein Vater dagegen klein und rund wie ein M&M-Männchen. Wenn sie nebeneinanderstanden, fühlte ich mich jedes Mal unweigerlich an den spannenlangen Hansel und die nudeldicke Dirn aus dem gleichnamigen Kinderlied erinnert. Nur mit vertauschten Rollen.

«Brauche ich einen Grund, um meine Schwiegertochter zu besuchen?» Sie lachte affektiert. «Ich habe aber tatsächlich einen. Ich möchte etwas mit dir besprechen. Unter vier Augen.» Sie bedachte erst meinen Vater, dann meinen Großvater mit einem vielsagenden Blick. «Hast du einen Moment Zeit?»

Opa Willy hob überrascht die Augenbrauen, bewegte sich jedoch keinen Millimeter von der Stelle.

«Lass uns nach draußen gehen.» Ich zeigte in Richtung Dachterrasse.

«Ich möchte mir lieber ein paar Schritte die Füße vertreten.» Angelika stand auf. «Auf Wiedersehen die Herren», sagte sie und nickte ihnen gnädig zu.

Ich folgte ihr zum Aufzug, und wir fuhren nach unten.

«Liliane, ich muss mit dir über deine Zukunft sprechen», begann Angelika unumwunden, als wir durch die um diese Tageszeit stillen Straßen in Richtung des Englischen Gartens spazierten.

Ich sah sie fragend an.

«Torsten und du, ihr habt euch getrennt …»

«Er hat sich getrennt, nicht wir uns», unterbrach ich sie.

«Wie auch immer. Ihr habt euch getrennt.» Das Wort *ihr* betonte Angelika ironisch. «Und nun will ich von dir wissen, welche weiteren Schritte du geplant hast.»

«Wir werden uns natürlich scheiden lassen», erwiderte ich ruhig.

«Ich frage mich, wovon du in Zukunft leben möchtest. Inga hat mir erzählt, dass du ihr Angebot, dir eine Stelle als Bankkauffrau zu vermitteln, ausgeschlagen hast.»

«Mach dir um mich keine Sorgen.»

«Ich mache mir in keinster Weise Sorgen um dich, meine

Liebe», sagte sie spitz. «Ich mache mir Sorgen um meinen Sohn. Denn noch bestreitest du deinen Lebensunterhalt von seiner Kreditkarte.»

Ich schnappte nach Luft. «Torsten hat mir in der ersten Zeit nach der Trennung seine Unterstützung angeboten. Und das steht mir von Rechts wegen auch zu.»

«Bist du dir da sicher?» Angelikas Lippen kräuselten sich leicht.

«Ja», antwortete ich mit fester Stimme, war jedoch alles andere als überzeugt. Warum hatte ich nicht auf Mia gehört und mich beraten lassen? Wieder einmal hatte sie mir das Vogel-Strauß-Prinzip vorgeworfen. Und sie hatte recht gehabt. «Außerdem habe ich bereits einen neuen Job. Ich werde ein Café eröffnen.»

«Natürlich.» Angelika verzog gönnerhaft die Lippen. «Ein Café.»

«Wenn du mir nicht glaubst, komm mit.» Ich schlug einen der vielen Seitenwege ein, die zum Haus der Wischnewskis führten.

«Außerdem möchte ich mit dir über die Wohnung sprechen», fuhr Angelika fort. «Da Torsten derzeit bei uns wohnt ...»

Ach! Nicht bei seiner Neuen? Ich hob die Augenbrauen.

«... wird sie derzeit nicht mehr benötigt. Darüber hinaus hat ein guter Kunde von uns Interesse angemeldet. Manfred und ich haben uns dazu entschlossen, sie ihm zu verkaufen. Wir bitten dich darum, schnellstmöglich auszuziehen», klirrte ihre Stimme in die Stille.

«Was?» Ich blieb abrupt stehen.

«Du hast richtig gehört, Liliane. Wir bitten dich darum, dir so schnell wie möglich etwas anderes zu suchen. Selbstverständlich werden wir in der ersten Zeit für die dir dadurch entstehenden Unkosten aufkommen.»

Wie gnädig von ihr! Ich musste mich an der Lehne einer

Parkbank festhalten, weil ich befürchtete, dass mir die Knie wegsackten. Angelika hatte mir völlig unerwartet den Boden unter den Füßen weggezogen, doch ich wollte mir keine Blöße geben, indem ich Schwäche zeigte. Es waren nur noch wenige Meter bis zum *Cäcilia*. Gleich würde Angelika erfahren, dass ich sehr gut ohne ihre Unterstützung auskam, dass ich sehr wohl dazu in der Lage war, mein Leben ohne Torsten zu meistern. Dieser Gedanke gab mir Auftrieb.

«Das wird nicht nötig sein», sagte ich und schritt, ohne mich nach ihr umzudrehen, voran. Angelika stöckelte auf ihren Pfennigabsätzen hinter mir her.

«Wir sind dir natürlich auch bei der Suche nach einer geeigneten Immobilie behilflich.

«Danke, auch das schaffe ich ohne eure Hilfe.» Ich mochte am Boden sein, aber so tief gesunken, dass ich die Almosen dieser Hexe annehmen würde, war ich sicher nicht. In der Ferne hörte ich bereits das Hämmern der Handwerker, und kurz darauf standen Angelika und ich vor dem Café.

«Ich wusste gar nicht, dass sich in diesem Teil des Englischen Gartens ein Haus befindet. Ein schönes Objekt», sagte sie anerkennend. Wäre die ganze Angelegenheit nicht so traurig gewesen, hätte ich über ihren Immobilienmaklerjargon womöglich geschmunzelt.

«Genau deshalb habe ich es gepachtet.»

«Dieses Haus?» Ein Muskelzucken in ihrer rechten Wange verriet Angelikas Überraschung.

«Ja», entgegnete ich stolz. «Anfang August werden wir eröffnen. Wenn du mich jetzt entschuldigst. Ich habe noch zu tun. – Grüß dich, Franz!» Vorbei an einem der Handwerker verschwand ich ins Haus.

Dort brach meine sorgsam aufrechterhaltene Fassade zusammen. Ich lehnte mich gegen eine Wand und presste die

Fäuste fest auf meine Augen. Angelika wollte, dass ich aus der Wohnung auszog. So schnell wie möglich. Das war eine Katastrophe. Ich zog mein Handy aus der Tasche und rief Mia an.

«Das kann sie nicht machen», sagte meine Schwester angriffslustig. «Du musst dir einen Anwalt suchen. Noch bist du schließlich die Ehefrau von ihrem Goldstück. Du hast bestimmt eine Menge Rechte, von denen du überhaupt nichts weißt.»

«Und wovon soll ich den Anwalt bezahlen?»

«Hast du keine Rechtsschutzversicherung?»

«Ich weiß es nicht. Torsten hat sich immer um den ganzen Versicherungskram gekümmert.»

«Dann schau halt in den Unterlagen nach! Oder hat er die mitgenommen?»

«Seine Sachen sind alle noch da. Aber was sollte das bringen? Er und seine Familie werden eine Möglichkeit finden, mich rauszuekeln. Du hast es doch am eigenen Leib erfahren. Dein Vermieter hat sogar ein Loch in deinen Laden schlagen lassen, damit er dich loswird.»

«Trotzdem musst du herausfinden, ob du eine Rechtsschutzversicherung hast oder nicht.»

«Eine Rechtsschutzversicherung bezahlt ein Scheidungsverfahren im Leben nicht.»

«Trotzdem … Kampflos werden wir uns auf jeden Fall nicht geschlagen geben.»

Obwohl Mia mit meiner Wohnungsmisere nichts zu tun hatte, tröstete mich das Wort *wir* in diesem Zusammenhang ungemein.

Ich versprach ihr, mich um einen Rechtsbeistand zu kümmern, und ging dann in den Garten, wo Eduard und Cäcilia saßen und die Sonne genossen.

«Schau mal, Svenja! Ich habe eine Geburtstagskarte gefunden, die du mir vor ein paar Jahren geschrieben hast», begrüßte mich die alte Dame erfreut. Trotz der Hitze trug sie ihr Chanel-Jäckchen und ein Seidentuch um den Hals. Und wie immer stand ihre Schachtel mit den Erinnerungsstücken auf dem Tisch.

Ich nahm ihr die Karte aus der Hand und bewunderte sie gebührend, obwohl ich den gesamten Inhalt der Schachtel bereits in- und auswendig kannte.

«Was ist los mit Ihnen, meine Liebe?», fragte Eduard. «Sie sehen müde aus. Gibt es Ärger bei den Renovierungsarbeiten?»

«Nein. Die Maurer sind bis Ende der Woche fertig, danach kommen die Maler und Tapezierer. Wir liegen gut im Zeitplan. Mich bedrückt etwas anderes.» Ich berichtete ihm von dem Gespräch mit meiner ehemaligen Schwiegermutter.

«Wie soll ich nur innerhalb der nächsten drei Monate eine neue Wohnung finden, wenn ich mich doch um das Café kümmern muss?», endete ich schniefend.

«Svenja könnte bei uns wohnen. Nicht wahr, Eduard? Sie könnte das Zimmer mit dem Balkon haben», sagte Cäcilia zu ihrem Mann.

Der lächelte. «Wir haben tatsächlich genug Platz. Ich glaube zwar nicht, dass es Ihnen auf Dauer gefallen wird, sich mit uns alten Leuten zu umgeben, doch hier sind Sie ein gerngesehener Gast.»

«Das ist lieb von Ihnen.» Ich tätschelte seine Schulter. «Bevor ich auf der Straße lande, nehme ich Ihr Angebot auf jeden Fall an. Aber ich denke, es wird Zeit, dass ich lerne, auf eigenen Beinen zu stehen.»

«Aber das tun Sie doch», entgegnete Eduard. «Schauen Sie nur, was Sie allein hier alles geleistet haben. Der Garten ist nicht mehr wiederzuerkennen.»

«Das ist aber auch das Einzige, was ich alleine zustande

gebracht habe», erwiderte ich. «Ich bin das Nesthäkchen in meiner Familie und habe ziemlich lange alles abgenommen bekommen, entweder von meinen Eltern oder von meinen älteren Schwestern. Und da ich ein sehr bequemer Mensch bin, habe ich ihre Hilfe immer gerne angenommen.» Tränen schossen in meine Augen, als ich an diese Zeit dachte.

«Ach, Kindchen.» Cäcilia streichelte mir unbeholfen über die Wange. Eine Geste, die mein Selbstmitleid leider noch verstärkte.

«Erwachsen werden ist großer Mist», schluchzte ich auf. Eigentlich hatte ich *Scheiße* sagen wollen, doch vor den vornehmen Wischnewskis traute ich mich nicht, dieses Wort in den Mund zu nehmen. «Als Kind war alles viel schöner. Ich hab an den Osterhasen, die Zahnfee und das Christkind geglaubt. Und an Märchen. Daran, dass alles gut ausgeht, egal, wie schlimm es anfangs aussieht. Aber das ist nicht so. Das Leben ist nun einmal kein Märchen. Der Osterhase, die Zahnfee und das Christkind, dahinter steckten in Wirklichkeit meine Eltern, und nicht einmal den Traumprinzen gibt es.» Ich war mir nicht sicher, ob das, was ich vor mich hin stammelte, irgendeinen Sinn ergab, doch Eduard sah mich mitfühlend an.

«Jeder muss einmal erwachsen werden. Der eine früher, der andere später», sagte er ernst. «Das Geheimnis liegt darin, trotzdem seinen Glauben an die Wunder auf der Welt nicht zu verlieren. Denn es gibt sie. Man muss nur die Augen aufmachen. Und ich bin fest davon überzeugt, dass letztendlich alles ein gutes Ende nimmt. Auch wenn das Leben des Öfteren versucht hat, mir etwas anderes weiszumachen.» Er hob mein Kinn mit seiner dünnen, von Adern und Altersflecken überzogenen Hand an und sah mir in die Augen. «Manche Märchen werden wahr.»

Er klang so überzeugend, dass ich lachen musste. «Wenn Sie es sagen.»

＊ 203 ＊

«Wovor fürchten Sie sich so?»

Ich schnäuzte mir die Nase in das karierte Stofftaschentuch, das Eduard mir reichte. «Mir sind ein paar blöde Dinge passiert. Ich habe Angst davor, dass ich es niemals schaffe, mich davon zu befreien.»

«Meinen Sie nicht, dass Sie noch ein wenig zu jung sind, um in der Vergangenheit zu leben?» Seine Augen wanderten unwillkürlich zu seiner Frau.

Als Cäcilia unsere Blicke bemerkte, hielt sie einen verschnörkelten Schlüssel in die Höhe. «Den hat Eduard mir geschenkt, als ich noch ein junges Mädchen war», sagte sie. «Den Schlüssel zu seinem Herzen.» Sie lächelte selig.

«Vermutlich haben Sie recht.» Ich seufzte.

Mia hatte versucht, mich zu Hause zu erreichen. Das Display meines Handys zeigte ebenfalls zwei entgangene Anrufe an. Ich rief sie zurück.

«Schock verdaut? Wie geht es dir?», fragte sie.

«So gut, wie es einem halt geht, wenn einen die Schwiegermutter aus der Wohnung schmeißen will», antwortete ich müde.

«Deshalb rufe ich an. Erinnerst du dich an die Kundin, von der ich dir erzählt habe? Sie arbeitet bei der *Bunten* und ist spontan zu ihrem Freund gezogen. Ihre Wohnung ist frei und liegt in der Nähe des Königsplatzes. Ein Zimmer, Küche, Bad. Fünfhundert Euro warm. Wär das was?»

Ich zog eine Grimasse. Der Königsplatz war bestimmt keine schlechte Lage, aber mit dem Englischen Garten direkt vor der Haustür natürlich nicht zu vergleichen. Doch in Schwabing würde ich mir garantiert keine Wohnung leisten können.

«Ich kann sie mir ja anschauen», meinte ich halbherzig.

«Es gibt nur ein Problem.»

War klar, dass es bei diesem Preis einen Haken gab.

❋ 204 ❋

«Der Besichtigungstermin ist von zwei bis drei Uhr. Du musst sofort losfahren.»

«Mia, das ist bereits in einer halben Stunde! Und es ist viel Verkehr.»

«Fahr mit den Öffentlichen! Von deiner Wohnung zum Königsplatz sind es maximal zwanzig Minuten.»

«Kannst du wenigstens mitkommen?»

«Ich sitze gerade im Wartezimmer beim Zahnarzt.»

Sie teilte mir die Adresse mit, und ich sprintete zum Badezimmer, um mich durch einen kurzen Blick in den Spiegel davon zu überzeugen, dass ich mich meinem potenziellen Vermieter in bestmöglichem Zustand präsentierte. Doch das Bad war besetzt.

«Ich müsste mal rein», rief ich.

«Geht gerade nicht», hörte ich Jakobs Stimme durch die geschlossene Tür.

«Brauchst du noch lange?»

«Noch ein bisschen.»

«Es ist aber dringend.»

«Geht halt gerade nicht.»

«Ich habe dir doch schon hundertmal gesagt, dass du die Gästetoilette benutzen sollst.»

«Mach du das doch.»

«Aber ich brauche etwas aus dem Badezimmer.» Ungeduldig rüttelte ich an der Türklinke. «Und ich habe in einer halben Stunde einen Termin in der Stadt.»

«Soll ich dich mitnehmen? Ich muss auch gleich los.» Anscheinend hatte er ein schlechtes Gewissen, weil es bei ihm etwas länger dauerte.

«Mit dem Motorrad? Ich weiß nicht. Wohin musst du denn?»

«Nach Schwabing. Und du?»

«In die Luisenstraße. Kannst du dich nicht einfach beeilen?»

«Wie denn? Die Natur fordert nun einmal ihr Recht.»

Ich verdrehte die Augen. Dass Männer ihre Sitzungen immer so zelebrieren mussten.

«Du liest aber hoffentlich keine Zeitschrift dabei.»

«Es geht nicht schneller, wenn du die ganze Zeit vor der Tür stehst und mich unter Druck setzt.»

Das war mir alles zu blöd. Ich würde einfach so, wie ich war, zu dem Besichtigungstermin gehen. Schließlich wurde die Wohnung bestimmt nicht nach Schönheit vergeben.

Auf der Gästetoilette spritzte ich mir schnell ein wenig Wasser ins Gesicht und unter die Arme, strich meine Haare glatt – mit einer Bürste brauchte ich meinen Drahtlocken leider nicht zu kommen – und griff nach meiner Handtasche. Doch als ich die Wohnung verlassen wollte, hing mein Hausschlüssel nicht am Schlüsselbrett. Wo konnte ich dieses blöde Ding nur hingelegt haben? Hektisch lief ich umher. Die Spülung rauschte, und Jakob erschien in der Badtür.

«Was suchst du?», fragte er, als er sah, dass ich kopflos durch die Wohnung irrte.

«Meinen Schlüssel. Er kann doch nicht verschwunden sein. Ich bin schließlich gerade erst heimgekommen.»

«Wo hast du ihn denn zuletzt gesehen?»

«In meiner Hand», fuhr ich ihn an. «Ich habe nämlich die Tür damit aufgeschlossen.»

«Ich helfe dir suchen.» Jakob ging durch die Wohnung, während ich den Inhalt meiner Tasche auf den Tisch kippte.

«Gehört das nicht in den Kühlschrank?» Er kam mit einer Metzgertüte aus dem Flur zurück.

«Die Putenschnitzel, die ich gerade gekauft habe.» Ich riss die Tür zum Eisschrank auf. Der Schlüsselbund blinkte mir aus dem obersten Fach unschuldig entgegen. Schnell nahm ich ihn an mich. Erfrischend kühl lag er in meiner Hand.

«Ich Schussel!», stöhnte ich.

Jakob feixte.

«Nun werde ich definitiv zu spät kommen.»

«Ich nehme dich mit. Mit dem Motorrad brauchen wir nicht einmal zehn Minuten bis zur Luisenstraße.» Er ging in sein Zimmer und kam mit zwei Helmen wieder heraus.

«Na gut», sagte ich widerstrebend und nahm den kleineren der beiden entgegen.

«Was machst du in Schwabing?», fragte ich.

«Ich habe eine Verabredung.»

«Eine Verabredung. Aha!» Bestimmt mit einer Frau. Widerwillig gestand ich mir ein, dass ich ein wenig eifersüchtig war.

«Und was suchst du in der Luisenstraße?», erkundigte er sich, als der Aufzug im Erdgeschoss angekommen war.

«Ich schau mir eine neue Wohnung an.»

«Musst du etwa raus? Ich dachte, sie gehört dir und Torsten.»

«Seine Mutter hat sie gekauft. Ich habe keinerlei Anrecht darauf, hier zu wohnen», murmelte ich und war froh, dass Jakob und ich gleich auf das Motorrad steigen würden und das Gespräch somit nicht weiter vertiefen konnten. «Keine Angst. Dich wird das Ganze nicht betreffen. Ich werde erst im Herbst ausziehen.»

Ein wenig unbeholfen kletterte ich hinter ihm auf das Gefährt und rutschte so weit wie möglich auf dem Sitz zurück. Es fühlte sich komisch an, am helllichten Tag und außerhalb unserer Schlafzimmer mit ihm auf Tuchfühlung zu gehen. Doch meine vornehme Zurückhaltung konnte ich nicht allzu lange aufrechterhalten, denn im nächsten Moment heulte die Maschine laut auf und schoss so heftig nach vorn, dass ich fast heruntergefallen wäre.

«Kannst du etwas langsamer fahren?», schrie ich und klammerte mich wie ein Affe an seinem Oberkörper fest. Doch der Fahrtwind verschluckte meine Bitte. Jakob raste durch die engen Straßen unseres Viertels, als wären die Hells Angels hinter uns her.

Nachdem er an der Münchner Freiheit auf die breite Ludwigstraße abgebogen war, legte er noch einen Zahn zu. Noch nie hatte ich es so bedauert, dass keine einzige Ampel auf meinem Weg in die Stadt auf Rot stand. Erst vor einem Lidl-Markt hielt Jakob so abrupt an, dass ich gegen seinen Rücken gepresst wurde. «Wir sind da», bemerkte er überflüssigerweise.

«Wolltest du uns umbringen?» Völlig außer Atem zog ich meinen Helm vom Kopf.

«Ich bin maximal sechzig gefahren», verteidigte er sich.

Sechzig! Wirklich? Mir war es weitaus schneller vorgekommen. Aber da ich noch nie zuvor auf einem Motorrad gesessen hatte und die Geschwindigkeit eventuell gar nicht richtig einschätzen konnte, wollte ich keinen Streit vom Zaun brechen. Mit zitternden Beinen stieg ich ab und musterte skeptisch die gesichtslosen Häuserfassaden um mich herum.

«Ist doch ganz nett hier», sagte Jakob aufmunternd. «Du bist ruck, zuck in der Innenstadt. Und wenn du einkaufen möchtest, musst du nur die Treppe hinuntergehen.»

«Das stimmt.» Ich zog tapfer die Mundwinkel nach oben. «Danke, dass du mich hergebracht hast.» Und dass ich überlebt habe! Diese Höllenfahrt saß mir noch immer in den Knochen.

«Viel Glück!» Jakob streckte einen Daumen nach oben.

Ich nickte und hob die Hand zum Abschied. «Es sind garantiert noch mehr Bewerber da.»

«Lilly!»

Ich drehte mich um. Mir war noch nie zuvor aufgefallen, dass er mich mit meinem Namen anredete.

«Soll ich mitkommen?»

«Du hast eine Verabredung.»

«Es macht nichts, wenn es ein bisschen später wird.»

«Ist sie so geduldig?» Ich hob spöttisch eine Augenbraue.

«Willst du, dass ich mitkomme, oder nicht?

«Wenn es dir nichts ausmacht. Klar.» Plötzlich fühlte ich mich sehr erleichtert, dass ich mich nicht allein in die Höhle des Löwen wagen musste.

Die Wand im Treppenhaus war zur Hälfte von dunkelgrünen Kacheln bedeckt, darüber befand sich fleckiger Putz. Auch die Holztreppe hatte schon bessere Tage gesehen. Vor der Wohnungstür im dritten Stock warteten bereits mehrere andere Interessenten.

Kurz darauf kam der Vermieter. Da die Wohnung nur fünfundzwanzig Quadratmeter groß war, bat er uns in Gruppen zu sechs Personen nacheinander einzutreten und uns umzusehen. Bis auf eine winzige Küchenzeile und einen ausgeblichenen roten Vorhang war die Wohnung leer. An mehreren Stellen, wahrscheinlich dort, wo Möbel gestanden hatten, sah ich schwarze Striemen auf der ansonsten weißen Wand. An den Heizkörpern war die Farbe abgeblättert, und an einigen Stellen löste sich die Tapete von der Wand. Ich trat ans Fenster und blickte auf Fassaden in verschiedenen Gelb- und Grautönen. In der Mitte befand sich ein winziger Innenhof, in dem Fahrräder und eine Vespa neben Müllcontainern parkten. Ein Sandkasten war mit einer Plane abgedeckt, daneben standen eine Bierbankgarnitur und ein Sonnenschirm. Trotz der schmutzigen farbigen Hauswände und dem offensichtlichen Bemühen der Bewohner, ihren kleinen Balkonen mit Hilfe von Blumenkästen und Weidenmatten ein wenig Leben einzuhauchen, wirkte die Atmosphäre im Block trostlos. Aber vielleicht kam mir das auch nur so vor. Meine jetzige Wohnung lag zu hoch, als dass mein Blick durch irgendwelche Häuserfassaden hätte begrenzt werden können. Bei gutem Wetter konnte ich sogar die blassen Umrisse der Alpen sehen. Die Dachterrasse, die ich so liebevoll mit Lounge-Möbeln, einer Hängematte und großen Blumen-kübeln eingerichtet hatte, ließ mich im Frühling und Sommer oft vergessen, dass ich mich mitten in einer Großstadt befand.

Auf einmal schienen die Wände des kleinen Zimmers immer näher zu rücken und nahmen mir die Luft zum Atmen. Schnell öffnete ich das Fenster, um Luft zu schnappen. Aber es half nichts. Ich musste raus hier. Eingesperrt in diesem Raum mit der Küche als einziger Ausweichmöglichkeit, würde ich in kür-zester Zeit depressiv werden.

«Lass uns gehen!», sagte ich zu Jakob und verließ fluchtartig die Wohnung.

Auf der Straße schloss ich für einen Moment die Augen und atmete tief ein und aus.

«Geht es wieder?», fragte er mitleidig. «Du hast ausgesehen, als ob du gleich umkippst.»

«Das Zimmer war so trostlos. Und die Aussicht auf den Hin-terhof …»

«Zumindest war sie bunt. Irgendwie.» Er zündete sich eine Zigarette an und nahm einen tiefen Zug.

«Ich kann dort unmöglich einziehen.»

«Denkst du, dass du in München in der Lage etwas Besseres findest?»

«Meine derzeitige Wohnung ist besser.»

«Kein Mensch kann sich eine solche Wohnung leisten.»

«Aber ich kann mich unmöglich den ganzen Tag innerhalb von fünfzehn Quadratmetern bewegen.»

«Vielleicht solltest du arbeiten gehen. Dann wärst du nur abends zu Hause. So wie jeder normale Mensch», entgegnete Jakob, ziemlich provokant, wie ich fand.

«Ich gehe ab August wieder arbeiten.»

«Tatsächlich?» Er sah mich aufmerksam an.

«Ich eröffne zusammen mit Mia ein Café mit angrenzender

Keramikwerkstatt. Im Englischen Garten. Hab ich dir das noch nicht erzählt?»

«Wir reden nicht oft miteinander.»

Ich biss mir auf die Lippe. Es stimmte. Ein Buch könnte man mit unseren bisherigen Begegnungen kaum füllen. Wenn, dann eher einen Stummfilm. Einen nicht jugendfreien Stummfilm.

«Du hast mir zum Beispiel auch nicht gesagt, warum du deinen Vater aufgenommen hast. Sind deine Eltern geschieden?»

Meine Güte, Jakob war heute ja eine richtige Quasselstrippe.

«Sie leben getrennt. Meine Mutter ist Anfang des Jahres zu ihrem neuen Freund nach Irland gezogen.»

«Der Opa wird von der Freundin rausgeworfen, die Mutter hat einen Freund in Irland. Du hast eine ungewöhnliche Familie.»

Ich verdrehte die Augen. «Wem sagst du das? Was ist mit deinen Eltern?»

«Mein Vater lebt nicht mehr.»

«Das tut mir leid.»

Jakob zuckte mit den Schultern. «Ist schon lange her.»

«Wie ist er gestorben? Bei einem Unfall?»

«Er hatte einen Gehirnschlag. Ist eines Tages einfach umgefallen.»

Heiliger Strohsack! Aber ich konnte schlecht schon wieder sagen, dass es mir leidtat.

«Und deine Mutter?», fragte ich.

«Die wohnt in Feldmoching. – Können wir los?» Jakob schien keine Lust zu haben, unser Gespräch fortzusetzen. Und ich auch nicht, denn Feldmoching war wegen seiner Lage zwischen der Dachauer Straße und dem Hasenbergl nun wirklich kein besonders attraktives Stadtviertel.

«Du brauchst mich nicht nach Hause zu bringen», sagte ich. «Ich nehme die Öffentlichen.»

«Es ist kein großer Umweg für mich.»

«Das hast du auf dem Hinweg auch schon gesagt.»

«Ich will nicht dafür verantwortlich sein, dass du dich in deinem Zustand vor eine U-Bahn wirfst und Kinder traumatisierst, weil du in Einzelteilen auf den Schienen herumliegst.»

Ich musste lachen. «So schlecht geht es mir nun auch wieder nicht.» Doch im Grunde meines Herzens war ich dankbar. Es gab Schöneres, als sich bei siebenundzwanzig Grad im Berufsverkehr mit Hunderten von anderen Menschen in die öffentlichen Verkehrsmittel zu quetschen. Ich setzte meinen Helm auf und stieg hinter Jakob aufs Motorrad.

«Untersteh dich, wieder so zu rasen.»

«Du lebst nicht gern gefährlich, nicht wahr?»

Nein. Das tat ich wahrhaftig nicht. Jakob anscheinend schon.

Die Maschine setzte sich knatternd und deutlich langsamer als zuvor in Gang. Ich begann mich zu entspannen und die Fahrt sogar ein klein wenig zu genießen. Außerdem bekam ich genügend Verschnaufpausen, denn dieses Mal begleitete keine grüne Welle unseren Weg. Kurz vor dem Altstadtring-Tunnel musste Jakob bereits das fünfte Mal anhalten. Neidisch blickte ich auf das flaschengrüne Audi TT Cabrio mit den Ledersitzen, das neben uns stand. Genau so ein Modell hatte ich vor Torstens Auszug auch gefahren. Was für ein Zufall! Auf der vorderen Ablage saß sogar das gleiche Glücksschweinchen wie das, das ich Torsten geschenkt hatte. Ich stockte. Das *war* mein Glücksschweinchen! Und mein Mann, der mit einer Baseballkappe auf dem Kopf auf dem Fahrersitz saß und – ich reckte mich ein wenig höher – die Hand auf dem nackten Bein seiner Begleiterin parkte. Hilfe! Torsten durfte mich nicht sehen. Nicht in diesem Aufzug. Damit mein langer Rock sich nicht in den Speichen des Motorrads verfing, hatte ich ihn weit nach oben geschoben und mich auf den Saum gesetzt. Bei jedem Supermodel hätte dies bestimmt leidlich erotisch ausgesehen, aber nicht bei mir mit meinen weißen, kräftigen Beinen. Ich kam mir entblößt vor, traute mich aber auch nicht, an diesem Zustand etwas zu ändern. Schließlich wollte ich nicht, dass Jakob meinetwegen einen Unfall baute. Jetzt half nur noch eine perfekte Tarnung. Aufgeregt stopfte ich meine roten Locken, so gut es ging, unter den Helm. Dann stupste ich Jakob in die Seite.

«Würde es dir etwas ausmachen, dein Visier zu schließen? Es ist sehr ungesund, die ganzen Abgase einzuatmen.»

Er drehte sich zu mir um und schaute mich befremdet an. «Es sind fast dreißig Grad. Weißt du, wie warm es unter einem geschlossenen Helm ist?»

«Meine Gesundheit ist mir wichtiger.» Schnell klappte ich meinen Gesichtsschutz herunter. «So, alles dicht. Nun kommt nichts mehr rein.»

«Was? Ich verstehe dich nicht.»

Ich schob das Visier ein Stück hoch. «So warm ist es gar nicht darunter.»

Nun fing Torsten zu allem Überfluss an, sich gelangweilt umzusehen. Sein Kopf drehte sich in unsere Richtung – mit einem beherzten Griff klappte ich Jakobs Visier herunter – und sein Blick glitt über uns hinweg. Puh! Er hatte weder mich noch meinen Begleiter erkannt.

«Was soll das?», fragte Jakob ärgerlich und schob das Plastikteil wieder hoch.

Nun hieß es Farbe bekennen, wenn ich nicht wollte, dass unsere sowieso schon dürftige Tarnung aufflog.

«Torsten sitzt im Auto neben uns», zischte ich.

Jakobs Blick glitt nach links. «Ist bestimmt seine Mutter, oder?», sagte er nach einigen Sekunden.

«Haha! Netter Versuch. Klapp bitte das Visier runter, damit er dich nicht erkennt.»

Jakob gehorchte.

Die Ampel sprang auf Gelb, und ich sah, wie Torsten den Zündschlüssel umdrehte. Auch Jakob ließ das Motorrad an. Die Frau neben Torsten beugte sich zu ihm herüber und drückte ihm einen Kuss auf die Wange. Leider konnte ich nicht allzu viel von ihr erkennen, da sie ein albernes buntes Kopftuch und eine riesige Sonnenbrille trug. Das, was ich erkennen konnte, sah aber bedauerlicherweise weniger nach einer Ingrid als nach einer Tiffany oder Angelina aus. Vielleicht dienten Kopftuch und Sonnenbrille auch nur dazu, ein hässliches Gesicht zu kaschieren. Zumindest erschien mir ihre Nase im Profil ein wenig groß. Trotzdem! Ich musste herausfinden, wie sie aussah. Sofort! Die Ampel sprang auf Grün. Nicht mehr lange, und Torsten und seine Ingrid wären weg.

«Jakob!», schrie ich aus Leibeskräften, um mich gegen die Motorgeräusche um mich herum durchzusetzen. Ich klopfte ihm auf die Schulter.

«Ja?»

«Ich weiß, es ist furchtbar viel von dir verlangt, aber könntest du Torsten und seiner neuen Freundin bitte nachfahren?»

«Warum?»

Die Autoschlange vor uns setzte sich in Bewegung.

«Biiiiittteee!», flehte ich. «Ich werde auch nie wieder etwas sagen, wenn du das Licht im Bad anlässt oder die Zahnpasta im Waschbecken nicht wegwischst. Und auch nicht, wenn du dein Geschirr nicht in die Spülmaschine räumst oder du nicht einkaufen gehst. Und schon gar nicht, wenn du stundenlang das Bad blockierst, obwohl du genau weißt, dass du die Gästetoilette benutzen sollst. Oder …»

«Okay, okay, ich habe es kapiert.» Er setzte den Blinker nach links und heftete sich an Torstens und Ingrids Fersen.

Die beiden fuhren zum Chinesischen Turm und stellten das

Auto auf dem angrenzenden Parkplatz ab. Jakob parkte das Motorrad in sicherem Abstand hinter einem Lieferwagen.

«Reicht dir das? Jetzt weißt du, wo sie hinwollten. Sie gehen in den Biergarten.»

«Kannst du noch ein kleines Stück vorfahren? Ich muss wissen, wie sie aussieht.»

«Das ist viel zu auffällig. So eine gute Verkleidung ist ein Helm nun auch wieder nicht.»

«Dann versuche ich es eben allein.» Ich stieg vom Motorrad und drückte mich an die Seitentür des Lieferwagens. «Fahr ruhig», rief ich Jakob über meine Schulter hinweg zu. «Den Helm lege ich dir später auf den Küchentisch.»

«Nein, ich bleibe. Nur für den Fall, dass jemand die Polizei alarmiert, weil eine Verrückte mit Helm durch den Englischen Garten kriecht und harmlose Biergartenbesucher beschattet», feixte Jakob.

«Tu, was du nicht lassen kannst.» Den Helm würde ich auf jeden Fall auflassen.

Im Schutz der parkenden Autos schlich ich näher an Torsten und seine Begleiterin heran. Sie stieg gerade aus dem Cabrio und zog sich das Kopftuch herunter. Gleich würde ich wissen, wie sie aussah! Doch ihre Mähne fiel wie ein Schleier über ihre rechte Gesichtshälfte. Ich stöhnte auf. Schon wieder hatte ich sie nicht von vorne gesehen. Leider war ich so auf ihren Anblick konzentriert, dass ich den Seitenspiegel des VW Golf, an dem ich mich entlangdrückte, nicht bemerkte. Schmerzhaft stieß er gegen mein Schlüsselbein, und ich konnte gerade noch einen Aufschrei unterdrücken.

Torsten blickte sich stirnrunzelnd um. Ich hielt den Atem an.
«Was ist?», fragte Ingrid.
«Hast du das nicht gehört?»
«Was?»

«Es hat sich angehört, als ob jemand gestöhnt hätte. Soll ich mal nachschauen?» Er zeigte in meine Richtung, und ich wurde starr vor Schreck. Wie um Himmels willen sollte ich ihm erklären, warum ich hier mit einem Motorradhelm auf dem Kopf zwischen einem Golf und einem Ford Fiesta kauerte? Ich könnte ein Unfallopfer mimen, das dort lag, weil der Verursacher Fahrerflucht begangen hatte. Plötzlich stieg ein unbändiger Lachreiz in mir auf. Diese Situation war so absurd.

«Was soll da schon sein», sagte Ingrid. «Und jetzt komm! Ich habe Hunger, Schatz.» Sie hakte sich bei Torsten unter. Arm in Arm schlenderten die beiden in Richtung des Englischen Gartens.

Schatz! Mir wurde übel. Niedergeschlagen ging ich zu Jakob zurück.

«Ich bin an einen Seitenspiegel gestoßen», jammerte ich und rieb mir die schmerzende Schulter. «So ein Mist! Jetzt weiß ich immer noch nicht, wie sie aussieht.»

«Warum quälst du dich so? Es ist doch absolut egal.»

«Würde es dich denn nicht interessieren?»

«Nein. Was vorbei ist, ist vorbei.»

Ich lachte spöttisch. «Was habe ich auch von jemandem erwartet, der Frauen wie Unterhosen wechselt und die Emotionalität eines Kühlschranks hat?»

«Gut! Wenn es dich so brennend interessiert, gehen wir ihnen eben nach!», kapitulierte Jakob seufzend. «Am Chinesischen Turm ist bei diesem Wetter immer viel los. Wir werden nicht groß auffallen.»

«Aber du musst doch zu deiner Verabredung.»

«Ich habe ihr gerade eine Nachricht geschrieben, dass es später wird.»

«Ha! Du gibst also zu, dass du dich mit einer Frau triffst!» Ich hielt Jakob am Arm fest.

«Habe ich etwas anderes behauptet?» Er schüttelte unwillig meine Hand ab.

«Welche von den Frauen, die ich bereits kennenlernen durfte, ist es denn?»

«Kein Kommentar. Oder soll ich dich über unseren neuen Nachbarn ausquetschen? Wo ist er überhaupt? Ich habe ihn schon länger nicht mehr gesehen.»

Nein, das sollte er nicht. Und mir konnte auch egal sein, was Jakob machte. Es tat mir nur um seine armen Gespielinnen leid. Wir Frauen gingen mit Affären ja bekanntlich viel emotionaler um als Männer. Ich natürlich nicht. Mir lag nicht das Geringste an ihm. Aber ob meine Geschlechtsgenossinnen diese Angelegenheit ebenfalls so rational sahen?

«Also? Sollen wir den beiden nachgehen, oder willst du lieber nach Hause fahren?»

«Ich will ihnen nachgehen.» Auf einmal hatte ich ein schlechtes Gewissen, weil ich oft so kratzbürstig zu ihm war. Eigentlich war es sehr nett von ihm, dass er mich begleitete. Überhaupt war er recht nett, wenn man ihn etwas näher kannte. Viel netter, als sein tätowiertes und gepierctes Äußeres und seine vielen Frauenbekanntschaften vermuten ließen.

«Jetzt komm schon!» Jakob war bereits ein Stück vorgegangen und winkte mir zu. «Aber nimm vorher den Helm ab!»

Ich rannte ihm nach. «Bist du sicher, dass sie uns nicht sehen können?», fragte ich atemlos. Obwohl bestimmt zweihundert Meter Abstand zwischen uns und Torsten und Ingrid lagen, war ich bis in die letzte Nervenfaser angespannt.

«Und wennschon! Wir gehen hier zufällig spazieren. Außerdem kannst du mit deinem charmanten Begleiter punkten.» Er grinste verschmitzt.

«Heb dir deine Witze für eine andere Gelegenheit auf. Mir ist im Moment nicht zum Lachen zumute.»

«Das war kein Scherz. Eine Menge Frauen würden dich um meine Gesellschaft beneiden.»

Ich verdrehte die Augen. Warum wusste ich bei diesem Kerl nie, wann er etwas ernst meinte und wann er mich nur auf den Arm nahm?

Torsten und Ingrid ließen sich auf einer Bank in der Nähe der Essensausgabe nieder. Jakob und ich standen einige Meter entfernt im Schutz einer Pferdekutsche.

«Können die beiden sich nicht mal so platzieren, dass ich sie von vorne sehe?», murrte ich. «Ich muss es irgendwie schaffen, in ihre Nähe zu kommen. Warum habe ich kein Fernglas mitgenommen?»

«Ist das dein Ernst?»

«Du bist offensichtlich auch nicht besser als ich, wenn es um Witze geht.»

Jakob hob zweifelnd die Augenbrauen. «Zutrauen würde ich es dir jedenfalls. – Wäre es nicht am einfachsten, wenn wir zu ihnen gehen und sie begrüßen?»

«Neeeeein!», schrie ich so entsetzt auf, dass der Schimmel neben mir erschrocken einen Schritt zur Seite machte. «Doch nicht so, wie ich aussehe. Meine Haare sind ganz zerzaust. Nein, das geht nicht.»

Ein kräftig gebauter Mann mit unzähligen Maßkrügen kam von der Getränkeausgabe zurück. Seine breiten Schultern hätten selbst die Klitschko-Brüder vor Neid erblassen lassen.

«Ich hänge mich an ihn dran», zischte ich Jakob zu.

«Ob das eine gute Idee ist?», wandte er ein, doch ich spurtete bereits über den gekiesten Weg in Richtung des Chinesischen Turms. Im Schutz des Bierkrug-Hünen näherte ich mich dem Tisch, an dem Torsten und Ingrid saßen. Manchmal hatte es durchaus seine Vorteile, ein Zwerg von nur 1,65 Meter Körpergröße zu sein.

Ich lugte an den Maßkrügen vorbei auf die Begleitung meines Exmannes in spe. Meine Position bot mir einen perfekten Ausblick auf Ingrid. Endlich! Bedauerlicherweise hatte sie weder eine überdimensionale Nase, noch war sie durch ein Feuermal oder eine wulstige Narbe verunstaltet. Sie war nicht mal sonderlich hübsch, von ihrem Haar und der Modelfigur einmal abgesehen. Sie hatte ein ganz normales, freundliches Gesicht. Enttäuschend!

Währenddessen hielt Klitschko Nummer drei immer noch unbeirrt auf den Tisch von Ingrid und Torsten zu. Fieberhaft überlegte ich, in welche Richtung ich mich unbemerkt abseilen konnte. Nach rechts? Nach links? Ich war mir nicht sicher. Vor allem war es längst zu spät.

«Jetzt hoab i aba an Durscht!» Der Mann stellte die Maßkrüge geräuschvoll vor seinen Freunden ab, die gegenüber von Torsten und Ingrid saßen. «San Se so freindlich und rücke Se a Stückerl.» Er quetschte sich neben die beiden auf die Bank.

Entsetzt überlegte ich, wohin ich fliehen konnte. Doch der Schock schien meine Synapsen zu blockieren. Und dann hob Torsten den Kopf.

«Lilly.» Er erstarrte und wurde weiß um die Nase. «Was machst du denn hier?»

Ein Arm legte sich um meine Schultern. «Wir haben bei dem schönen Wetter einen Ausflug mit dem Motorrad gemacht und zum Abschluss noch ein Bier hier getrunken», sagte Jakob und zog mich an sich. «Schön, dich hier zu treffen.» Er hatte sich seine Lederjacke locker über die Schulter gehängt und trug nur ein enges ärmelloses Unterhemd darunter. Ingrid musterte ihn interessiert.

«Willst du uns nicht vorstellen?», fragte sie Torsten.

Der sah aus, als würde er jeden Moment ins Koma fallen.

Jetzt bin ich gespannt auf deine Antwort, Freundchen! Ein

Foto von mir hatte er seiner neuen Freundin ja ganz offensichtlich nicht gezeigt.

Torsten sah mich hoffnungsvoll an, doch ich lächelte nur freundlich.

Schließlich holte er tief Luft. «Das ist Lilly, meine Exfrau.» Er zeigte auf mich. «Und das ist Jakob ...» Er machte eine Pause, weil er ganz offensichtlich nicht wusste, wie er Jakobs Status bezeichnen sollte. «... ihr Mitbewohner?»

Jakob reichte ihr strahlend die Hand, die Ingrid ein wenig unbeholfen ergriff. Ihr vorher noch so gesund aussehender Teint hatte sich ins Grünliche verfärbt.

«Wir müssen leider weiter. War schön, euch getroffen zu haben», stotterte ich.

«Was machst du denn?», schimpfte Jakob, als wir zwischen den Bierbänken hindurch aus dem Blickfeld der beiden verschwunden waren.

«Danke», murmelte ich tonlos, als wir den Ausgang des Biergartens erreicht hatten. Meine Knie fühlten sich an wie die einer Schlenkerpuppe, und ich musste mich an seinem Arm festklammern, um nicht zu stolpern.

«Ich hätte dir gleich sagen können, dass die ganze Aktion in die Hose geht.»

«Torstens neue Freundin ist gar nicht so hässlich, wie ich gehofft hatte. Trotz ihrer großen Nase. Oder was meinst du?», erkundigte ich mich unglücklich und ohne auf seinen Vorwurf einzugehen.

«Sie sieht ganz gut aus.» Jakob zuckte die Achseln.

«Ach, was frage ich dich?», sagte ich ärgerlich und ließ ihn los. «*Ob blond, ob braun, ich liebe alle Frau'n.* Kennst du das Lied?»

Jakob lächelte. «Du hast rot vergessen.» Er tippte mir mit dem Zeigefinger an die Nasenspitze, und mir klappte vor Schreck die Kinnlade herunter. Wie angewurzelt blieb ich stehen. Doch Jakob hatte sich schon umgedreht.

«Außerdem geht das Lied noch weiter», rief er mir über seine Schulter hinweg zu.

«Ach ja, wie denn?» Ich lief ihm nach.

«Mein Herz ist groß. Doch was ich tu? Ich denke immerzu an eine bloß …»

«Oh, ein Frauenheld mit Tiefgang», sagte ich zynisch. «Und du willst mir tatsächlich erzählen, dass so jemand wie du an die große Liebe glaubt?»

«Das», Jakob legte den Arm um mich, «ist eines meiner vielen Geheimnisse.»

Brüsk schüttelte ich ihn ab. «Lass uns fahren.» Für heute hatte ich genug Aufregung gehabt. Ich würde mich mit einem guten Buch in die Badewanne legen und in einer Geschichte versinken, die definitiv nicht meine war. Die Realität ging mir zurzeit nämlich gehörig auf den Keks.

Kapitel 13

Leider sollte aus meiner Badewannenauszeit zunächst nichts werden. Denn als Jakob vor unserem Haus hielt, um mich absteigen zu lassen, kam uns mein Vater entgegengetorkelt.

«Töchterchen», lallte er und drückte mir einen Kuss auf die Wange. Der Alkoholgeruch, der aus seinem Mund stieg, nahm mir den Atem.

«Du hast getrunken!», sagte ich entsetzt.

Jakob schaute betreten zu Boden.

«Nur ein kleines Bierchen. Zum Feierabend. Das wird doch wohl erlaubt sein», erklärte mein Vater und lächelte schief.

«Ein Bier. Natürlich!» Mir war nach Weinen zumute. Er hatte Fee und mir versichert, dass seine Trinkerei eine Ausnahme gewesen war. Ich schob ihn von mir fort.

«Komm, Karl-Heinz! Wir bringen dich nach oben.» Jakob hatte sein Motorrad mittlerweile abgestellt und nahm meinen Vater am Arm.

«Ich kann alleine gehen.» Mein Vater schüttelte unwillig Jakobs Hand ab, taumelte jedoch bei dem Versuch, sich zu befreien, und prallte gegen einen BMW, der am Straßenrand parkte.

«Ich kann ihn selbst nach oben bringen», murmelte ich. «Du hast doch noch eine Verabredung.»

«Es ist sowieso zu spät. Ich rufe an und sage, dass ich nicht mehr komme.» Jakob packte meinen Vater am Kragen und schob ihn zur Eingangstür.

222

«Warum hast du getrunken?», fragte ich meinen Vater, der wie ein Häufchen Elend am Küchentisch in sich zusammengesackt war. Ich goss ihm ein Glas Wasser ein, das er in wenigen Schlucken hinunterkippte.

«Deine Mutter hat angerufen», nuschelte er unglücklich.

Jakob verzog sich taktvoll in sein Zimmer.

«Hier?» Ich spürte, wie mein Herz einen Takt schneller schlug.

«Helga hat ihr gesagt, dass ich vorübergehend bei dir wohne.»

«Weiß sie, warum?»

«Sie hat gehört, dass ich die Treppe hinuntergestürzt bin und mir die Rippen geprellt habe.»

«Weiß Sie auch, dass Torsten und ich uns getrennt haben?»

Er schüttelte den Kopf.

«Was wollte sie von dir?»

«Mit mir über Helgas Hochzeit sprechen.»

«Kommt sie allein?»

«Sie bringt niemanden mit.»

Ich atmete auf. Wenigstens das.

Mein Vater jedoch ließ den Kopf hängen. «Ich vermisse sie», sagte er.

Diese drei Worte brachen mir schier das Herz.

Ich drückte ihn an mich. «Ich bringe dich ins Bett. Morgen sieht die Welt bestimmt schon wieder anders aus», sagte ich und schämte mich gleichzeitig für diese Floskel.

Nachdem ich ihn in sein Zimmer verfrachtet hatte, klopfte ich an Jakobs Tür.

«Ich möchte mich noch einmal bei dir bedanken», sagte ich verlegen. «Du hast mir heute gleich dreimal geholfen.»

«War nicht dein Tag, oder?»

«Nein, eher nicht», sagte ich und ließ den Kopf hängen. «Mein Vater trinkt normalerweise nicht tagsüber. Nicht dass du denkst … Es war eine Ausnahme.»

«Vor mir muss dir das nicht peinlich sein. Ich mag ihn. Er ist ein netter Kerl.»

«Das ist er.» Ich schluckte, und plötzlich füllten sich meine Augen mit Tränen. «Er vermisst meine Mutter. Und das tue ich auch.»

«Das kann ich verstehen», sagte Jakob und nahm mich in den Arm. Sanft strich er mir über die Haare, und diese Berührung brachte das Eis in mir endgültig zum Schmelzen.

«Es ist so unfair», schluchzte ich. «Es wäre ihre Aufgabe gewesen, sich um meinen Vater und meinen Opa zu kümmern. Stattdessen lässt sie es sich mit ihrem neuen Freund in Irland gutgehen, während zu Hause alles den Bach runtergeht. Ich bin so wütend. Darauf, dass wir ihr alle egal sind. Und gleichzeitig fehlt sie mir so sehr.»

«Wie ist sie denn so, deine Mutter?», fragte er.

Ich zuckte mit den Schultern. «Anders als andere Mütter.»

«Anders zu sein ist nicht unbedingt schlecht.»

Ich lachte auf. «Milla will seit fünfzehn Jahren nicht mehr, dass wir sie Mama nennen. Ihr ist es lieber, wenn wir sie mit ihrem Vornamen anreden, damit sie nicht älter klingt, als sie aussieht. Das sagt alles, oder?»

«Willst du mir von ihr erzählen?»

«Du wirst sie auf Helgas Hochzeit kennenlernen.»

«Wenn sie aussieht wie Sophia Loren, möchte ich mich darauf einstellen.»

Wider Willen musste ich lachen. Jakob nahm meine Hand und zog mich in sein Zimmer. Dort ließ ich mich auf die Matratze sinken, und er legte sich neben mich. Ich kuschelte mich in seine Schulterbeuge. «Sie ist wirklich sehr hübsch, obwohl sie schon fast sechzig ist. Aber nicht wie Sophia Loren, eher wie Sharon Stone. Zumindest behaupten das viele.»

«Hat sie auch einen Eispickel unter dem Bett?»

Ich knuffte ihn in die Seite. «Woher wusste ich nur, dass dieser blöde Spruch kommen würde?»

«Wir Männer sind halt einfach gestrickt.»

«Unsere Freundinnen haben uns immer um sie beneidet», fuhr ich fort. «Mia behauptet sogar, dass einige von den Jungs nur mit uns nach Hause gegangen sind, um sie zu sehen. Sie hat uns auch nie groß Vorschriften gemacht. Ganz anders als unser Vater. Der hätte uns nämlich am liebsten in Watte gepackt und vor all dem Elend dieser Welt bewahrt.» Ich vergrub meine Nase im Stoff seines T-Shirts. Atmete seinen vertrauten Duft ein. «Milla hat sich uns gegenüber meistens mehr wie eine Freundin als wie eine Mutter benommen. Sie und ich, wir haben viel miteinander unternommen. Sind ins Kino gefahren und haben uns schnulzige Filme angesehen. Haben zusammen im Garten gearbeitet. Und mit ihr habe ich jedes Jahr zur Adventszeit gebacken. Zimtsterne. – Dieses Jahr muss ich sie wohl zum ersten Mal alleine ausstechen», fügte ich traurig hinzu.

Für einige Augenblicke lagen wir schweigend nebeneinander, und ich beobachtete, wie sich Jakobs Brustkorb unter dem Stoff seines T-Shirts gleichmäßig hob und senkte. Langsam begann ich mich zu entspannen und schloss die Augen.

«Wenn du willst, dann backe ich welche mit dir», sagte Jakob plötzlich in die Stille hinein.

Ich zuckte zusammen und hob den Kopf. Fast wäre ich eingeschlafen. «Du würdest mit mir Zimtsterne backen?»

«Warum nicht?» Er drehte sich um und stützte das Kinn auf seine Handfläche. «Das ist nicht so schlimm, wie mir mit dir *Twilight* anzuschauen.»

Ich verzog ungläubig das Gesicht. «Draußen hat es fast dreißig Grad.»

«Wer sagt denn, dass man Zimtsterne nur im Winter backen kann?»

«Jetzt gleich?» Ich setzte mich auf.

«Wenn du die Zutaten dahast.»

Eine halbe Stunde später standen Jakob und ich einträchtig nebeneinander und drückten sternförmige Ausstechformen in die süße Masse aus gemahlenen Mandeln, Puderzucker, Zimt und Eiweiß, die ausgerollt vor uns auf dem Küchentisch lag.

«Warum rufst du deine Mutter nicht an, wenn sie dir fehlt?», fragte Jakob. Ein Blech war bereits fertig gebacken. Ein köstlicher Duft hatte sich in der Küche ausgebreitet.

«Bevor sie abgefahren ist, hatten wir einen riesigen Streit. Sie hat sich seitdem nicht mehr bei mir gemeldet.» Ich pustete mir eine widerspenstige Haarsträhne aus dem Gesicht.

«Vielleicht wartet sie darauf, dass du den ersten Schritt machst.»

«In Anbetracht der Tatsache, dass ich ihr gesagt habe, dass ich sie nie wiedersehen will, tut sie das bestimmt.» Erfolglos versuchte ich, ein besonders klebriges Plätzchen aus seiner Form zu befreien.

«Warum bist du so wütend auf sie? Nur weil sie nach Irland gezogen ist?»

«Reicht das nicht?»

«Ich würde mit ihr reden. Irgendwann bedauerst du es sonst.» Jakobs Gesicht verdunkelte sich.

«Vermisst du ihn?»

«Wen?»

«Deinen Vater.»

Er schwieg. «Ist lange her.»

«Wie lange?»

«Ich war neun, als er gestorben ist.»

«Erinnerst du dich noch an ihn?»

«Klar.»

«An was denn?»

Jakob drückte einen verformten Stern zu einer Kugel zusammen und ließ den Teigklumpen zwischen seinen Handflächen hin- und herrollen. «Er hat mit mir Baseball gespielt und aus einer Seifenkiste ein Auto gebaut. Einmal im Winter haben wir ein Feuer im Garten gemacht und Würstchen am Stock darüber gebraten.» Er schluckte. «An solche Dinge erinnere ich mich. Und daran, dass er immer nach Maschinenöl gerochen hat und dass seine Hände, auch wenn er sie gewaschen hatte, immer ein wenig schwarz aussahen.»

«Was war er von Beruf?»

«Er hat als Mechaniker bei der Army gearbeitet und sich um die Wartung der Kampfjets gekümmert.»

«Dein Vater war Soldat?», fragte ich überrascht. Ich wusste, dass Jakobs Eltern Amerikaner waren, aber ich hatte mir nie darüber Gedanken gemacht, warum sie aus den USA ausgewandert waren.

«Er war bei Nürnberg stationiert. Erst nach seinem Tod ist meine Mutter nach München gezogen und hat die Stelle bei Nils' Eltern angenommen. Allein von dem Witwen- und Waisengeld hätte sie uns nicht über die Runden gebracht. Sie hat nie eine Ausbildung gemacht, sondern nach der Schule gleich meinen Vater geheiratet. Viel mehr Möglichkeiten, als putzen zu gehen, hatte sie nicht.» Jakob ordnete die Zimtsterne auf dem Blech zu militärisch geraden Reihen an. «Vielleicht finde ich es deshalb so seltsam, dass es dir gereicht hat, deinem Mann den Haushalt zu führen. Weil ich weiß, dass man sich von niemandem abhängig machen sollte», fügte er hinzu, ohne aufzublicken.

«Ich glaube nicht, dass du meine Situation mit der deiner Mutter vergleichen kannst», entgegnete ich kühl und klaubte die Teigreste auf dem Tisch zusammen, um sie ein letztes Mal auszurollen. «Ich habe eine Ausbildung gemacht und jahrelang gearbeitet. Meine Stelle habe ich erst gekündigt, nachdem ich schwanger geworden war.»

Jakob hob fragend die Augenbrauen.

«Ich habe das Baby verloren.» Ich bearbeitete den Zimtklumpen energisch mit dem Nudelholz. «Im dritten Monat. Danach ging es mir eine Zeitlang ziemlich schlecht …»

«Es tut mir leid. Wenn ich das gewusst hätte …»

«Das muss dir nicht leidtun», unterbrach ich ihn unwirsch. «Ich habe dir nur davon erzählt, weil ich keine Lust habe, mich von dir noch länger in die Schublade der faulen Luxushausfrau stecken zu lassen. Und es ist auch nicht mehr so schlimm. Ich hatte die Fehlgeburt bereits Anfang des Jahres.»

«Zur gleichen Zeit, als deine Mutter nach Irland gezogen ist?», fragte er, und ich wunderte mich, dass er sich den Zeitpunkt gemerkt hatte.

«Vier Wochen davor.»

«War das der Grund für euren Streit?»

Ich zog mit den Fingern geschlängelte Linien durch das restliche Mehl auf der Tischplatte. «Ich dachte, nachdem mir etwas so Schlimmes passiert ist, würde sie bleiben. Doch sie ist trotzdem gegangen. – Dem Ruf der Liebe kann sich halt niemand widersetzen.» Ich lächelte freudlos. «Niemand außer dir zumindest.» Resolut straffte ich die Schultern und biss in einen Zimtstern. Ich hatte geredet. Nun war er dran.

«Wie meinst du das?» Jakob stand auf und schob das letzte Blech in den Ofen.

«Deine vielen Frauen … Du musst doch einige davon gemocht haben.»

«Ich habe alle gemocht», sagte er verstimmt und drückte die Ofentür zu. «Oder glaubst du, ich lasse mich auf jemanden ein, den ich nicht leiden kann?»

«Warum hast du dann in den letzten Jahren nie eine feste Freundin gehabt?»

«Solange ich ständig umziehe, macht das für mich keinen Sinn.»

«Du könntest dir einen anderen Job suchen.»

Jakob lehnte sich gegen die Arbeitsplatte. «Ein Leben ohne Veränderung langweilt mich. Immer am gleichen Ort zu bleiben, das kann ich mir nicht vorstellen.» Er verzog das Gesicht.

«Gab es denn nie eine, für die du mehr empfunden hast? Für die du bereit gewesen wärst, alles zu ändern?» Jetzt, nachdem ich Jakob besser kennengelernt hatte, konnte ich nicht mehr an dem Bild des gefühlskalten Frauenhelden, das ich mir von ihm gemacht hatte, festhalten.

«Vermutlich sehen Männer diese ganze Beziehungssache pragmatischer als Frauen.» Er verschränkte seine Arme vor der Brust. Sein schwarzes Shirt war voller Mehl.

«Ich kann das nicht nachvollziehen. Man muss sich doch einsam fühlen, wenn man ständig neben jemand aufwacht, der einem überhaupt nichts bedeutet.» Ich stand auf, um mich mit ihm auf Augenhöhe zu begeben.

«Ist das der Grund, warum du nie die Nacht über bei mir bleibst?», fragte er leise.

Ich zuckte zurück. «Nein, nein. Wir sind Mitbewohner. Unsere … unsere Zimmer liegen direkt nebeneinander. Warum sollten wir also … Und es ist nicht so, dass … du mir überhaupt nichts bedeutest. Ich … ich mag dich. Außerdem …», ich nahm meinen ganzen Mut zusammen, «bist du momentan der einzige Mensch, mit dem ich schlafe.»

«Das bist du für mich auch», sagte er, und mir wurde flau im Magen. Ich blickte unverwandt in seine dunklen Augen, zerkrümelte achtlos eines der Plätzchen, die vor mir auf dem Tisch lagen, und das Atmen fiel mir auf einmal schwerer. Seine Hand

229

griff nach meiner, und er hielt sie fest. Die Luft um uns herum war wie elektrisiert. Sekundenlang standen wir so da. Ohne uns zu bewegen. Obwohl ich das Ticken der Küchenuhr hörte, kam es mir vor, als ob in diesem Moment die Zeit stehenblieb. Langsam, ganz langsam näherte sich sein Gesicht meinem. Sein Atem roch nach einem Hauch von Zimt. Ich hob den Kopf und schloss erwartungsvoll die Augen. Doch ein Geräusch durchbrach den intimen Augenblick.

«Oh. Ich wollte nicht stören.» Opa Willy stand in der Küchentür. Über sein Gesicht huschte ein Lächeln, und so schnell es seine Hüfte erlaubte, humpelte er an uns vorbei in sein Zimmer.

Verwirrt wandte ich mich ab. «Ich bin müde. Ich lege mich jetzt in die Badewanne und gehe früh schlafen.»

«Was ist mit den Zimtsternen? Es gehört doch noch eine Glasur darauf.» Unbehaglich trat Jakob von einem Fuß auf den anderen.

«Das erledige ich morgen. Gute Nacht! Und danke für alles.» Ohne ihn noch einmal anzusehen, verschwand ich im Bad.

Am nächsten Morgen weckte mich das Geklapper von Töpfen. Mein Vater stand am Herd und backte Pfannkuchen.

«Die magst du doch so gerne», sagte er.

Benommen ließ ich mich auf einen Stuhl sinken. Um überhaupt zu etwas Ähnlichem wie Schlaf zu kommen, hatte ich die letzte in der Schachtel verbliebene Tablette genommen und fühlte mich nun wie gerädert.

Mein Vater warf schwungvoll einen der Pfannkuchen in die Luft und fing ihn geschickt wieder auf. Da ich ganz vergessen hatte, dass er dieses Kunststück beherrschte, musste ich unwillkürlich lächeln.

«Ab heute wird alles anders», sagte er und setzte sich neben mich an den Tisch. «Ich werde mich nicht mehr so gehenlassen. Fährst du deinen Opa und mich nachher nach Hause, oder sollen wir uns ein Taxi nehmen?»

Ich räusperte mich. «Wollt ihr nicht noch ein paar Tage verlängern? Opa fühlt sich doch so wohl hier, er hat im Seniorenheim um die Ecke eine neue Freundin gefunden. Und ich könnte deine Hilfe im Laden gebrauchen. In drei Wochen ist Eröffnung.» Ich hatte einfach kein gutes Gefühl dabei, ihn nach seinem gestrigen Absturz jetzt schon sich selbst zu überlassen.

«Ich kann ein paar Tage länger bleiben, wenn du mich unbedingt brauchst.» Er machte ein unbeteiligtes Gesicht, doch seinem Tonfall entnahm ich, dass er sich über mein Angebot freute. «Jetzt isst du aber erst einmal.» Er ließ den Pfannkuchen auf meinen Teller gleiten. «Und dann sagst du mir, wie ich dir helfen kann.»

Tatsächlich schien es meinem Vater besserzugehen. Morgens gingen wir nun gemeinsam joggen, anschließend begleitete er Opa Willy und mich zu den Wischnewskis und nervte die Handwerker, indem er ihnen ständig reinredete und überall mit anpackte. Meine Bitte, sich an eine Selbsthilfegruppe zu wenden oder ein Beratungsgespräch in Anspruch zu nehmen, wie es ihm der Arzt bei seiner Entlassung aus dem Krankenhaus geraten hatte, wies er jedoch kategorisch von sich.

«Ich habe keine Probleme mehr», sagte er, und auch wenn ich mich über die Besserung seines Zustands freute, konnte ich ein mulmiges Gefühl einfach nicht abschütteln. Ich beschloss, ihn so wenig wie möglich allein zu lassen, und versteckte meine kompletten Alkoholvorräte vorsorglich in der hintersten Ecke meines Kleiderschranks. Auch Jakob durfte kein Bier mehr im Kühlschrank lagern.

Die Arbeiten am Café und an Mias Keramikladen nahmen

immer mehr Konturen an. Mittlerweile waren sowohl ihr Brennofen als auch meine Küche eingebaut, und in den nächsten Tagen würden die Maler sich an die Verschönerung der Wände machen. Günther hatte mir per Mail eine Skizze für die Inneneinrichtung geschickt. Als Bühnenbildner hatte er ein Händchen dafür. Er schlug vor, das Café im Stil der berühmten Pariser Feinbäckerei *Ladurée* einzurichten, und Mia und ich waren begeistert von der Idee. Im Internet bestellten wir weiße Holzstühle mit dicken Polstern und dazu passende Tische sowie weiße, altmodische Holzkisten, die wir als Dekoration, aber auch als Regale für Marmeladengläser, Pralinen und sonstige Geschenkartikel verwenden wollten. Außerdem fuhren wir mit meinem Vater zu einem Tapetengeschäft im Süden der Stadt und kamen von dort mit mehreren Katalogen zurück. Stundenlang brüteten Mia und ich über den verschiedenen Mustern und entschieden uns schließlich für eine rosa gestreifte Tapete. An einem Samstag machten wir uns mit Opa Willy im Schlepptau auf zur tschechischen Grenze. Dort wollten wir zwei mit Swarovski-Kristallen besetzte Leuchter für das Café kaufen, von denen uns Günther ein Bild geschickt hatte und in die Mia und ich ganz verliebt waren. Ich war gerührt darüber, dass Günther sich so viel Mühe gab, uns von Berlin aus bei den Arbeiten im Café zu unterstützten, obwohl er selbst so viel mit seinem Umzug zu tun hatte. Es zeigte mir, dass sein Interesse nicht nur ein kurzes Strohfeuer gewesen war, sondern dass ihm tatsächlich etwas an mir lag.

Die Tage flogen nur so dahin, wieder war eine Woche vergangen, und mein Termin bei Frau Dr. Vogelpohl stand an. Nach unserer Auseinandersetzung hatte sie sich bei der letzten Sitzung wirklich Mühe gegeben, mich bei der Beseitigung meines Schlafproblems zu unterstützen. Auch wenn ihre Ideen in keinem Fall von Erfolg gekrönt waren. Sie hatte mir zum

Beispiel vorgeschlagen, ich solle mir vor dem Einschlafen eine Schar Raben vorstellen, die auf einem Feld nach Futter suchen. Irgendwann würden sie abheben und durch die Lüfte fliegen. Setzten sie sich erneut auf den Acker, sei das für mich das Signal zum Einschlafen. Angeblich konnte man seinen Geist darauf trainieren. Leider war meiner wenig lernbereit, und obwohl ich allabendlich eine imaginäre Schar schwarzer Vögel durch mein Schlafzimmer flattern ließ, schaffte ich es nicht, zur Ruhe zu kommen und in einen erholsamen Schlaf zu fallen. Außerdem hatte Frau Dr. Vogelpohl mir eine CD mit einer Traumreise empfohlen, die ihr in der Phase ihrer Scheidung sehr geholfen hatte.

«Wie geht es Ihnen?», stellte sie mir ihre obligatorische Eröffnungsfrage.

«Ganz gut», antwortete ich vage.

«Haben Sie den Trick mit den Raben in den letzten beiden Wochen einmal ausprobiert?»

«Mehrmals. Leider funktioniert er bei mir nicht.» Bedauernd schüttelte ich den Kopf. «Vielleicht sollte ich es einmal mit einer anderen Vogelart ausprobieren. Ich mag Raben nämlich nicht besonders. Vielleicht beeinflusst diese Abneigung mein Unterbewusstsein negativ.»

«Nein, der Rabe ist ein Symbol für die Nacht. Es müssen auf jeden Fall Raben sein», entgegnete Frau Dr. Vogelpohl entschieden. «Und die CD mit der Traumreise?»

«Funktioniert bei mir leider ebenfalls nicht. Die Sprecherin meint, ich solle mir vorstellen, dass ich an einem einsamen Strand stehe, ein kühler Wind über meine Haut streiche und ich auf einen weisen Mann warte, der auf einem Schiff daherkommt und all meine Sorgen mitnimmt.»

Frau Dr. Vogelpohl nickte zustimmend. «Ein sehr schöner Gedanke, wie ich finde.»

«Schon. Aber ich konnte die Vorstellung nicht abschütteln, dass ich vollkommen nackt an besagtem Strand stehe. Und in einem solchen Zustand einem alten, bärtigen Mann zu begegnen … das beunruhigt mich mehr, als dass es mich entspannt.»

Die Therapeutin seufzte. «Sie sind aber auch ein schwieriger Fall, meine Liebe.»

Empört schürzte ich die Lippen. Diesen Ausspruch durfte man in einer konventionellen Therapie seinem Patienten garantiert nicht an den Kopf werfen!

Doch Frau Dr. Vogelpohl achtete nicht auf meine missbilligende Miene. «Wir müssen tiefer graben.» Entschlossen richtete sie sich auf und stellte mir einen Schuhkarton auf den Schoß, der mich entfernt an Cäcilias Schatzkästchen erinnerte. «Diese Kiste werden wir gemeinsam mit Erinnerungen füllen», sagte sie in einem Ton, der keinen Widerspruch duldete.

«Mit meinen oder unseren?» Im Grunde genommen wollte ich überhaupt keinen solchen Erinnerungskarton haben, schließlich war ich weder achtzig Jahre alt, noch litt ich an Alzheimer, aber wenn Frau Dr. Vogelpohl schon darauf bestand, dann sollten meine Erinnerungen auf keinen Fall mit ihren vermischt werden.

«Natürlich mit Ihren», entgegnete sie entrüstet, als wäre dieser Gedanke vollkommen abwegig. «Fangen wir an! Was ist Ihre erste konkrete Erinnerung? Antworten Sie ganz impulsiv. Ohne groß darüber nachzudenken.»

«Die Nacht, in der mir meine Zwillingsschwester Mia zwei Murmeln in die Nase gesteckt hat», sagte ich so spontan, wie sie es mir geraten hatte.

«Wie bitte?» Frau Dr. Vogelpohl riss die Augen auf.

«Mia und ich mussten uns früher ein Zimmer teilen. Sie fand, dass ich so laut atmete, und wollte, dass ich damit aufhöre.»

«Sie hat einen Mordanschlag auf sie begangen?» Die Therapeutin presste die Lippen zusammen.

«Nun ja. Mia war damals erst vier, und ich hatte ja noch einen Mund, durch den ich ein- und ausatmen konnte. Aber gewissermaßen ... Ja. Ich fürchte, sie hätte meinen eventuellen Tod in Kauf genommen. Sehen Sie darin einen Zusammenhang zu meinen Schlafstörungen?» Begierig hing ich an ihren Lippen. Vielleicht war diese Frau genialer, als ich gedacht hatte. Ich war als Kind einmal brutal aus dem Schlaf gerissen worden und hatte geglaubt, ich müsste ersticken. Wer würde nach einem solchen Erlebnis keine Schlafstörungen bekommen? Mich hatten sie halt erst ein paar Jahre später ereilt. Warum war ich nicht früher darauf gekommen?

«Es wäre eine Möglichkeit. So genau weiß ich das momentan natürlich noch nicht.» Sie betrachtete eingehend ihre Fingernägel. «Lassen Sie uns erst noch ein wenig weiterforschen. – Was ist passiert, nachdem Ihnen Ihre Schwester die Glaskugeln in die Nase gesteckt hat?»

«Ich habe so laut geschrien, dass meine Mutter angerannt kam und mit mir ins Krankenhaus gefahren ist. Dort wurden die Murmeln unter Narkose entfernt, weil sie so tief drinsteckten.»

«Hatte diese Tat Konsequenzen für Ihre Schwester?»

«Mia musste in unser Zimmer gehen, um sich zu schämen, und bekam eine Woche lang keinen Nachtisch.» Eine vergleichsweise milde Strafe, wenn man die weitreichenden Folgen bedachte, stellte ich im Nachhinein fest.

«Erzählen Sie mir nun von Ihrer schönsten Erinnerung? Wieder ganz spontan. Zack, zack.»

Ich schluckte.

«Nicht nachdenken!», mahnte die Therapeutin.

«Das erste Mal, als ich mit einem Jungen geschlafen habe. Er hieß Anton. Wir sind in eine Klasse gegangen und haben uns in den Sommerferien immer an einem See im Wald getroffen. Es ging mir nicht um den Sex in diesem Moment. Ich glaube noch nicht einmal, dass ich besondere Lust empfunden habe. Aber … es war so schön, seine Nähe zu spüren … ihn ganz dicht bei mir zu wissen.»

«Warum räumen Sie ausgerechnet diesem Augenblick eine so große Bedeutung in Ihrem Leben ein?», bohrte Frau Dr. Vogelpohl nach.

Verlegen zuckte ich mit den Schultern. «Vielleicht weil ich bis zu diesem Sommer an Märchen geglaubt habe. Danach wusste ich, dass ein Ende nicht unweigerlich glücklich sein muss.»

«Kommen wir nun zu dem bisher schlimmsten Ereignis in Ihrem Leben.»

Ich hatte es geahnt. Stöhnend ließ ich mich in meinem Polstersessel zurücksinken. «Die Zeit, nachdem er sich von mir getrennt hatte», presste ich hervor.

«Was ist passiert?», fragte Frau Dr. Vogelpohl mitfühlend.

«Er wollte nichts mehr mit mir zu tun haben.»

«Hat er Ihnen das gesagt?»

«Nein, aber er ist mir aus dem Weg gegangen. So gut es eben geht, wenn man dieselbe Klasse besucht.» Ich lachte bitter. «Und ich habe mich nicht getraut, einfach zu ihm zu gehen. Er war nie allein. Anton hatte diese Ausstrahlung, die andere Menschen anzieht. Die einen glauben lässt, dass man jemand ganz Besonderes ist, wenn er mit einem zusammen ist. Er hatte so etwas Unabhängiges an sich, hat mit vierzehn bereits Bier getrunken und geraucht. Die Jungs fanden das cool, und die Mädchen haben relativ schnell damit begonnen, ihm Briefchen zuzustecken.» Ich schlug ein Bein über das andere und zwang mich, ruhig weiterzuerzählen. «Ich kann mich noch gut daran erinnern, wie er in unsere Klasse kam. Es war mitten im Schuljahr. Er war nicht gut aussehend im klassischen Sinne. Es war sein Blick, der es mir damals angetan hat. Er wirkte so furchtlos. So, als ob ihm nichts und niemand etwas anhaben könnte.»

«Aber Sie wussten, dass es nicht so war?»

«Er hatte fünf Geschwister. Seine Mutter und sein Vater hatten kein Geld. Sie haben sich nicht um ihre Kinder gekümmert. Mittags zum Beispiel mussten sie alle das Haus verlassen, damit die Eltern ein Schläfchen halten konnten. Egal, bei welchem Wetter. Anton lief in dieser Zeit immer in der Gegend herum, um die Zeit totzuschlagen. So sind wir zusammengekommen. In den Sommerferien waren die meisten seiner Freunde im Urlaub. Meine Eltern sind daheim geblieben, weil mein Vater so viel Arbeit hatte. Ich war fünfzehn und in einer Phase, in der ich es nicht zu Hause aushielt.»

«Warum nicht?»

«Ein paar Nachbarsjungen hatten eine Meinungsumfrage gemacht, wer von uns Schwestern am besten aussieht, und ihr Ergebnis mit Kreide auf der Straße vor unserem Haus festgehalten. Fee hatte gewonnen, und ich war die Einzige, für die überhaupt niemand gestimmt hatte.» Ich schluckte. Manche Erlebnisse hinterlassen Narben. Und auch wenn es angesichts des großen Ganzen meines Lebens übertrieben schien, dieser Sache eine so übermäßige Bedeutung beizumessen, hatte diese Umfrage ihre Kratzer auf meiner Seele zurückgelassen. Denn sie hatte etwas bestätigt, was ich insgeheim schon längst gewusst hatte.

«Aber dieser Junge hat sich für Sie interessiert?»

«Vermutlich war er selbst davon überrascht. In gewisser Weise waren wir beide Außenseiter. Zwei Gestrandete, die nicht so recht wussten, wo das Leben sie hinführen würde. Nur dass mir meine Rolle deutlicher auf der Stirn geschrieben stand als ihm.» Bei meiner Erzählung schnürte es mir immer mehr die Kehle zu.

«Warum, glauben Sie, wollte er nach diesen Sommerferien nichts mehr mit Ihnen zu tun haben?»

«Ich … ich denke … dass er sich vor seinen Freunden wegen mir geschämt hat und … nicht mit mir gesehen werden wollte.» So deutlich hatte ich es noch nie ausgesprochen.

«Haben Sie jemals mit ihm darüber geredet?»

«Ein paar Wochen später. Ich …» Meine Stimme brach, und ich schluchzte auf. Ohne auf Frau Dr. Vogelpohls Proteste zu achten, sprang ich auf und lief, blind von Tränen, aus der Praxis hinaus.

«Frau Rosenthal, so warten Sie doch!», rief mir die Therapeutin hinterher. Doch ich reagierte nicht.

Ich kämpfte mich über den Marienplatz zur U-Bahn-Station. Vorbei an den vielen Touristen, die mit gereckten Hälsen vor dem Glockenspiel am Rathaus standen und die Figuren betrachteten, die mehrmals täglich Episoden und Sagen aus der bewegten Münchner Geschichte erzählten. In der U-Bahn ließ ich mich auf einen der Sitze sinken. Ich fühlte mich elend, kraftlos und leer. So, als hätte ich all die Gefühle, die während meines Gesprächs mit der Therapeutin über mich gekommen waren, jahrelang in mir verschlossen gehalten, und nun rissen sie mich mit aller Macht mit sich.

Cäcilia saß, wie so oft, mit Loki vor ihren Füßen im Garten. Doch an diesem Abend kramte sie nicht in ihrer Erinnerungsschachtel, sondern blätterte in einem Fotoalbum, das in dunkelrotes Leder gebunden war. Wie so oft in der letzten Zeit hatte ich Zuflucht bei ihr und ihrem Mann gesucht.

«Schau mal, Svenja! Eduard hat heute Nachmittag unser Hochzeitsalbum vom Dachboden geholt.»

Sie zeigte auf ein sepiafarbenes Foto, das eine junge Frau im Brautkleid zeigte, die neben einem gutaussehenden, schlanken Mann stand. Sie blickte schmachtend zu ihm auf. Ihr Lächeln war strahlend.

«Sehen wir nicht glücklich aus?»

Ich nickte lächelnd, und Cäcilia blätterte weiter. Sie stellte mir ihre Eltern vor, ihren kleinen Bruder Gregor, der im Zweiten Weltkrieg gefallen war, Tanten, Onkel, enge Freunde. Wie gut ihr Ereignisse, die viele Jahre zurücklagen, im Gedächtnis geblieben waren, während die Gegenwart in ihrem Geist immer mehr verblasste. Eduards Worte kamen mir in den Sinn: dass ich zu jung war, um bereits jetzt in der Vergangenheit zu leben. Ich schluckte. Und auf einmal war mir danach, Antons und meine Geschichte zu Ende zu erzählen. Jemandem, der nicht urteilte, einfach nur zuhörte, weil er in seinem Leben wahrscheinlich schon viel schlimmere Dinge erlebt hatte als ich.

«Ist Ihr Mann da?», fragte ich Cäcilia.

Ihre Hand, die gerade eine neue Seite aufschlagen wollte, erstarrte in der Bewegung. Ihr Blick wanderte hin und her.

«Ich werde ihn suchen», sagte ich und strich ihr beruhigend über die Schulter. Durch die Terrassentür ging ich ins Innere des Hauses, wo mich wie immer angenehme Kühle empfing.

«Eduard! Sind Sie da?», rief ich, doch niemand antwortete mir. Das Klavier, an dem er so oft saß und spielte, stand verwaist im Wohnzimmer, auch in der Küche und im Esszimmer fand ich ihn nicht.

«Eduard!», rief ich noch einmal, doch alles blieb still. Langsam ging ich durch den dunklen Flur, vorbei an dem altmodischen, mit Samt bezogenen Telefon, und verharrte einen Moment neben Cäcilias Treppenlift. Im oberen Stockwerk des Hauses war ich noch nie gewesen. Zögernd setzte ich meinen Fuß auf eine Stufe. Das Holz knarrte unter meinen Füßen, und ich kam mir wie ein Eindringling vor. Mit klopfendem Herzen stieg ich hinauf. Hinter der ersten Tür befand sich das Schlafzimmer der Wischnewskis.

Daneben lag das Gästezimmer, das Cäcilia mir angeboten hatte, für den Fall, dass ich in den nächsten Monaten keine neue Wohnung finden würde. Es war hell und freundlich, mit einer mädchenhaft geblümten Tapete und einer nostalgischen Frisierkommode. Durch die geöffneten Vorhänge konnte ich über das weiße Messinggeländer des Balkons in den Garten blicken. Ein Gewitter schien im Anmarsch zu sein, denn dunkle Wolken zogen aus der Ferne heran. Die Vögel, die mich auf meinem Weg zum Haus so eifrig mit ihrem Gezwitscher begleitet hatten, waren verstummt. Das ungute Gefühl in meinem Magen nahm zu, als ich mich umdrehte und mich der letzten Tür zuwandte. Sie war einen Spalt geöffnet, sodass ich ein Stück eines Spiegels und den weißen Rand eines Waschbeckens sehen konnte. Beherzt stieß ich sie auf.

Eduard lag in gekrümmter Haltung vor der Badewanne und starrte mich aus leeren Augen an.

Kapitel 14

«Eduard!», schrie ich und rannte zu ihm. Ich berührte ihn an der Schulter, doch er zeigte keine Reaktion. Ich versuchte, mich an meinen letzten Erste-Hilfe-Kurs zu erinnern. Was um Himmels willen machte man in einer solchen Situation? Ich legte meine Finger an seinen Hals. Seine Haut war zwar noch warm, doch ich spürte nichts. Ich griff nach seinem Handgelenk. Auch dort konnte ich kein Pulsieren wahrnehmen. Er ist tot!, dachte ich verzweifelt. Er musste tot sein. Vielleicht machte ich aber auch nur etwas falsch? Vielleicht hatte er noch einen Puls, aber ich fand ihn nicht. Ich musste Hilfe holen, den Notarzt alarmieren. Mein Handy war in meiner Handtasche. Doch die stand bei Cäcilia im Garten. So schnell ich konnte, raste ich die Treppe hinunter zum Telefon. Die Nummer! Wie war noch einmal die Nummer? In meinem Gehirn herrschte Leere. Scheiße! Warum fiel sie mir nicht ein? 110? 111? 112? 112! Vor Erleichterung wurde mir schwindelig.

«Ich brauche einen Arzt», keuchte ich in den Hörer, als ich eine Stimme am anderen Ende der Leitung vernahm. «Ein Mann … Er liegt im Badezimmer.»

«Können Sie mir sagen, was passiert ist?», erkundigte sich die Stimme provozierend ruhig. «Gab es einen Unfall?»

«Ich weiß nicht. Er lag neben der Badewanne. Er bewegt sich nicht, ich … ich kann keinen Puls spüren.»

«Geben Sie mir die Adresse!»

241

Die Adresse? Darüber hatte ich mir nie Gedanken gemacht!

Ruhig, Lilly! Du musst ruhig bleiben. Ich presste mir die Finger gegen die Schläfen und zwang mich, gleichmäßig ein- und auszuatmen. «Das Haus liegt am Englischen Garten. Fahren Sie zur Königinstraße und nach der Brücke gleich rechts. Nach ein paar Metern müssten Sie es sehen.»

«Ich schicke Ihnen einen Rettungswagen und den Notarzt.»

Vor Erleichterung stiegen mir die Tränen in die Augen, und ich ließ mich gegen die Wand sinken. Doch dann durchzuckte mich ein neuer schrecklicher Gedanke. Cäcilia! Was sollte ich ihr sagen? Ich durfte ihr doch nicht verschweigen, dass ihr Mann vermutlich tot war. Sie konnte jeden Moment hier auftauchen. Wie ein eingesperrtes Tier rannte ich im Flur hin und her und griff schließlich erneut zum Hörer. Mit der altmodischen Wählscheibe brauchte ich quälend lange, bis ich meine eigene Nummer gewählt hatte. Es läutete einmal, zweimal. Erst beim sechsten Mal, als ich schon kurz davor war aufzulegen, hob jemand ab.

«Bei Rosenthal», meldete sich Jakob.

«Ist mein Vater da?!»

«Er und dein Opa sind einkaufen. Was ist los?»

«Der alte Mann, dem das Café gehört …», ich schluchzte auf, «er … Ich glaube … er ist tot.»

Stille am anderen Ende der Leitung. «Wo bist du?»

«Bei ihm zu Hause.»

«Wo ist das?»

Zum zweiten Mal innerhalb kürzester Zeit erklärte ich den Weg zu den Wischnewskis. Dann legte ich auf und rannte noch einmal hinauf ins Bad. Vielleicht hatte ich mich geirrt, und Eduard war mittlerweile aufgewacht. Doch der alte Mann lag immer noch in der gleichen unnatürlichen Haltung auf dem Boden wie zuvor. Loki kam ins Bad gelaufen. Er schnupperte an

Eduard, stupste ihm mit der Schnauze in die Seite. Als er nicht darauf reagierte, winselte der Hund leise auf. Er blickte mich mit seinen dunklen Kulleraugen an. Ich hob ihn hoch, und für einige Augenblicke stand ich einfach so da, mit geschlossenen Augen und dem kleinen Hund im Arm, bevor ich tief Luft holte und nach unten ging.

«Svenja, wie schön, dass du da bist. Eduard hat unser Hochzeitsalbum aus der Kiste im Dachgeschoss geholt», begrüßte mich Cäcilia mit demselben Wortlaut wie eine knappe halbe Stunde zuvor. Ich atmete erleichtert aus. Die Abwesenheit ihres Mannes schien ihr bisher nicht aufgefallen zu sein. In der Ferne hörte ich leises Donnergrollen, und ein kalter Wind ließ mich in meinem dünnen Kleid frösteln. Die ersten Tropfen prasselten bereits auf die staubtrockene Erde.

«Am besten gehen wir hinein!» Ich legte Cäcilia das Album in den Schoß und wollte sie gerade ins Haus schieben, als ich die knatternden Geräusche eines Motorrads hörte. Jakob! Vor Erleichterung wurde mir ganz schwindelig.

«Ich komme gleich wieder», sagte ich zu Cäcilia, und hetzte durch den Garten zum Vordereingang des Hauses. Jakob hatte seine Maschine abgestellt und zog sich gerade den Helm vom Kopf.

Ich drückte ihn fest an mich und vergrub meine Nase in seiner Lederjacke, so wie ich es zuvor mit Lokis Fell getan hatte.

«Wo ist er?»

«Er liegt im ersten Stock, das letzte Zimmer im Flur. Neben der Badewanne. Aber vorher müssen wir uns um seine Frau kümmern. Ich will ihr nichts sagen, bevor der Notarzt nicht hier war.» Nur unwillig löste ich mich von ihm.

«Svenja!», rief Cäcilia ängstlich, als sie mich sah. «Ich fürchte mich vor Gewittern. Wo ist Eduard?»

Ich verzog das Gesicht. Vor genau dieser Frage hatte ich

mich gefürchtet. «Er ist ein bisschen spazieren gegangen, aber er kommt gleich zurück.»

Zum Glück schien sie sich mit dieser Erklärung zufriedenzugeben.

«Svenja!?», sagte Jakob.

«Ihre Großnichte», erklärte ich ihm leise. «Sie leidet an Alzheimer.» Ich wandte mich erneut der alten Frau zu. «So! Nun mache ich Ihnen eine schöne Tasse Tee.»

Nachdem ich Cäcilia ins Wohnzimmer geschoben und den Wasserkocher eingeschaltet hatte, führte ich Jakob hinauf ins Badezimmer.

Er stockte, als er Eduard auf dem Boden liegen sah, doch dann kniete er sich neben ihn und legte zwei Finger an seine Halsschlagader.

«Nichts?»

Jakob schüttelte den Kopf. Unter seiner Bräune war er blass geworden.

Ich schloss die Augen. Das Geräusch einer Sirene ertönte. Erst leise, dann immer lauter vermischte sich der Klang mit dem Grollen des heranziehenden Gewitters. Draußen zuckten erste Blitze durch die Luft.

«Kümmere du dich um den Notarzt! Ich lenke die alte Frau ab.» Jakob schob mich nach unten.

Der Wagen hielt bereits vor der Tür, und ein junger, abgekämpft wirkender Mann sprang heraus. Direkt hinter ihm kam mit quietschenden Reifen ein Krankenwagen zum Stehen, aus dem zwei weitere Männer stiegen.

«Sind Sie die Frau, die in der Zentrale angerufen hat?», fragte mich der Notarzt, ohne stehen zu bleiben, anstelle einer Begrüßung.

Ich nickte beklommen.

«Wo befindet sich der Mann?»

«Ich führe Sie zu ihm.» Ich hatte Mühe, mit ihm Schritt zu halten.

Die beiden Sanitäter folgten uns ins Haus.

Vor der Badezimmertür blieb der Notarzt stehen. «Sind Sie eine Verwandte?»

«Ich bin die Pächterin seines Cafés.»

«Bitte warten Sie draußen!» Der Notarzt ging mit den Sanitätern ins Badezimmer. Unsicher blieb ich vor der Tür stehen. Was sollte ich jetzt tun? Natürlich war mir klar, dass meine Befindlichkeiten im Moment absolut unerheblich waren. Trotzdem fühlte ich mich ein wenig beiseitegeschoben. Doch kurz darauf kam einer der Sanitäter bereits wieder heraus.

«Hat der Mann Angehörige?», fragte er knapp.

«Seine Frau. Sie sitzt unten im Wohnzimmer. Wissen Sie schon, was mit Herrn Wischnewski ist?»

«Wir dürfen nur nahen Angehörigen eine Auskunft erteilen.»

«Sie dürfen mir noch nicht einmal sagen, ob er noch lebt?» Ich sah ihn fassungslos an. Ich hätte mich als seine Enkeltochter ausgeben sollen.

«Leider nein.»

Er ging ins Wohnzimmer, wo Jakob mit Cäcilia bei einer Tasse Tee saß und in dem Fotoalbum blätterte. Cäcilia beachtete uns nicht, doch Jakob blickte mich fragend an. Ich zuckte mit den Schultern.

«Haben Sie ihr gesagt, was mit ihrem Mann passiert ist?», fragte mich der Sanitäter und zog die Tür hinter uns zu.

«Solange wir noch nichts Genaues wissen, haben wir beschlossen, ihr nichts zu sagen.»

Er zückte sein Handy und wählte eine Nummer.

«Hier ist Weichselberger von der Rettungsstelle München-Mitte. Schicken Sie uns bitte jemand von Ihrem Team in die Königinstraße 178.»

«Wen haben Sie angerufen?»

«Das Kriseninterventions-Team. Ein Pfarrer wird kommen und sich um die Frau kümmern.»

Ich atmete scharf aus. Eduard war tot. Warum sonst sollte ein Seelsorger benötigt werden?

Der Sanitäter tätigte einen weiteren Anruf. Dieses Mal bei der Polizei, wie ich dem Gespräch entnehmen konnte.

«Aber warum? Er ist doch nicht ermordet worden?», fragte ich entsetzt.

«Bei einer unklaren Todesursache müssen wir sie informieren.»

«Herr Wischnewski ist also tot?»

Der Sanitäter antwortete nicht.

Verzweifelt wandte ich mich ab. Ein Albtraum! Das alles hier war ein absoluter Albtraum!

Eine Stunde später saß ich bei völliger Dunkelheit und im strömenden Regen hinter Jakob auf dem Motorrad und fuhr nach Hause. Ich hatte vor den Polizisten eine Aussage gemacht, mit dem Pfarrer gesprochen, einem überraschend jungen Mann um die dreißig, und dabei geholfen, die Nummer von Cäcilias Schwester herauszubekommen. Emmy Winter hieß sie. Sie wohnte am Frankfurter Ring und war glücklicherweise noch rüstig genug, um die vollkommen verwirrte Cäcilia bei sich aufzunehmen. Ich hatte allerdings ein schlechtes Gefühl, die alte Frau in der Obhut dieser Frau zu lassen. Aus den wenigen Äußerungen von Eduard hatte ich entnehmen können, dass er nicht allzu viel von seiner Schwägerin gehalten hatte.

Obwohl Jakob mir seine Lederjacke gegeben hatte, fror ich erbärmlich in meinem klatschnassen Kleid und zitterte so stark, dass ich es kaum schaffte, vom Motorrad zu steigen. In der Wohnung angekommen, ging ich wortlos an meinem Vater vorbei und verschwand unter der Dusche. Der heiße Wasserstrahl vermischte sich mit meinen Tränen und prasselte über meine verkrampften Schultern, während ich darauf wartete, dass das unkontrollierte Zittern meines Körpers und die Kälte in meinem Inneren nachließen.

Als ich endlich aus dem Bad kam, war meine Haut krebsrot und völlig aufgeweicht. Doch Eduards verkrümmter Körper ging mir ebenso wenig aus dem Sinn wie die Verzweiflung in Cäcilias Augen, nachdem ihr der Pfarrer vom Tod ihres Mannes erzählt hatte. Mein Vater und mein Opa waren schon ins Bett gegangen, aber Jakob saß noch im Wohnzimmer und spielte Fußball auf der Playstation. Ich fand diese Beschäftigung angesichts dessen, was passiert war, befremdlich, doch vielleicht war es seine Art, damit fertigzuwerden. Als er mich im Morgenmantel ins Zimmer treten sah, drückte er auf die Stopptaste.

«Geht es dir ein bisschen besser?»

Ich schüttelte stumm den Kopf und merkte, dass sich meine Augen erneut mit Tränen füllten.

«Komm her!» Jakob zog mich auf die Couch.

«Er hat mir erzählt, dass er mit Cäcilia im Herbst nach Polen fahren wollte», sagte ich mit erstickter Stimme. «Er hatte den Wunsch, sich noch ein letztes Mal seine alte Heimat anzusehen. Und er hat sich auf unser Lampionfest gefreut. Er wollte für unsere Gäste im Garten grillen. Das ist doch alles nicht fair!»

«Nein, das ist es nicht.»

Mir fiel ein, was Jakob mir vom Tod seines Vaters erzählt hatte. Dass er einen Gehirnschlag gehabt hatte.

«Warst du dabei, als dein Vater gestorben ist?»

Er nickte.

«Was ist passiert?»

«Es war ein Samstag. Wir saßen beim Frühstück, und plötzlich ist er in sich zusammengesackt. Ohne jede Vorwarnung. Das war's.» Jakob verschränkte die Arme vor seiner Brust.

«Ich weiß nicht, was schlimmer ist. Wenn jemand, den man liebt, plötzlich aus dem Leben gerissen wird, oder wenn er nach langer Krankheit stirbt», sagte ich nachdenklich. «Meine Oma ist an Krebs gestorben. Es war nicht schön zu sehen, wie sie immer weniger wurde, wie es ihr jeden Tag schlechter ging. Aber zumindest konnte ich mich von ihr verabschieden. Bei Eduard habe ich das Gefühl, dass noch so vieles zwischen uns unausgesprochen geblieben ist. Ich habe ihn noch nicht einmal gefragt, wie er Cäcilia überhaupt kennengelernt hat, und ich weiß nicht, ob ich mich für alles, was er für mich getan hat, richtig bedankt habe.»

«Ich hätte mit meinem Vater auch gerne noch über so vieles geredet. Damals hatte ich diesen Wunsch noch nicht. Ich war ja noch klein. Aber jetzt.» Gedankenverloren drehte er die Steuerung der Playstation hin und her. «Weißt du, was ich am schlimmsten finde? Einen Tag später wollte er einen Fallschirmsprung machen. Meine Mutter hatte ihm das lange Zeit verboten, aus Angst, dass ihm etwas passiert. Dabei war es sein großer Traum. Und als er sich endlich gegen sie durchgesetzt hat, stirbt er einfach so beim Frühstück.»

«Lebst du deshalb so am Limit? Dein Job, der dich nie zur Ruhe kommen lässt, die vielen Partys, deine Raserei auf dem Motorrad?»

Jakob strich sich die Haare aus dem Gesicht. «Zumindest hat mir der Tod meines Vaters gezeigt, dass es immer später ist, als man denkt. Wenn ich morgen tot umfalle, habe ich wenigstens eine ganze Menge von den Dingen, die ich mir für mein Leben vorgenommen habe, gemacht.»

«Und was ist das?»

«Nichts besonders Spektakuläres. Ich wollte schon immer

viel von der Welt sehen. Ich bin zum Beispiel mit zwanzig auf dem Motorrad durch Neuseeland gefahren, und ich war auf Hawaii zum Surfen.»

«Und du hast mit hundert Frauen geschlafen.»

Jakob zog eine Grimasse. «So viele waren es nicht.»

«Weißt du das genau?»

Er schüttelte den Kopf. «Es ist nicht wichtig. Ich bin stellvertretend für meinen Vater Fallschirm gesprungen. Das war mir wichtig. Ich wollte ihm diesen Traum erfüllen.» Er legte seinen Arm auf die Sofalehne. «Wovon träumst du?»

«Ich habe das Träumen schon vor einiger Zeit aufgegeben.» Ich machte eine abwehrende Handbewegung.

«Aber du brauchst doch irgendetwas, was dich antreibt.» Er sah mich an.

Ich wich seinem Blick aus. «Vielleicht braucht man gar nicht immer ein Ziel im Leben. Vielleicht genügt es manchmal einfach nur, den nächsten Schritt zu kennen.»

«Und wie sieht dein nächster Schritt aus?» Er griff nach einer meiner nassen Locken und drehte sie um seinen Zeigefinger.

Ich zuckte mit den Schultern. «Das Café eröffnen, eine neue Wohnung finden.» Ich blickte in seine braunen Augen. *Dich küssen!*

Für einen Moment wirkte Jakob überrascht, als ich ihn an mich zog. Doch dann erwiderte er meinen Kuss. Weich und trotzdem fest legte sich sein Mund auf meinen, und als er mit seiner Zungenspitze sanft meine Lippen teilte, glaubte ich zu versinken. So oft hatten wir uns in den letzten beiden Wochen geküsst, doch dieses Mal war es anders. Dieses Mal berührte er nicht nur meinen Körper, sondern auch meine Seele. In unserem Kuss lag nicht mehr wilde Leidenschaft oder hungriges Verlangen, vielmehr etwas Neues, Fremdes. Ich nahm Jakobs Gesicht in meine Hände, küsste ihn immer und immer wieder, strich mit den Daumen über seine stoppeligen Wangen und verspürte auf einmal eine so große Zärtlichkeit für diesen Kerl, der mir noch bis vor kurzem den letzten Nerv geraubt hatte, dass mir ganz schwindelig wurde. Ich öffnete meinen Bademantel.

Jakob löste sich von mir. «Du kleines Luder», sagte er und lachte auf. «Du legst es wirklich darauf an, dass wir erwischt werden.»

Er zog mich nach oben und führte mich in sein Zimmer. Dort strich er mir den Bademantel von den Schultern und berührte dabei wie beiläufig meine Brustwarzen. Ich erschauderte. Obwohl Jakob im Gegensatz zu mir kein unnötiges Gramm Fett an sich hatte, schämte ich mich seltsamerweise nicht, wenn seine Blicke und seine Finger über meinen Körper wanderten. Er hatte mir nie das Gefühl geben, nicht perfekt zu sein. Und aus diesem Grund begehrte ich ihn umso mehr. Aus diesem Grund hatte er es geschafft, dass ich Dinge mit ihm tat, an die ich zuvor nicht im Traum gedacht hätte. Unsere Küsse wurden tiefer, leidenschaftlicher, er ließ seine Hand zwischen meine Beine gleiten, und als er kurz darauf in mich eindrang und sich in mir auf und ab bewegte, geschah es mit einer Intensität, dass ich glaubte, ich müsse zerspringen. Wir hatten heute beide den Tod gesehen. Und beschlossen, ihn mit dem Leben zu bekämpfen.

«Gehst du heute nicht hinüber in dein Zimmer?», fragte Jakob, als ich später mit dem Kopf auf seiner Brust neben ihm lag und meine Atemzüge langsamer und gleichmäßiger wurden.

«Lass mich nur noch einige Augenblicke so daliegen», murmelte ich.

In dieser Nacht schlief ich das erste Mal seit vielen Wochen wie ein Stein.

Kapitel 15

Ich wusste nicht, wo ich war. Anstatt wie sonst beim Aufwachen aus dem Fenster zu schauen und blauen Himmel vor Augen zu haben, starrte ich auf eine Flasche Mineralwasser, die nur wenige Zentimeter von mir entfernt auf dem Boden stand. Jakobs Unterarm lag schwer über meinem Bauch, und unsere Finger waren miteinander verschränkt. Er hatte seine Nase in meinen Haaren vergraben, und sein gleichmäßiger Atem wärmte meine Haut. Sanft strich ich über seinen Handrücken, über die schwarzen Härchen auf seinem Arm. *Believe* stand auf dessen Innenseite, das wusste ich, auch wenn ich die Tätowierung nicht sehen konnte, und zum ersten Mal fragte ich mich, ob dieses Wort irgendeine tiefere Bedeutung für Jakob hatte. Er murmelte etwas im Schlaf und zog mich fester an sich. Für einen winzigen Augenblick gab ich mich der Illusion hin, dass es immer so sein könnte, dass ich jeden Morgen neben ihm aufwachen und seine Haut an meiner spüren würde. Ich war dabei, mich in ihn zu verlieben.

Diese Erkenntnis traf mich wie ein Blitzschlag. Verwirrt löste ich mich aus Jakobs Umarmung und richtete mich auf. Ich betrachtete sein Gesicht, das im Schlaf so entspannt und unschuldig aussah, und ein heftiger Schmerz ergriff mich. Jakob war nicht für eine feste Beziehung gemacht. Ein Leben ohne Veränderungen langweilte ihn, hatte er zu mir gesagt und sich dabei auf seine ständig wechselnden Wohnorte bezogen, wohl aber auch seine ständig wechselnden Freundinnen gemeint. Vielleicht würde er sich auf eine Affäre mit mir einlassen. Aber die hatten wir genau genommen bereits. Mitte August war er mit seinem Projekt in München fertig und würde nach Barcelona gehen.

Eduard und Cäcilia! Sie hatten fast sechzig Jahre lang jeden Tag miteinander verbracht. Ein dicker Kloß bildete sich in meinem Hals. Leise stand ich auf. Ich hatte Cäcilia am Abend zuvor versprochen, an diesem Morgen bei ihr vorbeizuschauen. Wahrscheinlich konnte sie sich nicht mehr daran erinnern, aber ein Versprechen war ein Versprechen.

Ich zog meinen Bademantel an, der noch immer an der gleichen Stelle lag, wo er am gestrigen Abend zu Boden gefallen war, trat aus dem Zimmer – und prallte fast mit Torsten zusammen.

«Hast du mich erschreckt!», stieß ich hervor, als mein wild hämmerndes Herz zuließ, dass ich wieder sprach. «Ich habe dir doch gesagt, dass du anrufen sollst, bevor du deine Sachen abholen kommst.» Ich musterte ihn. Er trug Jeans und ein T-Shirt und war unrasiert. Ein ganz ungewohnter Anblick, wo er doch sonst immer so geschniegelt war. Komischerweise gefiel er mir so fast besser als sonst.

«Und du hast gesagt, dass du dich meldest, wenn ich vorbeikommen kann. Aber das hast du nicht getan.» Er betrachtete mich prüfend, und ich hielt unwillkürlich den Morgenmantel vor meiner Brust zusammen.

«Ich hatte viel zu tun. Ich habe es vergessen», stotterte ich.

«Viel zu tun. Aha!», wiederholte Torsten zynisch und warf einen vielsagenden Blick auf Jakobs geschlossene Zimmertür.

«Das geht dich überhaupt nichts an.»

«Hast du bei ihm geschlafen?» Er trat so nahe an mich heran, dass ich den Biergeruch in seinem Atem wahrnehmen konnte.

«Du bist ja betrunken.» Angewidert wandte ich mich ab. «Es ist noch nicht einmal sieben Uhr morgens.»

«Ich war die ganze Nacht unterwegs.»

«Das ist nicht zu übersehen.»

Jakob kam aus seinem Zimmer. Er trug nur Boxershorts. «Was ist denn los?» Bei Torstens Anblick weiteten sich seine eben noch so verschlafenen Augen.

«Das würde ich auch gern wissen», höhnte Torsten. «Ihr scheint die Zeit seit meinem Auszug ja gut genutzt zu haben. Erst ganz vertraut im Biergarten, und dann ertappe ich meine Frau, wie sie morgens aus deinem Zimmer kommt.»

«Deine Exfrau», zischte ich. «Und sei gefälligst leise.» Ich hatte Angst, dass er meinen Vater oder meinen Opa weckte.

«Seid ihr zusammen?», fragte Torsten, ohne seine Lautstärke zu reduzieren.

Ich wechselte einen unsicheren Blick mit Jakob, dann sagte ich: «Nein, sind wir nicht.»

«Vor ein paar Wochen der blonde Kerl. Jetzt Jakob.» Torsten lachte höhnisch auf. «Du lässt wohl nichts anbrennen zurzeit.»

«Du gehst jetzt besser», sagte ich mit eisiger Miene.

«Aber ich muss mit dir reden.» Torstens Stimme wurde weinerlich.

«Was macht ihr denn für einen Krach?» Mein Vater kam in den Flur getapst.

Ich verdrehte die Augen. «Torsten wollte nur ein paar Sachen abholen.»

«Und mit dir reden», beharrte er eigensinnig.

Ich atmete tief ein. «Ihr könnt wieder ins Bett gehen», sagte ich mit einem Blick auf Jakob und meinen Vater. «Ich dusche schnell und ziehe mich an. Und du …», ich schob Torsten in Richtung Ausgang, «du wartest draußen auf mich.»

«Es tut mir leid, dass du das mitbekommen hast», sagte ich,

als ich kurz darauf aus dem Badezimmer kam. Jakob stand in der Küche an der Kaffeemaschine und füllte den Wassertank auf. «Im Moment ist mein Leben wirklich ein einziges Chaos.»

Ich wollte nach dem Schlüssel greifen, doch der hing, wie so oft, nicht an seinem Haken. Kopflos kippte ich den Inhalt meiner Handtasche auf dem Boden aus. Lippenstift, Taschentücher, eine Kinokarte, Geldbeutel und ein kaputter Nylonstrumpf … Wo hatte ich den Schlüssel denn dieses Mal hingelegt? Genervt richtete ich mich auf.

«Suchst du den hier?» Jakob erschien im Flur. An seinem Finger baumelte mein Schlüsselbund.

«War er wieder im Gefrierfach?» Resigniert ließ ich die Schultern hängen.

«Neben den Kaffeepads.»

«Wo auch sonst! – Danke.» Ich lächelte ihn schief an, sammelte den verstreuten Inhalt meiner Handtasche zusammen und verließ eilig die Wohnung.

«Und?» Ich legte den ersten Gang ein und fuhr los. «Was hast du mir zu sagen?»

Torsten schwieg und starrte durch die Windschutzscheibe in den Morgennebel.

«Ich höre.» Ungeduldig klopfte ich mit der flachen Hand auf den Schalthebel.

«Ich vermisse dich.» Er schaute mich nicht an.

«Das sagst du nur, weil du betrunken bist.»

«Ich bin nur betrunken, weil ich mich ansonsten nicht trauen würde, es dir zu sagen.»

«Was ist mit Ingrid?»

«Sie ist nicht wie du.»

«Sorgt sie nicht dafür, dass um sechs Uhr das Abendessen auf dem Tisch steht?», fragte ich sarkastisch.

✳ 254 ✳

«Das ist es nicht», sagte Torsten und sah dabei so traurig aus, dass sich mein Herz zusammenkrampfte.

Ich setzte den Blinker und fuhr auf die menschenleere Straße. Die Urlaubsvertretung unseres Postboten, ein mürrischer Mittvierziger mit Schnurrbart, schob sein Fahrrad an uns vorbei. Er stopfte die Post immer lieblos in den Briefkasten, Päckchen brachte er grundsätzlich zum Paketshop. Auch wenn ich es nicht für möglich gehalten hätte, der kleine rundliche Mann mit den wirren Haaren fehlte mir. Genau wie Torsten. Aber nicht so, wie er es gerne hätte. Als guter Freund, der er mir lange war, und nicht als mein Mann.

«Ich muss noch etwas abholen, bevor ich dich nach Hause bringe», sagte ich mit brüchiger Stimme und bog in die Königinstraße ein.

«Ist das alles, was dir zu uns einfällt?»

«Im Moment schon.»

«Ist es wegen Jakob?» Torstens Gesicht verdunkelte sich.

«Gestern ist jemand gestorben.»

«Jemand aus deiner Familie?» Torsten richtete sich alarmiert auf.

«Ein Bekannter. Ich will seiner Frau ein paar Sachen bringen.»

Ich hielt vor dem Haus der Wischnewskis. Die Front des Cafés war frisch gestrichen, und durch die hohen Fenster konnte ich einen der beiden Kronleuchter und die rosa gestreifte Tapete sehen. Es hätte mich mit Stolz erfüllen müssen, was Mia und ich uns in den letzten Wochen aufgebaut hatten, aber in meinem Inneren war alles leer. Ohne auf Torsten zu achten, stieg ich aus dem Auto und betrat das Haus.

Aus dem Schrank im Schlafzimmer entnahm ich ein paar Kleidungsstücke und versuchte dabei, Eduards Hosen und Hemden zu ignorieren, die fein säuberlich auf der Kleiderstange nebeneinanderhingen. Aus dem Büro nahm ich den Ordner mit, um den mich Cäcilias Schwester gebeten hatte. Als ich das Haus verlassen wollte, fiel mein Blick auf die Erinnerungsschachtel, die auf dem Tisch im Wohnzimmer stand. Cäcilia musste sehr aufgeregt gewesen sein, wenn sie sie vergessen hatte. Ich klemmte sie unter den Arm und ging nach draußen.

Torsten saß mit geschlossenen Augen im Auto und schreckte hoch, als ich die Tür öffnete. Schweigend ließ ich den Motor an, fuhr durch die engen Gässchen Schwabings und fädelte mich auf der Leopoldstraße in den Verkehr ein.

«Wo soll ich dich absetzen?»

«Bei meinen Eltern.»

Ich setzte den Blinker und wechselte auf die rechte Spur. «Hast du mit Jakob geschlafen?», fragte Torsten unvermittelt.

Ich nickte trotzig. Warum sollte ich lügen?

Er zuckte zusammen, als hätte ich ihn geschlagen. «Warum? Warum gerade mit ihm?» Seine Stimme klang eisig. «Du weißt doch selbst, wie er ist. Dass er alles vögelt, was nicht bei vier auf den Bäumen ist», spie er hervor.

Ich hob eine Augenbraue. Achte auf deine Ausdrucksweise, hätte seine Mutter jetzt mahnend gesagt. Trotzdem verfehlten Torstens Worte ihre Wirkung nicht.

«Hast du erwartet, dass ich wie eine Nonne lebe?», erwiderte ich kalt.

«Warum gerade er? Magst du ihn wirklich? Oder … hast du dich nur mit ihm getröstet?»

«Torsten», sagte ich, nur mühsam beherrscht. «Du hast mich verlassen, nicht umgekehrt. Was soll das? Du hast eine neue Freundin.»

«Wir haben uns getrennt.»

«Das tut mir leid.»

«Sie war nicht die Richtige. Ich musste die ganze Zeit an dich denken.» Ein flehender Tonfall lag in Torstens Stimme.

✳ 256 ✳

Das durfte doch alles nicht wahr sein!

«Ich habe dich nicht verlassen, weil ich dich nicht mehr geliebt habe», fuhr er fort.

Verbissen starrte ich weiter geradeaus.

«Ich weiß doch selbst nicht, was mit mir los war», fuhr Torsten fort. «Seit der letzten Fehlgeburt ... du ... du hast mich nicht mehr an dich rangelassen.»

Mir schnürte es die Kehle so fest zusammen, dass ich kaum noch Luft bekam, und ich bremste abrupt vor der pastellfarbenen Villa seiner Eltern.

«Können wir es nicht noch einmal miteinander versuchen?», drängte Torsten.

«Zu spät.» Ich presste die Lippen zusammen.

«Aber du kannst doch nicht alles einfach so wegschmeißen.»

«Hör auf!», schrie ich ihn an und klammerte mich mit beiden Händen am Lenkrad fest. «Du warst es, der alles hingeschmissen hat! Nicht ich.» Meine Stimme überschlug sich vor lauter Aufregung. «Ich habe lediglich die Scherben aufgesammelt und weitergemacht.» Die Welt vor der Windschutzscheibe verschwand hinter einem Tränenschleier.

«Ja, mit diesem Kerl als Trostpflaster.» Wütend beugte er sich zu mir herüber. «Du wirst schon sehen, was du davon hast.»

«Vermutlich. Und jetzt geh!»

«Es waren auch meine Kinder, die du verloren hast», sagte Torsten leise. Er öffnete die Autotür und stieg aus.

Cäcilias Schwester, eine respekteinflößende Erscheinung Mitte siebzig mit schwarz umrahmter Brille und burgunderrotem Lippenstift, nahm die Reisetasche und das Erinnerungskästchen entgegen. Loki hüpfte bellend an mir hoch und konnte sich über meinen Besuch überhaupt nicht mehr einkriegen.

«Sei still!», fuhr sie den Hund an, doch der kleine Kerl reagierte nicht. «In diesem Haus dürfen keine Hunde gehalten werden. Ich bekomme Ärger mit der Hausverwaltung, wenn rauskommt, dass er hier ist», erklärte sie mit frostiger Miene.

«Loki. Aus», sagte ich scharf. Der Hund verstummte augenblicklich. Versöhnlich beugte ich mich zu ihm herunter und strich ihm die wuscheligen Haare aus den Augen. «Darf ich zu Ihrer Schwester?»

«Wir frühstücken gerade, aber sie möchte nichts essen.»

Ich folgte ihr in den Wintergarten der kleinen Wohnung, wo Cäcilia mit leerem Blick auf einem Stuhl saß. Auch bei meinem Anblick hellte sich ihr Gesicht nicht auf.

Ihre Schwester ließ uns allein.

«Wie geht es Ihnen?», fragte ich überflüssigerweise, doch ich wusste nicht, was ich sonst sagen könnte.

«Er ist tot.» Sie schaute mich an.

«Ich weiß.» Ich setzte mich neben sie.

Wir schwiegen einige Zeit.

«Schauen Sie! Ich habe Ihnen etwas mitgebracht.» Ich stellte die Schachtel mit den Erinnerungsstücken vor ihr auf den Tisch.

Sie öffnete sie und ließ ihre Hände über all die Dinge gleiten, die sich darin befanden. Über Karten, Briefe, Bilder, Stoffstücke und einen Stein in Form eines Herzens. Sie nahm ihn heraus. «Den hat Eduard mir geschenkt. Er hat ihn im Flussbett der Isar gefunden.» Sie hob den Kopf und sah mich mit ihren blassblauen Augen an.

«Ich habe solche Angst, ihn zu vergessen.»

Im Auto wallte der Schmerz, den ich vor Cäcilia so gut verborgen hatte, erneut in mir auf.

«Es waren auch meine Kinder, die du verloren hast», hatte Torsten gesagt.

Ja!, dachte ich bitter. Er hatte recht. Aber er hatte sie nicht in seinem Bauch getragen und gespürt, wie sein Körper sich veränderte. Und er war es auch nicht gewesen, der dabei zusehen musste, wie alles, wovon er geträumt hatte, im Abfluss der Toilette verschwand. Über die magische dreizehnte Woche war ich nie hinausgekommen. Das erste Baby hatte ich, bereits kurz nachdem mir die Schwangerschaft attestiert worden war, verloren. Zu früh, um sich an den Gedanken, Mutter zu werden, tatsächlich gewöhnt zu haben, aber spät genug, um all die Sehnsüchte und Hoffnungen, die ich auf den pulsierenden hellen Fleck auf dem Ultraschallbild projiziert hatte, zu enttäuschen. Beim zweiten Baby hatte ich es zumindest bis zur zehnten Woche geschafft. Danach hatte ich keine Kraft mehr, es noch ein drittes Mal zu versuchen.

Die Arbeiten am Café und an der Keramikwerkstatt schritten voran, die Handwerker waren bereits verschwunden, und es sah ganz so aus, als ob Mia und ich sogar früher als erwartet mit allem fertig sein würden. Mit Feuereifer stürzte ich mich auf die letzten Arbeiten. Doch ohne Eduard und Cäcilia machte mir das alles nicht mehr so viel Spaß wie zuvor. Meinen Vater ließ ich immer noch so wenig wie möglich allein und nahm ihn die meiste Zeit mit. Ebenso wie Loki. Cäcilias Schwester hatte von ihrer Hausverwaltung nämlich ein deutliches Zeichen gesetzt bekommen, dass der Hund aus ihrer Wohnung verschwinden müsse. Für sie ein willkommener Grund, ihn endlich loszuwerden. Und da ich es nicht übers Herz brachte, ihn ins Tierheim zu stecken, nahm ich ihn mit zu mir. Seine Gesellschaft tat mir gut. Nachts lag er in seinem Körbchen vor meinem Bett und vertrieb mir die Einsamkeit.

Jakob sah ich kaum in dieser Zeit. Morgens, wenn ich aufstand, hatte er das Haus meist schon verlassen, und wenn er abends zurückkam, lag ich bereits im Bett. Angeblich hatte er so kurz vor seinem Umzug nach Spanien eine Menge zu tun. Doch im Grunde meines Herzens wusste ich, dass er versuchte, mir aus dem Weg zu gehen. Obwohl wir nicht darüber sprachen, schienen er und ich stillschweigend die Übereinkunft getroffen zu haben, unsere Affäre nicht weiter fortzuführen.

«Ich muss mit Ihnen sprechen.»

«Ist etwas mit Cäcilia?», fragte ich beunruhigt, als ich die herrische Stimme ihrer Schwester am Telefon hörte.

«Es geht ihr gut. Den Umständen entsprechend zumindest. Aber ich werde sie in ein Pflegeheim geben müssen.»

«Warum das denn?» Ich schnappte nach Luft.

«Es geht nicht mehr. Ich bin zu alt, um sie dauerhaft zu pflegen. Ich habe vor, sie in einer Seniorenresidenz in der Nähe des Englischen Gartens anzumelden.»

«Am Englischen Garten! Das Pflegeheim kenne ich. Es liegt nur wenige Meter von meiner Wohnung entfernt», sagte ich, erleichtert darüber, dass Cäcilia ihre letzten Jahre nicht in einem trostlosen grauen Loch mitten in der Stadt verbringen musste. «Dort kann ich sie regelmäßig besuchen. Wenn sie Lust hat, gehe ich auch mit ihr spazieren. Sie wird Loki und ihr Haus wiedersehen können.»

Emmy Winter räusperte sich. «Über das Haus möchte ich ebenfalls mit Ihnen sprechen. Es ist so gut wie verkauft.»

«Nein», stieß ich aus.

«Es musste sein. Andernfalls kann sie sich das Heim nicht leisten. Auch wenn die Pflegekasse etwas zusteuert, kostet es in dieser Lage immer noch mehrere tausend Euro im Monat.»

«Wie kann das sein? Eduard war vermögend.»

«Natürlich war er das», bemerkte sie frostig. «Deshalb konnte er Ihnen auch fünfundzwanzigtausend Euro zur Renovierung des Cafés zur Verfügung stellen.»

Augenblicklich bekam ich ein schlechtes Gewissen. «Und nun ist von seinem Geld nichts mehr übrig?»

«Nicht genug zumindest, um Cäcilia über Jahre hinaus das Pflegeheim zu finanzieren.»

«Eduard wollte, dass das Haus an eine wohltätige Stiftung übergeht», sagte ich mit dünner Stimme. «Es steht in seinem Testament, das hat er mir erzählt.»

«In den Unterlagen, die mir vorliegen, ist Cäcilia als Alleinerbin eingetragen.»

«Er hat sein Testament ändern lassen. Erst vor wenigen Wochen», beharrte ich.

«Ich habe kein entsprechendes Dokument in seinen Unterlagen gefunden. Und da ich nun der gesetzliche Vormund meiner Schwester bin, werde ich entscheiden, wie wir weiter vorgehen.» Ihre Stimme klang ungeduldig. «Wir haben vor ein paar Tagen ein ausgesprochen gutes Angebot bekommen. Dabei war das Haus noch nicht einmal öffentlich ausgeschrieben. Die Papiere sind bereits unterzeichnet.»

«Und was ist mit dem Café?» Ich musste mich setzen.

«Der Pachtvertrag wird vom Käufer übernommen werden. Das war Cäcilias Bedingung. Darauf hat er uns sein Wort gegeben. Er will lediglich die Wohnung renovieren und neu vermieten.»

«Wissen Sie, wie der Käufer heißt? Ich möchte mit ihm in Kontakt treten.»

«Der Mann heißt Alois Goldmann.»

Goldmann! Wo hatte ich diesen Namen nur schon einmal gehört? Gedankenverloren notierte ich die Nummer, die Emmy Winter mir diktierte.

«Goldmann», meldete sich eine unwirsche Stimme.

«Herr Goldmann. Hier spricht Lilly Rosenthal», begrüßte

ich ihn angespannt. «Es geht um die Immobilie, die Sie kürzlich erworben haben.»

«Welche? Oder glauben Sie, ich besitze nur eine?», sagte der Mann kurz angebunden.

«Es geht um das Haus in der Königinstraße.»

«Was ist damit?» Goldmann atmete schwer, und ich fragte mich unwillkürlich, ob er während unseres Gesprächs auf einem Hometrainer saß oder beim Joggen war.

«Ich bin die Pächterin des Cafés, das sich darin befindet.»

«Sie bekommen von meiner Sekretärin im Laufe der nächsten Woche eine Kündigung.»

«Bitte?» Meine Hand zitterte so heftig, dass es mir nur mit Mühe gelang, den Telefonhörer weiter ans Ohr zu halten.

«Drei Monate können Sie selbstverständlich noch bleiben, ich würde Ihnen aber großzügig entgegenkommen, wenn es Ihnen möglich wäre, früher auszuziehen.»

«Meine Schwester und ich haben den Laden noch nicht einmal eröffnet», sagte ich entsetzt.

«Das ist nicht mein Problem.»

«Frau Wischnewski hat dem Verkauf nur zugestimmt, weil Sie sich dazu bereit erklärt hatten, den Pachtvertrag zu übernehmen.»

Er lachte auf. «Ich kann mich nicht erinnern, eine solche Vereinbarung getroffen zu haben.»

«Aber laut Frau Winter sind Sie sind doch lediglich daran interessiert, die Wohnung zu vermieten. Warum können Sie uns nicht das Café überlassen?»

«Wer hat Ihnen denn dieses Märchen erzählt? Das Haus wird komplett entkernt. Ich werde es zu Luxusappartements umbauen lassen. Wenn Sie mich jetzt entschuldigen.» Goldmann legte auf.

Fassungslos starrte ich auf den Hörer in meiner Hand. Was

für ein eiskalter Kerl! Zu Luxusappartements wollte er das Häuschen umbauen lassen. Was für eine Schande! Luxusappartements! Auf einmal fiel mir ein, wo ich den Namen Goldmann schon einmal gehört hatte. Am Abend von Angelikas Geburtstagsfeier. Er war der Kunde, von dem Torsten mir erzählt hatte. Der, der bereit war, fünf Millionen für eine Immobilie im Innenstadtbereich zu bezahlen. Entschlossen stand ich auf und griff zu meinem Autoschlüssel. Na warte!

Kapitel 16

«Ist Torsten da?»

Angelika sah mich überrascht an, als sie mich unangekündigt vor der Tür ihres Hauses stehen sah.

«Kann ich ihm etwas ausrichten?» Sie verschränkte die Arme vor der Brust, um mir zu signalisieren, dass ich auf keinen Fall über ihre Schwelle treten würde.

«Ja. Er und du», ich zeigte mit dem Finger auf sie, «ihr habt mir mein Café weggenommen.»

Angelika lachte. «Ich bitte dich. Warum sollten wir das tun?»

«Weil ihr die hundertfünfzigtausend Euro Provision einkassieren wolltet, die euch dieser Goldmann versprochen hat.»

«Ich weiß nicht, wovon du sprichst», sagte sie kühl.

«Oh doch, das weißt du ganz genau.» Ich lachte auf. «Und ich Idiotin habe dich auch noch zu dem Haus geführt und Torsten erzählt, dass der Eigentümer gestorben ist. Ihr beide müsst euch schön ins Fäustchen gelacht haben, dass euch eine solche Gelegenheit förmlich vor die Füße gefallen ist! Und auch wenn ich nichts anderes von euch erwartet habe, bin ich doch überrascht, wie skrupellos ihr seid. Ich habe bis vor kurzem noch zu eurer Familie gehört, und euch macht es nichts aus, alles, was ich mir in den letzten Wochen aufgebaut habe, einfach so zu zerstören.» Meine Stimme war unangenehm laut geworden.

«Bist du fertig mit deinen Anschuldigungen?» Angelika schob das Kinn vor. «Dann möchte ich dich jetzt bitten zu gehen.»

Für einen Moment starrte ich sie an. Doch ihr glattes Gesicht zeigte keinerlei Gefühlsregung.

«Warum hasst du mich so?»

«Ich hasse dich nicht», erwiderte Angelika ungerührt. «Ich war nur schon immer der Ansicht, dass du keine geeignete Partie für meinen Sohn bist.» Sie trat einen Schritt zurück und schlug mir die Tür vor der Nase zu.

«Es gibt ein Testament. Darin hat der Besitzer mir Pachtrecht auf Lebenszeit gewährt! Und ich werde dieses Testament finden, koste es, was es wolle!», schrie ich außer mir vor Wut gegen das weiße Holz. Ich war froh, dass es zwischen Angelika und mir stand, denn zu meinem großen Entsetzen war mir eben etwas klargeworden: Zum ersten Mal in meinem Leben konnte ich mir vorstellen, wie es möglich war, dass völlig unbescholtene, harmlose Menschen zu Mördern wurden.

«Goldmann will das Haus zu Luxusappartements umbauen lassen», sagte ich anklagend.

«Wie meinen Sie das?»

«So, wie ich es gesagt habe: Er hat niemals vorgehabt, den Pachtvertrag zu übernehmen. In drei Monaten müssen meine Schwester und ich raus.»

«Das kann nicht sein.» Cäcilias Schwester nestelte an ihrer Perlenkette.

«Es ist so.»

«Aber er hat es Cäcilia versprochen!»

«Haben Sie das schriftlich?»

«Sein Wort hat uns gereicht», erklärte Emmy Winter. Sie hatte ihre gewohnt hochmütige Haltung wiedergefunden. «Er wirkte sehr vertrauenswürdig.»

«Lügen Sie mich nicht an!», platzte es aus mir heraus. «Es war Ihnen total egal. Ihnen ging es nur um das Geld.»

«Jetzt hören Sie mal!» Ihre Stimme wurde schneidend. «Wollen Sie etwa behaupten, dass ich den Zustand meiner Schwester ausnutze, um mich an ihr zu bereichern? Ich habe das Haus in ihrem Auftrag verkauft, damit Cäcilia ihren Aufenthalt im Pflegeheim finanzieren kann.»

«Ich will Ihnen überhaupt nichts vorwerfen», fuhr ich sie an. «Aber ich kann mir nicht vorstellen, dass Eduard die Möglichkeit, er könnte früher als seine Frau sterben, überhaupt nicht einkalkuliert hat. Dazu war er zu klug. Er muss Vorkehrungen getroffen haben. Mir hat er erzählt, dass er das Haus einer Stiftung überschrieben hat. Das muss einen Grund gehabt haben: Ich glaube, dass er es vor Ihnen in Sicherheit bringen wollte.»

«Was erlauben Sie sich?» Das Gesicht der alten Frau verfärbte sich und nahm einen ungesunden Rotton an.

«Wer ist denn da?», ertönte Cäcilias Stimme aus einem der hinteren Räume. Sie kam in ihrem Rollstuhl herangefahren.

«Svenja!», sagte sie. «Was machst du hier?»

«Cäcilia.» Ich kniete mich neben sie. «Sie wissen doch, dass Ihr Mann sein Testament hat ändern lassen.»

«Hat er das?», fragte sie unsicher. Doch dann, von einem Moment auf den anderen, erhellte sich ihr Gesichtsausdruck. «Aber natürlich. Er hat es mir ja gezeigt.»

«Wissen Sie, wo er es hingetan hat?», drängte ich.

«Es hat auf dem Klavier gelegen.»

«Und dann? Hat er es irgendwo abgeheftet?»

«Ich weiß es nicht.» Cäcilias Stimme fing an zu zittern. Ihr Blick verschwamm – ein sicheres Zeichen dafür, dass sie wegdriftete. Ich wusste, dass ich nichts mehr aus ihr herausbekommen würde.

«In dem Ordner mit den Vermögensangelegenheiten, den Sie mir mitgebracht haben, war nur das alte Testament enthalten. Das habe ich Ihnen bereits gesagt», schaltete sich ihre Schwester ein.

«Darf ich einen Blick hineinwerfen?», fragte ich. «Vielleicht haben Sie etwas übersehen.»

«Wohl kaum», brummte sie. «Aber damit Sie nicht denken, dass ich etwas vor Ihnen zu verbergen habe, hole ich den Ordner.»

«Haben deine ehemaligen Herrchen denn niemals etwas weggeworfen?», fragte ich Loki und stöhnte. Der kleine Hund lag hechelnd neben mir und sah mir dabei zu, wie ich den Inhalt einer Kommode durchforstete. Obwohl Mia und ich bereits vor Stunden mit unserer Suche angefangen hatten, fehlten uns immer noch das Wohnzimmer und die Küche. Irgendwo musste dieses verflixte Testament doch sein. Das Haus der Wischnewskis war schließlich nicht das Bermuda-Dreieck.

Da ich eine kleine Pause brauchte, lehnte ich mich mit dem Rücken gegen die Wand und zog mein Handy aus der Tasche. Sechs entgangene Anrufe sah ich auf dem Display. Und drei Nachrichten. Alle von Torsten.

Dein Vater hat gesagt, dass du in die Stadt gefahren bist. Bitte ruf mich zurück.

Warum gehst du nicht ran? Ich muss mit dir reden. Ich wollte das alles nicht.

Jetzt geh endlich ans Telefon. Ich wusste nicht, dass meine Mutter Goldmann von dem Haus erzählt hat.

Ich zog ein grimmiges Gesicht. Torsten hatte vielleicht Nerven. Sich nach allem, was er angerichtet hatte, bei mir zu melden!

Und natürlich hatte er nicht damit gerechnet, dass seine Mutter Goldmann den Tipp mit dem Haus geben würde. Neeeiiin … Es war ja auch absolut unvorstellbar. Völlig gegen ihr Naturell. Warum sollte Angelika daran Interesse haben, auf einfache Art viel Geld zu verdienen? Ich war so dumm gewesen! Schäumend vor Wut schaltete ich das Handy aus und stopfte es in meine Tasche zurück. Auf einen Rückruf konnte Torsten lange warten. Ich würde überhaupt nicht mehr mit ihm sprechen. Nie wieder!

Mia kehrte mit Spinnweben im Haar aus dem Keller zurück. «Dort unten ist nur Gerümpel. Und ein gutsortierter Weinkeller.» Sie hielt eine staubige Flasche in die Höhe. Es war ein Barolo. 1953 stand auf dem Etikett. «Komm! Wir machen sie auf und betrinken uns.»

«Die ist garantiert mehr als hundert Euro wert», meinte ich skeptisch.

«Umso besser.»

Ich dachte an Torstens Nachrichten. Meine Hände zitterten immer noch vor Erregung. «Du hast recht.»

Mia verschwand in der Küche und kam mit zwei Gläsern und einem Korkenzieher zurück.

«In der Besteckschublade ist das Testament natürlich auch nicht», sagte sie verdrossen und ließ den Korken mit einem satten Geräusch aus der Flasche gleiten. Sie setzte sich neben mich auf den Boden, Loki kroch auf meinen Schoß, und gemeinsam beobachteten wir durch die offene Terrassentür, wie die Sonne hinter den Baumwipfeln verschwand und den Himmel in ein rötliches Licht tauchte.

«Glaubst du, dass wir das Testament noch finden?», fragte ich.

Mia schüttelte grimmig den Kopf. «Mittlerweile nicht mehr. Diese blöde Emmy Winter wird es verbrannt haben.»

«Das wäre ja wie in einer schlechten Soap.»

«Das Leben *ist* eine schlechte Soap. Von irgendwoher müssen die Macher ihren Stoff schließlich haben.»

«Vermutlich hast du recht», sagte ich matt. «Und was machen wir, wenn es nicht mehr auftaucht?»

«Dann suchen wir uns was Neues.» Mia drückte meine Hand. «Und wir werden etwas finden. Glaub mir, so gemein ist das Schicksal nicht.»

Ihr Optimismus tat mir gut. Doch ich war in dieser Hinsicht weniger zuversichtlich als sie.

Gegen halb zwölf verließen wir hundemüde und höchst erfolglos das Haus. Mia rief sich ein Taxi, und auch ich begab mich langsam auf den Heimweg. Obwohl ich wusste, dass es keine gute Idee war, klopfte ich an Jakobs Zimmertür. Ich fühlte mich so elend, dass ich das Bedürfnis hatte, mit jemand zu reden. Doch er war noch nicht zu Hause. Resigniert ging ich ins Bett und verfluchte mich dafür, dass ich mir immer noch nicht die Zeit genommen hatte, mir von meinem Hausarzt neue Schlaftabletten verschreiben zu lassen. Ich wusste bereits jetzt, dass ich trotz des Rotweins nicht würde schlafen können, und ich sehnte mich nach Jakob. Gegen halb sechs gab ich es auf. Ich nahm die Leine in die Hand und beschloss, mit Loki eine Runde spazieren zu gehen.

Die Sonne hatte die Schatten der Nacht vertrieben und ließ den Himmel in einem milchig orangefarbenen Licht erstrahlen. Als ich aus dem Aufzug trat, sah ich einen grünen Fiat 500 vor dem Haus halten. Nina, Fees hübsche Freundin, und Jakob stiegen aus. Unwillkürlich trat ich einen Schritt zurück. Durch die gläserne Front des Hauseingangs beobachtete ich, wie die beiden einige Augenblicke eng nebeneinanderstanden und sich unterhielten, bevor Jakob Nina an sich drückte und dann die Stufen zur Eingangstür hinauflief. Als er Loki und mich im Eingangsbereich stehen sah, stutzte er, und über sein Gesicht huschte ein Ausdruck, den ich nicht so recht deuten konnte.

«Morgen», murmelte er und betrat den Aufzug. Als ich eine Stunde später von meinem Spaziergang zurückkehrte, hatte er die Wohnung bereits wieder verlassen.

Ich machte mir einen Kaffee und fuhr den Laptop hoch, um Günthers letzte Nachricht noch einmal zu lesen.

Nur noch eine Woche. Ich kann es kaum erwarten, dich wiederzusehen.

Müde stützte ich den Kopf in die Hände. Vor drei Wochen war es mir ähnlich ergangen wie ihm. Aber seitdem hatte sich so vieles verändert.

«Schon wach?»

Ich schreckte hoch. Mein Vater stand in kurzen Hosen und Laufschuhen vor mir. «Hat Torsten dich gestern noch erreicht?»

«Er hat mir eine Nachricht geschrieben.»

«Hast du dich bei ihm gemeldet?»

Verbissen schüttelte ich den Kopf. «Er hat alles kaputtgemacht», sagte ich bockig.

Mein Vater seufzte. «Ich weiß, dass du wütend auf ihn bist. Und verbittert. Und ich kann dich gut verstehen. Aber glaub mir, auf Dauer schadest du dir nur selbst.»

«Sprichst du aus Erfahrung?», fragte ich scharf.

Er zuckte mit den Schultern. «Lust auf eine kleine Morgenrunde, um den Kopf freizubekommen?»

«Ich war schon mit Loki spazieren. Ich gehe jetzt duschen.» Schnell stand ich auf.

«Lilly!», hielt er mich zurück.

«Ja?»

❀ 270 ❀

«Wenn du möchtest, helfe ich dir beim Suchen.»

«Danke», sagte ich resigniert. «Aber es ist vorbei.»

Nach der Dusche legte ich mich ins Bett und schlief ohne Unterbrechung bis halb zwei am Nachmittag. Wäre nicht das Klingeln meines Handys gewesen, hätte ich mich vermutlich sogar noch länger im Land der Träume aufgehalten.

«Wie geht es dir?», ertönte Mias Stimme aus dem Handy.

«Mittelmäßig.»

«Hast du Lust auf ein fieses Frust-Shopping, das unsere Kreditkarten zum Glühen bringt?»

«Sollten wir nicht sparen?»

«Nicht heute. Du könntest dir ein Kleid für Helgas Hochzeit kaufen.»

Dieser Gedanke war verlockend. Ich kämpfte mich in die Vertikale. «Wann soll ich wo sein?»

«Um drei Uhr am Marienplatz?»

«Ich komme.»

«Probier es an!», drängte Mia.

«Wenn es der Schaufensterpuppe passt, kann ich mich niemals da hineinzwängen!»

«Einen Versuch ist es wert.»

«Meinst du?», fragte ich zweifelnd. Das Kleid, das Mia und ich in der Auslage von Hallhuber bewunderten, sah umwerfend aus. Meerblau, mit einem enganliegenden Oberteil und einem weich fallenden Chiffonrock. Und es war ein Schnäppchen, denn es war um fünfzig Prozent reduziert! Aber es gab nichts Deprimierenderes, als nur mit einem Slip bekleidet mit dem Oberkörper in einem Stück Stoff festzustecken und sich schließlich von einer Verkäuferin heraushelfen lassen zu müssen. Alles schon vorgekommen! Zwar hatte ich in den letzten

Wochen abgenommen, jedoch nicht dramatisch. Zwei oder drei Kilo vielleicht. Ich aß einfach zu gerne, um wie Kate Moss auszusehen. Meine täglichen Joggingeinheiten waren eher konservierend als minimierend. Zu meiner Überraschung ließ sich der blaugrüne Traum aber problemlos über Bauch und Hüften streifen. Noch nicht einmal an den Oberschenkeln lag er besonders eng an. Gut, das Kleid war im Rücken der Schaufensterpuppe mit zahllosen Nadeln zusammengesteckt gewesen. Aber selbst das konnte meine unglaubliche Freude nicht mindern, in ein Kleid zu passen, auf dessen Etikett die Zahl 38 prangte. 38! Diese Größe hatte ich das letzte Mal in der Grundschule getragen. Beschwingt schlenderten Mia und ich weiter durch die Geschäfte. Ich kaufte mir silberfarbene Sandalen, die dazu passende Clutch und – weil ich mich heute besonders wagemutig fühlte – auch einen Badeanzug. Danach war ich pleite, Mia kam aber erst in Schwung. Während sie in Richtung H&M eilte, schlenderte ich in die Papeterie von Ludwig Beck, um eine Karte für Helgas und Nils' Hochzeit zu besorgen. Sie war schnell gefunden. Als ich mich gerade von dem Ständer abwenden und zur Kasse gehen wollte, fiel mein Blick auf eine andere Karte. Sie war aus blauer Wellpappe, und ein Holzornament in Form einer Sonne zierte ihre Vorderseite. Auf einem aufgeklebten schlichten Stück Papier stand:

Das größte Vermächtnis, das wir unseren Kindern hinterlassen können, sind glückliche Erinnerungen. Jene kostbaren Augenblicke, die wir wie Kiesel aus dem Sand aufheben und in winzigen Schachteln ganz oben auf dem Bücherregal aufbewahren. Ab und zu holen wir sie hervor, und wir erleben dann noch einmal die glücklichen Momente. Erinnerungen sind die besten Bewahrer des Lebens.

Was für ein schöner Spruch! Kurz entschlossen kaufte ich beide Karten, setzte mich draußen in ein Café und bestellte einen Latte macchiato. Nachdenklich betrachtete ich den Strom von Menschen, der an mir vorbeifloss. Ich blickte in alte Gesichter, in junge, in fröhliche, in traurige, und als ich in den Spiegel in meiner Handtasche schaute, um meinen Lippenstift nachzuziehen, empfand ich mein eigenes als seltsam leer. Ich zog die Karte aus der Tasche und strich gedankenverloren über die lachende Holzsonne. Cäcilia hatte sich eine Schachtel zugelegt, um nicht zu vergessen. Frau Dr. Vogelpohl hatte mir eine gegeben, damit ich mich erinnerte.

Auf einmal befand ich mich mit meiner Mutter und meinen Schwestern auf dem Erdbeerfeld. Es war warm und die Luft erfüllt von Lachen und dem Duft von Sonnenmilch. Milla wollte Marmelade kochen. Doch Helga, Fee, Mia und ich konnten gar nicht genug von den süßen roten Früchten bekommen, und am Ende war nur ein winziger Teil der Ernte in unseren Körbchen gelandet. An der Kasse standen eine Frau und ein Junge vor uns. Der kleine Kerl streckte seine schmutzige Hand nach einer Erdbeere aus, doch seine Mutter gab ihm einen Klaps darauf. «Finger weg! Sonst reicht es nicht für die Erdbeercreme», ermahnte sie ihn. In diesem Moment liebte ich meine eigene Mutter über alles. Dafür, dass sie uns Kinder sein ließ und uns die Freude an den Erdbeeren nicht zerstörte.

Ich sah meine Schwestern und mich im Garten stehen und eine Schneefrau mit riesigen Brüsten bauen. Helga hatte darauf bestanden; sie fand es diskriminierend, dass die Rolle des Schneemanns normalerweise ausschließlich Männern vorbehalten war. Wie stolz es Mia, Helga, Fee und mich gemacht hatte, den einzig weiblichen Schneemann im Dorf zu besitzen! Und wie traurig waren wir darüber, als die Sonne ein paar Tage später unser Kunstwerk zerstörte.

Bei der Erinnerung an jenen Winter musste ich lächeln. Ich hatte wirklich Glück mit meiner Familie. Ihre Mitglieder mochten zeitweise verletzend, egoistisch, fordernd und besserwisserisch sein, aber wenn es hart auf hart kam, waren sie bisher immer für mich da gewesen. Genau wie Torsten. Er war mit mir bei meiner Frauenärztin gesessen, hatte meine Hand gehalten und mit mir auf den Bildschirm des Ultraschallgeräts gestarrt. Er hatte meine Tränen getrocknet und meine Verzweiflung und meine Wutanfälle darüber ertragen, dass das Schicksal das Kinderkriegen gerade mir so erschwerte. Nur eins hatte er nicht aushalten können: meine Resignation. Ja, es waren auch seine Kinder gewesen, die ich verloren hatte. Nur weil sie sich nicht in seinem Bauch befunden hatten, war seine Liebe zu ihnen nicht weniger wert gewesen als meine. Das wurde mir auf einmal bewusst. Genauso wenig, wie ich das Recht dazu hatte, von meiner Mutter zu verlangen, dass sie auf ihr Glück verzichtete, nur weil ich meins nicht bekam.

«Wartest du schon lange?», fragte Mia, als sie wenig später mit unzähligen Papiertüten beladen vor mir stand.

Ich schüttelte den Kopf.

«Ist irgendetwas?» Irritiert musterte sie mich über den Rand ihrer riesigen Sonnenbrille hinweg.

«Habe ich dir eigentlich schon mal gesagt, wie froh ich bin, dich als Schwester zu haben?»

«Ist wirklich alles in Ordnung?» Mia ließ ihre Einkäufe zu Boden fallen und setzte sich neben mich.

Ich reichte ihr die Karte mit der Holzsonne. «Die habe ich gerade gekauft. Der Spruch hat mich zum Nachdenken gebracht.»

Mia ließ ihren Blick kurz darüberhuschen und rief den vorbeieilenden Kellner zu sich. «Bringen Sie mir bitte einen Eiskaffee!»

«Kommt sofort.» Er notierte die Bestellung auf seinem Block und sah auf. «Für Sie auch noch etwas?»

Ich starrte ihn an. «Erinnerungen.» Ich schlug mir mit der Hand gegen die Stirn. «Wie konnte ich nur so dumm sein! Vergessen Sie das mit dem Eiskaffee. Bringen Sie mir die Rechnung!», wies ich den verwirrt dreinblickenden Mann an. Dann wandte ich mich an Mia: «Ich weiß, wo das Testament ist!»

Kapitel 17

«Ist Cäcilia da?», fragte ich.

«Natürlich ist sie da. Wo soll sie sonst sein?», knurrte ihre Schwester. «Sie sitzt im Wohnzimmer.»

«Ich muss mit ihr reden.» Ohne auf Emmys Protest zu achten, stürmte ich an ihr vorbei.

Cäcilia saß auf dem Sofa. Ein Film mit Peter Alexander lief im Fernsehen, aber sie schien durch den Bildschirm hindurchzustarren und summte dabei leise ein Lied. «Cäcilia.»

Sie zuckte zusammen.

«Ach, Lilly, du bist es.»

Ich sah sie verdutzt an. Noch nie zuvor hatte sie mich mit meinem richtigen Namen angesprochen.

«Schön, dass du mich besuchen kommst und dass du deine Freundin mitgebracht hast.»

«Meine Schwester.» Betreten musterte ich meine Fingernägel. «Cäcilia, ich muss mit Ihnen reden. Ihr Schatzkästchen. Wo ist es?»

«Mein Schatzkästchen?» Sie sah mich aus müden Augen an. «Emmy hat es mir weggenommen.»

«Warum haben Sie das getan?» Ich wandte mich verärgert an ihre Schwester, die mit verschränkten Armen und zusammengepressten Lippen ins Wohnzimmer getreten war.

«Es tut ihr nicht gut, wenn ihre Gedanken ständig um die Vergangenheit kreisen.»

✳ 276 ✳

Ich stand auf und trat nahe an sie heran. Obwohl ich wahrlich keine Riesin bin, überragte ich die zierliche Frau um einen halben Kopf. «Es ist das Einzige, was ihr noch bleibt», fauchte ich. «Geben Sie es ihr wieder!»

Sie trat unsicher einen Schritt zurück. «Es ist im Gästezimmer.»

Kurz darauf kam sie mit der Schachtel in der Hand zurück.

«Darf ich einen Blick hineinwerfen?», fragte ich Cäcilia.

Sie nickte unmerklich.

Ich holte tief Luft und öffnete den Deckel, schob Steine, Stoffstücke, Konzertkarten und was sich sonst noch alles darin befand, zur Seite, um den Packen mit den Briefen herauszuholen.

«Was machen Sie da?» Emmy beobachtete mich stirnrunzelnd.

Doch ich beachtete sie nicht. Einen Brief nach dem anderen ließ ich achtlos in die Kiste zurückfallen, bis ich auf ein etwas dickeres Kuvert stieß. Meine Hände zitterten, als ich es anstarrte.

«Jetzt tu nicht so lange herum.» Ungeduldig riss Mia mir den Umschlag aus der Hand und öffnete ihn.

«Ich glaube nicht, dass meine Schwester damit einverstanden ist, dass Sie ihre Briefe lesen, junge Dame!» Emmy versuchte Mia den Brief abzunehmen, doch meine Schwester wandte sich brüsk ab.

«Gott sei Dank!» Sie reichte mir die Papiere. *Testament* stand fett gedruckt auf dem ersten Bogen.

«Wir brauchen Sekt. Viel Sekt. Am besten Champagner!» Auf dem Weg zur U-Bahn sprang Mia um mich herum wie ein aufgeregtes Kind. «Mensch, jetzt schau nicht so traurig. Freu dich lieber! In einer Woche können wir eröffnen. Unsere ganze Arbeit war nicht umsonst.»

«Ich freue mich ja. Aber was ist, wenn Cäcilia das Pflegeheim nicht bezahlen kann?»

Mia blieb vor mir stehen und legte ihre Hände auf meine Oberarme. «Du hast doch gelesen, was in dem Testament steht: Cäcilia bekommt jeden Monat eine vierstellige Summe ausbezahlt. Sie ist versorgt.»

«Und wenn das Geld trotzdem nicht reicht?»

«Der alte Wischnewski war nicht dumm, und er hat seine Frau sehr geliebt. Er wird es durchgerechnet haben.» Sie sah mich fest an. «Was ist wirklich dein Problem, Lilly?»

Ich schwieg. Man konnte Mia wirklich nicht nachsagen, sie besäße kein gutes Gespür.

«Willst du nicht darüber reden?»

«Nein.» Ich drückte sie kurz an mich. «Geh du feiern. Ich muss erst noch etwas erledigen.»

Ich löste mich von ihr und lief über die Straße zu den Taxis, die am Straßenrand warteten.

Das Hochhaus, in dessen oberstem Stockwerk Torstens Büro lag, ragte wie ein gläserner Finger in den königsblauen Himmel. Ich stieg in den Aufzug und fuhr nach oben. Vor einer Tür mit der Aufschrift *Rosenthal & Sohn* blieb ich stehen und beobachtete einige Augenblicke, wie Torstens Sekretärin mit konzentriertem Gesicht etwas auf dem Computer tippte. Sein Vater kam mit zwei Männern in dunklen Anzügen vorbei, und ich wich einen Schritt zurück. Noch hatte mich niemand bemerkt. Noch konnte ich umkehren. Aber nein, ich würde das durchziehen! Beherzt drückte ich die Klinke nach unten.

«Guten Abend!», begrüßte ich die Sekretärin. Wie alles in diesem Büro war auch sie von schlichter Eleganz. Graues Seidentop, schwarzer, enger Rock, Knoten im Nacken und Perlohrringe. «Ist mein ...», ich zögerte, «... Mann da?» Noch waren wir schließlich verheiratet.

«Frau Rosenthal.» Die junge Frau sah mich überrascht an, trank aber erst einmal in Ruhe ihren Tee aus und stellte die Tasse ordentlich auf den Unterteller zurück, bevor sie aufstand. «Er telefoniert. Möchten Sie einen Kaffee, während Sie warten?»

«Nein, danke.» Ich folgte ihr in den Wartebereich und trat ans Fenster. Höhe hatte mir noch nie Angst gemacht. Im Gegenteil! Ich mochte das Gefühl, die Welt in Miniaturausgabe zu sehen. Es rückte verrutschte Dimensionen wieder gerade. Trotzdem hatte ich mich hier in diesem Büro nie so recht wohl gefühlt.

«Lilly», hörte ich Torstens Stimme unsicher in meinem Rücken. «Was machst du hier?»

Ich drehte mich langsam um. «Ich wollte mit dir reden.»

«Hier?» Er legte den Kopf schief.

«Wenn es dir nichts ausmacht, würde ich gerne ein paar Schritte gehen. Ich war schon lange nicht mehr auf dem Olympiaberg.»

Schulter an Schulter verließen wir das Bürogebäude. Es fühlte sich seltsam an, ihn dabei nicht zu berühren. Selbst in den letzten Wochen, als unsere Beziehung längst am Boden lag, hatten wir uns stets im Arm oder an den Händen gehalten.

«Willst du mit mir über das Haus im Englischen Garten sprechen?», erkundigte sich Torsten. «Goldmann hat mich angerufen und gesagt, dass sein Projekt geplatzt ist.»

«Ich bin nicht hier, um dir eine lange Nase zu zeigen.»

«Und ich habe dir nie etwas wegnehmen wollen.»

«Ich weiß.»

«Es war nicht in Ordnung, was meine Mutter gemacht hat. Das habe ich ihr auch gesagt. Aber ...»

«... sie ist halt deine Mutter.»

Torsten machte ein unbehagliches Gesicht, kommentierte diesen Satz aber nicht.

«Ich will nicht, dass ihr euch wegen mir zerstreitet. Ich möchte dir nur gerne etwas sagen.»

Langsam schritten wir den gewundenen Pfad zur Aufsichtsplattform hinauf. «Ich hätte dich nicht aus meinem Leben ausschließen dürfen, nachdem ich die Fehlgeburten hatte.»

«Glaubst du, es wäre anders gekommen, wenn du die Kinder nicht verloren hättest?», fragte er und vergrub die Hände tief in den Taschen seines Anzugs.

Ich zuckte mit den Schultern. «Glaubst du denn, dass du dich nicht mit Ingrid eingelassen hättest, wenn das nicht passiert wäre?»

Torsten schwieg. Ich schaute ihn auffordernd an.

«Sie hat mich ziemlich umgehauen», gab er zu.

«Ich weiß. Ihr habt glücklich miteinander ausgesehen. Und sie hat dich *Schatz* genannt.» Ich lehnte mich über die Brüstung und ließ meinen Blick über den See hinweg zu den zeltartig überdachten Spielstätten des Parks und dem Fernsehturm gleiten.

«Jetzt ist es vorbei.»

«Wer hat Schluss gemacht?»

Torsten wandte den Kopf ab. Ich hatte es geahnt.

«Wieso hat sie sich von dir getrennt?»

«Ich habe gemerkt, dass du mir mehr bedeutest als sie.» Er setzte diesen Hundeblick auf, mit dem er mich früher immer um den Finger gewickelt hatte.

«Es ist zu spät. Und im Grunde bist du derselben Meinung.»

«Warum bist du dann hier?», fragte er.

«Ich will nicht, dass wir im Bösen auseinandergehen.» Ich nahm meinen ganzen Mut zusammen. «Ich möchte, dass wir beide Freunde bleiben. So klischeehaft und abgedroschen das jetzt vielleicht klingt. Denn wenn ich ein Kästchen mit Erinnerungen aus den letzten zehn Jahren füllen müsste», ich machte eine kurze Pause und holte tief Luft, «dann wären die schönsten davon die mit dir.»

Torsten sah mich einen Moment verdutzt an. Dann nahm er meine Hand in seine und drückte sie kurz. Eine Zeitlang standen wir schweigend voreinander und hielten uns an den Händen.

«Schade, dass es nicht geklappt hat», sagte er schließlich und löste sich von mir.

«Ja.» Ich seufzte. «Wir hatten solch eine schöne Hochzeit. Und ich schäme mich, dass ich meinen Treueschwur gebrochen habe. Bis dass der Tod uns scheidet.» Ich lachte auf, weil ich an den Ratgeber denken musste, den Mia mir geschenkt hatte. «In den Himmel komme ich nun bestimmt nicht mehr.»

«Ach, ich weiß nicht», wiegelte Torsten ab. «Wir waren über zehn Jahre zusammen. Wir haben gute Tage erlebt, aber eben auch schlechte. Man kann uns wirklich nicht vorwerfen, dass wir bei der erstbesten Gelegenheit das Handtuch geschmissen hätten.» Er wandte sich vom Geländer ab, und gemeinsam gingen wir den Berg hinunter.

Lautes Gelächter empfing mich, als ich die Wohnung betrat, und der Geruch von gegrilltem Fleisch stieg mir in die Nase. Drinnen war niemand zu sehen, außer Loki, der mich begrüßte, als hätte ich jahrelang als verschollen gegolten. Von der Terrasse drangen Stimmen und lautes Gelächter zu mir herüber. Neugierig trat ich näher und zuckte im ersten Moment zurück. Hilfe! Meine halbe Familie hatte sich auf der Dachterrasse versammelt. Helga rührte in einer Schüssel mit grünem Salat. Nils saß mit Mathilda auf dem Schoß neben Jakob und Opa Willy in den Lounge-Sesseln. Mein Vater stand mit einer Schürze bekleidet am Grill.

«Hey, da bist du ja endlich!» Mia kam freudestrahlend auf mich zu.

«Was ist denn hier los?», fragte ich schwach.

«Ich hab niemanden zum Feiern gefunden. Und da dachte ich, ich ruf mal bei dir in der Wohnung an und verkünde Dad die frohe Nachricht. Tja! Und der hat dann gemeint, das wäre doch eine wundervolle Gelegenheit, endlich mal wieder zu grillen. Helga und Nils hatten auch Zeit. Und Fee und Sam kommen gleich noch vorbei. Hier. Zum Anstoßen.» Sie drückte mir ein Glas Champagner in die Hand. *Moët* las ich auf der Flasche. Mia hatte sich offensichtlich nicht lumpen lassen.

«Jaaaa, man muss die Feste feiern, wie sie fallen.» Helga trat zu uns. «Prost!» Sie hob ihr Glas. Ihre roten Wangen verrieten, dass es nicht das erste an diesem Abend war.

Unauffällig ließ ich meinen Blick über die bunt gemischte Schar schweifen, die sich auf der Dachterrasse versammelt hatte, und er blieb unwillkürlich an Jakob hängen.

Als Nils mein Eintreffen bemerkte, hob er die Bierflasche in die Höhe. «Hey, Schwägerin! Komm her und lass dir gratulieren!»

Zögernd trat ich näher. Ich umarmte Nils kurz, drückte ihm rechts und links einen Kuss auf die Wange.

Jakob stand auf. «Auch von mir herzlichen Glückwunsch», sagte er ungewohnt förmlich. «Vor lauter Arbeit habe ich von dem ganzen Drama überhaupt nichts mitbekommen.» Er nahm mich in den Arm, und beim Duft seines Rasierwassers krampfte sich mein Magen schmerzlich zusammen.

«Hat ja zum Glück nicht lange gedauert.»

Befangen standen wir voreinander. Niemand von uns sprach ein Wort.

«Was ist denn mit euch los?» Nils machte ein amüsiertes Gesicht.

Zum Glück erschienen Fee, Sam und Paul in diesem Augenblick, und wie immer, wenn meine Schwester einen Raum betrat, schaffte sie es mühelos, alle Aufmerksamkeit auf sich zu ziehen.

«Solche spontanen Feste sind einfach die besten», erklärte sie, nachdem sie alle Anwesenden mit einem Küsschen begrüßt hatte. «Ich wette, wenn wir versucht hätten, so etwas zu planen, wäre es uns nie gelungen, die ganze Familie an einen Tisch zu bekommen.»

«Nicht die ganze Familie. Eine fehlt!», sagte ich scharf, und Fee sah mich verwundert an.

«Das Fleisch ist fertig. Setzt euch an den Tisch.» Mein Vater kam mit Paul auf dem Arm zu uns.

Plötzlich ertrug ich das Ganze nicht mehr.

«Fangt schon mal an. Ich muss mir noch die Hände waschen.»

Im Bad stützte ich mich auf das Waschbecken und betrachtete mich im Spiegel. Von draußen hörte ich unbeschwertes Gelächter, Tellergeklapper und den Korken einer Flasche knallen. Ich zog mein Handy aus der Tasche, rief eine Nummer mit den Ziffern 00 353 in der Vorwahl auf und wartete ab.

Ein Mann hob ab. «Ian Kuyt.»

Ich holte tief Luft. «Lilly Rosenthal. May I talk to my mother?»

Kurz darauf ertönte die helle, immer leicht atemlos wirkende Stimme meiner Mutter. «Lilly?» Sie klang verunsichert. Als sie das letzte Mal versucht hatte, mit mir zu sprechen, hatte ich, ohne mich zu verabschieden, aufgelegt. «Wie geht es dir, Schätzchen?»

«Wir feiern gerade. Mia zieht nächste Woche mit ihrer Keramikwerkstatt in einen Laden am Rand des Englischen Gartens um, und ich übernehme das Café, das sich darin befunden hat.»

«Dein Vater hat es mir erzählt.»

«Hat er dir auch gesagt, dass Torsten und ich uns getrennt haben?» Ich hatte es ihm und meinen Schwestern verboten, da ich es Milla selbst mitteilen wollte, doch die Mitglieder meiner Familie waren nicht gerade für ihre Diskretion bekannt.

«Ihr habt euch getrennt? Mein Gott, Schätzchen, das tut mir leid.» Sie klang geschockt.

«Wir versuchen, Freunde zu bleiben.» Ich versuchte, meiner Stimme einen festen Klang zu geben.

Meine Mutter schwieg. Anscheinend musste sie diese Neuigkeit erst einmal verarbeiten.

«Weißt du schon, wann du kommst?»

«Am Freitagnachmittag. Der Flug ist bereits gebucht.»

«Ich hole dich ab.»

Eine Viertelstunde später verließ ich das Badezimmer und fühlte mich fünf Kilogramm leichter. Ich hatte endlich den ersten Schritt getan! Zwar hatten Milla und ich uns nicht ausgesprochen – ich wollte ihr das, was ich ihr zu sagen hatte, lieber von Angesicht zu Angesicht mitteilen –, aber sie schien mir zumindest nicht böse zu sein. Ein sehr nobler Charakterzug von ihr, wenn man bedachte, welche Vorhaltungen ich ihr bei unserem letzten Gespräch gemacht hatte. Zu der leeren Champagnerflasche hatten sich zwei leere Sektflaschen gesellt, und Fee köpfte gerade die dritte. Die Männer tranken Bier. Nur mein Vater hatte ein Glas Mineralwasser vor sich stehen, wie ich wohlwollend zur Kenntnis nahm.

«Wann kommt eigentlich dein hübscher Günther wieder aus Berlin zurück?», fragte Mia, als wir nach dem Essen gemeinsam in der Küche standen und die Spülmaschine einräumten.

«In einer Woche. Und er ist nicht *mein* Günther.» Hochkonzentriert befüllte ich den Besteckkorb.

«Das hat bei unserer Geschäftsabschlussfeier aber ganz anders ausgesehen.» Mia verzog spöttisch die Lippen.

Durch das Fenster beobachtete ich Jakob, der eine Zigarette rauchte und über etwas lachte, was Opa Willy ihm gerade erzählte.

Mia folgte meinem sehnsüchtigen Blick. «Läuft etwas zwischen dir und ihm?»

Ich schreckte hoch. «Wie kommst du darauf?»

«Er schaut die ganze Zeit zu dir herüber. Und du zu ihm.»

«Wirklich?» Die Glühwürmchenarmee in meinem Magen erhob sich und fing an umherzuschwirren.

Mia machte ein verächtliches Gesicht. «Lass bloß die Finger von dem.»

Ich stemmte die Hände in die Seiten und musterte sie scharf. «Warum bist du so fies zu ihm? Du kennst Jakob doch überhaupt nicht.»

«Aber du kennst ihn!», höhnte sie und schaute mich mit zusammengekniffenen Augen an.

Ich hob die Augenbrauen. «Also? Was hat er dir getan?»

Mias Blick schweifte durch die Küche. «Anfang des Jahres waren wir zusammen auf einer Party. Ich hatte ziemlich viel getrunken und habe versucht, ihn zu küssen.»

«Ja, und?» Ich hielt den Atem an.

«Er wollte nicht. Meinte, das könne er nicht bringen. Nicht *just for fun*. Da Helga und Nils bald verheiratet sind, wären wir quasi eine Familie. – So, jetzt weißt du es.» Meine Schwester machte ein bockiges Gesicht.»

«Das hat er gesagt?!» Ich prustete los. Für Mia musste das eine ganz neue Erfahrung gewesen sein. Normalerweise war sie es, die die Männer am langen Arm verhungern ließ.

✳ 285 ✳

«Sorry, dass ich daran so gar nichts komisch finden kann.» Sie verschränkte die Arme vor der Brust.

Ich lehnte mich gegen die Anrichte. Mir war ganz schummerig. So viel war heute passiert! Ich hatte heute Mias und meine berufliche Zukunft gerettet, mich mit meinem Exmann ausgesöhnt, einen ersten Schritt auf meine Mutter zugemacht, und nun diese Info. Jakob hatte sich geweigert, Mia zu küssen! Nicht *just for fun*, hatte er gesagt. Weil sie quasi eine Familie waren. Aber mich hatte er geküsst! Und nicht nur das. Verwirrt kippte ich den Sekt in einem Zug herunter und schenkte mir gleich noch ein weiteres Glas ein. Normalerweise war ich nicht der Typ, der sich gezielt betrank. Aber wer, wenn nicht ich, hatte nach einem solchen Tag das Recht dazu, sich hemmungslos zu betrinken?

Wie es aussah, alle außer meinem Vater. Der krallte sich zu meiner großen Erleichterung nämlich die ganze Zeit an seinem Mineralwasserglas fest. Alle anderen jedoch hielten sich weniger zurück. Helga war sogar so betrunken, dass sie sich zwischen zwei Stühle setzte, weil sie dachte, sie sähe doppelt. Selbst Opa Willy hatte ziemlich einen im Tee.

«Geht es dir gut?», erkundigte sich Jakob, als ich mich gegen Mitternacht neben ihn an die Brüstung der Dachterrasse lehnte und Nils nachwinkte, der mit Paul auf dem Arm versuchte, Helga, die partout noch nicht nach Hause wollte, in ein Taxi zu befördern.

«Hervorragend.» Ich legte meinen Kopf in den Nacken und schaute in den sternklaren Himmel mit dem sichelförmigen Mond. Mittlerweile hatte ich die Nachricht von ihm und Mia einigermaßen verdaut – ihr Versuch, ihn zu küssen, war schließlich bereits ein paar Monate her –, und ich konnte wieder halbwegs unbefangen mit ihm umgehen. So unbefangen, wie es eben möglich war, wenn einem beim Anblick des anderen unweigerlich schmutzige Bilder durch den Kopf zogen. «Und du? Freust du dich schon auf Barcelona?»

«Ist noch viel zu tun bis dahin.»

«Wirst du München vermissen?»

«Klar. Meine Mutter wohnt hier. Und meine Freunde.» Er warf mir einen Seitenblick zu und öffnete den Mund, als ob er noch etwas hinzufügen wollte. Doch dann wandte er das Gesicht ab. «Barcelona ist eine tolle Stadt. Ich habe schon einmal für ein paar Monate dort gearbeitet.»

«Du hast sicherlich eine Menge Bekannte dort», sagte ich und registrierte unbehaglich einen Hauch von Eifersucht in meiner Stimme.

«Ein paar.» Jakob legte seine Arme auf die Brüstung und starrte auf das Sternenmeer vor uns.

«Und wohin geht es danach? London, Paris, Rom?»

«Nach Dubai wahrscheinlich.» Ruckartig wandte er sich ab. «Ich gehe schlafen. Morgen früh muss ich noch einmal für ein paar Stunden in die Firma.»

Kapitel 18

Ein riesiger Umzugswagen stand vor unserem Haus. Ein kräftiger Mann mit Halbglatze kletterte mit zwei Stühlen auf dem Arm aus dem offenen Laderaum. So früh schon! Abrupt blieb ich stehen. Günther hatte mir heute Morgen um kurz nach sieben eine Nachricht geschrieben, dass die Umzugsfirma und er gleich losfahren würden. Mit einem mulmigen Gefühl im Bauch fuhr ich mit dem Aufzug nach oben und betrat durch die geöffnete Tür die Wohnung gegenüber von meiner.

«Günther!», rief ich.

«Hier!», ertönte es aus Richtung des Wohnzimmers. Mein neuer Nachbar und ein anderer Mann mühten sich gerade damit ab, die Teile eines L-förmigen Sofas ineinanderzustecken.

«Das ging aber schnell. Anscheinend seid ihr ohne Stau durchgekommen», begrüßte ich ihn.

Keuchend richtete er sich auf. Seine blonden Haare hingen ihm verschwitzt in die Stirn.

«Schön, dich zu sehen.»

Befangen standen wir voreinander. Ich fing an, an meiner Bluse herumzuzupfen.

«Ich brauche eine Pause. Möchtest du auch einen Kaffee?», fragte Günther.

Erleichtert nickte ich und folgte Günther in die Küche.

«Morgen ist es also soweit. Eure große Café-Eröffnung»,

288

sagte er, ohne mich anzusehen, und widmete sich mit größter Aufmerksamkeit einem riesigen, stahlglänzenden Ungetüm von Kaffeeautomat. «Bist du schon aufgeregt?»

«Es kommen nur enge Freunde und Verwandte. Die eigentliche Eröffnung findet am Montag statt. Dann wird sich zeigen, ob Mias Stammkundschaft auch erscheint, wenn sich ihre Werkstatt nicht mehr mitten in der Stadt befindet, und ob sich tatsächlich jemand in unser Café verirrt.» Ich ließ meinen Blick durch die Küche huschen, auf der Suche nach irgendetwas, was mir Halt gab.

«Ich bin gespannt, wie es nun aussieht.»

«Es ist wirklich schön geworden», sagte ich nicht ohne Stolz. «Du hast tolle Ideen gehabt. Und wir haben fast alle umgesetzt.»

Das Schweigen zwischen uns breitete sich aus.

«Ich muss dir etwas sagen», platzte Günther plötzlich heraus.

«Was denn?» Da ich feststellte, dass meiner Bluse die übermäßige Beschäftigung mit ihr nicht guttat und sich bereits dunkle Stellen an dem vorher cremefarbenen Stoff gebildet hatten, fing ich an, meinen Rock zu glätten. Ich wusste wirklich nicht, wohin mit meinen Händen.

«Ich habe dir doch von meiner Exfreundin erzählt.»

«Jaaaa.» Ich verschränkte die Finger krampfhaft ineinander.

«Sie war wütend, weil ich die Stelle am Deutschen Theater angenommen habe, und wollte, dass ich in Berlin bleibe.»

«Das ist verständlich.» Ich war mir nicht sicher, welche Richtung unser Gespräch nehmen würde. «Warum erzählst du mir das?»

«Wir haben uns versöhnt.» Günther fuhr sich durch die Haare, sodass sie nach allen Seiten abstanden. «Ich dachte, ich sollte es dir sagen, weil … weil wir beide uns ein paarmal getroffen haben.»

«Aber sie ist doch jetzt mit dem Besitzer eines Angel-Shops zusammen», entgegnete ich verblüfft.

«Sie hat gesagt, sie wollte mir damit nur eine Reaktion entlocken.»

«Du hast mir einen Vergissmeinnichtstrauß geschenkt.»

«Ja, aber ...» Günter wand sich unter meinem Blick.

«Du hast mich als Trostpflaster benutzt.» Ich schürzte die Lippen.

«Ich mag dich wirklich sehr gern», beeilte er sich zu versichern, «und ich hätte mir auch vorstellen können, dass ...»

«Ich fasse es nicht! Du hast mich als Trostpflaster benutzt», wiederholte ich. Doch beim Anblick seines zerknirschten Gesichts prustete ich los. «Mensch! Bin ich erleichtert.»

Günther sah mich an, als ob ich den Verstand verloren hätte.

«Und ich habe mir die ganze letzte Woche Gedanken gemacht, wie ich es dir sagen könnte.»

«Was?»

«Der Mann, der bei Mias und meiner Geschäftsabschlussfeier bei mir aufgekreuzt ist ... Das war nicht irgendein Exfreund. Es war mein Mann. Wir hatten uns kurz vorher voneinander getrennt.»

«Und nun seid ihr wieder zusammen?» Günthers Gesicht hellte sich merklich auf.

Ich schüttelte den Kopf. «Wir haben uns endgültig getrennt. Im Guten», fügte ich schnell hinzu. «Aber in gewisser Weise ... wollte ich mich ... wahrscheinlich auch mit dir über ihn hinwegtrösten.»

Verlegen standen wir voreinander.

«Wir sollten jetzt wohl beide beleidigt sein», sagte Günther nach einer Weile.

«Wir sollten uns lieber freuen, dass keiner von uns mit einem gebrochenen Herzen aus der Sache hervorgeht.» Ich grinste breit. «Und wie geht es jetzt mit dir und deiner Freundin weiter? Zieht sie hierher?»

«Tanja möchte derzeit ihren Job nicht aufgeben. Sie arbeitet als Pharmavertreterin. Wir versuchen, uns mindestens jedes zweite Wochenende zu sehen. Mit dem Flieger braucht man nur eine knappe Stunde von München nach Berlin. Alles andere wird sich zeigen.»

«Fernbeziehungen können bestimmt sehr romantisch sein.» Ich lächelte. «Kein Streit über das Ausräumen der Spülmaschine, dafür heißer Sex.»

Günther errötete und stellte umständlich eine Tasse unter die Kaffeemaschine.

«Möchtest du trotzdem auf das Fest kommen?», fragte ich ihn, um ihm über seine Verlegenheit hinwegzuhelfen.

«Natürlich. Nur die Hochzeit ...», druckste er herum. «Ich denke, es wäre etwas unpassend, wenn ich dich dorthin begleite. Auch wenn ich Katharina Schönebeck wirklich gerne kennenlernen würde», fügte er bedauernd hinzu.

«Wenn du möchtest, lade ich sie mal zum Kaffee ein», sagte ich mit einer wegwerfenden Handbewegung.

Günther reichte mir die Tasse, und ich blies vorsichtig auf das heiße Getränk. Eigentlich hätte ich enttäuscht sein müssen, dass ich auf der Hochzeit nicht mit ihm angeben konnte. Aber warum sollte ich Anton etwas vormachen? Wenn ich mit der Vergangenheit abschließen wollte, musste ich ehrlich zu ihm sein. Und ich brauchte mich nicht zu verstecken. Ich hatte mittlerweile schließlich einiges vorzuweisen.

«Das war's.» Mit schmerzenden Oberarmen stieg ich von der Leiter und betrachtete zufrieden, wie die letzte der fünfzig aufgehängten Laternen sanft aufglühte. Ich hatte von einem Lampionfest geträumt, seit ich mir vor zwei Jahren in der Adventszeit mit meiner Mutter *Rapunzel – Neu verföhnt* angeschaut hatte. Die Szene, in der Rapunzel und ihr Prinz in einem Boot sitzen und sich die aufsteigenden Laternen ansehen, war unglaublich romantisch! Und genauso, wie der See im Märchen unter Millionen glitzernder Lichter schimmerte, sollte auch der Garten rund um das Café erstrahlen. Cäcilia, die seit zwei Tagen im Seniorenheim lebte, war von ihrer Schwester zu uns gebracht worden. Hingerissen betrachtete die alte Frau die roten, gelben, grünen und blauen Lampions, die sich an langen Schnüren wie Perlenketten von Baum zu Baum zogen. Immer wieder fiel ihr Blick auf das Klavier im Wohnzimmer. Auch ich vermisste Eduard und seine Musik, die mich bei meiner Arbeit im Café so oft begleitet hatte, schmerzlich.

Emmy Winter sah an diesem Abend besonders furchteinflößend aus. Zur schwarzen Hose und Fellweste trug sie einen dramatisch roten Lippenstift und Schuhe von derselben Farbe. Die Haare hatte sie hoch auf ihrem Kopf zu einem strengen Dutt aufgetürmt. Durch das breite Gestell ihrer Brille musterte sie das Treiben um sie herum mit unbewegter Miene. Der Wohnbereich des Hauses sollte in Zukunft vermietet werden. Für zweitausendfünfhundert Euro im Monat. Rosenthal & Sohn übernahm die Vermittlung. Ich hatte Cäcilia dazu überredet und hoffte, dass Torsten diesen Wink verstehen würde. Obwohl die Immobilie noch nicht öffentlich ausgeschrieben war, hatten sich bereits erste Interessenten gemeldet.

«Hast du unseren Vater irgendwo gesehen?», erkundigte sich Fee, die mit Paul auf dem Arm zu mir trat. «Er war doch gerade noch da.»

Ich schüttelte den Kopf, hatte aber auch keine große Lust, ihn zu suchen. Während der vergangenen Wochen hatte ich mich allzu oft wie eine Mutter gefühlt, die ihr Kind keine Sekunde aus den Augen lässt. Nun war es Zeit für ihn, wieder auf eigenen Füßen zu stehen. Zumal ich ihm mit meinem gluckenhaften Verhalten zunehmend auf die Nerven ging. Nach der Hochzeit würden er und Opa Willy nach Traun zurückkehren.

«Dein neuer Nachbar, ich muss schon sagen, ein echter Hottie.» Fee schaute bewundernd zu Günther hinüber, der Cäcilia gerade in ihre Jacke half. Sie war müde geworden und wollte nach Hause gefahren werden. «Tut es dir leid, dass du aus deiner Wohnung rausmusst?»

«Nicht besonders.» Torsten hatte mir zwar angeboten, bis auf weiteres in der Wohnung zu bleiben. Aber auf Dauer erschien mir das nicht richtig. Irgendwo in München würde sich auch für mich ein nettes Plätzchen finden. Eines, das nur mir gehörte. In gewisser Weise freute ich mich sogar darauf, eine Wohnung ganz nach meinem eigenen Geschmack einzurichten.

«Schade, dass dieser Günther vergeben ist», seufzte Fee.

Ich schüttelte den Kopf. «Wir sind ziemlich verschieden, habe ich festgestellt. Und außerdem ist er mir zu verklemmt.»

Sie grinste. «Nur weil du mittlerweile alle drei Bände von *Shades of Grey* gelesen hast, brauchst du dich nicht so aufzuspielen.» Doch ich ließ mich nicht aufziehen. «Die Serie hat meinen sexuellen Horizont in der Tat beträchtlich erweitert», erwiderte ich hoheitsvoll und dachte mit einem Hauch von Bedauern an Jakob, dem ich diesen Zugewinn an Erfahrung eigentlich zu verdanken hatte. Er hatte heute Abend vorbeikommen wollen, war aber nicht erschienen. «Hat Nina in letzter Zeit etwas von Jakob erzählt? Dass die beiden sich getroffen haben?», erkundigte ich mich bei Fee.

«Ich habe sie seit einiger Zeit nicht mehr gesprochen. Warum fragst du?»

«Ich habe zufällig gesehen, wie sie ihn vor ein paar Tagen um sechs Uhr morgens nach Hause gebracht hat.»

«Gut möglich. Etwas Festes hat Nina zurzeit jedenfalls nicht. Und du weißt ja, wie Jakob ist.»

Ich verzog das Gesicht. Ja, das wusste ich. Und trotzdem musste ich ständig an ihn denken. Warum ließen sich Gefühle nicht einfach abschalten?

Gegen zwei Uhr näherte sich das Fest dem Ende. Die kalten Platten waren geplündert, die Weinflaschen und die Gefäße mit Erdbeerbowle geleert. Als die ersten Lampions zu flackern anfingen, half Günther Mia und mir beim Aufräumen.

«Lasst uns morgen weitermachen!», sagte ich, als wir den Müll eingesammelt und das Geschirr gestapelt hatten.

«Es war ein wirklich schöner Abend», sagte Günther, als wir wenig später vor dem Aufzug zwischen unseren beiden Wohnungen standen. Meine Pumps hielt ich in der Hand, da ich mir auf dem Nachhauseweg Blasen gelaufen hatte. Aber ich war nicht dazu bereit gewesen, Mias und meinen großen Tag in Turnschuhen zu begehen. «Deine Familie ist sehr nett.»

Ich lächelte. «Meistens zumindest. Gute Nacht. Und danke für deine Hilfe.» Ich drückte ihm einen Kuss auf die Wange.

Die Tür zu meiner Wohnung öffnete sich mit einem Quietschen, und erschrocken fuhr ich zurück. Jakob stand im Türrahmen. Er trug Boxershorts und ein weißes Shirt. In der Hand hielt er das Telefon.

«Ich wollte dich gerade anrufen», sagte er mit einem merkwürdigen Ton in der Stimme. «Aber reg dich bitte nicht auf. Es ist nicht so schlimm, wie es sich anhört.» Beschwichtigend hob er die Hände.

«Was denn?» Panik stieg in mir auf.

«Dein Vater hat einen Unfall gehabt.»

Mein Herz setzte für einen Taktschlag aus.

«Was ist passiert?», fragte ich mit brüchiger Stimme.

«Das Klinikum rechts der Isar hat angerufen. Er ist am Karlsplatz vor eine Trambahn gelaufen.»

Eine Trambahn! «Was um Himmels willen hat er am Karlsplatz gemacht?»

«Sie durften mir keine nähere Auskunft geben. Das Krankenhaus wollte nur, dass du informiert bist. Er hat dich als Kontaktperson angegeben.»

«Soll ich dich hinbringen, Lilly?», schaltete sich Günther besorgt in unser Gespräch ein.

«Ich werde sie fahren.» Jakob musterte Günther verächtlich von Kopf bis Fuß. «Ich ziehe mir nur schnell etwas an.» Er packte meinen Arm und zog mich in die Wohnung.

Mit Loki im Schlepptau rannte ich ins Zimmer meines Vaters und zerrte mit zitternden Händen einen Schlafanzug und eine Unterhose aus dem Kleiderschrank. Aus dem Bad holte ich seine Zahnbürste. Dann stopfte alles in eine Reisetasche, zog mir eine dicke Sweatjacke über und schlüpfte in meine Laufschuhe. Zu meinem dünnen Sommerkleid waren die bestimmt ein grotesker Anblick. Egal. Vor Sorge um meinen Vater war mir ganz schlecht. Warum hatte ich ihn vorhin nicht gesucht? Die Antwort auf diese Frage konnte ich mir selbst geben: Weil ich keine Lust gehabt hatte, mir schon wieder um ihn Gedanken zu machen. Weil ich den Abend genießen wollte. Weil ich froh war, endlich einmal unbeschwert zu sein.

Im Krankenhaus ging ich direkt zum Empfang.

«Lilly Rosenthal. Können Sie mir sagen, wo mein Vater liegt? Er heißt Karl-Heinz Baum und ist vor etwa einer Stunde hier eingeliefert worden.» Was für ein Déjà-vu-Erlebnis!

Vor der Station, in der mein Vater lag – es war schon wieder die chirurgische – blieb Jakob stehen. «Ich denke, es ist besser, wenn du und dein Vater … wenn ihr das allein miteinander klärt.

Ich gehe in der Zwischenzeit eine rauchen und warte unten auf dich.» Er zog eine Schachtel Zigaretten aus seiner Jackentasche und drehte sich um.

Mit leichtem Bedauern blickte ich ihm hinterher. Mit ihm zusammen hätte ich mich wohler gefühlt.

Ich machte mich auf die Suche nach einer Schwester.

«Können Sie mir einen Arzt rufen, damit ich erfahre, was mit meinem Vater ist?», leierte ich meinen eingeübten Spruch herunter, doch zu meiner Überraschung gab mir die resolute Frau mit den grau melierten Löckchen und dem freundlichen Lächeln Auskunft.

«Wir haben ihn bereits geröntgt. Sein Mittelfußknochen ist gebrochen. Und ein paar Rippen sind geprellt.» Etwas ganz Neues! Ich rollte mit den Augen.

«Gehirnerschütterung?», fragte ich knapp.

«Er sagte, er sei nicht mit dem Kopf aufgeprallt.»

«Ein Alkoholproblem?»

Die Krankenschwester sah mich verwirrt an.

«Hatte er zu viel getrunken?»

Sie ging nicht auf meine Frage ein. «Wenn Sie möchten, können Sie zu ihm. Er ist noch wach, und da wir nicht voll belegt sind, konnten wir ihm ein Einzelzimmer geben.»

Sie führte mich in das gegenüberliegende Zimmer. Mein Vater saß in dem Bett am Fenster. Sein Fuß steckte in einem Gips. Als ich eintrat, schaute er auf. Seine Augen waren blutunterlaufen.

«Warum hast du das getan?», fragte ich anstelle einer Begrüßung. Ich erschrak selbst, wie kalt meine Stimme klang.

Die Krankenschwester räusperte sich und huschte mit gesenktem Kopf aus dem Raum.

«Ich habe nicht viel getrunken. Bloß … ein paar Bier.»

Das glaubte ich ihm sogar. Seine Zunge wirkte ein wenig

schwer, aber insgesamt gelang es ihm, sich relativ verständlich auszudrücken. Trotzdem!

«Du solltest überhaupt nichts trinken, hat der Arzt gesagt!», fuhr ich ihn an. «Und was hast du am Karlsplatz gemacht? Warum bist du nicht bei uns geblieben und hast mit uns gefeiert?»

«Ihr braucht mich doch alle nicht mehr. Ihr habt euer eigenes Leben.» Trotzig wandte er das Gesicht zur Wand.

Oh nein! Er würde mir nicht ausweichen. Ich rüttelte an seinem Arm, um ihn zu zwingen, mich anzusehen.

«Wir brauchen dich sehr wohl. Sonst wäre ich jetzt nicht hier», sagte ich fest und setzte mich zu ihm ans Bett. «Ich habe dir auch noch ein paar Sachen für die Nacht mitgebracht.»

«Der Arzt meint, ich kann schon morgen nach Hause.»

«Ja, das kannst du. Ich werde dich nach Traun fahren.»

Panisch blickte er mich an.

«Du hast mir versprochen, dass du nichts mehr trinkst, Papa.»

«Es war eine Ausnahme. Das bevorstehende Wiedersehen mit deiner Mutter, Helgas Hochzeit …»

Ich ließ ihn erst gar nicht ausreden. «Du kannst nicht alles, was in deinem Leben schiefläuft, als Rechtfertigung für deine Trinkerei hernehmen. Du bist vor eine Trambahn gelaufen. Es hätte wer weiß was passieren können!»

«Es wird nicht mehr vorkommen.» Er richtete sich auf.

«Das hast du beim letzten Mal auch schon behauptet, und genau deshalb möchte ich nicht, dass du länger bei mir wohnen bleibst. Der Einzige, der an deiner Situation etwas ändern kann, bist nämlich du selbst. Und solange ich dauernd um dich herumspringe, funktioniert das nicht.»

«Aber mein Fuß … Ich werde ohne Krücken nicht gehen können. Ich kann nicht Auto fahren», sagte er weinerlich.

«Helga, Mia, Fee und ich werden abwechselnd jeden Tag bei

dir vorbeifahren. Tante Inge wird bestimmt für Opa und dich mitkochen. Ich werde weiterhin für dich da sein, keine Angst.»

«Danke, dass du mir geholfen hast – wie so oft in letzter Zeit», sagte ich zu Jakob. Wir waren beide komplett durchgeweicht, als wir endlich die Wohnung erreicht hatten. Nach wochenlanger Dürrezeit hatte sich der Himmel ausgerechnet während unserer Rückfahrt dazu entschlossen, seine Schleusen zu öffnen und auf die ausgetrocknete Erde niederzuprasseln. Loki begrüßte uns begeistert bellend.

«Kein Problem», murmelte Jakob. Das Wasser rann von seinen dunklen Haaren in sein Gesicht. Doch er wischte es nicht weg. «Tut mir leid, dass ich dir deinen großen Abend verdorben habe.»

«Warum bist du nicht gekommen?», fragte ich und schälte mich aus der triefenden Sweatjacke.

«Ich kam erst nach neun aus der Firma heraus. Danach war ich zu kaputt.» Er wich meinem Blick aus.

«Ich hätte mich gefreut.» Ich legte kokett den Kopf schief. Unsere nassen Sachen, die sich wie eine zweite Haut an unsere Körper schmiegten, hatten durchaus ihren Reiz. «Dir ist doch bestimmt kalt.» Meine Hände glitten unter sein T-Shirt.

«Nicht», sagte er unwillig und schüttelte sie ab. «Was soll denn dein Freund dazu sagen?»

«Er ist nicht mein Freund.» Ich hob ruckartig den Kopf.

«Aber ihr habt euch vorhin umarmt.»

«Das war rein platonisch.» Fast hätte ich gelacht.

«Klar.»

«Außerdem wüsste ich nicht, was dich das angeht.» Ich schob angriffslustig das Kinn vor. «Ich habe dich letzte Woche zusammen mit Nina gesehen. Ihr habt euch ebenfalls umarmt. Und nicht nur das, vermute ich.»

«Sie hat mich nur nach Hause gebracht. Wir waren die ganze Nacht unterwegs.»

«Und danach bist du direkt zur Arbeit gefahren?! Natürlich!»

Ich fing an zu zittern. Aber nicht nur wegen meiner nassen Klamotten.

«Zwischen Nina und mir war nichts», wiederholte Jakob.

«Nina ist total hübsch, sie ist Single, und du willst mir erzählen, dass ihr bis morgens um halb sechs lediglich um die Häuser gezogen seid?» Ich presste die Lippen zusammen.

«Sie ist nur eine gute Freundin.» Langsam hörte er sich ziemlich wütend an.

«Das hat dich früher doch auch nicht gestört. Fee hat mir erzählt, dass du vor einiger Zeit mit Nina im Bett warst.»

«Aber jetzt stört es mich. Und weißt du auch, warum?» Er trat einen Schritt auf mich zu. Der Stoff seines durchnässten T-Shirts lag eng an seinem Körper, und ich konnte sehen, wie sich sein Brustkorb schnell hob und senkte.

«Warum?» Ich blickte zu ihm hoch.

«Wegen dir.»

«Wegen mir?» Mein Herz machte einen überraschten Satz.

«Ja.»

«Aber warum gerade wegen mir?», flüsterte ich.

Jakob zuckte die Schultern. «Man kann es sich nicht aussuchen, in wen man sich verliebt», sagte er, und es klang fast ein wenig trotzig.

Verliebt! Bilder von Nina, der Frau auf dem Küchentisch und auch von Mia schossen mir durch den Kopf. Das war alles zu viel.

«Ich … ich … mag dich ja auch, aber …»

Jakob sah aus, als hätte ich ihn geschlagen. Doch er hatte sich schnell wieder im Griff. «Ich weiß. Das hast du mir schon einmal gesagt.» Er sah mich fest an. «Bei dir reicht mir das aber nicht.»

Kapitel 19

«Lilly!», rief meine Mutter und winkte mir zu. Doch ich hatte sie bereits gesehen. Eilig stöckelte sie an einer gestresst aussehenden Frau mit drei kleinen Kindern vorbei, die von ihrem Mann begrüßt wurde. Sie umarmte mich fest, und eine Wolke Parfüm hüllte mich ein. L'Eau d'Issey von Issey Miyake – ein Duft, dessen holzige Note ich mit meiner Mutter verband, seit ich ein Kind war.

«Du bist bestimmt müde. Soll ich dich gleich ins Hotel fahren?»

«Lilly, der Flug von Dublin Kerry bis nach München hat nur anderthalb Stunden gedauert.» Ihr Lachen perlte wie Mias Champagner. Und wie hübsch sie doch immer noch war!

«Soll ich dich zu Fee oder Helga fahren? Du möchtest doch bestimmt deine Enkel sehen. Paul und Mathilda sind so groß geworden.»

«Zuerst einmal möchte ich dich sehen.» Sie drückte mich an sich. «Lass uns im Airbräu etwas essen gehen. Ich brauche ein bisschen Zeit, um anzukommen.»

Als wir die Ankunftshalle verließen und die wenigen Meter bis zum Restaurant schlenderten, mussten wir uns zwischen unzähligen Regenschirmen hindurchkämpfen, die von oben vermutlich aussahen wie ein bunter Flickenteppich. Der Himmel wollte seine Schleusen einfach nicht schließen. Helga war schon seit Tagen ganz hysterisch und sah ihre Hochzeit im wahrsten Sinne des Wortes ins Wasser fallen. Der Pegel des Starnberger Sees hatte eine rekordverdächtige Marke erreicht, und derzeit war die Terrasse, auf der Nils und sie feiern wollten, komplett überflutet. Normalerweise hätte mich dieses Wetter deprimiert. Doch nun bot es mir einen willkommenen Vorwand, mich in der Wohnung einzuigeln. Wenn ich nicht gerade Besorgungen machte oder im Café arbeitete, saß ich stundenlang auf der Couch, mit Loki als Wärmflasche auf dem Bauch, starrte die Wände an und aß Schokolade. Aber nicht einmal die konnte meinen Schmerz lindern. Mein Vater und mein Opa waren wieder nach Traun gezogen, und Jakob hatte nach unserem Gespräch vor fast einer Woche seinen Rucksack gepackt und war verschwunden. Wohin, hatte ich nicht gefragt. Nachdem Torsten sich von mir getrennt hatte, war es mir nicht gutgegangen. Jetzt ging es mir noch schlechter. Ich vermisste Jakob mehr, als ich es je für möglich gehalten hätte. Ein Wort von mir, und er wäre geblieben. Doch wo hätte das hingeführt? Er würde mir das Herz brechen, genauso wie den unzähligen Frauen vor mir. Und mir fehlte die Kraft, erneut die Scherben aufzusammeln und sie wieder zusammenzusetzen.

«Meine Güte! In Irland hatten wir strahlenden Sonnenschein.» Milla schüttelte sich wie eine nasse Katze, als wir endlich im Trockenen waren und bei einem Latte macchiato im Airbräu saßen. Sie lächelte und nahm meine Hände in ihre. «Jetzt erzähl mal. Wie geht es dir?»

«Das Café und Mias Keramikladen sind gut angelaufen. Besser, als wir dachten zumindest.»

Milla lachte. «Das freut mich für euch. Aber das meine ich nicht. Ich will wissen, wie es DIR geht.» Sie zog mich an sich.

«Wegen Torsten?» Ich zuckte die Schultern. «Es ist okay. Die Trennung ist ja schon eine Weile her.»

«Du kannst zehn Jahre einfach so abhaken?»

Ich seufzte. «Wir bleiben … Freunde.»

Milla schüttelte den Kopf. «Du bist schon immer so vernünftig gewesen. Du und Helga, ihr wart immer meine beiden Braven. Ganz anders als Fee und Mia. Wenn ich mehr von ihrer Sorte gehabt hätte, wäre ich jetzt schon ganz grau auf dem Kopf. Aber ihr beiden, ihr habt mir nie Kummer gemacht.»

«Ich muss dir was erzählen.» Ich straffte den Rücken und holte Luft. «Ich bin nicht immer so brav gewesen, wie du denkst.»

«Das ist schwer vorzustellen», bemerkte sie amüsiert.

«Kannst du dich noch an den Sommer erinnern, in dem wir nicht an den Chiemsee gefahren sind?»

«Natürlich.» Sie schauderte. «Nicht, dass Übersee der Nabel der Welt gewesen wäre, aber die ganzen sechs Wochen nur in Traun zu verbringen … Im Nachhinein denke ich, ich hätte euch Mädels einpacken und allein mit euch verreisen sollen. Aber damals war ich noch nicht so unabhängig wie heute.»

«Ich habe mich in diesem Sommer heimlich mit einem Jungen getroffen. Mit Anton Schäfer.»

Sie runzelte die Stirn. «Ist der nicht mit dir und Mia in eine Klasse gegangen?»

«Ja. Er hat in Freising gewohnt. Wir haben uns immer an einem der Waldseen in der Nähe der Stoiber-Mühle verabredet. Auch nachts.» Ich wartete angespannt auf eine Reaktion.

Milla riss die Augen auf. «Du hast dich heimlich aus dem Haus geschlichen?»

«Und ich habe mit ihm geschlafen.»

Sie öffnete ihren Mund, als wollte sie etwas sagen, doch es kam kein Ton heraus.

«Ohne zu verhüten.»

Milla schnappte nach Luft. Mit einer solchen Beichte hatte sie garantiert nicht gerechnet.

«Und am Ende der Ferien habe ich meine Tage nicht bekommen.»

Sie hob die Hand, als sie den Kellner vorbeigehen sah. «Bringen Sie mir bitte einen Schnaps. – Für dich auch?», japste sie. Ich schüttelte den Kopf.

«Dann für mich bitte einen doppelten. – Du warst schwanger!» Sie starrte mich fassungslos an und krallte sich mit beiden Händen an der Tischplatte fest. «Ohne dass irgendjemand etwas davon gemerkt hat? Hast du das Kind …?» Ihre Stimme versagte.

«Natürlich nicht. Aber ich … ich war beim Arzt. Mit Mia …»

«Mia hat es gewusst?»

«Mit irgendjemandem musste ich schließlich darüber reden.» Ich zupfte am Tischtuch. In Momenten wie diesem verfluchte ich mich dafür, dass ich nicht rauchte.

«Aber warum nicht mit mir?»

«Ich wollte nicht, dass du von mir enttäuscht bist. Mit Mia und Fee hattest du schon genug Ärger.» Ich schluckte. «Und viel mehr als mein Braves-Mädchen-Image hatte ich damals nicht vorzuweisen.»

«Ach, Schätzchen!» Millas Stimme klang geschockt.

Ich schloss kurz die Augen, um mich zu sammeln. «Jedenfalls habe ich nicht abgetrieben. Das hätte ich niemals getan. Ich habe das Baby verloren», stieß ich hervor. «Bereits zwei Wochen nachdem ich beim Frauenarzt war. Ich habe auf einmal Blutungen bekommen. Und danach war es nicht mehr da.»

«Und das hast du alles mit dir allein ausgemacht.» Tränen traten in Millas Augen. Der Kellner stellte den doppelten Schnaps vor ihr auf dem Tisch ab und eilte davon. Sie kippte ihn in einem Schluck herunter. «Warum hab ich nur nichts davon gemerkt? Ich hätte doch etwas merken müssen!» Ihre Stimme zitterte.

Ich strich ihr über die Hand. Eine unerwartete Zärtlichkeit

überkam mich. «Du konntest es ja nicht ahnen», sagte ich sanft. «Außerdem war ich schon immer ziemlich gut darin, meine Gefühle zu verbergen.»

Milla musterte mich einige Sekunden unsicher, dann straffte sie die Schultern. «Und was hat dieser Anton dazu gesagt, dass du schwanger bist?»

«Er hat es mir nicht geglaubt. Als die Ferien vorbei waren, ist er mir aus dem Weg gegangen. Kurz darauf hatte er eine andere. Als ich ihm erzählt habe, dass ich meine Tage nicht bekomme, dachte er wohl, das sei nur ein Vorwand, um wieder mit ihm zusammenzukommen.» Bei dem Gedanken an das demütigende Gespräch, das ich damals mit ihm geführt hatte, trieb es mir noch heute die Schamesröte ins Gesicht. Er hatte sich aus der Verantwortung gezogen und damit etwas in mir zerbrochen.

Ihre Augen blitzten zornig. «Gut, dass ich das Bürschchen damals nicht in die Finger bekommen habe.» Sie ballte die Hände zu Fäusten, und ich glaubte ihr jedes Wort. Wenn meine Mutter wütend war, konnte sie wirklich furchteinflößend sein.

«Das könntest du morgen nachholen.»

«Morgen?» Ihre Miene wurde zu einem einzigen Fragezeichen.

«Anton ist Nils' Trauzeuge. Die beiden haben sich bei seinem Lichttaler-Projekt kennengelernt.»

«Nein!»

«Leider doch.» Ich verzog den Mund. «Aber bitte tu ihm nichts an. Ich will selbst mit ihm sprechen. Irgendwie muss ich das tun. Damit ich endlich abschließen kann.»

«Belastet dich die Sache mit ihm immer noch so sehr?», fragte Milla mitfühlend. «Es ist doch schon so lange her.»

«Ich weiß.» Nervös drehte ich den Salzstreuer, der vor mir auf dem Tisch stand, hin und her. «Aber ich war froh darüber, als ich die Blutung bekam. Meinst du … Meinst du, dass all

304

diese Fehlgeburten … vielleicht die Strafe dafür waren? Dafür, dass ich mich damals gefreut habe, als das Kind nicht mehr da war?» Die letzten Worte stieß ich so schnell wie möglich hervor, so groß war meine Angst, dass ich sie sonst vielleicht niemals aussprach.

«Diese Angst hast du die ganze Zeit mit dir herumgetragen?» Meine Mutter sah mich ungläubig an. «Nein. Das ist es natürlich nicht. Warum solltest du dafür bestraft werden?» Sie nahm mich in den Arm. «Schätzchen! Du warst fünfzehn. Du bist noch zur Schule gegangen. Dieser Anton hat dich sitzengelassen und wollte nichts mit der Schwangerschaft zu tun haben. Wer an deiner Stelle wäre nicht erleichtert gewesen, das Kind zu verlieren?»

«Ich konnte damals schon keine Kinder bekommen.» Ich fing an zu weinen.

Milla wiegte mich sanft hin und her. «Die Ärzte haben doch gesagt, dass du kerngesund bist. Die Fehlgeburten waren einfach furchtbares Pech», sagte sie hilflos.

«Gleich zweimal hintereinander? Wenn ich die erste Schwangerschaft dazuzähle, sogar dreimal!», schniefte ich. Doch dann wischte ich mir trotzig die Tränen aus den Augenwinkeln und richtete mich auf. Weiter darüber zu lamentieren würde sowieso nichts nutzen. «Lass uns lieber über die Hochzeit sprechen», erklärte ich. «Ich freue mich schon so darauf.»

«Obwohl du diesen Kerl wiedersiehst?» Milla runzelte zweifelnd die Stirn. «Du wirst dich doch hoffentlich nicht wieder mit ihm einlassen.»

Beim Anblick ihrer kämpferischen Miene musste ich unwillkürlich lachen. Sie sah aus wie eine Löwin, die ihr Junges vor einem Schakal beschützen will. «Keine Angst. Vielleicht ist er mit einem ehemaligen Topmodel verheiratet und hat fünf Kinder.»

Sie schmunzelte. «Gibt es derzeit keinen Mann in deinem Leben?»

Ich musste an Jakob denken. Ein Kloß bildete sich in meiner Kehle, und auf einmal hatte ich das Bedürfnis, über ihn zu sprechen. «Doch. Nils' Freund. Der Mann, der bei mir gewohnt hat.»

«Jakob? Ein hübscher Kerl.» Milla lächelte.

«Findest du?» Verblüfft sah ich sie an.

«Seid ihr zusammen?»

Ich schüttelte den Kopf. «Am Anfang war es nur … Sex.» Oh Gott! Dieses Wort hatte ich noch nie zuvor in ihrer Gegenwart ausgesprochen. Doch als Milla keine Miene verzog, fuhr ich fort: «Aber irgendwann … er hat gesagt, dass er in mich verliebt ist.»

«Machst du deshalb so ein unglückliches Gesicht?»

«Jakob zieht Ende der Woche nach Barcelona. Und er hat mit so vielen Frauen geschlafen. Alles Affären, nie etwas Festes.»

«Aber er bedeutet dir etwas.»

Verzweifelt wand ich mich unter ihrem prüfenden Blick. «Ich glaube schon.»

«Worauf wartest du dann noch, Mädchen?»

«Ich hab Angst.»

«Wovor? Er hat gesagt, dass er in dich verliebt ist. Und wie ich ihn einschätze, ist er nicht der Typ, der so etwas ausspricht, wenn es ihm nicht sehr ernst damit ist.»

«Wie soll ich ihm jemals vertrauen?»

«Meine Güte, Lilly!» Auf einmal wirkte Milla genervt. «Manchmal muss man das Glück mit beiden Händen greifen! Und zwar ohne an die Folgen zu denken.» Sie umfasste meine Schultern und zwang mich, ihr ins Gesicht zu schauen. «So oft kommt das nämlich nicht vor, dass es sich einem direkt vor die Füße wirft.»

«Wohin willst du jetzt?», fragte ich Milla, als wir kurz darauf im Auto saßen. «Ins Hotel? Oder gleich zu Fee, Helga oder Mia?»

«Kannst du mich zu deinem Vater fahren?» Meine Mutter schaute bewegungslos in den Regen, der immer noch in Bindfäden gegen die Windschutzscheibe prasselte.

«Klar.» Verblüfft setzte ich den Blinker und fädelte mich in den dichten Verkehr vor dem Flughafenparkhaus ein. «Weißt du, dass Papa sich den Fuß gebrochen hat?»

«Helga hat mir alles erzählt.»

«Alles?», fragte ich.

Sie nickte und fing plötzlich an, Anekdoten über Irland und seine Bewohner zum Besten zu geben. Das war ihre Art, sich abzulenken, nahm ich an. Sie erzählte von den Schulkindern, die selbst bei Minusgraden mit nackten Beinen unter ihrer Uniform herumliefen, von dem fünfundzwanzigjährigen Bäcker in Kylebrack, der mit der einundfünfzigjährigen Frau von der Tankstelle ein Verhältnis hatte, und von ihrem Ausflug letztes Wochenende, als sie in einer Ameisenkolonne von Mietwagen den Ring of Kerry durchfahren hatte. Doch als wir kurz nach Freising von der B 11 abbogen, verstummte sie. Ihr Körper versteifte sich, und ihre Finger verkrampften sich ineinander. Nicht einmal die Aibl-Kinder, die wie üblich auf der Straße herumlungerten, entlockten ihr eine Reaktion.

«Soll ich mit reinkommen?», fragte ich.

Milla nickte stumm.

Ich kramte den Haustürschlüssel aus meiner Handtasche und steckte ihn ins Schloss. Als ich in den Flur trat, hielt ich unwillkürlich den Atem an.

«Hallo!», rief ich, doch niemand antwortete.

Leise ging ich in Richtung Wohnzimmer. Ich konnte Millas raschen Atem in meinem Rücken spüren. Im Türrahmen blieb ich stehen. Mein Vater lag, das Gipsbein hochgelegt, im Fern-

307

sehsessel, eine Zeitung auf seinem Bauch. Seine Augen waren geschlossen, und seine Miene wirkte entspannt. Als ich mich nach Milla umdrehte, war ihr Blick ganz weich geworden.

Anscheinend hatte er uns gehört, denn er öffnete langsam die Augen und sah sich verwirrt um. Als sein Blick auf meine Mutter fiel, weiteten sich seine Augen, und ein ganzes Kaleidoskop von Gefühlsregungen spiegelte sich in ihnen wieder: Liebe, Schmerz, Scham. Aber ich meinte auch, etwas von seiner alten Kraft darin aufblitzen zu sehen. «Milla», sagte er tonlos.

Sie schloss kurz die Augen und holte tief Luft. Dann ging sie auf ihn zu. «Was machst du denn bloß für Sachen?»

Der Regen hatte mittlerweile aufgehört, und ein leuchtender Regenbogen spannte sich über die Hügelkuppe vor mir. Ich betrachtete ihn nachdenklich und überlegte, was ich mir wünschen konnte. Erfolg, eine neue Wohnung, dass ich es irgendwann doch noch schaffen würde, ein Baby auf die Welt zu bringen. Doch irgendwie wanderten meine Gedanken immer wieder zu Jakob. «Manchmal muss man das Glück mit beiden Händen greifen», hatte Milla gesagt. «Ohne an die Folgen zu denken.»

Der Wind fuhr mir durch die Haare und ließ die eingerosteten Scharniere der Schaukel im Vorgarten knarren. Warum meine Eltern sie wohl nie abgebaut hatten? Ohne darauf zu achten, dass mein Hosenboden vollkommen durchnässt wurde, setzte ich mich auf das schmale Holzbrett. Schaukelte hin und her, erst zaghaft, dann kräftiger. Ich stieß mich vom Boden ab, schaukelte immer höher, reckte mein Gesicht der Sonne entgegen und sah zu, wie die Farben des Regenbogens blasser wurden und schließlich mit denen des Himmels verschmolzen.

Kapitel 20

«Ich verstehe das nicht. Wo bleibt er nur?» Nils blickte zum gefühlt hundertsten Mal innerhalb weniger Minuten auf seine Uhr.

«Er kommt schon noch.» Helga strich ihm beruhigend über den Arm. «Und selbst wenn nicht, er ist nicht dein Trauzeuge. Wir können auch ohne ihn anfangen.»

«Aber er ist so etwas wie mein Bruder.» Mein Schwager presste die Lippen zusammen.

«Vielleicht ist ihm etwas passiert», sagte ich und ließ meine Blicke nervös umherschweifen.

«Wohl kaum.» Nils Augen verdunkelten sich. Er sah zu Jakobs Mutter hinüber, einer zierlichen Frau mit modischem Kurzhaarschnitt und knallrot lackierten Fingernägeln. «Diane hat heute Morgen erst mit ihm telefoniert. Angeblich gab es ein Problem mit dem Computersystem, und Jakob musste noch einmal zur Arbeit. Als ob er der einzige Informatiker in der Firma wäre!»

«Dann soll er halt nachkommen. Wir müssen jetzt los. Das Schiff setzt um zwei zur Kirche über.» Helga nestelte nervös an ihrer Hochsteckfrisur herum. «Nicht zu glauben! Mia hat tatsächlich ihren neuen Freund mitgebracht. Wer hätte gedacht, dass sie tatsächlich länger als vier Wochen mit ihm zusammenbleibt.» Sie zeigte auf den dunkelhaarigen Hünen, der mit unserer zierlichen Schwester etwas abseits von der Gruppe stand

☀ 309 ☀

und ihre Hand in seiner Pranke hielt. «Und Opa Willy hat diese Frau Pfeifer angeschleppt. Zwei Personen mehr! Die bringen mir die ganze Tischordnung durcheinander.»

«Jetzt hör doch endlich mal auf, über diese bescheuerte Tischordnung nachzudenken!», platzte ich heraus. «Soll sich doch die Hochzeitsplanerin darum kümmern! Und jetzt gib endlich Ruhe und genieße den schönsten Tag deines Lebens! – Und du auch», wandte ich mich streng an Nils. «Wenn Jakob nicht kommt, ist er selbst schuld. Deine Gedanken sollten heute einzig und allein bei deiner wunderschönen Frau sein.» Und das war nicht übertrieben. Meine älteste Schwester sah in ihrem schlicht geschnittenen, enganliegenden Brautkleid und den hochhackigen Sandalen wirklich phantastisch aus. «Sogar das Wetter ist auf eurer Seite.» Am tiefblauen Himmel war nicht eine einzige Wolke zu sehen.

Helga und Nils schauten sich betreten an.

«Wir sind wohl beide ziemlich angespannt», gab Helga zu und berührte mich leicht am Arm.

Das war ich ebenfalls, auch wenn ich es mir nicht anmerken ließ. Ich hatte in den letzten Tagen mehrmals versucht, Jakob auf dem Handy zu erreichen, aber es war die ganze Zeit ausgeschaltet. Ich hatte ihm über Facebook eine Nachricht geschickt, doch er hatte nicht geantwortet. Ich hatte sogar Nils nach der Adresse seiner Mutter gefragt und war bei ihr vorbeigefahren. Sie wusste nicht einmal, dass ihr Sohn nicht mehr bei mir wohnte. Ich hätte ihm bei seiner Arbeitsstelle auflauern können. Doch letztendlich hielt mein Stolz mich davon ab – und die Gewissheit, ihn einige Tage später sowieso auf Helgas und Nils' Hochzeit wiederzusehen. Ein Trugschluss, wie sich jetzt herausstellte.

Der Anlegesteg in Starnberg war mit Blumen geschmückt. Fähnchen flatterten im Wind. Eine ganze Menge Menschen hatten sich bereits darauf versammelt. Mehrere Gesichter kamen mir vage bekannt vor, bei einigen war ich mir sicher, sie schon einmal im Fernsehen gesehen zu haben. Doch was mich vor einigen Monaten noch in grenzenloses Entzücken versetzt hätte, entlockte mir jetzt nur noch ein müdes Lächeln. Ob Jakob wohl schon da war? Unruhig ließ ich meinen Blick über die Menschenmenge vor mir gleiten. Wo zum Teufel trieb sich dieser Kerl rum? Jedenfalls nicht hier. Dafür sah ich Anton. Ich schnappte nach Luft. Obwohl ich versucht hatte, mich auf diesen Moment vorzubereiten, zog er mir doch den Boden unter den Füßen weg. Haltsuchend klammerte ich mich an einen Laternenpfahl. Anton stand etwa dreißig Meter von mir entfernt neben Nils' Mutter, und als er merkte, dass ich ihn beobachtete, nickte er mir steif zu. Huldvoll grüßte ich zurück und versuchte, mein Herz zu ignorieren, das mit der Gewalt eines Presslufthammers gegen meinen Brustkorb trommelte. Wie oft hatte ich diesen Augenblick immer und immer wieder in Gedanken durchgespielt. Mich der wohligen Vorstellung hingegeben, Anton Arm in Arm mit Günther gegenüberzutreten. Aber jetzt hielt ich anstelle meines hübschen Nachbarn nur meine silberfarbene Tasche in der Hand. Seltsamerweise war mir das egal. Unauffällig musterte ich Anton von der Seite. Die Haare trug er, genau wie auf seinem Facebook-Foto, ziemlich kurz, Sommersprossen und Zahnlücke konnte ich aus dieser Entfernung nicht erkennen. Dafür aber den leichten Bauchansatz, der sich unter seinem grauen Anzug abzeichnete, und die lichte Stelle auf seinem Hinterkopf. Selbst seine früher so rebellische Aura hatte einer gediegenen Spießigkeit Platz gemacht. Trotzdem … Irgendwie konnte ich immer noch verstehen, was mich damals an ihm so fasziniert hatte.

Jemand tippte mir von hinten auf die Schulter. Jakob! Erschrocken wirbelte ich herum. Doch es war nur Mia, die in einem winzigen schwarzen Stretchkleid vor mir stand, die sonst kunstvoll verwuschelten platinblonden Haare sittsam zur Seite gekämmt. «Hast du es geschafft, dich von deinem Freund zu lösen?», fragte ich spöttisch.

«Dafür bist du offenbar an Anton hängengeblieben», entgegnete sie seelenruhig. «Und? Immer noch Herzklopfen wegen diesem Drecksack?»

«Vielleicht ein bisschen», gab ich zu.

Mia verdrehte die Augen. «Sprich dich mit ihm aus, geh meinetwegen mit ihm ins Bett, aber dann hak die Vergangenheit endlich ab.»

Zum Glück kam ich nicht in die Verlegenheit, darauf antworten zu müssen.

«Schau! Das Schiff.» Ich zeigte in Richtung des Anlegestegs.

Der Gottesdienst ging in einem Meer von Tränen unter. Ich weinte, als Helga die Kirche betrat und der sonst so coole Nils bei ihrem Anblick feuchte Augen bekam, ich weinte bei *Amazing Grace*, bei der Segnung der Ringe, beim Hochzeitskuss. Ich weinte sogar bei den Fürbitten. Doch nicht nur ich saß schniefend, mit einer immer größer werdenden Anzahl von gebrauchten Papiertaschentüchern in der Handtasche, auf der unbequemen Holzbank. Auch der Rest meiner Familie hatte an diesem Tag ziemlich nah am Wasser gebaut. Selbst Mia versteckte sich während des *Ave Maria* tränenüberströmt hinter ihrem Liedblatt. Am besten hielt sich der sonst so sentimentale Opa Willy. Er saß vergnügt neben seiner Begleiterin und schien sich in Gesellschaft der zehn Jahre jüngeren Frau sichtlich wohl zu fühlen. Beim Schlusslied, dem *Irischen Reisesegen*, blieb ich unauffällig in der Bank sitzen, während die Massen aus der Kirche strömten, und überprüfte im Spiegel meines Handtäschchens mein Make-up. Ein bisschen sah ich aus wie ein Pandabär. Ich hätte zu wasserfester Wimperntusche greifen sollen! Vorsichtig tupfte ich die schwarzen Schmierstreifen mit einem Kleenex fort.

Dass an diesem Tag ansonsten kaum Zeit für Sentimentalitäten blieb, dafür sorgte die Hochzeitsplanerin. Die Frau mit dem steifgebügelten Nadelstreifenkostüm hatte diese Feier derart durchgeplant, dass es kaum eine Verschnaufpause gab. Bereits wenige Minuten nachdem Helga und Nils sich durch die Glückwünsche und Umarmungen der fast hundertfünfzig Gäste gekämpft hatten, trieb sie uns wie ein Feldmarschall auf das wartende Schiff. Dort stand ich anstatt mit Günther mit meiner Nichte Mathilda am Bug und ließ mir die aufwirbelnde Gischt ins Gesicht spritzen. Meine Nichte, die in ihrem rosafarbenen Kleidchen und dem Blumenkranz im Haar zuckersüß aussah, kreischte bei jedem Tröpfchen entzückt auf, und ich fand, dass ich in ihr eine wirklich gute Alternative zu Günther gefunden hatte. Nach dem Sektempfang lenkte uns die Hochzeitsplanerin umgehend zu einem kilometerlangen Buffet weiter, das auf der trockengelegten Terrasse des Restaurants vor einer malerischen See- und Bergkulisse aufgebaut war. Zu meinem Entsetzen hatte Helga mir Anton als Tischpartner zugeteilt.

«Ihr habt euch bestimmt viel zu erzählen», zwitscherte sie. «Und ihr seid die einzigen Alleinstehenden heute.» Sie zwinkerte mir zu. Hurra! Jakob, der ebenfalls zu unserem exklusiven Singlekreis gehört hätte, glänzte immer noch durch Abwesenheit. Doch ich wollte nicht undankbar sein. Zumindest war Anton nicht an der Seite einer wunderschönen Frau und mit einer Schar wohlgeratener Kinder auf der Hochzeit aufgetaucht.

«Was für ein Zufall, dass Nils der Mann deiner Schwester ist», sagte er, als wir uns mit einem Teller voller italienischer

Antipasti nebeneinander an den runden Tisch setzten. Ich nickte unbehaglich.

«Ist lange her, dass wir uns gesehen haben», fügte er hinzu.

Was um Himmels willen konnte man denn auf einen solchen Satz erwidern? Ich nickte zustimmend, stopfte eine mit Ziegenkäse gefüllte Peperonischote komplett in den Mund – und fing an zu husten. War die scharf! Mir schossen die Tränen in die Augen. Anton klopfte mir unbeholfen auf den Rücken. Sehr souveräner Auftritt, Lilly! Du kannst stolz auf dich sein. Ich spülte die Peperonischote samt den Resten meiner Selbstachtung mit einem Glas Wasser herunter. Unbehaglich ließ ich meinen Blick durch den Saal schweifen. Worüber konnte ich nur mit ihm sprechen? Zu meiner Rechten saß Mias neuer Freund, zu Antons Linken Fee. Es war unmöglich, inmitten dieser Runde unsere gemeinsame Vergangenheit zur Sprache zu bringen. Doch zum Glück scheuchte die Hochzeitsplanerin uns schon bald nach dem Essen auf. Helga und Nils sollten die Hochzeitstorte, ein großes Erdbeerherz, anschneiden. Wer dieses Ereignis fotografieren wolle, sei herzlich eingeladen. Ich wollte, denn so konnte ich mich eine Weile hinter meinem Handy verstecken.

Nachdem ich ein extragroßes Stück Torte mit Sahne verspeist hatte, stand bereits der nächste Programmpunkt an: Fotos für das Gästebuch. In Gruppen traten die Anwesenden vor und steckten ihre Köpfe durch einen rosenverzierten Bilderrahmen. Mir wurde Anton als Partner zugeteilt. Natürlich. Weil wir die einzigen Alleinstehenden waren, erklärte die Hochzeitsplanerin lächelnd. Ja! Das war mir bereits bekannt. Steif stellte ich mich neben ihn in Position, und er legte verkrampft die Hand auf meine Schulter. Der Fotograf drückte auf den Auslöser. Na, auf dieses Bild war ich gespannt! Wenn mich meine Wahrnehmung nicht völlig trog, mussten Anton und ich in Pose und Gesichtsausdruck Prinz Philip und der englischen Queen ähneln.

Die Sonne war mittlerweile tiefer gesunken und malte eine schillernde Straße auf die Oberfläche des Sees. Hin und wieder durchquerte ein Touristendampfer unser Sichtfeld.

«Wer hätte das gedacht. Du und ich hier», durchbrach Anton das Schweigen.

«Wie wahr.» Meine Mundwinkel zuckten. Der Austausch von Floskeln funktionierte zwischen uns wirklich hervorragend.

«Nils hat erzählt, dass du dich scheiden lassen willst.»

Ich fuhr zusammen. «Jaaaa.» Eventuell waren die belanglosen Sätze, die wir bisher miteinander gewechselt hatten, doch nicht so schlecht gewesen.

«Ich bin auch geschieden. Seit fünf Jahren.»

«Das tut mir leid.»

Anton zuckte mit den Schultern. «Wir haben eine siebenjährige Tochter. Ist immer blöd, wenn Kinder im Spiel sind.» Er lächelte unbeholfen. Die Zahnlücke und die Sommersprossen hatte er noch. «Und du?»

«Keine Kinder. Aber das haben Nils und Helga dir bestimmt auch schon erzählt.»

Er musterte seine Fußspitzen, wippte vor und zurück. «Ich hab in den letzten Jahren oft an dich denken müssen. Es tut mir leid, wie ich mich damals dir gegenüber verhalten habe. Glaub mir, wenn ich könnte, würde ich die Zeit zurückdrehen und alles anders machen.»

«Tja, zu spät.» Ich verschränkte die Arme vor der Brust und blickte in die untergehende Sonne.

«Ich habe dir eine Freundschaftsanfrage über Facebook geschickt. Warum hast du sie nicht bestätigt?»

«Sind wir Freunde?» Ich hob eine Augenbraue. «Sonst noch was? Oder kann ich wieder reingehen?»

Anton schaute betreten zu Boden. «Ich wollte dich noch etwas fragen.»

«Ich höre.»

«Die Schwangerschaft, von der du mir damals erzählt hast. Erinnerst du dich noch daran?»

«Was denkst du denn?», erwiderte ich zynisch.

«Das hat doch nicht gestimmt, oder?»

«Ob du es glaubst oder nicht», ich sah ihn zornig an, «ich war damals nicht so verrückt nach dir, dass ich zu solchen Mitteln gegriffen hätte, um dich zurückzugewinnen.»

«Aber man hat nie etwas gesehen.» Er knetete unruhig seine Hände.

«Weil ich das Baby verloren habe, du Idiot.»

Kochend vor Zorn drängte ich mich durch die lachende und schwatzende Menschenmenge, die sich auf der Terrasse versammelt hatte, um die letzten warmen Sonnenstrahlen zu genießen. Und diesem Volldepp hatte ich jahrelang hinterhergetrauert!

Im Vorbeigehen schnappte ich einen Gesprächsfetzen zwischen Nils und Jakobs Mutter auf. «Ich kann einfach nicht verstehen, dass er sich nicht blicken lässt. Es ist schließlich meine Hochzeit.»

«Ich weiß ja auch nicht, was zurzeit mit ihm los ist», antwortete sie hilflos. «Aber ich kann ihn nicht erreichen. Er hat das Handy ausgeschaltet.»

Wie in den letzten Tagen auch! Mist! Aber ich hatte keine Lust, mir länger von irgendwelchen Männern diesen wunderschönen Tag verderben zu lassen. Grimmig stöckelte ich weiter und beschloss, mich auf die Suche nach meinen Schwestern zu machen.

«Bitte alle hereinkommen!», flötete die Hochzeitsplanerin und nahm mich an der Schwelle zum Restaurant in Empfang. «Wir kommen nun zum Abendprogramm!»

Das Abendprogramm!

«Wer hat sich denn bei Ihnen angemeldet?», flüsterte sie mir zu. «Ihre Schwester hat mir geschrieben, dass Sie sich um die Koordination der Vorträge kümmern.»

Ich schnappte nach Luft. Wie lange hatte ich schon keine E-Mails mehr gecheckt? Vier Tage? Nein, das letzte Mal musste schon über eine Woche zurückliegen. Und mit Anton hatte ich auch nicht über unsere gemeinsame Aufgabe als Zeremonienmeister gesprochen.

«Das Interesse … äh, es … war leider nicht besonders groß», stammelte ich und hoffte inständig, dass nicht noch weitere Anfragen eingegangen waren. «Nur ein Onkel meines Schwagers hat sich gemeldet. Am besten lassen wir die Sache mit dem Programm.»

«Nicht doch!» Entrüstet schürzte die Hochzeitsplanerin die Lippen. «Der Mann hat sich doch garantiert bereits darauf eingestellt. Gehen Sie!» Sie gab mir einen Schubs. «Sie kündigen den ersten Programmpunkt an, und sollte sich danach niemand spontan melden, werde ich den weiteren Ablauf übernehmen. Ich habe mir ein paar Spiele überlegt.»

Spiele?! Scheibenkleister! Helga hatte mir doch den Auftrag gegeben, genau die mit aller Macht zu verhindern!

Ich stolperte mit hochrotem Kopf auf die Bühne. Nils schaute mich erwartungsvoll an, meine Schwester saß neben ihm, ein verkrampftes Lächeln im Gesicht. Im Schein der Kerzen konnte ich ihre Ringe funkeln sehen. Hilfe! Wie hieß dieser Onkel überhaupt? Und was um Himmels willen wollte er noch einmal zum Besten geben?

«Ein herzliches Willkommen», begrüßte ich die Gäste und versuchte, nicht auf die prominenten Gesichter vor mir zu achten. «Meine Schwester hat mich gebeten, heute durch den Abend zu führen. Und als ersten Programmpunkt darf ich einen Onkel des Bräutigams begrüßen, der uns … ein Lied vorsingen will?» Ich blickte mich suchend um, doch niemand der Anwesenden schien sich angesprochen zu fühlen. Mir brach der Schweiß aus. «Freiwillige bitte vor!» Ich lachte affektiert.

Ein älterer Herr mit weißem Weihnachtsmannbart erhob sich. «Singen möchte ich nicht, aber ich würde ein Gedicht vortragen.»

«Wunderbar.» Ich strahlte in seine Richtung. Mit einer einladenden Handbewegung deutete ich ihm an, auf die Bühne zu kommen. Wie peinlich! Ich war die schlechteste Hochzeitsmoderatorin aller Zeiten! Warum hatte ich mich nicht besser auf diesen Teil des Abends eingestellt? Warum hatte ich dieses Amt überhaupt angenommen?

Nils' Onkel – ich hatte immer noch nicht herausbekommen, ob es der reiche war, der, den keiner leiden konnte – räusperte sich.

«Ich wollte dir was dedizieren,

nein, schenken, was nicht zu viel kostet.

Aber was aus Blech ist, rostet,

und die Messinggegenstände oxidieren»,

begann er mit einer sonoren Stimme, die perfekt zu seinem Santa-Claus-Äußeren passte.

Ich atmete auf. Zumindest dieser Programmpunkt würde kein totaler Reinfall werden. Verzweifelt überlegte ich, was ich dem Publikum sonst noch anbieten konnte, irgendetwas, was diese vermaledeite Hochzeitsplanerin von der Sache mit den Spielen ablenken würde. Ich könnte selbst ein kleines Liedchen vortragen. Könnte. Aber leider hatte ich weder eine schöne Singstimme, noch konnte ich mich, abgesehen von dem Song *Wahnsinn* von Wolfgang Petry, den wir früher immer betrunken auf Partys gegrölt hatten, und *Alle meine Entlein*, aus dem Stegreif an irgendeinen Liedtext erinnern.

* 318 *

«Und mit diesen Worten des von mir hochgeschätzten Dichters Joachim Ringelnatz wünsche ich dem strahlenden Brautpaar alles Gute zur heutigen Hochzeit!» Winkend verließ Nils' Onkel die Bühne. Oh nein! Hätte er sich nicht ein längeres Gedicht aussuchen können?

Die Hochzeitsplanerin setzte sich in Bewegung, doch ich winkte ab. Zumindest das war ich Helga schuldig.

«Wenn sonst niemand mehr etwas vortragen möchte, dann schlage ich vor, dass wir zum gemütlichen Teil des Abends übergehen. DJ!», rief ich dem dunkelhaarigen Jüngling hinter dem Mischpult zu. «Leg ein paar Tanzplatten auf, und», ich machte eine dramatische Pause, «die Bar ist eröffnet!» Genau dort würde ich mich jetzt unverzüglich hinbegeben und einen dreifachen Willy ordern. Doch Milla und Nils' Mutter schnellten von ihren Stühlen nach oben.

«Stopp!», rief Milla.

«Wir haben noch etwas vorbereitet», sagte Katharina Schönebeck und schwenkte eine Laptop-Tasche. «Bernd», wies sie ihren Mann an. «Bring den Beamer auf die Bühne!»

Helga machte ein entsetztes Gesicht und sah mich vorwurfsvoll an. Und ich? Ich brach bereits wenige Augenblicke später mitten auf der Bühne in haltloses Gelächter aus. Milla zeigte sie alle: Fotos von Helga im Kindergarten mit Mireille-Mathieu-Haarschnitt, Helga beim Abschlussball mit Miettänzer, Helga nackt als Baby in einer Schüssel sitzend und – für mich ein besonderes Highlight – Helga als unbeholfener Teeny mit pinker Brille, blauer Glitzerzahnspange und Dauerwelle.

Mein Schwager kam kaum besser weg. Auch seine Mutter hatte ein paar wundervolle Fotos von Nils ausgegraben. Mia und ich hatten mit dreizehn einmal darüber philosophiert, dass auch Männer wie Brad Pitt irgendwo die Schulbank gedrückt haben mussten. Und wir fragten uns, warum sich ein solches

Prachtexemplar nicht auch in unsere Klasse verirrte. Jetzt wusste ich, dass es mit den meisten Männern war wie mit einem guten Wein. Mit den Jahren gewannen sie deutlich an Qualität.

Ich amüsierte mich köstlich. Was vielleicht an dem dreifachen Schnaps lag, vielleicht aber auch daran, dass Nils' Mutter die Bilder in einen derart lustigen Vortrag verpackte, dass ich mich kaum einkriegte. Als die Hochzeitsplanerin anschließend doch noch energisch auf ihren Part bestand und eine mürrische Helga Nils' Waden unter einem Heer von Männerbeinen identifizieren musste, hatte ich einen solchen Muskelkater im Bauch, dass ich mich kaum noch bewegen konnte.

Gegen halb zehn marschierten wir alle nach draußen auf die Terrasse, um Himmelslaternen anzuzünden. Voller Bedauern dachte ich daran, wie Torsten und ich auf unserer Hochzeit Herzluftballons hatten steigen lassen. Wir sollten ihnen einen Wunsch mit auf ihren Weg geben, und ich hatte mir gewünscht, mit Torsten für immer zusammenzubleiben. Wir mussten ein sehr unzuverlässiges Exemplar erwischt haben.

Helga und Nils standen mit ihrer Laterne in der Mitte, die anderen Gäste hatten sich zu zweit oder in Gruppen neben ihnen aufgestellt. Nur Anton hielt sich allein und ein wenig verloren im Hintergrund. Ich trat auf ihn zu.

«Wir sind Tischnachbarn, wir haben zusammen für das Gästebuch posiert, wir wär's, wenn wir als krönenden Abschluss gemeinsam eine Himmelslaterne steigen lassen?»

Sein Gesicht hellte sich auf. «Du bist mir nicht mehr böse?»

Ich zuckte die Achsel. «Wir könnten alles, was zwischen uns schiefgegangen ist, dem Lampion mitgeben und dann noch einmal von vorne anfangen. – Rein platonisch natürlich», fügte ich rasch hinzu.

«Wäre das nicht egoistisch? Wir sollen schließlich Helga und Nils etwas wünschen.»

«Ich denke, in unserem besonderen Fall wird man es uns nachsehen.»

In stillem Einvernehmen bereiteten wir unsere Himmelslaterne zum Flug vor. Ich hielt sie fest, und auf Helgas Signal hin zündete Anton sie an. Gemeinsam standen wir nebeneinander in der warmen Sommernacht und beobachteten, wie die Laterne langsam aufstieg, dann immer kleiner wurde und schließlich hinter den Baumwipfeln verschwand.

«Darf ich bitten?», fragte Anton.

«Vielleicht später.» Ich streifte mir die Sandalen von den schmerzenden Füßen.

Wenn er enttäuscht darüber war, dass ich keine Lust hatte, mit ihm das Tanzbein zu schwingen, war diese Gefühlsregung nur sehr kurzfristiger Natur. Kaum eine Minute später sah ich, wie er mit einer dunkelhaarigen Serienschauspielerin am Arm die Tanzfläche betrat. Nachdem Helga und Nils zu *Have I told you lately* ihren Hochzeitstanz aufs Parkett gelegt hatten, hatte sich diese merklich gefüllt. Nils tanzte mit seiner Mutter, Helga mit unserem Vater, Milla und Opa Willy gesellten sich dazu, und auch Sam und Fee wiegten sich mit Paul auf dem Arm im Takt zu Elton Johns *True Love*. Die beiden sahen so glücklich aus, dass sich mein Herz schmerzlich zusammenzog.

Nach wie vor glaubte ich an die wahre Liebe, aber nicht mehr daran, dass man sie nur ein Mal im Leben traf. Das zu glauben hätte bedeutet, die Zeit mit Torsten herabzusetzen. Die Erinnerung an die zehn Jahre, die wir miteinander verbracht hatten, wäre dann unromantisch gewesen. Ernüchternd. Der Gedanke, dass es für jeden mehr als nur einen Menschen geben konnte, hatte etwas Tröstliches.

Mia und ihr neuer Freund betraten die Tanzfläche. Neben ihm sah meine Zwillingsschwester noch zierlicher und zerbrechlicher aus als sonst. Trotz ihrer High Heels reichte sie ihm nur knapp bis an die Nasenspitze. Ric legte die Arme um sie, und Mia kuschelte sich eng an ihn. Verwundert schüttelte ich den Kopf. So anschmiegsam hatte ich meine kratzbürstige Schwester noch nie erlebt. Dabei waren Männer wie er normalerweise gar nicht ihr Typ. Aber so war das nun einmal mit der Liebe.

Fast hätte ich gelacht, als ich daran dachte, wie ich mir vor ein paar Wochen vorgenommen hatte, künftig die Finger von den Prinzen zu lassen und mich ganz auf die Frösche zu konzentrieren. Was für ein absurder Gedanke! Zu glauben, dass die Liebe sich irgendwelche Vorschriften machen ließe.

In meiner Handtasche vibrierte es. Ich sah auf die Armbanduhr. Halb zwölf. Wer rief um diese Zeit noch bei mir an? Ich fischte das Handy heraus und schaute auf das Display. Jakob! Fast wäre mir das Telefon aus der Hand gefallen, so heftig zitterte ich.

«Ja?» Ich bemühte mich, meiner Stimme einen festen Klang zu geben.

«Du hast versucht, mich zu erreichen!»

«Solltest du nicht auf einer Hochzeit sein?», fragte ich kühl. «Einer deiner besten Freunde heiratet heute meine Schwester.»

«Ich musste arbeiten. Ein Notfall.»

«Und du warst natürlich der einzige Informatiker, der in der Lage war, sich des Problems anzunehmen, nicht wahr?» Meine Stimme triefte vor Sarkasmus.

«Nein», gab Jakob verlegen zu. «Die Hochzeit … Ich hab mich einfach nicht dazu in der Lage gefühlt.»

Ich schnaubte verächtlich. «Ziemlich egoistisch von dir. Hast du mal an Nils und deine Mutter gedacht? Sie wirken nicht besonders begeistert über deine Abwesenheit.»

«Und du?»

«Mir? Mir ist es total egal. Wo bist du eigentlich die letzten Tage gewesen?»

«Im Hotel.»

Ich runzelte die Stirn. «Warum das denn?»

«Ich musste eine Zeitlang allein sein. Um … über einige Dinge nachzudenken.»

«Ach! Und worüber?»

«Was machst du gerade?»

Nervös zwirbelte ich eine Haarsträhne um meinen Zeigefinger. «Ich stehe an der Bar und trinke mit einem Kollegen von Nils einen Cocktail. Wir werden gleich die Tanzfläche stürmen.»

«Vermisst du mich?»

Mir schossen die Tränen in die Augen. Ja, das tat ich. Aber das brauchte er nicht unbedingt zu wissen. Nicht nachdem er Helga, Nils, seine Mutter und mich heute versetzt hatte. «Hast du mir nicht zugehört?», fragte ich ungehalten. «Ich flirte gerade mit einem attraktiven Schauspieler. Natürlich vermisse ich dich nicht.»

«Und warum weinst du dann?» Jakob klang amüsiert.

«Ich weine überhaupt nicht.» Trotzig wischte ich mir mit dem Zeigefinger über die Augenwinkel.

Moment! Woher wusste er das? Ich hob den Kopf und erstarrte. Jakob lehnte nur wenige Meter von mir entfernt an einem Pfeiler. In weißem Hemd und schwarzem Anzug. An ihm sah das unglaublich gut aus. Mein Herz fing an, heftig zu klopfen.

Er schlenderte auf mich zu.

«Lügnerin!», sagte er und setzte sich auf den freien Stuhl neben mich.

«Mir ist eine Mücke ins Auge geflogen.»

Jakob grinste. «Und der gutaussehende Schauspieler, mit dem du gleich die Tanzfläche stürmen willst?»

«Ist vor einer Minute auf die Toilette gegangen?» Brüsk rutschte ich mit dem Stuhl ein Stück von ihm weg. «Warum bist du hier? Das Fest ist fast vorbei.»

«Ich wollte dich sehen.» Langsam ließ er seinen Blick über mein Kleid wandern, und mir wurde heiß.

«Ein bisschen spät dafür, oder? In ein paar Tagen fliegst du nach Barcelona.»

«Nur für drei Monate. Und am Wochenende habe ich frei.» Er sah mich abwartend an. Als ich nichts erwiderte, fuhr er fort: «Außerdem ist Barcelona höchstens zwei Flugstunden von München entfernt. Für dich die Gelegenheit, mal ein bisschen mehr von der Welt zu sehen als nur den Chiemsee und den Stanglwirt.»

«Danach wird ein anderer Auftrag kommen.» Ich spielte an dem Verschluss meiner Handtasche herum. «Was ist, wenn du tatsächlich nach Dubai musst?»

«Vielleicht suche ich mir einen Job in München.»

Mein Magen begann zu flattern. «Wohl kaum. Du hast gesagt, dass dich ein Leben ohne Veränderungen langweilt.»

«Ich könnte mir vorstellen, dass die Langeweile mit dir zusammen erträglich wäre.» Er sah mich mit seinen Schokoladenaugen an.

Hastig wandte ich den Blick ab. «Und wenn es nicht klappt? Wenn du keinen anderen Job findest? – Wenn es zwischen UNS nicht klappt?»

Jakob nahm meine Hand in seine, und unsere Finger verschränkten sich ineinander. «Weißt du, was eine sehr kluge Frau vor ein paar Wochen zu mir gesagt hat?»

«Was?» Ich hob den Kopf.

«Vielleicht braucht man gar nicht immer ein Ziel im Leben.

Vielleicht genügt es manchmal einfach nur, den nächsten Schritt zu kennen.»

«Und wie sieht dein nächster Schritt aus?», flüsterte ich und hielt den Atem an.

Jakob stand auf und zog mich nach oben. «Lass uns erst einmal tanzen.»

Danksagung

Wie immer, wenn ich am Ende eines Buches angekommen bin, klappe ich meinen Laptop mit einem lachenden und einem weinenden Auge zu. Auf der einen Seite bin ich froh, dass ich nun meine Figuren in die Welt hinauslassen kann und neugierig auf die Meinung meiner Leser, auf der anderen Seite bin ich aber auch dieses Mal ein bisschen traurig.

Ich habe meine Zeit gerne mit Lilly verbracht. Ich fand es schön, mit ihr an heißen Sommertagen durch den Englischen Garten zu laufen, Zeit mit ihrer Familie zu verbringen, die Wischnewskis kennenzulernen, und ich habe mich auch ein bisschen in Jakob verliebt.

Dabei war die Geschichte zunächst sehr, sehr widerspenstig. Egal, auf welche Art ich versucht habe, mich ihr zu nähern, jeder Weg, den ich in den ersten Wochen einschlug, endete unwillkürlich in einer Sackgasse. Ich habe Figuren erschaffen und wieder gestrichen (Lilly hatte anfangs eine beste Freundin und einen besten Freund), ich habe mir Handlungsstränge überlegt und verworfen (am Ende des Romans sollte eigentlich ein Klassentreffen stehen), und ich habe Lillys Erzählstimme lange Zeit einfach nicht gefunden. Doch irgendwann entwickelte die Geschichte eine Art Eigendynamik. Ich ließ die Figuren ihren Weg gehen, anstatt ihn ihnen, wie zuvor bei Helga und Fee, vorzugeben. Und von diesem Moment an lief alles fast von selbst.

Dass nun ein Ergebnis vor mir liegt, mit dem ich trotz des anfänglichen Kampfes sehr, sehr glücklich bin, habe ich aber vor allem meinen fleißigen Helfern zu verdanken:

Allen voran Claudia Winter. Claudia, dank dir und deinem erbarmungslosen Rotstift habe ich es geschafft, das Beste aus Lillys Geschichte herauszuholen.

Ein großer Dank geht aber auch an meine Mutter, die wie bei «Zeit für Eisblumen» auch schon als letzte Instanz auf die Suche nach Fehlern gegangen ist, und Katrin Stadler, Manuela Nol, Manuela Gref, Beate Döring und Sandra Budde, meine ersten richtigen Leser, für ihr begeistertes Feedback. Ich möchte ebenso zwei Autorenkolleginnen danken: Luisa Sturm für ihre Auswege aus meinem anfänglichen Plot-Dschungel, und Hannah Kaiser, auf deren Erotik-Expertise ich bei meinen Liebesszenen vertraut habe.

Danke an meine Fachleute. An Petra Helsper, Torsten Endres, Gerhild Kurz, Stefan Kopetz, Jörg Barthel und Oliver Glöckner, der mein Vorbild für Jakob war.

Ich möchte mich ebenso bei denjenigen bedanken, deren Anekdoten in diesen Roman eingeflossen sind: bei Sharon Baker, Julia Desalles, Silke Hoffner, Julia Malkrab und Babsy Tom.

Ich danke dem unbekannten Verfasser des Postkartentextes auf S. 272 für seine wunderschönen, wahren Worte.

Vielen Dank, liebes Rowohlt-Team, dass auch unsere dritte Zusammenarbeit so unkompliziert und fruchtbar über die Bühne gelaufen ist.

Ein herzliches Dankeschön geht auch an euch, liebe Leser, dafür, dass ihr dieses Buch gekauft habt, für euer Lob und euren Zuspruch in den letzten Monaten sowie für die vielen tollen Rezensionen, die meine Bücher in den letzten anderthalb Jahren bei Amazon, Lovelybooks und anderen Plattformen bekommen haben.

Und zu guter Letzt möchte ich noch Stefan danken, meinem ganz persönlichen Prinzen. Dafür, dass du mich meine Träume leben lässt. Romantische Liebesgeschichten kann ich erst schreiben, seit ich dich kenne.

Katrin Koppold bei rororo

Sternschnuppen-Reihe:
Aussicht auf Sternschnuppen
Zeit für Eisblumen
Sehnsucht nach Zimtsternen
Hoffnung auf Kirschblüten

Ein Buch voller Herz, Romantik und Humor

Mia fährt mit gebrochenem Herzen und einem Bolzenschneider im Gepäck nach Paris. Dort möchte sie das Liebesschloss durchtrennen, das sie ein paar Wochen zuvor mit Ric an einer der vielen Brücken befestigt hat – doch an welcher? Als Mia dem geheimnisvollen Noah begegnet, der sie zu den schönsten Plätzen der Stadt führt, wird ihre Suche fast zur Nebensache. Doch noch hat sie mit der Vergangenheit nicht abgeschlossen.

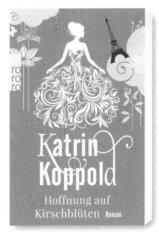

Ab Februar 2016 überall im Buchhandel erhältlich

ISBN 978-3-499-26988-2

Das für dieses Buch verwendete FSC®-zertifizierte Papier
Lux Cream liefert Stora Enso, Finnland.